中公文庫

ペ　ス　ト

ダニエル・デフォー
平井正穂訳

中央公論新社

挿画　レズリー・アトキンソン

ペスト

『ペスト』要図
0
2km
ホーンジーに至る
ハイゲイト
ウォールタムストウ
エンフィールドに至る
スタンフォード丘
ホロウェイ
イズリントン
ハクニー
セント・キャサリンズ
シャドウェル
ボウ
ステプニー
ブロムリー
ポプラー
ラトクリフ
ウォピング
ロザハイズ
ニューイントン
デッドフォド
エセックスに至る
グリニッジ

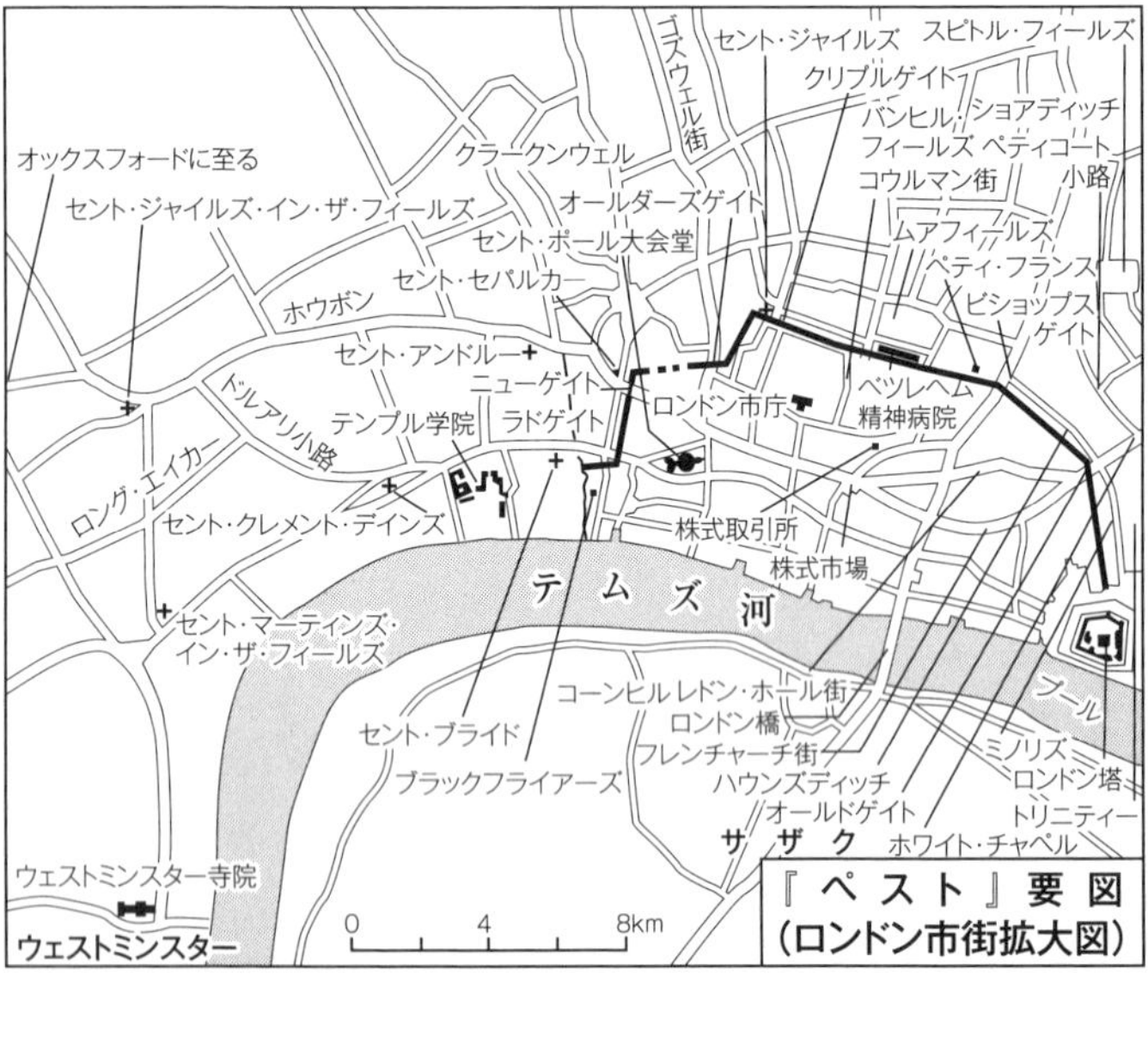
『ペスト』要図
(ロンドン市街拡大図)
0
4
8km
オックスフォードに至る
セント・ジャイルズ・イン・ザ・フィールズ
ゴズウェル街
セント・ジャイルズ
スピトル・フィールズ
クリプルゲイト
バンヒル・フィールズ
ショアディッチ
ペティコート小路
コウルマン街
クラークンウェル
オールダーズゲイト
セント・ポール大会堂
ムアフィールズ
ペティ・フランス
ビショップスゲイト
セント・セパルカー
ホウボン
セント・アンドルー
ニューゲイト
ラドゲイト
ロンドン市庁
ベツレヘム精神病院
テンプル学院
ドルアリ小路
ロング・エイカー
セント・クレメント・デインズ
株式取引所
株式市場
テムズ河
セント・マーティンズ・イン・ザ・フィールズ
プール
コーンヒル
レドン・ホール街
ロンドン橋
フレンチャーチ街
ハウンズディッチ
オールドゲイト
ホワイト・チャペル
ミノリズ
ロンドン塔
トリニティー
セント・ブライド
ブラックフライアーズ
サザク
ウェストミンスター寺院
ウェストミンスター

それはたしか一六六四年の九月初旬のことであったと思う。隣近所の人たちと世間話をしていた際に、私はふと、疫病《ペスト》がまたオランダにはやりだした、という噂を耳にした。またはやりだした、というのは、その前年の一六六三年に、オランダは、この疫病《ペスト》のためにひどい目にあっていたからである。ことに、アムステルダムとロッテルダムはその中心地であった。なんでも、その時の話のようすでは、ある者は、その疫病はイタリアからはいってきたといい、またある者は、いや、レヴァント地方から帰航したトルコ通いの商船隊で運ばれた貨物にくっついてはいってきたのだ、ともいった。いや、なに、あれはカンディア（クレー夕島）からだ、という者もいたし、なかにはサイプラスからだ、という者もいた。しかし、どこから疫病がやってきたかは問題ではなかった。問題は、再び疫病がオランダにはやりだした、ということだった。これにはだれも異存はなかった。

当時、まだ新聞などという、いろいろな事件についての風説や報道を伝える印刷物はなかった。まして、その後長生きをしたおかげで私も実際に見てきたような、嘘八百を並べたてては風説や報道をいっそう煽《あお》りたてようといった、ああいったものはなかったのである。しかし、こういういろいろな情報は、外国と取引きしている貿易商人その他の人々の手紙から蒐集され、ただ人の口から口へと言伝えによって広がってゆくのであった。したがって、今日のように、一瞬の間に全国民に広がるということはまずなかった。しかし、わが政府当局は真相について正しい情報を持っていたらしく、国内侵入を防ぐ手段を講じようとして、しばしば会議を開いていたようであった。しかしいっさいは秘密にされていた。そういうわけで、その時も自然に立消えになってゆき、われわれも、もともと大してわれわれに関係したことでもなかったのだ、というふうに、いつのまにか忘れかけていた。また、あれはほんとうではなかったらしい、とほっとしたような気にもなっていた。ところが、同じ年の十一月の下旬だったか、それとも十二月の上旬だったかに、突然二人の男が（二人ともフランス人だったそうだ）ロング・エイカーで、というよりむしろ、ドルアリ小路《レイン》の上手の端の家で、疫病のため死んだのである。二人が泊まっていた家の者は、できるだけこのことを隠そうとつとめたらしい。しかし、いつのまにか近所の話題にのぼり、やがてはついに当局者の知るところとなった。さっそく、もっと調べて、真相をつきとめようということになり、内科医が二名、外科医が一名、その家に出向いて、検屍をするようにと命ぜられた。そのことはただちに実行された。はたして死体には疫病の徴候がはっきりと現われていた。そこでただちに、この二人の男の死因は疫病であるという医者の意見が公表され、さらにこのことは、ただちに教区役員のところまで正式に報告された。そして、教区役員はまたこれを教区役員本部まで通報した。死亡週報にはただ簡単にこともなげに次のような記事が載った。

疫病死　二
感染教区　一

これを見た市民の不安は大変なものであった。ロンドンは上を下への大騒ぎとなった。その折も折、同じ十二月の最後の週に、同じ家で同じ病気で死んだ者が、もう一名出たものだから、その騒ぎはいっそう大きくなった。しかし、また、それから約六週間ばかり平穏無事の日がつづいた。その間、死者で疫病《ペスト》に冒された痕跡を示していた者はなかった。悪疫はついに退散した、などと皆はいいあったりした。しかし、それも束の間のことで、たしか翌年二月の十二日ごろだと記憶するが、死亡者が一名、他の家から出た。しかし、家こそ違え、教区も同じなら病状の経過もまたまったく同じであった。

こうなると、全市民の眼は自然その界隈《かいわい》に注がれるようになった。セント・ジャイルズ教区の死者の数がふだんよりもぐっとはねあがっているのが、死亡週報にはっきり現われていた。したがって、その界隈の住民のあいだに疫病患者がいるらしい、ということが恐れられた。また、できるだけ世間の眼から隠そうとつとめていたが、それにもかかわらず、おそらくよほど多数の人が疫病のために死んだにちがいないと思われた。この不安は深刻に市民の頭に染みこんだようであった。どうしても行かなければならない、よほど特別の用事でもないかぎり、ドルアリ小路《レイン》やその他の危険な通りを通行する者はほとんどなくなった。

死亡者数の増加は次のとおりであった。セント・ジャイルズ・イン・ザ・フィールズ教区とホウボン区のセント・アンドルー教区の一週間の普通の死体埋葬数は、おのおの多少の増減はあるが、だいたいにおいて一二から一七ないし一九というところであった。ところが、セント・ジャイルズ教区に初めて疫病《ペスト》が発生してからというもの、普通の病気による死者の数が著しく増加しているのが認められた。たとえば、

十二月二十七日より一月三日まで	セント・ジャイルズ	一六
	セント・アンドルー	一七
一月三日より同十日まで	セント・ジャイルズ	一二
	セント・アンドルー	二五

一月十日より同十七日まで	セント・ジャイルズ	一八
	セント・アンドルー	一八
一月十七日より同二十四日まで	セント・ジャイルズ	二三
	セント・アンドルー	一六
一月二十四日より同三十一日まで	セント・ジャイルズ	二四
	セント・アンドルー	一五
一月三十一日より二月七日まで	セント・ジャイルズ	二一
	セント・アンドルー	二三
二月七日より同十四日まで	セント・ジャイルズ	二四
	このうち一名は疫病による	

このホウボン区セント・アンドルー教区はある方面ではセント・ブライド教区に境を接し、また別な方面ではクラークンウェル区セント・ジェイムズ教区と相接していたが、この二つの教区の死亡者数も、同様に著しく増大しているのが見られた。どちらの教区においても、毎週の死亡者の数というものは、たいていい四から六ないし八というところであった。ところが、この当時の増加ぶりは、ざっと次のとおりであった。

十二月二十日より同二十七日まで	セント・ブライド	〇
	セント・ジェイムズ	八
十二月二十七日より一月三日まで	セント・ブライド	六
	セント・ジェイムズ	九
一月三日より同十日まで	セント・ブライド	一一
	セント・ジェイムズ	七
一月十日より同十七日まで	セント・ブライド	一二
	セント・ジェイムズ	九
一月十七日より同二十四日まで	セント・ブライド	九
	セント・ジェイムズ	一五
一月二十四日より同三十一日まで	セント・ブライド	八
	セント・ジェイムズ	一二
一月三十一日より二月七日まで	セント・ブライド	一三
	セント・ジェイムズ	五
二月七日より同十四日まで	セント・ブライド	一二
	セント・ジェイムズ	六

なおこの他、この期間中に、一般の死亡率が高まったことも、市民の不安を募らせるに充分であった。本来なら、この季節は死亡率が割合に低い季節であったからである。

死亡週報に統計を載せているすべての区域の死亡者の数は、普通、毎週二四〇前後から三〇〇のあいだであった。三〇〇などという数字だけでも、相当に高い死亡者数だと考えられていた。ところが疫病《ペスト》発生以来、死亡者数はみるみるうちにうなぎのぼりに上がっていった。すなわち、

	死亡者数	増加数
十二月二十日より同二十七日まで	二九一	
十二月二十七日より一月三日まで	三四九	五八
一月三日より同十日まで	三九四	四五
一月十日より同十七日まで	四一五	二一
一月十七日より同二十四日まで	四七四	五九

この最後の数字などは、この前の、一六五六年のペスト流行以後、わずか一週間分としてはじつに未曾有の高率のもので、その点まさに恐るべきものであった。

しかしながら、これ以上、何事もなくすんでしまった。天候は寒くなり、前年の十二月

に始まった寒気は、ほとんど二月の終わりまで少しの衰えも見せず、依然として峻烈《しゅんれつ》をきわめた。そのうえ、そう強くはないが、まるで肌を刺すような風さえ加わった。死亡者数はずっと減り、ロンドン市は再び生気をとり戻した。だれもかれも、危険はもう去ったも同じだと思いはじめた。ただ、それでもなお、セント・ジャイルズ教区の死亡者数だけは相変わらず相当なものであった。とくに四月の上旬からは、その数は毎週、つねに二五を下らなかったが、同月十八日から二十五日にいたる一週間では、この教区で埋葬した死体数だけでも三〇に達した。このうち、疫病によるもの二、発疹チフスによるもの八、ということになっていた。しかし、発疹チフスといってもほんとうは疫病だと考えられていた。同じようなわけで、全死亡者数の中でこの発疹チフスのために死亡した者の占める数も、ずいぶんふえてきた。前週八であったものが、今週では一二といった具合だった。

これにはわれわれも再び驚いた。深刻な憂慮の色が市民のあいだに漂いはじめた。とくに、気候もだんだんと暖かくなってゆこうとしていたし、夏もおっつけやってきそうな気配であったので、いっそう深刻なものがあった。しかるにその翌週には、またまた希望の色が見えはじめた。死亡率が下がり、全市を通じて死亡者数はわずかに三八八名で、疫病によるものは一人もなく、発疹チフスも四名あっただけだった。

だが、次の週にはまたぶりかえしてきた。疫病は他の二、三の教区、——すなわち、ホウボン区セント・アンドルー教区にもセント・クレメント・デインズ教区にも蔓延《まんえん》していった。しかもそのうえ、市民を慄然《りつぜん》とさせたことは、とうとういわゆる城内のセント・メアリ・ウールチャーチ教区に一名の死亡者を出したことであった。つまり、その場所は、正確にいえば、例の食料品市場《ストックス・マーケット》の近くのベアバインダ小路《レイン》であった。この週の死亡者数のうち、疫病《ペスト》によるものは九名、発疹チフスによるものは六名であった。しかし、さらにいろいろ調べてみると、このベアバインダ小路《レイン》で亡くなった人はフランス人で、かつてはロング・エイカーの、例の感染家屋の近くに住んでいたことがあり、病気にかかるのを恐れて移ってきていたものであることがわかった。ところが実際には、その人は、もうすでに病気に感染していたのを、本人が気がつかなかったのである。

これが五月の初めのことであった。まだ気候は温和でしのぎやすく、ほどよい涼しさであった。したがって市民はまだまだいくばくかの希望をもっていたわけだった。彼らがこんなふうに一縷《いちる》の望みをつないでいたのには、次のような事情もあった。すなわち、それは、ロンドンがまだまだ健全だと思われていたことだった。九十七箇所の全教区のうちで、疫病にたおれたものは僅々五四名にすぎなかったからである。われわれも、病気の蔓延しているのはロンドンの中でももっぱら問題になっている端のほうの一区画にすぎない、したがって、それ以上広がる心配はあるまい、とじつはたかをくくりはじめた。次の週には――というのは五月の九日から十六日までの七日間であったが、わずか三名の死亡者を出したにすぎなかった。しかもそのうち一人も市内《シティ》や自由区域《リバティーズ》（政治的特権を許されていた一定の区域をいう）にはなかったのである。セント・アンドルー教区の死体埋葬数はわずか一五で、これも大変少ない数字であった。セント・ジャイルズ教区ではそれが三二もあったことはほんとうであるが、それでも、疫病にかかって死んだのはわずか一名にすぎなかった。こう死亡率が減ってくると、そろそろまた市民たちは安堵の色を浮かべるようになった。前週の死亡者はロンドン全体で三四七名にすぎなかったが、今週はそれが三四三名になっていた。われわれは数日間、かような希望をいだいて暮らした。だが、それは文字どおり、はかない数日間にすぎなかった。市民たちはもはやこんなことでごまかされなくなった。彼らは疑わしい家を片っぱしから調べていった。そして、悪疫がもはや手のつけられないくらい蔓延していて、日夜、おびただしい人々が死んでいることを発見した。こうなると、われわれのはかない望みは暗澹《あんたん》たるものになっていった。もうこの疫病は相当に広がっていて、今さら衰えるなどとは絶対に考えられないところまできている、ということは、もはやおおうべくもなかった。いや、一目瞭然たるものがあった。たとえば、セント・ジャイルズ教区では病気はすでにあちこちの町々に潜入しており、いくつかの家では全家族をあげて病床に呻吟《しんぎん》しているというありさまだった。このことはすぐさま翌週の死亡週報にも現われた。どうやら事態はそろそろ全貌を示しはじめたようであった。週報にはロンドン全体における、疫病による死亡者としてわずか一四名をあげているにすぎなかったが、それはまったくのいんちきであり、ごまかしであった。たとえば、セント・ジャイルズ教区一区だけで死亡した者は、全部で四〇名で、それぞれ別な病名がつけられていたが、実際にはその大部分が疫病によるものであることは疑いのないところであった。前週に比べて全死亡者数は三二名以上とはふえていず、その示された総数が三八五名にしかすぎないのであるが、なお、発疹チフス一四、疫病一四、という数字が出ているのである。われわれは全体から見て、その週に疫病のためにたおれた人間の数は五〇を下るまいという計算をしたのであった。おそらくこれは間違っていなかったろうと思う。

次の死亡週報は五月の二十三日から三十日までの分であったが、これによると、疫病による死亡者の数は一七となっていた。しかし、セント・ジャイルズ教区の死亡者数はじつに五三というまさに戦慄すべき数であった！　このうち、疫病によるものは九と公表されていた。けれども、市長の要請にもとづいて、治安判事たちが徹底的に調査したところによると、その教区で実際に疫病のために死んだ者は、この他に二〇人もいたことが判明した。しかるに、この死亡者は死亡週報では発疹チフスその他の病名になっていたのであった。ついに発見できなかった事例がこの他いくつもあったことはいうまでもない。

しかし、こんなことは、このすぐ後に起こった事柄に比べたら、まったくとるに足らぬ事柄であった。気候はもうすっかり暑くなっていた。六月の第一週ころからは、この流行病は恐ろしい勢いで広がっていった。死亡率は高まり、週報誌上では、熱病だの、発疹チフスだの、歯牙熱だの、という死亡病名の項目のところが大いにふくれ上がった。それは多くの者が自分の病気を隠しおおせるかぎりは隠そうとしたからであった。そういう者たちは、近所の人たちが寄りつかなくなることを恐れ、また当局が家を閉鎖することを恐れていたのだった。この家屋閉鎖ということは、当時まだ実施されてはいなかったが、早晩その実施は免れがたいとみられていた。市民たちのそれを恐れることは、非常なものであった。

六月も第二週目を迎えるようになると、まだ病魔の重圧に呻吟していたセント・ジャイルズ教区では、死亡者数は一二〇となった。このうち、死亡週報の伝えるところによれば、疫病によるものは六八名にすぎなかった。しかし、この教区のいつもの葬式の数から考えてみて、どう少なくふんでも一〇〇名は疫病で死んだにちがいない、とだれもかれも信じていた。

この週まではどうにか市《シティ》も無事であった。市《シティ》の内にある全部で九十七教区のうちで、前に述べた一名のフランス人の他は、まだだれも疫病のためにたおれた者はなかったからである。ところが、ついに、市《シティ》内で四名の犠牲者を出すにいたった。ウッド街で一名、フレンチャーチ街で一名、クルキッド小路《レイン》で二名であった。サザク方面はまったく無傷であった。まだテムズ河のその方面では一人の犠牲者も出していなかった。

私が住んでいたのはオールドゲイトの外側で、ちょうどオールドゲイト教会とホワイト・チャペル関門《バーズ》のほぼ中間にあたり、街路の左側、つまり北側にあった。市内でもこの方面までくるとまだ病気は流行《はや》っていなかったので、隣近所の人々もしごくのんびりしたものであった。しかし、ロンドンの反対側ときたら、人々の狼狽《ろうばい》ぶりはもう大変なものであった。金持連中、とくに貴族とか紳士という連中は、一族郎党を引き連れ、あわてふためいて市《シティ》の西部から郊外へ郊外へと逃げ出していった。そのありさまがホワイト・チャペルではことさらよく見られたが、その点、私の住んでいたブロード街は絶好の場所であった。まったく、家財道具、女、子供、召使等々を満載した大小さまざまな荷馬車だの、もっと気のきいた階級の人たちをすし詰めにした四頭馬車《コーチ》だの、およびそれにお付きの騎馬者だの、といったもの以外は、何ものも見ることができなかった。しかも、そういったものが、みなあわただしく走り去るのであった。かと思うと、やがて空《から》になった荷馬車が現われ、従僕の連れた空の乗馬が現われた。残った人たちを連れ出すために、田舎《いなか》から戻されてきたものらしかった。この他、馬に乗ったおびただしい人の姿も見られた。ある者はひとりであったし、ある者は従者を連れていたりしたが、みな一様に荷物をいっぱいつけていた。そして、一見してだれにもそれとわかることは、厳重な旅装を整えていることだった。

これは見るからに悲惨な、憂鬱な光景であった。ほかにこれといって見るものがなかったとはいえ、こう朝から晩まで、このような光景を見せつけられては、さすがの私も、いったいこれはどうなることかと、ロンドンにふりかかろうとしている惨禍と、ここに残される人々の不幸を思って心中暗然とならざるをえなかったのである。

こういうごった返しの混乱が数週間もつづいた。おかげで、市長のところへ行くのは、並大抵の苦労ではなかった。じつに、何というか、まるで死ぬような人込みで、みな市外へ逃れようという連中が健康証明書をもらおうとしているのであった。この証明書がなければ、行く先々の町を通過することはいうまでもなく、旅籠屋《はたごや》に泊まることもできなかったからである。まだこのころは、市《シティ》の内では一名の死亡者も出していなかったので、市長は市内《シティ》九十七の教区に居住している者には請求ありしだい証明書を発行してくれた。なおこの他、自由区域《リバティーズ》に住んでいる者にも、当分はやはり同じように証明書を発行してくれた。

前にもいったとおり、この騒動は数週間――つまり、五月、六月のまる二ヵ月つづいた。その間にも、いろいろな噂が乱れ飛んだので騒動はいっそう拍車をかけられた形であった。たとえば、市民の旅行を禁止するために街道筋に関所や柵を設けるという、政府の法令が公布されるはずだとか、病気を運んでくるのを恐れて、各町村はロンドンからきた連中が通過するのを拒否するだろう、といった類《たぐい》である。このような風説が根も葉もないでたらめなものであることはもちろんであるが、そこはその疑心暗鬼というやつで、人々はそう信じていたのである。少なくとも初めはそうであった。

私もこうなると自分自身のことを真剣に考えざるをえなくなってきた。自分はいったいどうしたらよいのか、つまり、このまま意を決してロンドンに残留すべきであるのか、それとも、隣近所の人々と同じように、家をたたんでロンドンから逃げ出すべきであるのか……。私がとくにこのことをくわしくここに書き残すゆえんのものは、後に来る人々が、われわれと同じような災難にぶつかり、同じような選択の必要に迫られるようなことがあった場合、多少なりとも役に立たないものでもあるまいと思うからである。だからそういう人たちは、この話を単なる私の行動の記録ととらないで、むしろ自分たちの行動を律する一つの先蹤《せんしょう》と考えてもらいたいと思う。私自身がどうのこうのということは、一文の値打ちもあるはずはないからである。

ところで、私には二つの重大な問題があった。一つは店を閉めないで、商売をつづけてゆくということであった。私の商売はかなり手広いもので、これにはいわば私の全財産が注がれていたのである。もう一つは、早晩全市を襲うにきまっている悲惨な災禍を、どうやって無事にきりぬけ生き通せるか、ということであった。この災禍がけだし大きなものになるであろうことは見当がついていたが、私も人並にすっかり怖気《おじけ》づいていたせいか、必要以上に途方もないものに考えすぎていたようだった。

第一の問題は私にとっては非常に重要な問題であった。私の商売はじつは馬具商であったが、その商いも店先販売や振り売りなどでなく、もっぱらアメリカにあるイギリス植民地と取引きのある貿易商とのあいだに行なわれていた。したがって私の全財産は、この貿易商たちの手中に握られているのも同然だった。いかにも、私は独身であった。しかし、雇っている召使たちの家族も養っていかなければならず、その他、屋敷もあれば店もある。おまけに品物のぎっしりつまった倉庫もあるといった具合であった。これらのものを、かかる危急の時にえてしてしてありがちなように処分する、つまり託するにたる適当な管理人もおかないでそのまま放任してしまう、ということは、私の商売の破綻はいうまでもないが、私の商品、いや私の全財産の喪失をも意味したのであった。

　私にはまたこの時分、ちょうどロンドンに住んでいた兄が一人あった。兄はポルトガルから帰国してまだあまり年月はたってはいなかった。私はいろいろこの兄と相談してみたが、彼の意見は、状況こそ違え、言葉は同じ、例の「己《おのれ》を救え」（新約聖書「マタイ伝」二七章四〇節）の一語に尽きていた。兄は、要するに、自分は家族を連れて田舎《いなか》に疎開するつもりだが、おまえも是非そうしろ、というのであった。そして外国での見聞をくわしく話してくれた。そして、疫病《ペスト》に対する最上の予防法は逃げることだ、といった。しかし、それでは商売も商品も貸金も全部だめになってしまうと私がいうと、兄は私に真っ向から反対した。だいたい、私はロンドンにとどまる理由として、「自分は生命を神におまかせするつもりだ」といっていたのだが、兄はこれを逆手にとってきて、そもそもその言葉自体が、商売がどうの商品がどうのという妙なこじつけを真っ向から打ち砕くものではないのか、といった。こういう切迫した危機に臨んでもまだロンドンに踏みとどまり、神さまに命をおまかせするなどといっているが、そんなことをいうなら、むしろ商売の浮沈のほうを神さまにおまかせするほうがよっぽどましではないのか、という詰問であった。

私は疎開する先がなくて困っているのだなどとは、じつはいえなかった。私の家族の出身地たるノーサムプトンシアには友人も親戚も相当いたし、リンカンシアにはたった一人の姉がいて、来るならいつでも喜んでお世話しようと申し出てくれていたからである。

兄は、もうすでに嫂《あによめ》や二人の子供をベッドフォドシアにやっていたが、自分もすぐに後を追って出かけるつもりらしく、私にも熱心にロンドンを去ることをすすめた。一度はそういうわけで、私も兄のすすめに従って疎開する決心をしたが、あいにくとその時、馬が一頭も手に入らなかった。というのは必ずしも市民全部が全部ともロンドンから退去したわけではなかったにもかかわらず、馬だけは、ある意味で、全員退去してしまっていたからだった。実際、その数週間というものは、ロンドン市内どこを探しても馬一頭、買うことも借りることもできなかったのである。そこで、私は、従者を一人だけ連れて徒歩で逃げ出そうか、それともみんながやっているように、旅籠屋なんかに泊まらずに兵隊用のテントを携えていって、野宿をしようか、とも考えてみた。もう気候も暖かく、風邪をひく心配もなかったからだ。みんながやっているように云々《うんぬん》と私はいったが、これはまったくそのとおりで、時日がたつうちにはほんとにそうした人もかなり出てきたのだった。とくにまだ終わって間もないこの前の戦争に従軍していた連中は、ことさらそうだった。今さらいっても仕方のないことだが、田舎へ行った人々がみなこの方法を用いていたら、あれほど多数の町々や家々に疫病が広がるということもなかったのではあるまいか。あれほど多数の人命が失われ、多大の損害が生じたことは、まことにその点残念だったといわなければならない。

だが、いざとなると、連れてゆくつもりでいた私の従者がものの見事に私を裏切ってしまった。疫病は日ましに蔓延してゆく、私は私でいつ出発するか見当もつかない、というわけで、彼はすっかり怖気《おじけ》づいて、私を置き去りにして、勝手に逃げていったものらしかった。これには私も当座は参ってしまった。きちんと準備を整えて、いよいよ出発しようとすると、いつもきまって何か事故が起きてだめになってしまったり、延ばしたりしなければならなくなる、ということに私は気がついた。してみると、いったいこれは神の思し召しではないのか、という気がしてきた。私はそこで、これからこのことについて、話の本筋からはなれるとの非難を覚悟のうえで、少し話をしてみようと思うのだ。

こんどのような危機に再び会うこともあるいはあるかもしれない人々の参考として、これからの話をしたいと思うのだが、とくに、このような場面に出会った際、自分の義務を良心的に遂行しようとする人、何をなすべきかについて神の導きを求めようとする人に、いいたい。かかる人は、こういう時に起こる神のさまざまな導きにじっと凝視の眼をそそぐべきであり、さらに、その導きと導きとの相互の関係、また自分の眼前の問題との関係をよくよく考えたあげく、それらの導きを一つの全体として充分に見なければならない。そうした時にはじめて、かかる場合にのぞみ、われ何をなすべきや、という問題に関する神からの啓示を、それらの導きのなかに見出すことができよう。つまり、疫病に見舞われた時、現在住んでいる場所からただちに立ち退くべきか、それともそのままそこにとどまるべきか、という問題に関する啓示が示されようというのだ。

ある朝のことであった。私はこの疎開の問題について考え込んでいたが、ふと次のような考えが湧き上がってきた。それは、神のお力の導きと許しがなければいかなることも人間には起こりえないとすれば、私の再三再四の蹉跌《さてつ》はけっしてただごとではない、ということだった。それは、私がロンドンから出てゆかないことが結局神の意志であるということを、明らかに示し、告げているのではないか。私はそこで、もし自分が残留することがほんとうに神の意志であるとするならば、必ずや神は、やがて襲い来たるべき死と危険の渦中においても、自分をしっかりとお守りくださるにちがいない、と考えざるをえなかった。そして、もしわが身の安全を計るあまり、自分の家を捨てて神の（私はそう信じていた）啓示にさからうようなことがあれば、それはまさしく神から逃げ出すことになるのではないか、たとえどこへ逃げようとも、神はその裁きのみ手をのばし給うて、随時随所において私を捉え給うのではあるまいか、と考えたのであった。

こう考えているうちに、退去しようという私の決心も結局前に逆戻りしてしまった。そこでもう一度兄のところへ相談しに行って、やはり自分は残ろうと思う、神の定め給うた境遇のなかに自分の運命をゆだねようと思う、と兄にいった。今さき述べたような理由を繰り返しいって、そうするのがとくに定められた自分の義務であるかもしれない、とも付け加えていった。

するとと兄は、元来非常に敬虔《けいけん》な人間であるにもかかわらず、残留するのが神の啓示かもしれないという私の言葉をまったく一笑に付してしまった。そして、私のような向こう見ずな男たち——実際に兄はそういう言葉を用いた——の話をしてくれた。病気などのためにどうしてもだめだというのなら、それはその時で仕方がないことだ、天の配剤としてあきらめるより他に道はなかろう。そういう時こそ、われらの造り主であり、われらを自由に支配する絶対の権限を持ち給う神の命令に従うべきだ。また実際、そういう時には、どれが神の意志であり、意志でないか、ということは一目瞭然であるはずだ。しかし、たまたま馬を借り損《そこな》ったとか、連れていくはずであった従者が逃げ出したとか、といったようなそういう理由だけで、ロンドンから出て行かないというのは、つまり、こともあろうに、そんなことを神の啓示だなどというのは、ばかばかしいにもほどがある。病気にかかっているわけではないし、手足だってないわけではないではないか。従者にしろ他に幾人もいるはずだ。行こうとさえ思えば、一、二日なら歩いたって楽に行けるというものだ。それにまだ完全に健康だという確実な証明書がある以上、馬を借りようと、駅馬車に乗ろうと、好きなように出かけられるではないか。……という兄の言葉だった。

兄は前にも述べたように貿易業を営んでいたため、方々外国へ旅行したことがあり、最後にリスボンから引き揚げてきたのも、つい数年前のことであった。そういうわけで、自分がかつて行ったことのある、アジア地方その他における、トルコ人や回教徒の妙な傲慢さから生ずる悲惨な事態についても、説明してくれた。彼らはその宗教独特の予定説、とくにあらゆる人間の死は前もって予定され、絶対に変更されえないものだ、という信念を、かたくなに信じているということであった。そのような信念にもとづいて、彼らはまるで他人事《ひとごと》のように、平気で悪疫の流行しているところへも出入りをするし、患者とも接するという始末で、その結果、一週間に一〇、〇〇〇人から一五、〇〇〇人の割合で死者が出たという。これに反して、ヨーロッパ人、つまり、キリスト教徒たる貿易商たちは、いち早く避難し疎開するので、いつも感染を免れていたということであった。

こう理詰めに説得されてみると、またまた私の決心はぐらつき出さざるをえなかった。よし、こんどこそは田舎《いなか》へ行こう、と新たな決意を固めようとした。そしてそれに必要な用意万端も整えた。正直な話、私の周囲には疫病《ペスト》が広がって危険が迫っていた。疫病にたおれる者は週にほとんど七〇〇人に達していることを週報は報じていた。兄はもうこれ以上ぐずぐずしているわけにはいかない、と私にいった。頼むからもう一晩考えさせてくれ、明日になったらはっきり決めるから、と私は兄にいった。できるかぎり準備をとどこおりなくすませ、商売のことも、まただれに後事の管理を託するかということもすでに片がついていたので、私としてはあとはただきっぱりと決心をすることだけが残っていたのである。

その夜、兄の家から、いったいどうしたらよいのか、と思案にくれて、重苦しい気持をいだきながら家に帰った。今晩は一晩じゅう真面目《まじめ》にこの問題を考えようと思い、ただひとり黙然と部屋に閉じこもった。このころになると、世間の人々は、みな申し合わせたようのに、日没後の外出は控えるようになっていた。その理由はそのうちにおいおい話す機会もあろうと思う。

夜、ひとり静かに、自分のなすべき義務は何か、という問題をまず初めに解決したいと思った。私は兄が是が非でも田舎へ行けというその論拠を考えてみた。次に、ロンドンに残らなければならないように感ずる私自身の強い気持を、それと対照して並べてみた。すると、自分の職業《コーリング》の特殊な事情から、および、いわば私の全財産ともいうべき家財類の保管という、当然私自身が負うべき責任の点から、どうしても残留しなければならないという、明白な召命《コール》を受けたような気がした。同時にまた神が下したとしか考えられない、そして厳守すべき命令を含んでいると少なくとも私には考えられた、ある啓示を受けたような気がした。そしてまた、もし、いわばこの残留命令とでもいうべき命令を受けたとすれば、当然、その命令のなかには、服従するかぎりにおいては、生命の安全を保証する約束が含まれているものと解釈しなければならない——と、こういう考えも私の頭に浮かんだのだった。

この考えはひどく頭にこびりついて離れなかった。おれは残るんだ、と従来になく意気ますます壮《さか》んなものがあった。そのうえ、自分は大丈夫だという、あるひそやかな確証さえ握ったような気がしてきた。しかも、ちょうど眼の前にあった聖書のページをめくりながら、この問題について血の滲むような苦慮を重ねているうち、私はついたまらなくなって「ああ、主よ、私をお導きください。私にはどうしたらよいかわからないのです」云々と大声でいった。ちょうどその折も折、気がついてみると聖書のページをめくっていた私の手は詩篇第九十一篇の上にぴたりと止まっていた。私は眼をこらしてその第二節を読み、つづいて第七節をとばし十節まで読んだが、言葉を引用すれば次のとおりである。「われエホバのことを宣《のべ》て、エホバはわが避所《さけどころ》わが城わがよりたのむ神なりといわん。そは神なんじを狩人《かりゅうど》のわなと毒をながす疫癘《えやみ》よりたすけいだしたまうべければなり。かれその翮《はね》をもてなんじを庇《おお》いたまわん。なんじその翼の下にかくれん、その真実《まこと》は盾《たて》なり干《こだて》なり。夜はおどろくべきことあり昼はとびきたる矢あり。幽暗《くらき》にはあゆむ疫癘《えやみ》あり日午《ひる》にはそこなう励《はげ》しき疾《やまい》あり。されどなんじ畏《おそ》るることあらじ。千人はなんじの左にたおれ万人はなんじの右にたおる、されどその災害《わざわい》はなんじに近づくことなからん。なんじの眼はただこの事を見るのみ。なんじ悪者《あしきもの》のむくいを見ん。なんじ曩《さき》にいえりエホバはわが避所《さけどころ》なりと。なんじ至上者《いとたかきもの》をその住居《すまい》となしたれば、災害《わざわい》なんじにいたらず苦難《なやみ》なんじの幕屋に近づかじ」云々。

私がこの瞬間から、ロンドンに残留することを決意し、己《おの》が全心全霊をあげてことごとく全能の神の仁慈と加護に委ね、他のいかなる避難所をも求めないことを決意したことを、あえて読者諸君に告げる必要はなかろうと思う。「わが時は神の御手の中にあり」（旧約聖書「詩篇」三一篇一五節）、……神は、健康の時にも、災厄の時にも、ひとしく私を守ってくださることを私は信じた。たとえ神が私を救うことをよしとし給わないとしても、私は依然として神のみ手の中にあることに変わりはなかった。み意志《むね》のままになし給え、――私は心からそう思った。

私はこのような決心をいだいたまま床についた。翌日になってみると、この決心はますます固いものとならざるをえない事情が起こっていた。それは、家やその他の用事を託する手筈にしていたある女が、急に病気になったことである。いや、そればかりでなく、どうしても残留せざるをえない、余儀ない事情がさらに生じていた。というのは、その日、私自身からだの調子が悪くなっていたからである。たとえ出発しようとしたところで、とうていできるはずのものではなかった。私はこの後三、四日も病床にあった。私の残留はこれで決定的なものになった。そこで、兄のところへお別れに行った。兄は家族のために前々から疎開先を見つけておいた。バッキンガムシアだかベッドフォドシアだかに行くのに、まずサリ州のダーキングへ行って、そこからさらに迂回するのだといっていた。ことあろうに、こんな時に病気になるなどとはまったく運の尽きだった。ちょっとでも具合が悪いと言おうものなら、それ疫病《ペスト》だ！　とたちまち決められてしまうからだった。この因業《いんごう》な病気の徴候はなかったけれども、頭と腹部がどうも具合が悪くて、てっきりかかったな、と内心大いに不安であった。しかし、三日ぐらいたつと、だんだん気分もよくなり、三日目の夜には熟睡し、汗も少しかいたので、すっかり元気も回復した。病気がよくなるのと同時に、感染したのではないかという心配もけろりとなくなってしまった。私はさっそくいつものとおりに仕事にかかった。

これで田舎《いなか》行きの考えはきっぱりと断念したかたちになった。兄はもうロンドンにはいなかったので、この問題については、もはや何も兄と相談することはなかった。いや、私自身とも相談することは何もなかった。

すでに七月も半ばになっていた。主としてロンドンの向こう側の地区で、また前にもいったようにセント・ジャイルズ教区、およびホウボン区のセント・アンドルー教区やウェストミンスター寄りの地域などで猛威をふるっていた疫病は、今や私が住んでいる地域に向かって、徐々に東漸しつつあった。それは文字どおり東漸であって、けっして、われわれのほうに向かってまっしぐらに進んできているのではなかった。例えば、市《シティ》、つまり城内はまだまだ相当に平気であったし、河向こうのサザク地区にもまだあまり進出してきてはいなかった。この週の病死者の総数は一、二六八名で、そのうち疫病によるものは、九〇〇名以上と考えられていたが、全市内《シティ》（城内）ではわずか二八名の犠牲者にすぎず、ラムベス教区をも含めて、サザク方面でも僅々一九名にしかすぎなかった。しかるに、セント・ジャイルズとセント・マーティンズ・イン・ザ・フィールズの二つの教区だけでも、じつに四二一名の死者を出していた。

　しかし、この伝染病が猖獗《しょうけつ》をきわめたのは、なんといっても外教区《アウト・パリシュ》（シティ、つまりかつての城の周辺にある教区をいう）だったと思う。なにしろ人口が多いうえに貧乏人が多いときているので、病魔は市内よりもいっそう餌食を求めて荒れ狂っていたのである。しかしこれについては後で述べる。とにかく病気が次第に自分たちのほうに近づいてくるのをわれわれは認めた。すなわち、クラークンウェル、クリプルゲイト、ショアディッチおよびビショップスゲイト等の教区を通過して迫ってこようとしていたのだ。とくにこの後のほうの二つの教区などは、オールドゲイト、ホワイト・チャペル、ステプニー等の各教区に接していたのであるが、悪疫がいよいよやってきた時にはその狂暴な猖獗ぶりは非常なものであった。最初に発生した西部の諸教区で、次第に病勢が衰えていった時でさえも、ここだけは依然として激烈をきわめているというふうであった。

　七月四日から同じく十一日にいたる一週間のあいだに、前にも述べたように、セント・マーティンズおよびセント・ジャイルズの二つの教区だけでほとんど四〇〇人の人が疫病にたおれたにもかかわらず、オールドゲイト教区では四人、ホワイト・チャペル教区では三人、ステプニー教区では一人、これだけしか死者が出なかった。これにはわれわれも一驚を禁じえなかった。

同様に、その翌週、すなわち七月の十一日から十八日にいたるあいだに、ロンドン全体の全死亡者数が一、七六一人であったにもかかわらず、テムズ河の向こう岸のサザク地区では疫病にたおれた者、わずかに一六人を数えるにすぎなかった。

しかし、すぐに形勢も一変して、とくにクリプルゲイト教区をはじめ、クラークンウェル教区などにおいて、病勢はその猛威をたくましくしつつあった。たとえば、八月の第二週までに、クリプルゲイト教区だけで八八六名の死亡者を出し、クラークンウェルも一五五名の死亡者を出したが、このうち、前者においてはじつに八五〇名が疫病によるものと推定された。後者においても、死亡週報の報ずるところでは一四五名がそうであるとのことであった。

七月いっぱい、および、前にもいったように、西部地区に比べてまだまだわれわれの地域は大丈夫だと思われていたあいだは、私は、仕事の都合で必要とあればいつでも平常どおりに町を出歩いて廻った。が、とくに、兄に管理を託された、兄の家のある市《シティ》の方面へは、通常一日に一回、もしくは二日に一回の割で、それが安全であるかどうかを見に出かけた。ポケットにはいつも鍵を持っていたので、家の内に勝手にはいってゆき、異常の有無を見るため、たいがいの部屋を片っぱしから見て廻るのが常であった。こんな災禍に際してもなお、人のものを失敬したり盗《と》ったりするような、性根の図太いやつがいた、というと、あるいはなかには訝《いぶ》かる人があるかもしれない。しかしそれはあくまで事実だったのだ。ありとあらゆる悪徳が行なわれていたのはもちろんのこと、いかがわしい行為や放蕩無頼の行為なども、以前と少しも変わらず公然と行なわれていたのである。もっとも、人口がいろいろな点から減っていたので、いくらかそういった悪事の数は減っていたかもしれない。

しかし、ついに市《シティ》自体、つまり城内にも病魔がその魔手をのばす日がやってきた。とはいえ、おびただしい人たちがすでに田舎《いなか》に疎開した後なので、市《シティ》の人口はめっきり減っていた。のみならず、七月中もひっきりなしに、前ほど群れをなしてというわけではないが、依然として多くの人々が逃げ出していた。八月に入っても、やはり市民の逃げる者は、あとをたたなかった。これでは市に残るのは市当局者と召使だけになるのではないか、と思われるほどであった。

市民たちがこうやってロンドンから出てゆきはじめた時、自然、宮廷もはやばやと移転ということになった。すなわち、六月に移り、そしてやがてオックスフォードに落ちついたのである。神の思し召しによるとみえ、宮廷人たちは皆ここで無事に災禍を免れることができた。私の聞いたところでは、病気は彼らに一指もふれなかったそうである。これに対して宮廷人たちが、大した感謝のしるしも、またなんら改心の実をもあげなかったことは——少なくとも私自身それを目撃することができなかったことは、残念なことだったと思う。大変失礼な言い分かもしれないが、じつをいえば、宮廷人の非道な所業がこの恐るべき天罰を全国民の頭上に招くのに与《あず》かって大いに力があったともいえるのだ。ただ、彼らは耳をおおってこのことを聞こうとはしなかったのである。

ロンドンの風貌は今やまったく一変して、もはや昔日の面影はなかった。あらゆる大きな建築をはじめ、市《シティ》も、自由区域《リバティーズ》も、ウェストミンスター地区も、サザク地区も、すべてが一変してしまったのだ。ただあの市《シティ》といわれる特別な一画、あそこだけはまだそう大して被害を受けてはいなかった。しかし一般の様子は、前にもいったように、すっかり面目を一変してしまっていた。どの人間の顔にも、悲しみと憂いが漂っていた。まだ壊滅的な打撃を受けていないところもあるにはあったが、だれもかれも一様に不安におびえた顔つきをしていた。だんだん眼に見えて病魔が近づくにつれ、人々はもう自分や家族の者が恐るべき危地におちいっているかのような感じに襲われていた。私はこの時分のありさまをそっくりそのまま、これを目撃しなかった人々に伝え、いたるところに現出した地獄絵巻を読者諸君に伝えることができたらと思う。もしできたら、それこそどんなに深刻な印象を与え、恐怖を与えることであろうか。ロンドンは涙にかきくれていたといってよかった。近親の死をいたむために、黒いものを着たり、正式の喪服をつけたりする者は一人もいなかった。町々にはそれらしいお弔いの姿は見られなかった。しかし、死をいたむ悲しみの声は町々にあふれていた。道を通りすがりながら、女や子供たちが家の窓や戸口のところで声をあげて泣いているのが聞こえることも再三であった。それは、愛する者がまさに息を引き取ろうとしているのか、またはちょうど息を引き取ったばかりか、そのいずれかであるにちがいなかった。これを聞く時、どんな依固地《いこじ》な人間も心をうたれざるをえなかったであろう。涙と悲しみがほとんどどの家にも見られた。が、とくに、流行の初期にあたって、それがひどかったように思う。というのは、後になってからは、人々の心はすっかり麻痺してしまい、眼の前に漂う死の影になれてしまったからである。近親を喪《うしな》うことなどそう大したことだとも思わなくなったのだ。こんどはこっちの番だ、という意識がつねにあったわけだ。

まだ病勢がそちらの方面で激しかった時でも、商用とあらばやむをえないので、時々私はその危険区域へも出かけていった。他の人もそうであろうが、とくに私にはこういったありさまが初めての経験だったのでいろいろ見て廻った。が、なかでも、いつもなら人込みでごった返している通りがほとんどみながらんとしていて、人影もまばらなのにはびっくりしてしまった。これでは、かりに私が田舎者《いなか》で道に迷ったとしたら、とんでもない目に合うだろうと思われた。それこそ、通り（といっても、そう大通りをいっているのではないが）を端から端まで歩いていっても、道を教えてくれそうな人には一人も会えなかったかもしれない。ただ会えるのは、閉ざされている家の玄関のところに立っている監視人くらいなものであったろう。これについては、やがて述べるつもりである。

ある日のこと、やはりこの危険区域に、あるよんどころない用事で行ったが、ふと、いつもよりもっと変わったことが見たいような気がした。そこで私は用事もないのにずいぶん遠方まで歩いていった。そしてホウボンまで行ったが、そこはかなり大勢の人が通りを歩いていた。しかしよく見てみると、通行人は通りの両側を通らないで、真ん中を歩いているのであった。これは、両側の家からひょっとしたら出てくるかもしれない人間や、病気にかかっていそうな家から漂ってくる、なんともいえない悪臭をさけるためであったらしいのである。

法学院《インズ・オヴ・コート》は四つとも閉ざされていた。テンプル学院もリンカンズ学院もグレイズ学院もほとんど弁護士の姿は見かけられなかった。だれもかれも、みんな仲が良くなって、弁護士の必要がなくなったのかもしれなかった。その他、ちょうど休暇中だったので、ほとんどみな田舎に行っていたせいもあるかもしれなかった。あるところなど、軒並にごそっと家が閉まっていて、家の者は一人残らず田舎へ逃げ出しているところもあった。監視人が一人二人ちらほらするだけであった。

軒並に家が閉まっているといっても、それは何も当局者の手によって閉鎖されていたという意味ではない。じつは、多くの者が、雇傭関係や主従関係などのために必要やむをえず、宮廷に随行して、そこを立ち退いたためにそうなっていたにすぎないのである。それに、疫病《ペスト》にすっかり縮みあがったほかの連中がさっさと田舎落ちをしたため、かくのとおり、ある町のごときはまったくの廃墟同然となっていた次第なのだ。だが、例の特別に市《シティ》と呼ばれている一区画、あそこだけは、まだ恐怖にそうおびえてはいなかった。それは、初めこそ名状しがたい驚愕に襲われたけれども、病勢の進行ぶりがかなり間歇的《かんけつてき》なものであったこともっぱらその原因であったろうと思われる。いわば、度肝を抜かれたり、ほっとしたり、かと思うとまた度肝を抜かれたり、といった調子が、再三再四つづいたのだ。そのとどのつまりは、すっかり病気になれっこになってしまって、どんなに病気が荒れ狂おうが、それがただちに市《シティ》の内部や、またロンドンの東部や南部にまたたくまに侵入するというのではないのを見て、なあに大したことはないとたかをくくったというわけであった。前にもいったように、おびただしい人々が逃げるには逃げたが、これは主としてロンドンの西部の人々やいわゆる市《シティ》の中心部《ハート》の人々、つまり、市民の中でもいちばん富裕な階級に属する人々であった。また、取引きや商売などで縛られることのない連中なのであった。しかし、他の、一般大衆は否応なしに残らざるをえなかった。そして、最悪の事態をじっと耐えてゆこうと決心しているようだった。われわれが通常、自由区域と呼んでいた区域をはじめ、郊外、サザク、東部――わけても、ウォピング、ラトクリフ、ステプニー、ロザハイズ等の区域は、人々が大半残留した地域であった。もっとも、そこでも、商売しなくても食ってゆける金持連中は逃げ出していた。

この際われわれが忘れてならないことは、この疫病流行の時、というより流行の初期といったほうがよいかもしれないが、とにかくこの時にあたって、ロンドンおよびその郊外の人口というものが、じつにおびただしいものであったということである。私はその後長生きをしたおかげで、ロンドンの人口がとても昔日の比でないくらい激増し、無数の人々がロンドンでひしめき合うのを、この眼で目撃してきたが、それでも、いつも私の頭にこびりついて離れなかったのは、あのころの人口の激増ぶりのことだった。戦争は終わる、軍隊は動員解除になる、王室は帰国する、王政は回復する、といった具合で、多数の人々がロンドンに集まってきて、商売を始めたり、褒賞や立身出世を求めて宮廷に仕官したりする、といったふうであった。その数たるや大変なもので、人口はそのために従来よりも一挙に一〇〇、〇〇〇人も増したと算せられたほどであった。いや、なかには、王党に属していて没落した連中が大勢押し寄せてきたので、人口はゆうに二倍になった、と主張する者もいたくらいだった。それくらい、ロンドンで商売を始めた軍人上がりや、ここに定住した家族が多かったわけだ。のみならず、宮廷がまた宮廷で、何かにつけて驕慢《きょうまん》と奢侈《しゃし》の風潮をもたらしていた。そのため市民たちもみな贅沢で浮薄になってしまっていた。王政回復の喜びがいかに大きかったかは、このロンドンに集まってきた人々の数が多かったことによってもわかろうというものである。

これについて、私がしばしば考えたことが一つある。かつてエルサレムがローマ軍によって包囲攻撃をうけた時、そこには元来なら各地方に分散していたはずの、ほとんど信じがたいほどの多数のユダヤ人が、過越節《すぎこしのいわい》を祝うためにたまたま集まっていたといわれている。はたしてそうであるならば、それは、前に述べたようないろいろな事情で、これまた信じがたいほどの多数の者がロンドンに集まっていたその折も折、疫病《ペスト》がロンドンを襲った、という事実と符合を同じくするものではないだろうか、ということだ。この若々しい、華やかな宮廷の後を追ってロンドンに流れ込んできた無数の人々が、市内《シティ》で途方もない大規模な商売を、――それもとくに、派手な流行や服装に関係したあらゆる種類の商売を始めたものだから、自然にそういった商売の仕事で飯《めし》を食っている各種の職人や製造業者といった、貧乏人たちもぞろぞろその後からくっついてきたというわけである。今ではもはっきり覚えているが、たしか市長に宛てた、貧民の生活状態に関するある報告書のなかで、少なくとも一〇〇、〇〇〇人からの飾紐《リボン》織匠が市の内外に住んでいると推定されていた。そしてその大半は、当時、ショアディッチ、ステプニー、ホワイト・チャペル、ビショップスゲイト等の各教区に住んでいた。つまり、当時のスピトル・フィールズの界隈に住んでいたのだ。というのは、今のスピトル・フィールズとは、名前こそ同じだが、広さはその五分の一にも足りない小さなものであったからである。

しかし、これによってロンドン全体の人口がほぼ見当がつくことと思う。あれほどの多数の人々がロンドンから退去していったのに、見たところ依然として大勢の群集が残っているというのは、いったいこれはどうしたわけだ、とじつは私自身、当時不思議に思った次第であった。

しかし、それはともかく、この恐るべき受難の時の模様に――その初期の模様に再び話をかえそう。まだ人々の恐怖の念がそれほど深刻に骨の髄までしみこんでいなかった初めのころ、この恐怖の念をいやが上にもかきたてるような、いろいろな奇怪な出来事が次々と起こったものであった。もしこういった出来事がいっぺんに起こりでもしようものならば、さすがのロンドンの人たちも、まるでバネ仕掛けの人形のように飛び上がり、うって一丸となって、家を捨て、町を捨て、出ていったろう、と思われるほどだった。ロンドンというところは、てっきり、流血の地《アケルダマ》として神によって定められ、地球上の表面から一掃さるべき運命にあり、そこにまごまごしているといっしょに滅ぼされてしまうとしか考えられないからであった。私はそういった出来事のうち、ほんの二、三のことをあげるにとどめたい。しかし、ほんとうは非常に多かったということをはっきり言っておかなければならない。そのうえ、また、いろいろな妖術者や巫女《みこ》みたいな連中がいて、そのような出来事に、いろいろ尾鰭《おひれ》をつけて言いふらしていたのである。しかし、思うに、あの連中のうち、はたしてどれだけの者が生きのびたであろうか。とくにあの女たちはどうなったであろうか。

まず第一にあげたいのは、疫病の流行する前に、光り輝く一彗星が数ヵ月の長きにわたって現われたということである。これは、その翌々年、ちょうどあの大火のあるちょっと前にやはり同じような彗星が現われたのとじつによく似ていた。老婆や、これまた老婆と呼んでさしつかえないような、男のなかでもとくに粘液質な心気症の者は、これについて後になって（といっても、この二つの天罰が過ぎ去ってしまってからの話だが）、いろいろ話をしていた。たとえば、この彗星はどっちもロンドンの真上をかすめて飛んでいったとか、その飛び方がまるで軒端につかえるほど低かったが、これはロンドン市だけにふりかかる災難を兆するものだったとか、いった類《たぐい》である。悪疫の前の彗星は淡い、鈍い、どんよりした光彩を放っていて、その飛び方も荘重な、ゆっくりしたものであった。ところが、大火の前の彗星は燃えるように光り輝いていたし（中には炎をあげて燃えていたというものもある）、その速さもすさまじいものであった。したがって、一つは、鈍重ではあるが痛烈とも凄絶ともいえるような、つまりこんどの疫病にはっきり現われたような天罰の前兆であり、他は、突如として起こり一瞬にしていっさいのものを焼き尽くす――それこそまさしく大火のような一大痛撃の前兆であった、などとも彼らはいった。いや、彼らだけでなく、なかには大火の前の彗星を見ている時、単にそれがすさまじい速さで飛んでゆくのを見、その飛んでゆく動きそのものを肉眼ではっきり目撃したばかりでなく、その音を聞いた、かなり遠方でもはっきり聞きとれるような、しゅうっというものすごい音を聞いた、じつに何ともかともいいようのない恐ろしいものであった、などとまことしやかに話す人間もいた。

私もじつはその二つの彗星を見た一人である。そして、お恥ずかしい話だが、私自身ご多分にもれず、そういった俗説に捉われていた。したがって彗星を見た時、これはまさしく神の下し給う審判の前兆であり、警告である、とつい思ってしまったものであった。とくに、最初の彗星が現われた直後に悪疫が発生し、その後でまた同じような事態が繰り返されるのを見た時、いっそうそういう感じに捉われざるをえなかったのだ。神はロンドンをこれだけ懲らしても、まだ飽き給わないのであるか、とはそのとき私の口をついて出た言葉であった。

しかし、私はその半面、他の人々と同じように、この事態にとほうもない解釈を加えることはできなかった。これらは自然現象として、その原因が天文学者によって当然説明されるはずだ、彗星の運動や運行も計算されている……少なくとも計算することが可能とみなされているはずだ、と思っていたからである。したがって、この彗星は必ずしも疫病《ペスト》、戦争、火事その他の凶災の前兆もしくは前駆とは考えることはできない、と私は考えたのであった。

しかし、私の考えや、学者たちの考えがどうであろうとも、かような現象が一般大衆の心理の上に投じた影響は、とても尋常一様なものではなかった。ロンドンに、なんだかよくわからないが、とにかく恐るべき異変が起こる、恐るべき神の審判が下される、といった暗澹たる恐怖感が市民全体の心をしっかりと捉えてしまった。とくにこの彗星の出現と、前に述べたセント・ジャイルズ教区に発生した二名の死者による、十二月に起こった一見ささやかな危険信号を見るにおよんでは、その恐怖はもはや抜くべからざるものとなってしまったのである。

しかし、それだけならまだしものことだが、市民の恐怖は、当時の謬見《びゅうけん》にたたられて、ますます途方もないものになっていった。いったいどういう考えからか、私にもさっぱり見当もつきかねるが、彼らは、ほとんど空前絶後といっていいくらい、予言を信じ、星占いを信じ、夢占いを信じ、巷間《こうかん》の俗説を信じていた。はたしてこの不幸な迷信根性が、これを機会にひともうけしようと企んでいるある種の人間の悪企みに煽《あお》られたものかどうか、つまり、いろいろな予言や観測を印刷して売り出そうという連中の煽動によったものかどうか、これは私にもよくわからない。けれども、市販の各種の本、たとえば、『リリー暦書』、『ギャドベリ星占書』、『プーア・ロビン暦書』などといったものが、いかに市民を恐怖のどん底につき落としたかは、疑う余地もなかった。なおそのほか、そういった本のなかには、次のような似而《え》非《せ》信仰書も幾冊かは含まれていた。たとえば、『わが市民よ、彼女《ロンドン》とともに疫病にたおれざらんがために、ロンドンよりとく立ち去れ』とか、『直言録』とか、『英国備忘録』といったものである。このような本は数も多く、そのほとんどすべては、陰に陽にロンドンの壊滅を予言したものであった。いや、なかには大胆無比とでもいおうか、われこそは市民に説教するために神より遣わされた者である、などと称して、町から町へと駆けずり廻りながら、予言をしゃべりまくる者さえ幾人かいた。ある男なぞは、ニネベのヨナのように、辻々に立って「四十日を経ばロンドン滅亡《ほろぼ》さるべし」と叫んだりした。もっとも、その男が、あと四十日といったか、あと数日といったか、そこのところは私もじつははっきりしない。またなかには、腰のまわりに猿又をはいただけで、あとは素っ裸になって、昼となく夜となく叫びつづけている男もあった。これは、ちょうどあのジョシーファス（ユダヤの歴史家。三七〜一〇〇年？）がいっている、エルサレム滅亡直前に「エルサレムに禍あれ！」と怒号した人間によく似ていた。ところでこの貧相な裸体の先生は、「おお、神よ！　大いなる、恐るべき神よ！」とわめくのみで、他には一言もいわなかった。そして、いかにも恐ろしくてたまらぬといった顔をして、声をふるわせ、そそくさと歩きながら、「おお、神よ！」云々と同じ言葉を何度も何度も繰り返していうだけであった。そしてこの先生が立ち止まったり、休んだり、飯《めし》を食ったりしているのを、ついぞだれ一人見たものはなかったそうである（少なくとも私の聞いたかぎりではそうであった）。私自身もこの裸体の先生には街頭で何度もお目にかかった。よっぽど話しかけようとしたが、彼は一向に私に対して、というよりどんな人間に対しても、応じようとはしなかった。そしてただ、例のぞっとするような叫び声をあげるばかりであった。

こういった事柄が人々を恐怖のどん底にたたき込んだことは大したものであった。とくに、前にもちょっと触れたように、セント・ジャイルズで疫病のために死んだ者が一、二名あったという死亡週報の記事を一度ならず市民たちが見た時は、まったくそうであった。

かような街頭風景に次いで問題になったものに、老婆たちの夢占いがあった。つまり、他の人間が見た夢をこの老婆たちが占ってやるというわけだ。これがまた、おびただしい市民の度肝を抜いたものであった。市民のなかには、ロンドンに悪疫起こり、ために死者を埋葬しうる生存者一人として残らざるべし、さればとくとくロンドンを立ち去れ、という声を聞いたという者も出てきた。また、なかには、幽霊が空に現われたのを現にこの眼で見た、という者も出てきた。この声といい、幽霊といい、こう言ってははなはだ礼を失するかもしれないが、私としては、その連中が語られざる声を聞き、現われざる幻影を見た、というよりほかに仕方がないと思っている。要するに彼らの頭が少し変になっていてものに憑かれていたからだと思う。しかし考えてみれば無理もない話で、朝から晩までただじっと雲ばかり見つめていれば、どんな人間でも、しまいには物の相《すがた》を見、像や幻を見ようというものだ。そのじつ、ただの空と蒸気にすぎないのだが、そんなことはいっさいおかまいなしというわけである。自分たちは炎をあげて燃えている剣を握った手が、雲の中からにゅっと出て、その切っ先をちょうどロンドンの真上に向けているのを見た、という人間もいた。また、墓地に運ばれてゆく棺桶を乗せた幾台もの柩車を空中に見た、とい

う者もいた。それどころではない、死体が埋葬もされずに転がっているのを見たんだ、とか何とか、じつにさまざまなことを述べたてる者も出てきた。どうも、市民というものはいったん怖気《おじけ》づいてしまうと、あることないこと、妄想をたくましくして勝手なことを言い出すものなのだ。

愁《うれい》にみてる妄想の、大空につくり出せるは、
げに恐ろしき艨艟《もうどう》、軍勢、しかして血戦、
されど凝視の前には、やがて消え、
後に残るはただの雲霧のみ。

市民の見聞したという、こういった事柄に関する奇々怪々たる話は、書いてゆけばきりがないくらいだが、どの人間も、おれは見たといったら見たんだ、とじつにはっきりと断言するのにはいささか閉口であった。下手に反対でもしようものなら、仲違《なかたが》いの一つもするくらいは覚悟しなければならなかった。なんて失礼なやつだ、といわれるのはまだしもであったが、どうかすると、なんてわけのわからない、不信仰なやつだ、と罵られることも覚悟していなければならなかった。ちょうど疫病がはやりだす前のことであったから（つまり前にいったようにセント・ジャイルズ教区以外の地区での話だ）、たしか三月だっ

たと思うが、街を歩いていてふと人だかりがしているのが眼についた。何事だろうと思って、私もそのなかにまざって見てみると、その連中はどれもこれも天の一角をじっと見つめているというわけだ。一人の老婆がはっきり見たというあるものを見ているのだそうであった。なんでも、それは、白衣を着た天使で、手には炎々と燃えさかる剣を持ち、さかんにそれを打ち振っている、いや、大上段に振りかざしている、というのであった。その老婆はまるで手にとるようにその姿をみなの者に話してきかせた。ほれ動いた、ほれどういう格好をした、といった具合にいちいち説明してきかせた。すっかり人々は魅せられてしまった。「見える、見える、はっきり剣が見える」と一人の男がいった。「ほんとだ、天使の姿も見えるぞ」と他の男がいった。すると天使の顔を見たという者まで飛び出してきて、「天使って、なんと神々《こうごう》しい姿なんだろう！」と叫んだ。そうなると、なにを見た、かにを見たと、とめどなくだれかれの区別なくしゃべり出すのであった。私も他の人たちと同じように一生懸命に見た。ただ他の人たちと違うところといえば、私が手放しに乗ぜられるのを警戒していたことであろう。そこで私は仕方なく、何も見えないね、見えるとすれば、反対側に日光が射しているのでその反射で白く輝いている雲くらいなもんかな、といった。するとその老婆は、いとも熱心に、ほらあそこだよ、と教えてくれた。しかしそれでも一向に私は、見たと白状するわけにはゆかなかった。見ないものを見たなんて嘘をつくことはできなかったからである。老婆は急に私のほうに向き直って、まじまじと私の顔を覗き込んで、あんたは何を嗤《わら》いなさる、と難詰した。それはとんでもないその老婆の妄想といわなければならなかった。私は何も嗤ったりなどしなかった。ただ、どうしてこの気の毒な市民たちは、あられもない妄想に憑かれてこんなにまでおびえているのか、と沈痛な物思いに耽っていたにすぎなかったのだ。ともあれ、この老婆はぷいと向こうを向いて、おまえさんはね、極道《ごくどう》もんだよ、悪口屋だよ、といった。また、今は神さまのお怒りの時で、恐ろしい審判が近づいているんだから、おまえさんみたいに神さまをないがしろにするやつはそのうちに「驚いて亡びる」（新約聖書「使徒行伝」一三章四一節）にきまっているんだよ、ともいった。

まわりにいた連中も一緒になって怒っているようであった。なにも君たちを嗤ったのではないといくら言ってきかせてもむだだと思った。そんなことをして彼らの蒙を啓《ひら》こうとしてもかえって逆になぐられるほうがおちだと思った。そこで私はその場をすぐさま立ち去ったが、この天使のことは、例の光り輝く彗星の話と同じく、まことしやかに世上一般に流布《るふ》されるにいたった。

もう一つ、同じような事件に、まっ昼間ぶつかった。それは、ペティ・フランスから、一列に並んでいる養老院のそばを通ってビショップスゲイト教会の墓地へ行く、ある狭い路地を通っていた時のことであった。元来、ビショップスゲイト教会（むしろ教区といったほうがよいかもしれない）には教会墓地が二箇所あったが、一つは通称ペティ・フランスといわれている所から、ビショップスゲイト街へ行く時に途中通るところがそれで、そこをつき抜けると教会の正門のわきに出るのである。もう一つは、その狭い路地の片側にあるのがそうであった。その路地の左手には養老院が並んでおり、右手には柵のついた腰垣があった。ずっと向こう側へ行くと、右手寄りに市の城壁があった。

この路地のなかで一人の男が、柵と柵のあいだから墓地のほうを覗き込みながら立っていたのであった。そこにはまた、狭い道からはみ出すほどぎっしりと通りがかりの人がひしめきあっていたが、それでも他の者が通るのにはさしつかえのない程度には道路が開けてあった。その男はその連中に眼の色まで変えて何事かを熱心に語っていた。絶えず、次から次へと何かを指さしながら、ほらあそこの墓石の上を幽霊が歩いている、などとしきりにいっているのであった。幽霊の格好や姿勢や動作などがはっきりわかるらしく、いちいちくわしく説明していたが、あれほど自分にはっきり見えるのに他の人には見えないというのは、まったくもって驚くのほかはないともいった。そのうちに、彼は突然「あそこだ、あそこだ、ほら、こっちへ来るぞ」と叫んだ。それからまた、「ああ、また向こうへ行ってしまった」ともいった。そうこうしているあいだに、彼の熱心さが効を奏したらしく、そこに居合わせた連中はみな幽霊を固く信ずるようになった。そのあげくの果ては、ある一人の男が、どうもおれは幽霊の姿が見えるような気がする、といい出すと、うん、そうなんだ、じつはおれもそうなんだ、と相槌《あいづち》を打つ者も出てきた。かようなわけで、ところもあろうにこの狭い路地は、その男のおかげで毎日毎日大変な人だかりであった。そういう騒ぎは、しかしながら、毎日教会の時計が十一時を打つまでつづいた。なんでも十一時になると幽霊は急にそわそわし出して、あたかも何かに呼び戻されでもするかのようにまったく突然に消え失せるらしかった。

私も眼を皿のようにしてあちこち見廻した。この男が、あっちだ、こっちだというのにつれて、一生懸命あっちこっちと見たわけだ。けれども一向にそれらしいものの姿は認めることはできなかった。それでもこの男があんまりはっきりと断言するものだから、そばにいる連中もしんからそう思い込むらしかった。そしてやがてみな、身震いしながら真っ青な顔をしてそこを立ち去るのであった。そういうわけでこのことを知っている者は、めったにその路地を通らなくなってしまった。とくに夜分などは、どんなことがあったって、ここを通る人間なんかはいなくなってしまった。

この男の語るところによれば、この幽霊は人家や地面や群集のほうへ向かって指をさし、明らかに、無数の亡者どもが今にこの墓地に埋められるようになるということを告げていた、少なくともそう解された、というのであった。また実際にそれがそうなったのは周知のとおりである。だが、この男がそんな幽霊の姿を見たなどということは、私はとうてい信ずることはできなかった。できることなら一目でも見ようと、あれほど熱心にさがしたけれども、ついに幽霊のゆの字も見ることはできなかったのだ。

このような出来事は、どんなに市民たちが変な妄想に憑かれていたかを如実に示していると思う。悪疫来たるの声におびえてしまって、彼らの考えることはただもう、ロンドンはおろか全王国を滅ぼし、国民のすべてを、人も家畜もみな殺戮《さつりく》せずんばやまない、身の毛もよだつような疫病のことばかりであった。

この他に、前にもいったように、占星術者が星と星の会合のことなどを語ったが、その会合の仕方がどうも不気味でこれがまたかなり悪質な影響を与えそうだというのであった。このような星の会合が十月に起こるといわれていたが、実際十月に起こったし、また十一月にも起こった。占星術者は得たり賢しとばかり、この天変のことを吹聴《ふいちょう》してさかんに人心を悩まし、これは旱魃《かんばつ》と飢饉と悪疫の前兆であると予言した。だが、この予言は初めの二つに関するかぎり、ものの見事に当たらなかった。旱魃がなかったばかりでなく、むしろ十二月から翌年の三月にかけて厳しい寒さがつづき、その後は暑いというより、むしろ暖かい温和な気候がつづき、すがすがしいそよ風も吹いた。要するにまことに申し分のない上天気で、時には雨も多量に降ったものだった。

いたずらに人心を脅かすような文書の印刷を取り締まり、その撒布者を威嚇するために、いろいろな手段が講ぜられた。ある数名の者は逮捕されたりしたが、私の聞いたところでは、大したことではなかったようであった。政府当局は、もはや正気の沙汰でない市民を、これ以上激昂させることを好まなかったからである。

私はまた、聴衆の心を昂めるよりも、かえって滅入らせるような説教をした牧師たちのことも、ただではすまされぬと思っている。彼らが信者の覚悟をうながし、とくに悔い改めをうながすために、そういった説教をしたことは疑う余地はないかもしれない。しかし、それが所期の目的を全然達しなかったということ、少なくとも他の面で与えた悪影響に比べた場合、まったくその目的を逸したということ、これもまた疑う余地はないことだった。事実、聖書に示されている神は、つねに温かくわれわれを招き給い、われに来たりて生命を得よと仰せられており、絶対に脅かしたり驚かしたりしてわれわれを退けようとはされなかったはずである。もしそうであれば、いやしくも牧師たるものは、ただひたすらわれわれの主、イエス・キリストに倣《なら》うべきではなかったろうか。すなわち、主がつねに天上よりの神の恵みを伝え、改悛者《かいしゅんしゃ》を喜んで受け入れ、これを許し、しかも「汝ら生命を得んために我に来《きた》るを欲せ」ず（新約聖書「ヨハネ伝」五章四〇節）と心を悩まし給うたことを深く心に銘記して、これに倣うべきであったと思うのだ。主の福音が平和の福音と呼ばれ、恩寵の福音と呼ばれていることを忘れてはならない。

ところがわれわれの牧師たちはどうであったか。何も一派一宗に限られたことではなく、あらゆる宗派にわたってそうなのであったが、これらの牧師たちは、根が善良なるにもかかわらず、その話すことはつねに恐怖にみち、不気味な話題にあふれていた。会衆は身震いするような恐ろしさにかられては教会に集まり、牧師たちの悪しき音信《おとずれ》を聞いては、涙にかきくれて散会していった。牧師たちは会衆の心に、死の心配をいやというほどたたき込み、その恐怖心をかきたてこそすれ、神に向かって恵みを求めることを教えようとはしなかった。少なくとも真剣な努力は払おうとはしなかった。

まったくこの時代は宗教上、不幸な分裂の時代なのであった。多種多様の宗派や独自の信条が国民のあいだに広がっていた。いかにも、約四年前には、王政回復とともに英国国教会も復活していた。しかし、長老教会派《プレズビテリアンズ》や組合教会派《インデペンデンツ》やその他のすべての宗派の牧師や説教者たちは、それぞれ自分たちの団体を持ち、聖壇を競って設け、数はそれほどでもないが、やっているのはちょうど現在のとおり、彼らだけの礼拝集会を開きはじめていた。いわゆる非国教派《ディセンターズ》は当時はまだ一つの団体にまで形をなしていなかったわけだ。かような集会はその数もごく少なかったが、その少ない集会さえも政府当局は認めようとはせず、できるだけ弾圧を加え、その会合をやめさせようと努力していた。

しかし悪疫の流行は、たとえ一時的であったにせよ、この両者を融和せしめたのであった。すなわち、非国教派のもっとも優れた牧師、説教者の多数の者が、悪疫の流行に耐えきれないで聖職者の逃げ出した（その数はじつにおびただしいものであった）英国国教会派の各教会に自由に出入りすることが許されたのである。市民も、相手がだれであろうと、どういう信条の人であろうと、大して気にもとめないで、だれかれの区別なく、彼らの説教を聞きに集まってきたものであった。しかし、これも束の間で、病気が過ぎ去ってしまうと、この友愛の精神も同時にさめ果て、どの国教会派の教会も専任の牧師が帰ってきたり、新たに補充されたりするにつけて、事態は元どおりになってしまった。

悪いことは重なるものである。牧師たちに脅かされた市民たちは、すっかり度を失ってしまって、次から次へと愚にもつかない、たちの悪い占い事に頼るようになっていった。またそういったことをけしかけるような、煮ても焼いても食えないやつがちゃんと手ぐすね引いて待っていた。たとえば、運勢占いがそうであった。市民たちは、売卜者《ばいぼく》や陰陽師や星占いのところに押しかけていって、自分の運命を知ろうとしていた。つまり、当時の一般の言葉を用いれば、自分の運勢を見てもらったり、算命天宮図を計算してもらったり、その他いろいろなことをやってもらいに行くのであった。市民のこのような愚行は、たちまち、いわゆる自称魔法使や、自称妖術者といったような怪しげな群れをロンドンにおびきよせる仕儀となった。実際、この連中ときたら、自分で犯したと思っていた以上に、言語道断な悪魔との取引きをやっていたといえよう。この商売は、まもなく、おおっぴらに堂々と行なわれるようになり、やがては家の戸口のところに、各種の看板や広告まで出るようになった。「運勢占いいたします」とか、「星占いいたします」とか、「算命天宮図の算定、ご依頼に応じます」といった類の看板がざらに出るようになったのである。この種の怪しげな連中の住居を示す標号であるベイコン修道士（哲学者ロウジャー・ベイコン。一二一四？～九四年）の真鍮の頭像や、シプトン魔女（十七世紀に喧伝されはじめた女預言者）の標識や魔法使マーリン（アーサー王物語に出てくる魔法使）の首などが、ほとんどいたるところの街路に見られるようになったのである。

いったい、どういう途方もない、ばかばかしいたねや仕掛けによって、この悪魔のお告げが、市民たちの心に安心と満足とを与えていたのか、私にはてんで見当もつきかねる。ただ、確かなことは、とても数え切れないほどの群集が、毎日毎日彼らの門戸に殺到したということである。この種のいんちき魔術師がふだん着ている、例の天鵞絨《ビロード》の短上衣、帯、それに外套、といった服装をまとって、ちょっとひとくせありげな男が町の中でも歩こうものなら、たちまちそのまわりは黒山のような人だかりで、その後からぞろぞろついて行きながら、次々といろいろな質問をするのであった。

これがどんなに恐ろしい迷妄であるか、そしてまたこれがどんな結末をもたらすものであるか、ということについては、いまさら私が述べるまでもないことだと思う。ただしかしながら、当時としては、疫病《ペスト》自体がこういった迷妄に止《とど》めをさすか、あるいは思うに、ロンドンからこの種のいんちき占者の大半を綺麗に片づけてしまうかしないかぎり、その対策はなかった。たとえば、困った事例の一つとして、こういうことがあった。哀れな市民たちがこのいんちき星占いたちに、疫病ははたして起こるのでしょうか、それとも起こらないのでしょうか、と尋ねると、その答えはどれもこれもみな申し合わせたように、「疫病は起こります」であった。彼らの商売にとっては疫病さまさまであったからである。もし万一、市民を疫病禍の恐怖から免れしめるようなことがあったら、その時こそこの妖術者たちは無用の長物視され、その商売はあがったりであったからである。そういうわけで、この連中ときたら、つねに、星のこれこれの影響がどうの、これこれの惑星の会合がどうの、と言って、これじゃいやが応でも病気、疾患が起こらざるをえない、したがってまた疫病の起こるのも理の然らしむるところでござろう、と言っていた。なかには、いかにも自信たっぷり、すでに疫病は起こっておりますぞ、とほんとうのことを言う者もいたが、そういうご本人は真相については一向にご存じなかったのだ。

この際、ほとんどすべての宗派の牧師、説教者のなかでも、ものわかった真面目な人たちが、いかにこれらのいんちき行為を烈火のごとく罵り、その悪行と愚行を暴露したかを、ここに記すことは、当然筆者のなすべき義務と考える。牧師、説教者ばかりではない、いやしくも物事を真面目に正しく考える人はみな、こういう行為を嫌悪し軽蔑したのである。ただ、いかんせん、凡庸な一般庶民や職人階級の者には、いくら言ってきかせてもこの間の理屈がわからなかったのだ。恐ろしさにすっかり仰天してしまっている彼らは、ただわけもなく、むやみやたらにこの粋狂事に金を浪費していた。女中奉公や下男奉公している者に、占業者の顧客が多かったが、なかでも女中奉公している者のうちにとくに熱心な顧客が多かった。これらの連中の尋ねごとというのは、いつもきまって最初は、「疫病は起こるのでしょうか」というのであった。そしてその次は、「先生、私がいったい、どうなるかおっしゃっていただけないでしょうか。私は、このまま奥さまのところに置いて

FRIAR BACON
MOTHER SHIP
ABRACADABRA

いただけるのでしょうか、それともお払い箱になるんでしょうか。奥さまはこのままロンドンにお残りになるのでしょうか。それとも田舎《いなか》にお逃げになるのでしょうか。もし田舎にお逃げになるのでしたら、私を連れていってくださるのでしょうかしら、それとも私を置き去りにして、野垂れ死にさせようってんでしょうか」というのだった。下男の場合も、その尋ねる文句は似たりよったりであった。

実際問題として、この下男下女の前途は風前の燈火《ともしび》であったのだ。このことについてはやがておいおいに話す機会もあろうかと考えている。なぜそんなに風前の燈火のようであったかというと、おびただしい奉公人たちが解雇されることは、当時ほとんど自明のこととされていたからである。そしてまた実際にそうなったのだった。多くの者が疫病にたおれたが、そのうちでも、贋《にせ》予言者の言葉を信じて、お払い箱などにもならず、ご主人さまといっしょに田舎へ避難できるとばかり思い込んでいた者たちがいちばんひどい痛手をこうむった。こういった場合にありがちな、数だけは恐ろしく膨大な、この路頭に迷った連中を救う公共の救済事業がなかったら、その末路はどんなに悲惨なものだったかわかったものではなかったろう。おそらく、市民の中でももっとも悲惨な目に合っていたにちがいないと思われる。

疫病《ペスト》に対する最初の不安な気持が一般市民の心の上に重くのしかかっていたが、しかしまだ疫病は本格的に起こってはいなかった初めの何ヵ月間というもの、今述べたようなさまざまな事態が市民たちをさんざん悩ましていたというわけである。だがその半面、市民のなかでも比較的真摯《しんし》な人たちは、先に述べたのとはまったく違った生活態度を示していた。もちろん、それには、政府当局が市民の信仰を奨励し、まさに頭上にふりかかろうとしている恐るべき審判を避けるために、罪を懺悔《ざんげ》し、神の恵みを希《ねが》うよう、公式祈禱《きとう》と、断食と自省の日を定めたことも大いに与かって力があったかもしれない。そして信条の如何《いかん》を問わず、あらゆる人々がどんなに飛びつくようにしてこの機会を利用し、どんなに教会や集会に参集してきたかは、ちょっと言葉では言い表わせないほどであった。その群がるありさまがどんなであったかということは、大きな教会などでは、その扉の近くに近寄ることさえも容易にできなかった事実に徴しても明らかであろう。その他、いくつかの教会では、毎日、朝夕の祈禱会が開かれ、また他のところでは、孤独の祈りをなす日が定められたりした。集会のいずれにも、市民たちは、先にもいったように、異常な熱心さをもって出席した。どの宗派ときまったわけではないが、なかには、その家族だけの私的な断食を行なう者も出てきた（これにはごく近い親戚だけの参加を認めた）。こういうわけで、要するに、真に敬虔な、また厳粛な人々は、いかにもまことのキリスト教徒にふさわしい態度をもって、悔い改めと謙遜の正しい行ないにひたすら励んだということができる。

またこうなると、世間全体がひたすらその立場立場においてこの艱苦《かんく》に耐えてゆこうとする決意を示した。早い話が、まことに軽佻浮薄であった宮廷でさえも、ロンドンの危険を目前にしては深い憂慮の色に閉ざされざるをえなかった。フランス宮廷を模倣して始められ、大いに流行の兆を見せていたあらゆる芝居や間《あい》狂言の類《たぐい》は、ことごとく上演禁止になった。それから賭博場や舞踊場や寄席《よせ》といった、大いに社会に害毒を流しかけていたおびただしい数のいかがわしい場所も閉鎖され弾圧された。道化師、香具師《やし》、人形芝居、綱渡りといった、貧乏な一般大衆の人心をまどわしてきた代物《しろもの》も、商売が成り立たなくなり、自然、店じまいということにならざるをえなかった。みんなの心持がとてもそんなものにかかずらってはいられなかったのだ。何というか、一種の悲痛な恐怖にみちた表情が、どんな無知な人間の顔にも歴然と漂っていた。いわば死そのものが一人一人の眼前にわだかまっていた。したがって、ただ墓場のことしか考えられなかったのである。うわついた娯楽どころの話ではなかったのだ。

このような真面目な思いは、その指導よろしきを得ていたならば、かかる悩みの時には、人々をして謙遜な心をもって恵み深い救主の前にひざまずき、罪を懺悔し、その救いと憐れみを祈り求めせしめたことであったろう。ところが、ロンドンが第二のニネベにすんでのところでなりかねなかったほどいかに深刻な悩みの時だったとはいえ、せっかく真面目な思いも一般大衆にかかっては全然別な方向に逆用されてしまったのである。彼らは従来からとかく不埒千万なわからず屋であったが、この場に臨んでもやはり持ち前の無知蒙昧《もうまい》ぶりを発揮した次第であった。すなわち彼らは、恐怖にかられるのあまり、とても常識では考えられないようなばかな真似をするにいたったのだ。彼らが自分の行く末を案じて、魔法使や魔女や、その他さまざまな詐欺師の門戸に殺到したことは、すでに言ったとおりである。この詐欺師たちもこれまたしたたか者で、彼らの心配につけこんでさかんにこれを焚きつけ、できるだけ絶えず不安な気持にさせておき、うまくたぶらかして絞れるだけ金を絞ろうとする魂胆であった。これに劣らず一般大衆の狂気ぶりを遺憾なく発揮したのは、彼らがいかさま医者や香具師《やし》や怪しげな薬を売っている老婆の後を追っかけ廻して、いろいろな薬品を手に入れようと狂奔したあのざまであった。丸薬あり、粉薬あり、いわゆる予防薬あり、といった具合で、しかもそれを山のように買いこんだのである。その金額だけでも莫大なものであった。いや、それればかりではなく、彼らが病毒を恐れるのあまり、まずもって薬を服用して体を毒しておき、疫病《ペスト》の予防をするというより、むしろ疫病を受け入れる態勢を整えていたというわけだ。一方、家の門柱や町角などにはおびただしい医者の広告や、いかさま師の貼紙が貼ってあったが、これなどは見たことのない人にはいくら説明してもわかるまいと思う。それは、何だか得体《えたい》のわからない医術の効能を嘘八百ならべたてたり、治療を受けにどしどしお出でくださいといった広告であった。だいたいは次のような美辞麗句が掲げられてあった。たとえば、「疫病予防丸薬、効能確実」、「伝染病予防薬、効目絶対保証」、「空気汚染に対する妙薬」、「疫病にかかった時の健康維持法、絶対間違いなし」、「防毒丸」、「疫病予防酒、効目無比、新発見の妙薬なり」、「悪疫万能薬」、「正真正銘の防毒酒」、「特効解毒剤、いかなる伝染病にも卓効あり」。ざっとこういった類《たぐい》で、とても一つ一つ私はここに数えあげられないほどである。もしたんねんに数えあげていったら、ゆうに本が一冊できあがろう。

なかには疫病《ペスト》感染に関する処方や注意を、自宅に来たら教えてやるといった客寄せの広告を出している者もいた。これは文句が少し長く、ざっと次のようなものであった。

「当方、有名なる高和蘭《ハイ・ダッチ》の医師、オランダより最近渡来せし者、先年アムステルダムに起こりし疫病大流行の際、終始国内に居住し、疫病に罹《かか》りし者を多数治癒せしめたり」

「当方、ナポリより到着早々のイタリア貴婦人。ひとえに辛酸をなめた結果みずから発見せる門外不出の予防法を伝授す。彼地における、日に死亡者二万を出せし先ごろの流行の際、奇蹟的治療に成功せり」

「当方、老婦人、紀元一六三六年当市における疫病大流行のとき治療に異常の成功を博せり。その対策を教授いたしたし。但し女性の方に限る。委細面談云々」

「当方、あらゆる病毒および流行病に対する解毒法を長年研究せる老練の医師、四十年の実地応用の結果、ここに遂に悪疫予防の秘法を会得せり。貧乏人には無料にて伝授」

ここにあげたのはほんの二、三の例にすぎない。もし書こうと思えば、もう二、三十あ

VENICE TREACLE
ANTIPESTILENTIAL PILLS

げるくらいわけはないが、それでもなお多数の書きもらしが出るかもしれない。こういった事柄から、この時代の性格の一面を察することもできようと思う。また、詐欺師やすりの徒が無知な人々から金を巻き上げたばかりでなく、いかがわしい、下手をすると命取りになるような薬を飲ませて人々の体を損《そこな》ったいきさつもこれによってわかろう。なかには薬と称して水銀を売りつけたり、また、効能書とは似ても似つかぬようなひどい代物《しろもの》を売りつける者もあった。これではひとたび悪疫にかかった際に、体がひとたまりもなく参ることは明らかであった。

一つ、ここにそのようないかさま医師の一人の狡猾《こうかつ》ぶりを披露しよう。それは、哀れな人々をさかんに自分の身辺におびき寄せるが、金を払わなければ何一つ教えようとはしなかった男のことであるが、こいつは町々に貼り出したビラの中に、頭文字で麗々しく「貧乏人にはただで秘法伝授」という広告文を一筆書き込んでおくのを忘れなかった男であった。

さあそこで来るの来ないの、じつにたくさんな貧乏人が彼のところにやって来たものだった。彼はその群集に向かって弁舌さわやかに大演説を次々にぶち、次に群集の一人一人の健康状態と体質を診察し、その後で健康法についていろいろごくありふれた注意を与えた。が、肝心の問題になると、彼はこういうのであった。じつはここに一つ秘薬がある、これを毎朝、なにがしかの量をつづけて飲めば、間違っても疫病《ペスト》にはかかりっこはない、もうすでに病気になっている者と同居していてもこれさえ飲んでおれば絶対大丈夫、もしなんならわしの命を差し上げてもよろしい、云々。こういわれてみると、どうしてもその薬を手に入れたくなるのが人情というものであるが、さあどっこい値段が高い。たしか半クラウンもしていたかと思う。するとそこに居合わせたある貧乏な女がいったものだ。「でも先生さま、あたしはごらんのとおりの貧乏な女で、やっと教区のお情けで生きているような始末でござんしてね。先生さまのビラには、貧乏人はただで助けてやる、とまあこう書いてあったと思いますんですが、はい」すると、いかさま医者はいった。「やあ、いかにも、ごもっとも、ごもっとも。たしかに広告には、わしはそう書いときました。つまり、貧乏人にはただで秘法伝授ってな。しかしじゃな、薬をやるとは書かなんだはずじゃが」「先生さま、それじゃあんまりでござんしょう。まるで貧乏人をぺてんにかけるようなもんじゃござんせんか。ただで秘法伝授ってのは、金を出して薬を買う方法をただで教えてやるという意味だったんでしょうかね。そんなら物を売る商人とちっとも変わりはしませんからね」。事ここに至るや、この女はひどい言葉を用いて悪罵を浴びせかけ始めたばかりか、その日まる一日門前に立ちはだかって、来る人ごとに一部始終のことを話した。しまいには、いかさま師はこの女が来る客も来る客も追っぱらってしまうのを見て、ついに彼女を二階に呼び入れて、ただで薬の入った小箱を与えざるをえなかった。しかしこの薬もどうやら、全然効き目はなかったようである。

さて再び話題を、度を失っているために、いろいろな種類の詐欺師や香具師《やし》の奸策にもろくも引っかかりやすくなっていた、一般の人々の上にかえそう。このみじめな人々のふところから、いんちき医者たちが莫大な金を巻き上げたことは、まったく疑う余地はなかった。というのは、彼らの尻を追いかけ廻す有象無象の数はむやみとふえる一方で、彼らの門前は、ブルックス博士、アプトン博士、ホッジズ博士、ベリック博士のような当代きっての名医の門前よりも繁昌していたからである。いんちき医者のある者のごときは、薬代だけで一日の売上げが五ポンドもあったそうである。

この時代の錯乱した人心の動向を伝えるのに役立つと思われる、一種の愚行がこのほかにもある。それは、今までいってきたようなぺてん師よりも、もっと悪辣《あくらつ》な連中の口車にたやすく乗るその愚行であった。けちなぺてん師のすることといったら、要するに大衆をたぶらかして小銭をかすめとるくらいのもので、悪いという点からいえば、それはもっぱらだまされる側の人間よりもだますほうの人間の詐欺行為にあった。ところが、私がこれから述べようとする事柄では、罪は主としてだまされる側の人々にあった。少なくとも両者に等分にあったといえるのである。それは、疫病《ペスト》を防ぐためにお守りや魔薬や魔除けや護符や、その他さまざまのお札《ふだ》の類を身につけておくということであった。これでは疫病が神のみ手によるものでなく、まるで悪霊に憑かれでもするみたいな話だと思う。また疫病を避けようと思えば、十字切りや十二宮の図や縁結びにした紙切れさえ持っておれば絶対にかからないともいわれた。そしてそのうえに特定の言葉なり意匠なり、とくに「アブラカダブラ」という言葉を三角形もしくはピラミッド形に描いたものが描かれていると効き目があるとされていた。すなわち、

A B R A C A D A B R A
A B R A C A D A B R
A B R A C A D A B
A B R A C A D A
A B R A C A D
A B R A C A
A B R A C
A B R A
A B R
A B
A

なかには十字架の印に次のようなイエズス会の符号をつけるものもあった。

I H
S

またなかにはただ簡単に次のような模様をつけるものもあった。

私はこのような、いまや全国に広がろうとする悪疫の大流行といった大いなる危険の時に際し、じつに由々しき一大事変に際し、一般大衆がこのような愚行を演じ、邪道に陥ったということに対して、限りない怒りを感ずる者であるが、いちいちそれを述べていたらきりがなかろうと思う。私のメモランダムはただ事実だけを記し、しかじかかようと、ありのままを述べることを主眼とするものである。結局こんな呪《まじな》いなどはまったく無力で、いかに多くの者が、かような外道じみた、児戯に等しい護符を首からぶらさげたまま、死体運搬車《デッド・カート》で運ばれて、各教区の共同墓地の穴の中に放り込まれたか、そのことについてはおいおい順を追って述べるつもりである。

すべて、こういったことは、悪疫来たる、の報に脅えた市民たちの周章狼狽のしからしめたところであった。どうも考えてみると、このような状態は一六六四年の九月二十九日《ミクルマス》ころから、起こったようであるが、とくに、十二月の初めにセント・ジャイルズ教区で二人の男が疫病《ペスト》で死んでから、いっそうはっきりしてきたようである。そしてまた、翌年二月の再度の警報以後、さらにその激しさをましたようである。いざ疫病がはっきりと広がってしまうと、もう市民たちも、金をだましとるだけで何の役にも立たないいかさま師を信用する愚を悟りはじめた。しかし、そうかといって自分の命をまっとうしようにも今後どうしたらよいか、どういう手段を講じたらよいか見当もつかないまま、恐怖心にかられて、またもや笑止とも愚ともつかぬ真似をしでかす、というわけだった。彼らは途方にくれて、そそくさと隣近所の家々を訪ねまわったり、はなはだしいのは表通りを一軒一軒玄関の戸をたたいて廻ったりして、「ああ、困った、困った、どうしたらよかろう」とばかの一つ覚えで、同じ言葉を繰り返すにすぎなかった。

実際、市民たちはかわいそうだった。とりわけ、彼らがほとんどなんの慰めも与えられなかった、ある一つの点において、彼らは深甚な同情に値するものがあった。私はこのことを深い畏怖と反省の念をもってここに記しておきたいと思っているのであるが、はたして、この記録を読まれる読者諸氏の充分な共感を得られるかどうかは怪しいと思っている。そのある一つの点というのは、じつはこうなのである。今や「死」が、いわばすべての人間の頭上を駆けめぐっているというより、むしろ各人の家や部屋を一つ一つ覗き込み、各人の顔を穴のあくほど凝視するようになっていたといってよかった。そうなってもなお依然として愚鈍な人間もなくはなかった。いや、むしろ多かったかもしれない。しかしその半面には、この天来の警報に驚いて魂の奥底までふるえあがった者も相当数あったのである。良心がよびさまされた者も多かったし、頑なな心が涙のうちに解かされた者も数えきれぬほどあった。昔ひそかに犯した罪を涙ながらに告白する者も数多くあった。いやしくもキリスト教徒にふさわしい魂の所有者であれば、絶望のうちにまさに死に臨もうとしている多くの者の苦悶の声を聞いて、悲痛な思いに心をうたれない者はなかったろう。しかも、だれ一人として彼らを慰めようとあえて近づく者もなかった。大声をあげて強盗を告白する者も、人殺しを告白する者もあった。だが、だれ一人としてその話に耳を傾けてやる者もなかった。町を歩いている時でもしばしば、イエス・キリストのみ名によって、神の恵みを求める悲痛な叫び声が家の内から聞こえてくることがあった。神さま、私は泥棒をしました、私は姦淫《かんいん》の罪を犯しました、私は人殺しをしました、等々。だが、そんなことを同情をもって一つ一つ聞いてやろうとして立ち止まる者など一人もいなかった。魂と肉体の苦悩に耐えかねて号泣する哀れな人間に対し、慰めの言葉をかけようとする者もなかった。初めのうちこそ病める者を訪問する牧師もなくはなかった。しかし、まもなく、そんなことも行なわれなくなった。というのは、そういう家に行くということは、ただちに死を意味したからであった。ロンドンじゅうでももっとも無鉄砲な人間と考えられていた死体埋葬人でさえも、時として、恐ろしさにすくみあがって、家にはいってゆこうとしないこともあった。たいがい、そんな家は全家族の者が一瞬にして死んだところとか、名状できないほど惨状を呈しているところであった。しかし、こういうことも、疫病が跳梁《ちょうりょう》しはじめた最初のころだけの話であった。

時間がたつにつれてみんなが病気になれていった。そしてやがては、どんな所でもびくともせずにはいってゆくようになった。しかしこのことについては機会をみてゆっくり語りたいと思う。

前にも述べたように、私はいよいよ疫病が本格的になりつつあることを悟った。当局者は市民の保健に対して真剣な考慮を払いはじめた。そしてその結果、住民や患者発生の家庭に対する取締り規則を設けるようになった。しかし、このことについては、別に話したい。ただ市民の健康状態については、先にもいったように、ほとんど愚行といってもいいほどに、いんちき医者や香具師《やし》や魔術者、売卜者の尻を追っかけまわす、あの市民たちの脱線ぶりを目撃した市長が、元来真率な、敬虔な人柄であっただけに、ただちに貧乏人を救うために特定の内科医、外科医を指定するに至ったことはここに付け加えておいてもよかろう。貧乏人といっても、その意味は、貧乏な患者を指すわけである。市長は、とくに、疫病のあらゆる病状に対する金のかからない治療法を貧しい人々のために公表することを医師会に命じた。これこそまさに臨機応変の賢明な処置というべきものであった。市民たちはこれによって初めて眼が醒め、ビラや広告の主の後を追っかけまわすの愚を悟り、ただわけもなくやみくもに、薬ならぬ毒を飲み、命ならぬ死を求める愚かしさを知ったのであった。

医師たちの手になるこの治療法は全医師会の相談の結果できたものであった。これはとくに貧乏人のためにという趣旨で立案され、また低廉な薬を用いるということがその建前であったため、だれでもたやすく見られるようにと一般に公にされた。希望者には無料で配布された。私はこの冊子が一般に公にされ、見ようと思えばいつでも見られるので、読者にわざわざ披露するまでもなかろうと思う。

病勢が極端に暴威をふるうにいたった時、それはほとんど翌年の大火に比較すべきものがあった。しかしこういったからとて、医者の権威や能力を私がないがしろにしているとただちに考えられては困る。疫病《ペスト》が滅ぼさずに残したものを全部一挙に灰燼《かいじん》に帰せしめたのが、あの大火であったが、これにかかっては対策も何もあったものではなかった。消防ポンプはふっ飛ぶ、バケツは投げ飛ばされる、といった具合に、人間の力などというものは全然問題にはならなかったのだ。疫病だってその点変わりはなく、薬など、どんなものでもまったく用をなさなかった。医者自身が、予防薬を口に入れたまま病気に取り憑かれるというのが実状であった。他人にはいろいろ処方箋を書いてやったり、ああしろこうしろと指図をしていたその本人が、はっと気がつくと自分の体に忌まわしい徴候が現われており、そのままばったりと倒れて息を引き取る始末であった。彼らはじつに、他人にいかにして抵抗するかその方法を教えていた当の相手たる仇敵のために破れたのである。こういったことは、内科医の場合にしばしば起こったことで、そのなかには当時有名な医者もまじっていた。老練な外科医も数名やはり同じような死をとげた。何の効能もないのを知りすぎるほど知っているのに、愚かにも自分の売薬に頼りすぎたいんちき医者も、たくさん死んだ。この連中ときたら、天罰はどうせ逃れることのできないのは前もってわかっているのだから、少しは自分の罪障に恐れをなして、他の泥棒といっしょに、ロンドンから逃げ出しておけばよかったのである。

医師たちも人並にこの災禍の犠牲者になったと私がいったとしても、それは毛頭、彼らの勤勉と努力に対してけちをつけるつもりからではない。いや、むしろ私としては、彼らが人類同胞のためにその生命を犠牲にしてまで必死の努力を払ったことに対して、深い感謝の念を表わしたいからにほかならないのだ。隣人のために尽くし、隣人の命を救おうとして大きな努力を払った彼らであった。しかもなお、彼らが神の審判を阻止し、明らかに天罰として下された悪疫がその定められた目的を果たすのを食い止めることは、ついに期待すべくもなかったのである。

もちろん、彼らがその医学上の技術や細心の注意や適切な処置によって多数の人命を救い、健康を回復させたことはいうまでもない。しかし、医師を呼んで診《み》てもらう時には、もういっぱい徴候が全身に現われていたり、すでに危篤《きとく》におちいっていたりして、さすがの彼らも手の下しようがないといった場合もしばしばあったが、このことは、彼らの声誉や技倆《ぎりょう》をけなすことにはならないであろう。

では、最初いよいよ病気がぱっと急に拡大した時にどうしたら公衆の安寧をたもち、病気の蔓延を食い止めることができるかという問題について、関係当局者がとった措置について述べてみたい。後になって疫病《ペスト》が手がつけられないぐらい広がった時に、食糧その他を供給することによって、一般の秩序を守り、貧乏人を救助した、当局者の聡明と仁愛と配慮の深さを、私は今後しばしば折がありしだい語るであろう。ただ、しかしながら、さし当たっては、発病者を出した家の取締りのために公布された、法令や規則のことを述べるにとどめたい。

私は先に家の閉鎖のことをいった。この問題について私はここに特別に語らなければならない。おそらく、この話は、私のこの疫病についての物語のなかでも、もっとも陰惨な話であろうかと思われる。しかし、どんなに悲惨な話でも、悲惨だからといってやめるわけにはいかない。

たしか六月ごろ、ロンドン市長および市参事会は、市の秩序維持に関してとくに重大な関心を示しはじめた。

ミドルセックス州の治安判事は、主務大臣の命を受けて、セント・ジャイルズ・イン・ザ・フィールズやセント・マーティンズやセント・クレメント・デインズ等の各教区の感染家屋を閉鎖しはじめたが、その結果は上々の首尾であった。疫病の発生した数箇所の通りで、さっそくその感染家屋を厳重に監視し、患者が死んだとわかるやいなや、ただちにその死体を慎重に埋葬したところ、その通りでは疫病はぴたりとやんでしまったのである。またこれらの教区では、たとえばビショップスゲイト、ショアディッチ、オールドゲイト、ホワイト・チャペル、ステプニーその他の教区などよりも、いったん猖獗《しょうけつ》をきわめてしまうとその終息の仕方も早いことがわかった。早手廻しに家屋閉鎖といった手段をとったことが、疫病を阻止するのに与《あず》かって大きな力があったらしいのである。

この家屋閉鎖ということは、私の知っているかぎりにおいては、ジェイムズ一世即位の直後、すなわち一六〇三年の悪疫流行の際にも行なわれた方法であった。家人もろとも患者の家を閉鎖する権限は当時「悪疫に感染せる者の公正なる取扱いおよび救助に関する法令」と題する議会の法令によって認められていた。こんど市長や市参事会が家屋閉鎖令を施行するに当たって、その典拠としたのは、じつに以上の議会の法令であった。市長の閉鎖令が発効したのは、ちょうど一六六五年七月一日のことであった。そのころは九十二教区における最近の週間死亡者数がわずか四名、というくらい、市内《シティ》の患者数もまだわずかな時であった。もっとも市内でもうすでに閉鎖を命ぜられていた家屋もいくらかあり、イズリントンに行く途中にある、バンヒル・フィールズのちょっと向こうの避病院《ペスト・ハウス》に収容された病人も数名あった。しかし思うに、ロンドン全体で一週間の死亡者数がほとんど一、〇〇〇名になんなんとする時においてさえも、市内《シティ》の死亡者数を二八名をもって食い止め、流行の全期間を通じて他のところよりも、比較的損害が軽微であったのも、じつにこの強行手段によるものと私はかたく信じている。

市長の命令が発せられたのは、すでにいったように、六月の下旬のことで、七月一日からその効力を発生した。その文句は次のとおりである。

悪疫《ペスト》流行に関するロンドン市長ならびに市参事会の布告。一六六五年

故ジェイムズ王の御代《みよ》、悪疫に感染した国民の救助と保護のために一条の法令が発布され、これによって治安判事、市長、町長その他の主管者に、その各自の権限内において患者および感染区域に対する検察員、調査員、監視人、看守、埋葬人を指定する職権と、以上の者にその職務を忠実に履行するよう宣誓を行なわしめる職権が与えられた。なおまたこの法令によって、各主管者は、その独自の判断に基づいて絶対必要と認める場合には、適宜種々な命令を発する権能を与えられた。できれば悪疫の伝染を阻止し回避するため、最も適切な処置として、われわれは深甚な熟慮を重ねた末、次に挙げるような各職員が任命され、また、以下の諸命令が正しく遵守されることを（全能の神の御名において）期待する。

〔検察員《エグザミナ》は各教区ごとに任命さるべきこと〕

第一、各教区ごとに一名または二名、ないしはそれ以上数名の信頼するに足る有徳の士

を、区長、助役、区会の手によって選び、かつ任命することをわれわれは最も適当であると認め、これを命ずる。選任された者の職名はこれを検察員と称し、その任期は最低二ヵ月とする。もし該当者で職に就くことを承諾しない時は、命令どおり服務するまでは獄に投ぜられなければならない。

〔検察員の職務〕

検察員は教区内のいかなる家庭に病気が生じ、いかなる者が病気にかかり、しかしてその病気がどんなものであるかを、察知しえられる限り、つねに調査確認することを区長に宣誓しなければならない。もし疑わしい場合には、病名が判明するまで外部との交渉を禁ずるとともに、悪疫に感染した者を発見した場合には、その家屋を閉鎖するよう警吏に命令しなければならない。もし警吏が職務怠慢と認められる場合は、この旨をただちに区長宛報告しなければならない。

〔監視人《ウォッチマン》〕

すべての感染家屋には二名の監視人を置く必要がある。一名は昼勤とし、一名は夜勤とする。監視人は監視を命ぜられた感染家屋に対していかなる者も出入りしないよう厳重に注意しなければならない。もし職務を怠った場合は厳罰に処せられる。なお、監視人は当該家屋が必要とするような種々な用事を果たす任務を有し、もし用件のため他出する場合には、その家の錠を下ろし、鍵をみずから持参しなければならない。勤務時間は昼勤の監視人は午後十時まで、夜勤の監視人は午前六時までとする。

〔調査員《サーチャー》〕

各教区ごとに数名の婦人調査員を任命するよう、特別な考慮を払う必要がある。婦人調査員は淑徳の誉れ高い婦人で、かつ、こういう方面の任務に最も適した者であることが必要である。婦人調査員は、死体調査を命じられた場合、その死亡者がはたして悪疫によるものであるか、もしそうでなければ他のいかなる病気によるものであるかを可能な限り正確に調べ、報告することを任務とする。悪疫の予防と治療の責を負うべき医師はみずからの指導下に働くよう、各教区において任命され、もしくは将来任命さるべき婦人調査員を随時召集しなければならない。その目的は婦人調査員がはたしてその任務に最もよく適合しているかどうかを判断し、義務遂行上欠陥があると認めた場合、正しい理由を発見次第、つねに譴責《けんせき》を加えんがためである。

婦人調査員は今期悪疫流行中、他のいかなる公務にも従事することをえないし、また店舗の経営、洗濯業その他の仕事に従事することをえない。

〔外科医〕

病名を誤って報告し、ために悪疫の蔓延を招いた苦い経験にかんがみ、調査員の活動を補佐充実するため、有能で経験豊かな外科医を選抜任命することを命ずる。ただし、すでに避病院《ペスト・ハウス》に勤務中の者を除く。任命された外科医は地理的条件に応じて最も便利なように、市《シテイ》および自由区域《リバティーズ》を区画分けし、その中の一定の区域を自己の受持とする。その割当ては一区域に対して一名とする。各区域の外科医は診察にあたっては調査員と協力し、病名についての報告に万全を期さなければならない。

なお、当該外科医は患者自身の求めによる場合はもちろん、各教区の検察員によって指名通達された患者がある場合は、ただちに往診し、その患者の病名を確かめねばならない。当該外科医は他の病気の診療を中止し、もっぱら今期伝染病の診療に従事する必要があり、したがって、患者一名を診察するごとに十二ペンスの料金を受ける権利があるものとする。料金は原則として診察を受けた患者の負担とするが、やむをえない場合には教区の負担とする。

〔付添看護婦〕

もし付添看護婦で、悪疫によって死亡した患者の家屋より、患者の死亡後二十八日を経過しないうちによそに転居しようとする場合には、その転居先の家屋はその規定の二十八日が経過するまで閉鎖されなければならない。

感染家屋および患者に関する法規

〔病気について報告提出のこと〕

各家庭の戸主は、家人が身体のいかなる部分を問わず腫物《はれもの》、紫斑《しはん》、または腫脹《しゅちょう》の徴候を訴えた時、あるいは何ら明白な病因が他に存在しないにもかかわらず、突然危篤に陥った時は、二時間以内に健康検察員にその旨を報告しなければならない。
〔患者の隔離〕
前記検察員、外科医、もしくは調査員による調査の結果、悪疫であると診断された患者は、ただちに自宅内において隔離されなければならない。患者が隔離された場合、たとえ後日死亡しない時といえども、患者発生の家は一ヵ月間の閉鎖を命じられる。ただし、家人は規定の予防薬を服用のこと。
〔家具類の空気消毒〕
病毒に冒された家財道具の隔離としては、これを火気、およびこのような感染家屋に必要なその他各種の香料をもって充分に消毒すること。消毒済みの家具類のほかは、使用を禁ずる。すべてこのようなことは検察員の監督指導のもとに行なわれることを要する。
〔感染家屋の閉鎖〕
もし健康人で、悪疫に感染していることが判明した患者を訪問し、または許可なく感染家屋に故意に出入りした場合は、その当人の居住している家屋は、検察員の命令により一定期間閉鎖を命じられる。
〔感染家屋よりの転出禁止その他について〕
患者は発病した自宅より市内の他の家屋へ移ることをえない。ただし、避病院《ペスト・ハウス》、仮設病院《テント》およびその感染家屋の戸主が所有し、かつその雇っている婢僕によって管理されている別宅に移ることは差支えない。その際その別宅が他の教区にある場合には、その教区に対して保証状を提出しなければならない。なお、患者に対する看護および費用は前記に示されたような万般の点において遺憾のないようにし、移転先の教区の負担によらず全部自己の負担にすること、および移転は夜間行なうことが必要である。二戸の家屋を有するものが、健康者または患者を任意にその空屋に移すことは認められる。ただし、最初に健康者を送り、次に患者を送ること、もしくは最初に患者を送り、次に健康者を送ることは許されない。かくして健康者を送った場合、たとえ初めに徴候が現われない時も、感染しているかもわからないので、少なくとも一週間は他の者より隔離監禁することが必要である。

〔死者の埋葬〕

今次の悪疫流行による死者の埋葬は、日の出前または日没後最も適当な時に、教区委員または警吏の同意を得て行なわれることを要する。いかなる知己、隣人といえども、柩《ひつぎ》にしたがって教会に到ること、または死者の家屋を弔問することを禁ずる。もしこの禁を犯す時は、家屋閉鎖、もしくは投獄の刑に処せられる。

感染の結果死亡した死体は、教会において公禱、説教、講話の行なわれている時、教会内におくこと、およびその墓地において埋葬することを禁ずる。なお、教会、教会墓地、埋葬地における死体埋葬の時、死体、柩、墓穴に小児の接近することをかたく禁ずる。墓穴の深さはすべて最小限六フィートとする。

悪疫以外による病死の場合といえども、今次流行中はその葬式に会葬者の参列することを厳禁する。

〔病毒に感染せる家具の持出し禁止〕

感染家屋より着物、織物、寝具、被服等の類の持出しおよび搬出を禁ずる。販売の目的をもって、寝具類、古着類の呼売りを行ない、もしくは質入れの目的でこれを運搬することなどはこれをかたく禁ずる。仲買人《ブローカー》にして前記の品々を店示すること、すなわち、いかなる街路、小路、路地、細道といえども道に面した陳列台、商品台、陳列窓にこれを掲げることを禁ずる。これに違犯した者は投獄する。しかして、もし仲買人その他にして、病気発生以後二ヵ月を経過しない期間内において、感染家屋より寝具、古着その他の家具類を購入した場合には、その者の家屋は病毒に感染しているものとみなしてただちに閉鎖を命ぜられ、少なくとも二十日間そのままの状態におかれることを要する。

〔感染家屋より患者の移送を禁ずること〕

もし患者にして、監視不行届もしくはその他の事由によって感染家屋より他の家屋へ移転または移送された場合は、その旧住所の属する教区当局は、自己の負担において、その報を受け取りしだい、ただちに、脱出した前記患者を夜分に乗じて旧住宅に引き取らせることを要する。違法行為を犯した関係者は区長の指揮に従って処罰され、患者の転入を引き受けた側の家屋は二十日間の閉鎖を命じられる。

〔すべての感染家屋には標識をつけること〕

すべての感染家屋には入口の中央に、一見ただちに識別されうるように、長さ一フィートにおよぶ赤十字の標識を付し、そのすぐ上に次の文字を記す。すなわち、「主よ、憐れみ給え」。この文字は当該家屋が正式に閉鎖を解かれるまで消すことをえない。

〔すべての感染家屋は監視さるべきこと〕

警吏は感染家屋が閉鎖され、監視人によって充分保護されているか否かを注意しなければならない。監視人は、患者の家族を充分監視するとともに、その家族に負担能力ある場合はその負担において、もしない場合は公共団体の負担において、その家族の日常の用を弁ずるものとする。閉鎖は全家族の者が健康回復した後も四週間つづけられることとする。

調査員、外科医、看守、埋葬人が町を通行する際は、必ず衆人の目をひくにたる長さ三フィートに及ぶ赤い杖または棒をたずさえていなければならない。なお、これらの人々は、自宅、または命令、招請によって訪れる感染家屋以外、いかなる家屋にも立ち寄ることを禁ぜられ、かつ他人との接触を絶つよう要請される。自己の勤務を果たした直後は特に然り。

〔家　人〕

同一家屋内に数名の家人が住み、その中の一名が発病した場合、その他の家人は、その教区の健康検察員発行の証明書を持たないかぎり、患者をよそに移転せしめたり、または家人みずから移転したりすることをえない。もしこれに違犯した場合には、患者または家人の移転した先方の家屋は、感染した場合と同じく、ただちに閉鎖を命じられる。

〔貸馬車〕

貸馬車が患者を避病院《ペスト・ハウス》その他の場所に運搬したのち、一般の乗客を乗せることはしばしば目撃されるところであるが、かようなことのないように御者には充分な監視の目を注ぐ必要がある。少なくとも貸馬車は、患者を乗せたのち充分に空気消毒をし、五ないし六日間は使用を禁じられなければならない。

街路清掃に関する法令

〔街路はつねに清潔にしておくべきこと〕

第一、各家庭の戸主は、自分の門前の街路を毎日整頓するよう注意されたい。そして一週間を通じてつねに清潔に保つよう心がけられたい。

〔掃除人夫は塵芥《じんかい》を各家庭から集めること〕

掃除人夫は各家庭より出る塵芥を毎日集めなければならない。その際、巡廻を一般に知らせるため従来どおり、角笛を吹くこと。

〔塵芥捨場は市より遠距離たるべきこと〕
塵芥捨場はできるだけ市および人通りの多い街路より離れて設けること。また、汲取り人その他の者が肥桶を市の近傍の庭園にあけることをかたく禁ずる。
〔不潔なる魚肉、獣肉、および黴《か》びたる穀物に注意すべきこと〕
悪臭を発する魚肉、不潔な獣肉、黴びたる穀物、および腐敗した果物等は、その種類のいかんを問わず、これを市の内外を通じて、販売することを禁ずる。
醸造所および居酒屋には、往々黴びたる不潔きわまる酒樽があるから、とくに注意する必要がある。
去勢豚、犬、猫、家鳩、兎の類は、市内いかなる所といえども、その飼育を禁じ、子豚の街路または小路上における徘徊を禁ずる。もしこのような子豚が発見された場合には、ただちに教区役員等の役員によって捕獲収容され、所有者は市会条令によって処罰される。犬はそのために、とくに指定された業者によって撲殺される。

放蕩無頼の徒および有害無益な集会に関する法令

〔乞　食〕
市の内外を問わずいたる所に巣くっている浮浪人や乞食の群れが、悪疫流行の一大原因であり、これらの者の掃蕩のために従来しばしば発せられた法令にもかかわらず、依然としてその後を絶たないという非難にかんがみ、ここに警吏その他の関係当局者があらゆる乞食の市内における徘徊を極力取り締まるようわれわれは命令を発する。乞食を逮捕した場合は、法律の定める所により正当かつ厳重に処分すること。

〔芝　居〕

すべての芝居、熊攻め《ベア・ベイティング》、賭博、歌舞音曲、剣術試合、その他の雑踏を招くような催物はいっさいこれを禁止する。これに違犯した者はその区の区長によって厳重に処罰される。

〔宴会禁止〕

すべての饗宴、とくに当ロンドン市の商業組合の宴会、料亭、居酒屋その他の飲食店における酒宴を、追って別命あるまでいっさい厳禁する。かようにして節約された金銭は、悪疫に見舞われた貧乏人の救済と福祉とのために貯蓄され使用されるべきものとする。

〔酒　楼〕

料亭、居酒屋、コーヒー店《ハウス》、酒蔵における過度の痛飲は、当代の悪弊であるとともにまた実に悪疫伝播の一大原因であるから、厳重に取り締まる必要がある。当市古来の法律と習慣に準じ、今後夜九時すぎ、いかなる者、またいかなる団体といえども、料亭、居酒屋、またはコーヒー店《ハウス》に出入りすることを許さない。違犯者は当該法律に準じてこれを処罰する。

これらの法令および今後機会あるごとに適宜考慮のうえ必要なりと認めらるべき各種の規則、命令を確実に実施するため、区長、区助役、区会議員は各区においてそれぞれ適当な公共機関（ただし伝染の恐れなき所）に毎週一回、二回、三回、または必要に応じてさらにしばしば会合し、前記各種の法令を正しく実施するようその方策について協議しなければならない。ただし、これらの役員ですでに病気に感染している区域、またはその近傍に居住する者は、他人に迷惑をかける恐れのある間は、その会合に出席する必要はない。なお、各区の前記区長、区助役、区会議員は、その会議の席上において提案されたいかなる有効適切なる法令をも、独自の判断にもとづき、わが国王陛下の忠実なる臣民を悪疫より守るために、実施する権利を有するものとする。

右のとおり告示する

市　長　　ジョン・ロレンス卿
市助役　ジョージ・ウォータマン卿
　　　　チャールズ・ドゥ卿

これらの法令がロンドン市長の管轄区域だけに適用されたことはもちろんいうまでもない。したがって、村落《ハムレット》とか郊外《アウトパーツ》とか呼ばれた市外の教区などにおいては、そこの治安判事がロンドンと同じ対策を講じたことは、これまた当然な話であった。私の覚えているところでは、家屋閉鎖令はわれわれの区域ではそんなに早くから実施はされなかったように思う。というのは、疫病《ペスト》は八月の初旬ころまでは、まだ私の住んでいたロンドンの東部まで広がっていなかった、少なくとも、そんなに猛威をふるっていなかったからである。その証拠には、七月の十一日から十八日までの一週間におけるロンドン全体の死亡者数は一、七六一名であったが、いわゆる塔村落《タワー・ハムレット》と呼ばれているこちら側の各教区における、疫病による死亡者数はわずか七一名にすぎなかったのである。詳細は次のとおりである。

教区	七月十一日～十八日	十九日～二十五日	二十六日～八月一日
オールドゲイト	一四	三四	六五
ステプニー	三三	五八	七六
ホワイト・チャペル	二一	四八	七九
セント・キャサリン（タワー区）	二	四	四
トリニティー（ミノリズ区）	一	一	四
計	七一	一四五	二二八

蔓延の速度はかなりはやかった。たとえば、同じ週における、前記の教区に隣接した各教区の死亡者数は次のとおりであった。

教区	七月一日～十八日	十九日～二十五日	二十六日～八月一日
セント・レナード（ショアディッチ区）	六四	八四	一一〇
セント・ボトルフ（ビショップスゲイト区）	六五	一〇五	一一六
セント・ジャイルズ（クリプルゲイト区）	二一三	四二一	五五四
計	三四二	六一〇	七八〇

この家屋の閉鎖ということは、初め残酷で非道な処置として大いに世人の反感を買い、閉じ込められたかわいそうな人たちはじつに悲痛な叫びを訴えたものであった。市長のところには次々と、やれ理由もないのに閉鎖されたとか、時には故意に怨恨《えんこん》関係で閉鎖されたとか、いろいろその残酷さを訴える不平がもたらされた。しかしよく調べてみると、そんなに居丈高になって不平をいっている連中の大半は、やはり閉鎖されるだけの充分な理由のある者が多かった。が、またなかには、病人を再び診察してみて、その病気が疫病《ペスト》でないことがわかったり、はっきりしないけれど、病人が避病院《ペスト・ハウス》に入院するのを承諾すると

いった場合には、その家が閉鎖をとかれるということもあった。

考えてみれば、じつに無情とも残酷ともいえることかもしれなかった。家の扉は閉められ、夜となく昼となく監視人には付きまとわれ、家から出ることも、他人が家に来ることもできない、しかも家人のうちの健康者は、もし病人のそばを離れてよそへ行くことさえできたら、命は助かるかもしれないのだ。たくさんの人間がこの悲惨な囚われの苦しみのなかにもだえながら死んでいった。もし彼らが自由な身であったなら、たとえ疫病が家の中に発生していたにしても、たぶん病気にかからなくてすんだだろうにと思われるのだった。一般大衆のこれに対する不安と激昂は最初大変なもので、閉鎖家屋の監視の役を仰せつかっていた連中も、そのため種々な暴行を受けたり、危害をこうむったりした。またなかには、暴力をふるってでも自分の家から脱出を試みる者も、いたるところで出てきた。しかしこれについては、そのうちにもっと話をする機会もあろう。しかし、とにかく、家屋閉鎖ということが、個人のこうむる災厄を償って余りある公益であることは間違いのないところであった。したがって、当時、いくら役人や政府当局に泣きついたところで、少しでもその取締りをゆるめてもらうことなど、とうてい及びもつかぬことであった。少なくとも、私の聞き及んだところでは、そういうことは絶無であった。そこでいきおい、市民たちも、できることなら何とかして家から抜け出そうと、あらゆる権謀術数をたくましくせざるをえない羽目になった。家を閉鎖された人々は、当局の命令で見張りの役を勤めている例の監視人たちの眼をごまかそうとして、どうしたら彼らをたくみにだますことができるか、どうしたら彼らの手からのがれることができるかと、じつにさまざまの術策を弄した。いちいちその例をあげていたら、おそらくゆうに小さな本の一冊くらいにはなると思えるくらいであった。当然そこにはいざこざや悶着が起こらざるをえなかった。しかしそれについてはいずれ別に話したい。

ある朝、ハウンズディッチを通っている時のことであった。たしか時間は八時ころだったと思うが、私は突然、あるものすごい叫び声を聞いた。市民たちはむやみに集合することを禁じられていたし、またよしんば集まったところですぐに散らばってしまうのが普通だったし（現に私だって長くそこに立ち止まってはいなかった）するので、そう大勢の人間がその通りにいるはずはなかった。けれども、その叫び声はたしかにものすごく大きな声であった。つい好奇心にかられて、私は、窓から外を覗いていたある男に、いったいこれはどうしたんだと尋ねた。

話によると、この男は監視人で、病毒に感染した、あるいは少なくとも感染したと考えられている、この家の扉のところで監視の任についていたのだそうである。彼自身の話すところでは、彼はもう二晩もつづけて徹夜をしたし、昼番の監視人もまる一日見張りをつづけ、まもなく交替にやって来るはずであった。ずっと今まで、この家の中では物音一つせず、明かり一つつかなかった。家の者は何一つ用事を頼まず、また、監視人のおもな仕事であるお使いをも頼まなかった。いや、そればかりでなく、悲痛な泣き声や悲鳴が聞こえた月曜日の夜以来、全然彼の手をわずらわすようなことは何もなかったという。その泣き声や悲鳴は、おそらく、ちょうどその時、息を引き取ろうとする家人をいたむ声であったにちがいなかった。なんでも、その前夜、当時の言葉でいういわゆる死体運搬車《デッド・カート》が玄関先に止まり、一人の女中がすでにこときれて運び出されて、埋葬人たちが（あるいは柩持ち《ベアラー》とも呼ばれた）一枚の緑色の毛布にくるくる巻きにされた女中の死体を車に乗せて、運んでいったのだそうである。

監視人は、その今いった月曜日の夜、家の中から洩れてくる物音や泣き声を聞いた時に、扉をノックしたそうだが、しばらくは何の返事もなかったという。だがやがて、ある一人の人間が顔を出して怒気を含んだ早口で、しかも一種の泣き声というか、あるいは少なくとも今まで泣いていたというような声で、「君、何の用事があるんだ、そんなに戸をたたいて」と聞いた。監視人は、「わしは監視人だ！　いったいどうしなすった、何か起こったのかね」といった。するとその相手の人は、「それが君にどうだというんだ。それよりか、死体運搬車でも呼んでくれ」といった。これがちょうど真夜中の一時ころのことだった。まもなく、この監視人は運搬車を呼びとめ、再び扉をたたいた。しかし何の答えもなかった。彼はそれでもしきりに扉をたたきつづけ、車の夜廻り《ベル・マン》も「早く死人を持ってこい」と何度となく怒鳴った。それでも何の返事もなかった。そのうち、車の御者は他の家

に用事ができたので、そういつまでも待っているわけにもいかないというわけで、さっさと出かけていってしまった。

監視人はまったくどう考えていいのか見当もつかなかった。そこで仕方なく、そのままに放っておくことにした。やがて、いわゆる朝番とか昼番とか呼ばれる、もう一人の監視人が交替にやって来たので、彼は事の顚末をくわしく話して、こんどは二人でずいぶん長いあいだ扉をどんどんたたいた。それでも返事はなかった。気がついてみると、先に返事をした例の人間が顔を出した窓（むしろ開き窓）が、元のとおり開いたままになっていた。それはちょうど三階であった。

そこで、この二人の男は真相を確かめようと、長い梯子《はしご》を借りてきて、一人がその窓のところまで登っていった。窓からひょっと部屋の内を見ると、そこにはたった下着一枚しかまとっていない女の死体が冷たくなって床《ゆか》の上にころがっていた。とても無気味な姿であった。それでもその監視人は大声で、おうい、おうい、と叫んだり、長い棒で部屋の床《ゆか》をめちゃくちゃにたたいてみたりした。それでも何の返事も、また人の動く気配もなかった。家の中はしーんと静まりかえっていた。

彼は仕方なしに梯子からおりてきて、もう一人の男にこのありさまを話した。その男もまた梯子を登っていって、部屋のありさまがまさしく話どおりであるのを見届けてきた。さっそく、市長かあるいは然るべき役人に報告しなければなるまいということになったが、二人はもう窓からこの家にはいる気はしなかった。役人は二人の話を聞いてさっそくこの家をこじ開けるように命じ、同時に、その際、物が盗まれないようにと警吏一名とその他数名の人々に立会いを求めた。いよいよ扉をこじ開けて中へはいってみると、先のあの若い女の死骸以外だれの姿も家の中には見られなかった。女は病気に感染して、とうてい助からないとわかっていたらしく、家の者は全部彼女を放置して、そのひとり悶死するがままにまかせてしまったもののようであった。彼らは何とか工夫をこらして監視人の眼をたぶらかし、いつのまにか表戸から出ていったものか、それとも裏口または屋根裏から逃げ出していったようすであった。とにかく監視人は気がつかなかったのだ。彼の聞いたという泣き声や悲鳴は、まぎれもなく別離の苦しみに耐えかねた全家族の者の抑えても抑えきれない悲痛な叫びであったにちがいない。おそらく去る者も残る者も等しく味わった悲しみであったろう。この女はこの家の主婦の妹であるということだった。主人夫婦、何人かの子供に何人かの召使、そういった家の者全部はどこかへ逃げてしまっていたのだ。だが、はたして彼らが病気にかかっていたか、あるいは健全であったか、それは私にはついにわからずじまいに終わった。また、実際あまりくわしくその点を尋ねて廻ることもしなかったのである。

病気に冒された家から、以上のような例にならって逃亡を企てる者が続出した。とくに、監視人が何かの用事で出かけているあいだに、頻々として逃亡が行なわれた。その家の者の依頼に応じて、お使いに行く、たとえば、食糧や薬品などの生活の必需品を買いに行く、というのが、監視人のおもな役目であったからだ。その他、内科医（ただしこれは必ず来診してくれるとは限っていない）や外科医や付添看護婦を頼みにゆくとか、死体運搬車《デッド・カート》を呼びにゆくとかいうことも彼の役目であった。そんな時には、家の外戸に鍵をかけて、その鍵は持っていくというのが決まった条件となっていた。ところが何とかして彼の眼をごまかそうとして、家の者たちは錠前に合う合鍵を作ったり、またなかには、家の内側にいて、ねじ釘かなんかで、しっかりつけられている錠前を逆に廻して、取り外してしまい、何だかだとつまらない用事をいいつけて市場やパン屋へ監視人をやっているあいだに、自由に戸を開けていくらでも出入りする手を考えだす者もいた。しかし、この手もたちまち露見し、監視人たちはこんどは外側から戸に南京錠《なんきんじょう》をかけ、また臨機応変、閂《かんぬき》をかけるよう、その筋の命令を受けたものであった。

私はまたこういう話も聞いた。オールドゲイトのなかでもいちばん手前にある通りのある家で、これもやはり一家全部が、女中が病気にとり憑かれたために、そのとばっちりで閉じ込められ、鍵をかけられてしまうということがあった。主人は友人知己を通じて最寄りの参事会員や市長にさかんに苦情を述べたて、女中を避病院《ペスト・ハウス》に移してもらうように頼んだが、結局ことわられ、戸口には赤十字の標識が描かれ、外側からは南京錠をかけられる羽目になった。掟に従って戸口には監視人も立った。

今にも死にそうな病気の女中といっしょに自分も妻も子供たちも閉じ込められる以外には、もはやどうしようもないことが、この家の主人にははっきりわかった。主人は監視の者に声をかけて、家のかわいそうな女中の看病をしてくれる付添婦を一人雇ってきてはくれまいかと相談をした。そして、家の者に女中の看病をさせることは一家全滅を意味する、またもしどうしても雇ってきてくれなければ、女中は病気のためか、飢餓のためか、いずれにしても死ぬよりほかに道はなかろう、なぜかというと、自分は家の者にはだれ一人として女中に近づくことを厳しく禁じているからだ、ともいった。女中は四階の屋根裏部屋に臥せっていた。そこは、いくら泣き叫んでも、救いを求めても、だれにも聞こえないところであった。

監視人はこの申し出を聞き入れて、頼まれたとおりに付添婦を探しに行き、その晩のうちに家に連れてきた。しかしそのあいだに、主人はこれ幸いと自分の店から店　窓《ショウ・ウィンドウ》のすぐ前（むしろ下といったほうがよいかもしれぬ）にある、以前には靴直しがすわっていた屋台店のほうに、壁を破って大きな穴を作った。もちろん、こういう悲惨な際であるから、そこにいた靴直しなどは、とっくに死ぬか逃げ出すかしていた。したがって、そこの鍵は当然主人が保管していた。おそらく、監視人が入口のところにいたなら、とてもこういう真似はできた話ではなかったであろう。それだけの仕事をするには、当然、怪しまれるような、大きな物音を出さないではすまなかったからである。さて、この屋台店のほうへ通路をあけたところで、主人はひとまず仕事をやめて、監視人が付添婦を連れて帰ってくるのを待つことにし、翌日も昼間はまる一日じっとしていた。その夜はもう一度、これまたつまらない用事にかこつけて、というのは、たしか私の承知しているところでは、女中につける膏薬《こうやく》を薬剤師のところに取りにやることだったが、その監視人を追っ払ってしまった。彼は膏薬の調製がすむまで長く待っていなければならなかった（それとも何か他の用事だったかもしれないが、とにかくできるだけ手間取るような用事であったことは確かだった）。そのあいだに主人は自分の家族全部を連れて家から抜け出し、結局そのかわいそうな女中は付添婦と監視人の二人の手で葬られることになった。葬るといったところでたかはしれたもので、要するにその死体を例の車にほうりこんで、その後、家の後始末をするだけの話であった。

このような面白いといえば面白い、いろいろな話に、私はこの陰鬱な一年のあいだに、じつにおびただしくぶつかった。いや、聞いたのだ。こういった話は一つ一つあげていたらきりがないくらいだが、だいたいほんとうの話、ほとんど真相に近い話であった。つまり、これらの話が一般的にいって真実だという意味なのだ。というのは、こういう非常な事態の時には、一つ一つ詳細な事実をつきとめる余裕はなかったからである。諸々方々で報告されたところによると、監視人に対する暴行沙汰もかなり頻繁にあったらしく、私の信ずるところでは、今次の災厄を通じて、監視人で殺された者、あるいは少なくとも致命的な傷害を受けた者の数は一八名ないし二〇名を下らなかった。彼らは、感染したために閉鎖命令をくらった家の者たちが、家を出ようとするのをとめたために傷害を受けたといわれている。

しかし、それも考えようによっては無理からぬことであった。閉鎖された家の数だけ、いわば牢獄が忽然としてロンドンに出現したようなわけだったから。しかも閉じこめられた人間、いや、投獄された人間というのが、何も罪を犯したというのではなく、ただそうでもしないと悲惨な結果を一時に招くというそれだけの理由で閉じ込められているにすぎなかったのである。彼らにとってそれだけ我慢も何もできなかったのも無理からぬことであった。

もっとも、違いといえば、こういう違いはあった。すなわち、このいわゆる牢獄には一人の獄吏しかいなかったということである。しかも、家の建て方の関係上いろいろ所によって数は違うが、いくつも出口のある家や、いくつもの街路に出る出口を持った家なども多かった。したがって、一人ですべての抜け道をしっかりと監視して、家人の脱出を防ぐということはとうていできた相談ではなかった。しかも相手たるや、恐ろしい運命に対する不安や、当局の処置に対する憤懣や、疫病《ペスト》の猛威に対する畏怖のために、もうほとんど自暴自棄になっていたのだ。そういうわけで、だれかが家の片側で監視人と話をしているあいだに、家の者がどんどんその家の反対側の出口から逃げ出すということもあったのである。

たとえば、あのコウルマン街、あそこには今日でも見られるとおり、多数の小路があったが、その一つであるホワイト小路《アレー》という小路のある家が閉鎖になったことがあった。この家には裏の広場に通ずる裏口とてはなく、ただ窓が一つあるきりであった（その広場からベル小路《アレー》に出る道があった）。そこで、警吏の命によって監視人が一人この家の玄関のところに見張りに立った。彼はもう一人の者と交替で夜となく昼となく立ちつづけた。ところがあにはからんや、家の者は夜陰に乗じて、その広場に突き出した窓から逃げ出してしまっていたのであった。気の毒なことに、この二人の監視人は、そこで真剣に見張りをつづけること二週間に及んだそうである。

また、その小路からあまり遠くないところでは、監視人が火薬を投げつけられて手ひどい火傷《やけど》を受けるという事件もあった。その男が苦しそうに呻いているのを見ながらも、だれもあえて近づいて彼を助けようとせず、躊躇しているあいだに、家の中にいた家族の者で動ける者はみな二階の窓からおりてきて逃げていってしまった。後には病人が二人取り残されて、懸命に救いを求めていた。さっそくそのため、二人の看病をする付添婦がつけられたが、逃げていった連中の行く先についてはついにわからなかった。それでも疫病《ペスト》が下火になったころ、その連中はまたぞろ帰ってきた。しかし、なにしろこれといったはっきりした証拠があるわけではなし、結局何のお咎めも受けなかったそうである。

これらのにわか牢獄は、普通の牢獄に比べた場合、いわば格子なき牢獄ということができた。したがって、中にいる人間も監視人の見ている前も何のその、平気で窓から出てくる始末であった。そしてそういう時には必ず手には剣かピストルを持っていて、ちょっとでも動いたり、助けを求めたりしたら、ぶっぱなすぞ、と威嚇《いかく》するのが常であった。こういったことを一応読者のお耳に入れておくこともあながち無意味ではあるまい。

またなかには、隣家とのあいだに庭や石壁や垣根、あるいは中庭《ヤード》や離れのある家などがあった。こういったところでは隣人のよしみで、その石壁や垣根を越えて、隣家の戸から外へ出てゆくこともできないことではなかった。また時には、隣家の召使に金を握らせて、夜陰にまぎれてそこを通らせてもらうこともできた。こういうわけで、要するに家屋の閉鎖ということは、けっして当てになるものではなかったし、また所期の目的を達することもできなかった。むしろ、その家の者をやけくそにするばかりで、どうかすると、戸を蹴破って出るような、言語道断な振舞いをする者も出てくるありさまであった。

だがもっと悪いことは、こういうふうにしてむりやりに飛び出した連中が、絶望のあまり病気を持ったまま駆けずり廻り、病毒を意外な遠くまでばらまいてしまったということであった。こんな場合に生ずるさまざまな事情を洞察できる人には容易に理解がゆくと思うが、こんなふうに厳重に監禁されることの苦しみが結局人々を自暴自棄におちいらせ、前後の見境もなく家から飛び出させたのである。さて、がむしゃらに家を飛び出してはみたものの、疫病の徴候は歴然と体に現われているというわけで、彼らはどこへ行ったらよいのか、どうしたらよいのか、いや、自分が何をしたかもわからないのだった。逃亡した連中の多くは、かくして、恐ろしい絶体絶命の土壇場に追いこまれ、食うものにさえ事欠いて街頭や野辺の一角にむなしく息絶えてゆき、襲いくる高熱の灼き尽くす苦しみに耐えかねてばったりと倒れていった。ある者はふらふらと田舎《いなか》に流れ出していった。どこへ行くというあてもなく、ただ苦しまぎれに前へ前へと歩いていった。やがて疲労と困憊《こんぱい》がやってきたが、彼らに救いの手を差しのべる者は一人もいなかった。途上の村落の人々は、彼らが病気に冒されていようがいまいが、そんなことはいっさいおかまいなしに、彼らを泊めることをにべもなく拒んだ。路傍で死んでいったのはこれらの人々であった。またやっとの思いでどこかの納屋《なや》にたどりついて、そこで死んでいった者もあった。たとえ病気にかかっていなくても、そういう者にはだれも近づこうとも、助けてやろうともしなかった。いくら病気でないといったところで、信ずる者は一人もいなかったからである。

一方、疫病が初めてある一軒の家に侵入した時、というのはつまり、その家族のだれかが外出して不注意か何かで病気をもらって帰ってきた時、それが役人に知れるより前に家族の者に知れるということは、当然な話であろう（だれかが病気になったと聞くやいなや、ただちにその者の病状を調べる命を受けている役人のことは、すでに述べたとおりである）。

この病気にかかってから、検察員《エグザミナ》の来るまでのあいだに、家の主人は行くあてがあれば、自分はもちろん、時には一家全部の者を他へ移してしまう時間の余裕があった。そしてまた実際にそうした者もかなりあったのである。しかしこの際、最大の禍《わざわい》は、すでにはっきりと病気に冒されているのが自分でわかっているくせに、よそへ逃げてゆき、わざわざ親切にも泊めてくれた家に病気を持ちこむ人間がいたということである。これなぞは、悪辣というか恩知らずというか、まったく言語道断な行為というほかはなかった。

病気にかかった連中の気性――いわば病人気質《かたぎ》といえるようなものについて一般に流布されていた通念、というよりむしろ悪評は、今いったような点にもとづくといっても過言ではない。すなわち、当時、疫病患者は他人に病気を移すのを何とも思っていない、まったく図々しいものだ、といった世評が広まっていた。しかし、それが多少真相をついているとはいえ、いいふらされているほど一般的なものとはいえなかった。自分が今にも神の裁きの座に立とうとしていることは、彼ら自身がいちばんよく知っていたはずである。それなのに、どうしてそんな鬼畜生のような真似ができよう。こういう振舞いが人情と仁愛の精神にもとるのはもちろんのこと、信仰と正義にも背くことはいうまでもないことだと思う。しかしこのことには再び後で触れる。

閉鎖を心配して自暴自棄になった人間、閉鎖をくらってから（時にはくらう前から）大あわてにあわてて暴力をふるったり策略を弄したりして、家から逃げ出そうとした人間、こういった人間が家から飛び出したところで、一向にそのみじめさが変わるものでもなく、むしろ倍加したことは今いったとおりである。しかし、なかには、うまく脱出して別荘か何かにたどりつき、外界との交渉を絶ってしまって、疫病《ペスト》の終息まで隠れていたという者も多くいた。病気の蔓延を見越した者のなかには、家じゅうの者全部の食糧を充分に貯えて、家のなかにひっこんでしまい、まるで生きているのか死んでいるのかわからないくらい、全然世の中から姿をくらまして、疫病がすっかり収まったころ、ひょっこりと元気な姿を現わした人間も多かった。こんな例はいくつとなく思い出すことができる。そしてまた、そのやり方の一部始終を読者に物語ることもできる。けだし、この方法が、いろいろな事情で避難することもできず、田舎《いなか》に適当な疎開先も持たないといった人々にとっては、いちばん有効かつ確実な手段であったことは、疑う余地がないからである。準備万端を整えてかように閉じこもることは、居ながらにして百マイルのかなたにいるに等しかった。また、この方法をとって失敗したという例は私の知っているかぎりでは一つとしてなかった。とくに注目すべきものとしては、数家族のオランダ商人がよい例であるが、彼らはまるで包囲攻撃を受けている要塞みたいに家の中に籠城《ろうじょう》し、だれ一人としてはいることも出ることも、いや、近づくことさえも許さなかった。スロッグモートン街の広場にいたオランダ人などはその尤《ゆう》なる者で、その家はドレイパーズ庭園に臨んでいたという。

ところで話をもとの、病気にかかったため当局者によって家屋閉鎖を命じられた家族のほうにかえそう。この連中の悲惨な状況ときたら、とうてい口ではいえないくらいだ。自分の最愛の者の変わり果てた姿を見、しかもそれから一歩も逃れることはできぬといった恐怖心から、ほとんど死ぬばかりに脅え、慄《ふる》えあがったかわいそうな人々のうめくような陰惨な悲嘆の声をわれわれが耳にしたのも、たいていはそのような家からであった。

私ははっきり覚えている。いや現にこうやって書いている時でも、あの声がまるでいま耳もとで聞こえるようにさえ思うのだ。それはたった一人の娘を持っていたある貴婦人の話である。彼女は非常に裕福な身分で、そのお嬢さんというのは年のころ十九歳くらい、まだうら若い女性であった。二人は、当時住んでいた邸宅に肉親としては二人だけでいた。ある日、この若いお嬢さんと母親と女中の三人が、何の用事のためだったかわからないが、とにかく外出をした（つまり閉鎖されていなかったからだ）。ところが家に帰ってきてから二時間ほどたったころ、この娘は気分が悪いといいだした。それからものの十五分もたつと彼女は急に嘔吐《おうと》をもよおして、しきりに頭痛を訴えた。冷水を浴びせかけられたようにぎょっとした母親は、もしも病気だったらどうしましょう！　といった。頭痛はひどくなってゆくばかりだったので、母親は寝床を温めるように女中に命じ、娘を寝かせようとした。病気にかかった心配がある時、普通最初にとられる療法は発汗作用を促すことであった。母親は娘に汗を出させようとしていろいろなものを与えた。

寝具を乾かしているあいだに母親は娘の衣類をぬがせてやった。そして寝床に娘を寝かせつけながら、蠟燭《ろうそく》の灯で娘の体を調べてみた。はたせるかな、彼女の股の内側にあの致命的な徴候が現われていた。母親は身をわなわな震わせたかと思うと、やにわに蠟燭を投げ捨て、じつに聞く者の肝を凍らせるような、恐ろしい叫び声を発した。彼女はあまりに激しい驚愕に耐えきれず、気を失ってその場に倒れてしまった。が、気がつくと、がばっと起きあがって、まるで意識が錯乱しているかのように、家じゅうを駆けずり廻った。階段を駆けのぼるかと思うと、駆けおりるというふうであった。いや実際は、もうすでに錯乱していたのであった。すっかり正気を失って、というか、少なくとも自分で自分が制御できず、ただわけもなく何時間も何時間も叫びつづけ、わめきつづけるだけであった。彼女はついに元どおりにはならなかったという。他方その若い娘のほうはどうかというと、これもあの瞬間以来いわば生ける屍《しかばね》であった。疱疹《ほうしん》をひきおこすもとである壊疽《ギャングリーン》が全身を冒していたからであった。彼女はそれから二時間とたたないあいだに息を引き取った。母親はそれでもなお娘の死んだことを知らず、幾時間もわめき散らしていた。この話はかなり以前のことなので、私はもうくわしいことは忘れてしまったが、たしかその母親も二度と正気に戻らず、それから二、三週間後には死んだように聞いている。

これはおそらくきわめて特異な例であるかもしれなかった。私がくわしく述べたのもそのためだが、それというのも、私が偶然この事件を他人よりもくわしく知っていたからにほかならない。しかしこういった例は、ほかにもたくさん――ほとんど無尽蔵にあったと思われる。毎週の死亡報告の中に、頓死、つまり、驚愕のあまりに絶命した、という項目の中に、二ないし三名くらいの数字のあげてないことはめったになかった。しかし、驚いたあまりに即死した者のほかにも、深刻な衝撃を受けていろいろな不幸な目に合った者も非常に多かった。ある者は正気を失い、ある者は記憶を喪失した。また、なかには痴呆状態に陥るものもあった。……いや、また脱線してしまった。話をもとの家屋閉鎖のことに戻そう。

家を閉められてから後、策略を弄して脱出を試みるものが一方にあれば、他方には、監視人を買収して夜分ひそかに外出するのを見逃してもらう者もいた。しかしこの買収たるや、けだし人間の犯しうるもっとも軽い犯罪、――贈収賄罪だと私は当時考えていた。したがって私は、かわいそうな人々に同情の念を禁じえなかったし、三人の監視人が閉鎖家屋からその家人が脱出するのを黙認したというかどで、鞭打たれながら町じゅうを引っぱりまわされるのを見た時には、まったくなんて残酷なことだと思わざるをえなかった。

だが、いかに取締りが厳重であっても、やはり貧乏人に対しては金の効き目はあらたかであった。これがとりもなおさず、何とか策を弄して家から脱出していった者が跡をたたなかったゆえんであった。しかしこの種の人々は、たいていは疎開してゆく場所を持った人々であった。八月一日以降、どちらの方角に逃げるにしても、道路上の通行はけっして容易なものではなくなった。それにしても、逃げようと思えば方策はいくつもあった。前にもちょっと触れたように、テントを野原にたてて、寝台代わりの藁《わら》や、食料品などを持ってゆき、方丈の庵《いおり》に住む隠者よろしく生活した者もいたのである。実際そんなテントには庵と同じように、訪れる者も近づく者も一人もなかったのである。いろいろな話がこれにからんで伝えられたが、喜劇的な話もあれば、悲劇的な話もあった。砂漠を放浪する巡礼者のような生活をし、とても信じられないようなやり方でわれとみずから放浪の民となって逃げまわり、それでいてけっこう予想以上の自由を享受した者もいた。

私はある二人の兄弟と、その親戚の男（みな独身であった）との話を知っているが、彼らは、ついうかうかと市内にとどまっているうちに時期を失し、逃げてゆく場所もなければ、そう遠くへ行く旅費もないといった状態で、結局、命を全うするため、ある一つの方法を考え出した。それは初めいかにも無謀のように見えたが、じつはきわめて当り前の方法で、むしろ他の人が当時そうしなかったことのほうが不思議なくらいであった。この三人はけっして余裕のある身分ではなかったが、かといって、生命を維持するに足りる最小限度の生活必需品も買えないほど貧乏ではなかった。この三人はいよいよ悪疫が恐ろしい勢いで猖獗《しょうけつ》するのを見て、万難を排して逃げ出す決意を固めた。

三人のうちの一人は、最近つづけざまに起こった戦争はもちろん、その前のネーデルランド方面の戦争にも従軍した兵隊上がりの男で、軍務以外にはこれといった職業を生れつき持ってはいなかった。のみならず、今では戦傷のため激しい肉体労働もできなくなっていた。そのため最近ではウォピングの堅パン屋に奉公をしていたのであった。

この男の兄弟ももとは船乗りであったが、どうしたはずみか片方の足を傷つけ、今では船にも乗ることができず、やむなくウォピングかどこかの帆布製造業者のところで働いて生活をしていた。なかなか暮し方が上手とみえて、小金を貯めており、三人のうちでは一番の金持であった。

もう一人の男は商売は大工か指物師かで、器用な男であった。財産といったら箱一つ、つまり大工の道具箱一つであって、当今のような悪疫ばやりの時でなければ、この箱一つで行く先々でけっこう飯を食うことができた。彼は当時シャドウェルの近くに住んでいた。

この三人の住んでいたステプニー教区がいちばん最後に疫病《ペスト》に襲われた地区であることは——少なくともいちばん最後にもっとも手ひどく襲われた地区であることは、すでに私が述べたとおりである。彼らは疫病がロンドンの西部地区で徐々に下火になり、自分たちの住んでいる東部地区に類焼してくるのをはっきり見るまで、じっと待機していた。

彼ら三人の男の話を本人たちが話したとおりに物語るがいい、具体的な事実を一つ一つ保証したり、過ちの責任を負ったりする必要はない、との読者諸氏のお許しさえあれば、私としては喜んでできるだけくわしく話をしたいと思う。ロンドンにおいて同じような災難が再び降りかからないとは断言できない。もしそういうことになったら、この三人の物語はおそらくは貧乏人にとってはまさに好個の手本たるを失わないだろう、とは私の信ずるところである。よしんばそういうことがないにしても（計り知るべからざる恵みの主なる神が願わくはそのような禍《わざわい》からわれらを守り給わんことを！）、話がいろいろな点で有益であるし、したがって、なんて無益な話だ、などといわれることは万々あるまいと私は思っている。

彼らの物語に先立ってこれだけのことをいっておくわけだが、まだまだ私自身の見聞したところで述べなければならない話も残っている。

私は初めのころは、好んで危うきに近づくということはなかったが、わりに自由に方々の町を歩きまわったものであった。ただし、いくら危ないことがわかっていても、われわれの住むオールドゲイト教区の教会墓地の中にみんなが大きな穴を掘る時だけは、行かないで見逃すわけにはいかなかった。何といったらいいか、とても凄まじい穴で、私は好奇心にかられて、どうしても見に行かずにはいられなかったのだ。正確なことはわからないが、見たところ縦幅約四十フィート、横幅十五ないし十六フィートはあったろうか。私が最初に見た時は、深さは約九フィートであったが、その後ずんずん掘り下げていって、あるところでは二十フィート近くも深く掘ったが、結局、地下水が湧いてきて、それ以上掘ることはできなかったようである。この穴の以前にも大きな穴がいくつか掘られていた。というのは、疫病がこのわれわれの教区にやって来るまでにはずいぶん時間的にゆっくりしていたけれども、いったんやって来るとなると、その猛威たるや、おそらくロンドンの内外を通じて匹敵するもののないくらい凄まじいものであったからである。おそらく、オールドゲイトとホワイト・チャペルの二教区ほど甚大な打撃を受けた教区はほかにはなかったのではあるまいか。

教区の人たちが他の場所にいくつも穴を掘ったのは、病気がわれわれの区に広がり始めかけたころで、ちょうど死体運搬車《デッド・カート》がよそから死体を運ぶために駆けずりまわりはじめたころであった（ただし、実際に運搬車がわれわれの教区で活躍しだしたのは八月の初めを過ぎてからであった）。この穴の中に平均五〇ないし六〇個の死骸を投げ込んだが、次にはもっと大きな穴をいくつか掘った。そしてこの中に、運搬車が毎週運んでくる死骸を片っぱしから投げ込んでいった。運搬車が運んでくる死骸の数は八月の中旬から下旬にかけて毎週二〇〇ないし四〇〇であった。その穴をもっと大きく掘り広げようとしたが、死骸を地面から六フィート以上の深さに埋めよとの当局者のきつい命令があるため、そうすることもできなかった。約十七ないし十八フィートのところで水が出てくるので、一つの穴の中にはそれ以上の死体を入れるとどうもまずかった。しかし、九月の上旬となると、疫病《ペスト》はいよいよ暴威をたくましくしてきて、われわれの教区の埋葬者数たるや、ほぼ同じくらいの広さのロンドン近傍のいかなる教区にもいまだかつて見ないほどの数に達した。かくして、ついに私が目撃した一大深淵を掘ることになったのである。それはあまりに大きく、とても穴などとはいえなかった。

最初この深淵、つまり大穴を掘る時、人々は、このくらいの大きさがあれば一ヵ月や二ヵ月は充分間に合うと考えていた。また実際、まさか教区民全部をこの中へ入れるつもりじゃあるまいな、などと嫌がらせをいって、こんな恐ろしい穴を掘るのを許したことに対して、教区委員たちを非難する者もあったくらいである。しかし、そういった連中よりも、教区委員たちのほうがはるかに教区の実状を知っていたことが、まもなく明らかになった。穴の出来上がったのがたしか九月の四日だったと思うが、一日おいて六日にはもうどんどんこの中に死体を埋め始め、ちょうど二週間後の二十日までには、死体一、一一四個を埋めたのであった。もうそれ以上死体を入れると、地面から六フィートという規定に反することになった。人々は仕方なく土をかけねばならなかった。今でも教区に現存している老人で、この事実を裏書きしてくれる人もいくらかあることと思う。また教会墓地のどのあたりにその穴が埋まっているかを、私以上によく知っている人もあろうかと思う。現在ハウンズディッチの方面から教会墓地の西壁のそばを通り、東面してちょうど比丘尼軒《スリー・ナンズ・イン》の近くでホワイト・チャペルのほうへ出る道、あの道に平行したところにあったのだ。穴の跡はずいぶん長いあいだはっきりそのまま地面に現われていたものであった。

九月の十日ころであった。持って生まれた好奇心から、私は矢も楯《たて》もたまらなくなってこの穴のところに再び行ってみた。当時、この穴の中には四〇〇近くの死体が葬られていた。この前見に行った時は昼間であったが、こんどは昼間行ってもつまらないような気がした。というのは、昼間穴の中に見えるものといったら要するに上から土がばらばらかけてあるにすぎなかったからである。死体が投げ込まれるやいなや、たちまちいわゆる埋葬人、つまり別名柩持《ベアラー》ちと呼ばれる人夫が、その上に土をかぶせてしまうのであった。そこでこんどは、夜分に行って死体が投げ込まれるところを見ようと決心したわけである。

　このような穴に衆人が近づくのを禁ずる厳重な法令が出ていたが、それはもっぱら病気の感染を防ぐのを主眼としていた。しかし、時日がたつにつれて、この法令はいっそう必要なものになってきた。なぜなら、病気に冒された人間で、死期が近づき、そのうえ精神錯乱をきたした者たちが、毛布とか膝掛けとかをまとったまま穴のところに駆けつけ、いきなり身を投じて、いわば、われとわが身を葬るからであった。もちろん、患者が投身自殺するのを官憲が黙認したなどとは考えられないことである。しかし、クリプルゲイト教区のフィンズベリの一大深坑はまだ囲みができておらず、外界にむき出しになったままであったが、そこでは、患者が次々とやって来て穴の中に飛び込み、土をかぶせる間もなく、息絶えていったという。他の死体を葬るために、係りの者がやって来た時には、まだその死骸は生暖かったそうである。

　こういった話はあの日の凄惨な模様を伝えるのに少しは役立つかもしれない。けれどもほんとうは、実際に目撃しなかった人にあの様相の真実を伝えることはとうてい不可能なことと思う。ただいえるとすれば、それこそ、じつに、じつに、凄惨なものであった、とても口で表現できるようなものではなかった、というくらいの言葉しかいえないのだ。

私はそこに勤めていた墓掘人夫と昵懇《じっこん》の間柄だったので、墓地に入れてもらうことができた。けれども、この人夫はさすがに拒絶はしなかったものの、真剣な顔をして穴のところには行かないようにしてくれと泣かんばかりに頼んだ。敬虔で分別者の彼は、自分たちが危ない命がけの仕事をしているのもじつは自分たちの務めだからだ、命を失うかもしれないが、できるなら助かりたいと思っている、だが、あなたは何もそうしなければならない義理はないはずだ、たかが物好きじゃないのか、そんな好奇心が危ない真似をする口実になるなどとは、まさかあなただって思ってるわけじゃあるまい、といった調子で私に向かって真面目に忠告をしてくれた。私は、どうしても行ってみたいのだ、何か教えられるところがあるにちがいない、けっしてむだにはなるまいと思う、と答えた。「そういうお考えなら、さ、どうぞはいっていただきましょうか。一度ごらんなすったらわかることですがね、こんなじんと身にこたえる説教なんか、そうざらにゃありませんよ。あの景色《けいしょく》は、あなた、生きてましてな、大きな声で話しかけますわい。あれにかかっちゃ人間の罪業が恐ろしくて恐ろしくてかなうこっちゃありませんて」とその人夫はいいながら、扉を開けてくれた。そして、「さ、はいって見たけりゃ、ずっとはいっておくんなさい」といった。

彼の話は少なからず私の決意をにぶらせた。私はしばらく、どうしようかと躊躇しながら立っていた。が、ちょうどその時ミノリズ区の一端から二本の炬火《たいまつ》がこっちへやって来るのが見えた。まもなく夜廻《ベル・マン》りの鳴らす鐘の音が聞こえたかと思うと、いわゆる例の死体運搬車《デッド・カート》が町を通ってこちらへやってくるのが見えた。こうなると是が非でも見たいという欲望には抗し切れなかった。私は中へはいった。初めちょっと見たところでは、墓地にはだれもいないようであった。また、はいってゆく姿を一人も見かけてはいなかった。ただ埋葬人夫と、まもなくやって来た運搬車の御者（御すというよりむしろ馬と車を引っぱってきたといったほうが適切かもしれない）だけの姿が見えた。しかし、この連中が穴のところへやって来てみると、そこにはいつのまにか一人の男がいて、あっちへ行ったりこっちへ行ったり、うろうろしている姿が見られた。褐色の外套をすっぽり着ていたが、いかにも心中の苦悶にさいなまれているらしく、その外套の下でさかんに両手を動かしていた。埋葬人夫たちはこれはてっきりいつもしばしば見かける自殺――にやって来た気の狂った男か、自暴自棄になった男かと考えて、その回りにすぐさま集まってきた。しかしその男はそこいらをうろつきながら、ただ黙々としていた。ただ、二度か三度、腹の底から出てくるような何ともいえない呻き声を発し、今にも胸が張り裂けんばかりに深い溜息をついた。

よく見ると、その男はけっして前に述べたような、疫病《ペスト》にかかって捨て鉢になった人間でもなければ、また精神に異常をきたした人間でもないことがすぐわかった。彼は要するに、妻と数人の子供を一時に奪われ、その悲しみに耐えかねて、その死体を乗せた車について来たものであった。はた目も痛ましいほど、彼は悲嘆にくれていた。しかし、その悲しみは、いわばあくまで男らしい悲しみであった。けっして女々《めめ》しく涙を流すといった取り乱した態度はそこにはなかった。彼は落ち着いた調子で、どうか私にかまわんでいただきたい、ただ妻子の亡骸《なきがら》が葬られるのを一目でいいから見せてほしい、そしたら喜んで立ち去るから、と人夫たちに頼んだ。それじゃあ、というわけで、みんなはくれぐれも変な真似はしないようにといって、彼のそばから離れていった。が、いざ車がひっくり返されて中にはいっていた死骸がごちゃごちゃに穴の中に捨てられるのを見た時——いや、まったくこの光景は彼にとってはまさに愕然たるものであったらしい。少なくとも妻子の亡骸が手厚く葬られるものとばかり思っていたからであった。そんなことができるわけがないのを彼はあとでこそ知ったが、当初は知るよしもなかったのだ。山のような死骸が捨てられるこの光景を見た時、いや、まさしくその瞬間、彼はわれを忘れて何だかわめきはじめた。何をわめいているのか私には全然聞きとれなかった。彼は二、三歩後ろにさがったかと思うと、ばったりと気絶してしまった。人夫たちはさっそく駆けよって抱き上げた。しかし、気がついたのはそれからしばらくたってからだった。人夫たちはそこでハウンズディッチの端の向かい側にあるパイ亭《タヴァン》に彼を連れ込んだ。その料亭は彼の顔馴染の店だったらしく、みんなに親切に介抱された。彼が人夫たちに連れられて穴のところを立ち去ろうとした時のことだが、彼はもう一度穴の中を覗き込んだ。しかし、山のような死骸の上には、次々と土が投げ入れられていたので、相当な明りがあったにもかかわらず、もう何も見えなかった。穴の周囲の土の山の上には蠟燭のついた角燈《ランタン》が夜っぴてともされていた。その角燈の数は七つか八つくらい、いやもっとあったかもしれない。

凄惨な光景とはこういう光景をいうのであろう。私は、他の光景を見た時もそうであったが、これにはじつにいうべからざる戦慄を感じた。だが、もう一つの光景はもっと酸鼻を極め、身の毛もよだつものであった。その車には一六、七個の死骸が乗せられていたが、そのあるものはリンネルの敷布でぐるぐる巻きにされ、あるものは毛布に包まれていた。またなかにはほとんど裸体同然の死骸もあった。ほんの申しわけばかりのものをまとっている死骸もあった。こういった死骸は車から投げ出される時、せっかくまとっていたものもはぎとられ、素っ裸のまま累々たる死骸の中にころがってゆくのであった。しかし、そういったことは、これらの死骸自身にとってはもうどうでもよいことであった。また猥《わい》雑《ざつ》さということも、はたの者にはもはや問題にはならなかった。これらの死骸はもはやまさしく亡骸《なきがら》であったからである。そして、いわば人類の共同墓地の中に仲良くひしめき合っていたからであった。そこにはもはや何の差別もなかった。貧乏人も金持も、ともどもに横たわっていた。いうまでもなく、かかる災厄の時には死亡者の数はとほうもない数にのぼるのだ。いちいち棺桶など手にはいるいわれはなかった。したがって結局以上のような埋葬の仕方以外に方法がないわけであった。実際これ以外にどうしろといわれてもそれは不可能というものであった。

当時、埋葬人夫たちに対して次のような中傷讒誣《ざんぶ》の言葉が世間一般にいいふらされていた。すなわち、頭の先から爪先まで、上等のリネン製の屍衣できちんと包まれた死体がそのころよく運ばれてきたが、そういうのを見ると、人夫たちは悪辣にも車の中でそれをはぎとり、素っ裸のまま死骸を穴の中に投げ込むというのであった。私にしてみれば、いやしくもキリスト教徒ともあろうものが、自分でさえいつ死ぬかわからない非常の時にそんな不埒千万なことをするとは容易に考えられないことである。だから、私はただそういう噂があったということだけをここに述べて、真偽の判断は諸君におまかせしたい。

同様な話が付添看護婦の残酷な所業についてもおびただしく流布されていた。病人について、その世話をしていながら、その病人の死期を故意に早めるといわれていた。しかしこのことに関しては、別のところでもっとくわしく語ろう。

ともかく、私はこの光景にはまったくひどい衝撃をうけた。ほとんど圧倒される思いであった。重苦しい、何ともいいようのない悶々の情をいだいて私は帰路についた。ちょうど教会を出て、家の方向に向かって道を曲がった時、道の、つまりブチャー路《ロウ》の反対側へハロウ小路《アレー》のほうから炬火《たいまつ》をともした死体運搬車《デッド・カート》が例の夜廻り《ベル・マン》の後からやって来るのに出会わした。一見して死体を満載しているのがわかった。車は真っ直ぐに教会のほうに向かって道路を横ぎって進んでいった。私はしばらくそこで立ち止まって考えていたが、また逆戻りして二度もああいう鬼気せまる光景を見る勇気はなかった。私は家に真っ直ぐ帰った。家に帰って、私は自分が冒してきた危険のことをいまさらのように考えてみた。たぶん病気にはかからなかったことと信じて、とにかく自分が無事であったことを神に感謝せざるをえなかった。また事実、私は病気には感染していなかったのである。

家に落ち着いてみると、再びあのかわいそうな紳士の悲しみが私の心によみがえってきた。考えれば考えるほど、涙が止めどなくあふれてきた。おそらく当の紳士が流した以上に、さめざめと涙を流したかもしれなかった。それでもなお、紳士のことが気がかりでならなかったので、ついに意を決して、家を飛び出し、パイ亭《タヴァン》まで出かけていってその後のようすを尋ねてみることにした。

時計はもうかれこれ真夜中の一時を示していた。だがまだあのかわいそうな紳士はそこにいた。じつは、この店の人たちが彼と懇意の間柄だったので、夜っぴて彼を介抱していたというわけであった。表面は健康であるように見えるけれども、ほんとうは病毒を持っているかもしれず、したがっていつ病気をうつすかもしれない彼をよくも介抱し、もてなしたものといわなければならなかった。

しかし、この料亭のことを考えると、いささか私としては遺憾に思うところがある。いかにもここの店の人は慇懃《いんぎん》な物腰の、立派な、愛想のよい人たちであった。そしてこんな時勢にもかかわらず店を開けて、前ほどおおっぴらではないが、とにかく商売をつづけていた。それはそれでよいのだが、じつは客がひどく柄が悪かったのだ。いつもここへやって来る常連がいて、死の嵐が吹きまくるのも何のその、それが連日連夜、この料亭にとぐろを巻いては乱痴気騒ぎであった。太平無事の時ならいざ知らず、あまりなその傍若無人ぶりには、初めこそここの亭主も女将もただ嫌な客だぐらいにしか考えていなかったが、しまいには恐怖さえ覚えるに至った。

この連中はいつも街路に面した部屋に陣取って、毎晩夜更けまで酒を飲んでいた。すると必ず、そこの町角を横ぎって、ハウンズディッチのほうへ行く死体運搬車《デッド・カート》がやって来たものだった。それがちょうど店の窓から見えるのである。彼らはそういう時、その鐘の音を聞くやいなや、ただちに窓を開けてその一行を見た。そして車が通る際に通りがかりの人や家の窓に寄っていた人などが同情の念にかられて嘆声を発したりなんかするのを聞くと、何をいってるんだい、とばかりに乱暴な嘲弄の言葉を浴びせかけた。とくに、この当時普通に道を通りながら口癖のようによく人のいった「神よ憐れみ給え」という言葉を聞こうものなら、彼らの悪口雑言はいっそうはなはだしいものになった。

これらの放蕩無頼《ほうとうぶらい》の紳士諸君は、先にいったあの哀れな紳士が大騒ぎしてかつぎこまれた時、ひどくご機嫌を損じたとみえ、どうしてこんな野郎（実際こういう言葉を吐いた）を墓場から店の中へ連れこむんだ、といって亭主にくってかかった。いや、この方は近所の人でございまして、病気にかかっておられるわけじゃございません、ただ奥さんや子供さん方をとられなすってひどくがっかりしていらっしゃるだけなんです、といわれて、こんどは、その矛先を当の紳士に向けてきた。彼らはその紳士をさんざんこき下ろし、妻子を失って悲しんでいるというのをひどく嘲笑した。墓穴に飛びこんで天国に（そういいながら意地悪そうに笑った）妻子といっしょに行けばよいのに、それができんとは君も相当な臆病者だね、とからかった。その他、聞くに耐えないような、いや、神をさえないがしろにするような悪口をならべたてた。

私がこの家に再び行った時には、ちょうどこの連中が今述べたような悪態の限りを尽くしている時であった。見たところ、例の紳士は黙々と、陰鬱な面持で坐っていた。連中の悪口も彼の心中の苦悶をどうすることもできなかった。しかし、彼がその言葉に対して憤然としていることは明らかであった。そこで私は、この連中の性分も充分知っていたし、またその中の二人の男ともまんざら知らない間柄でもなかったので、彼らに諄々《じゅんじゅん》とその非をさとしてやった。

すると連中はものすごい見幕でこんどは私にくってかかってきた。おまえなんかよりももっと正直な人間が幾人も墓地の厄介になっているというのに、いったい何を今ごろおまえはほっつき歩いているんだ、とっとと墓地の厄介になるんだな、とか、おまえみたいな人間は死体運搬車《デッド・カート》がどうか来ませんようにと、家の中にすっこんで神さまにお祈りでもしていたらいいんだ、とか、いろいろなことをいった。

白状するが、私もこの連中の無礼なのにはいささか面喰った。私はこういう仕打ちをうけて従容《しょうよう》としていられたわけではなかったが、それでもべつにあわてもしなかった。自分は黙ってこういった。そしてこういった。不正直だといわれたら、相手が諸君だろうがだれだろうが、自分は黙っているわけにはいかないが、こんどの恐ろしい裁きには、自分よりはるかに善良な人たちが続々と生命を奪われ、あの墓地にさらわれていったことは、認めざるをえない。しかし、それはそれとして、諸君の今の質問に答えたい。私が今日安らかに生きながらえているのは、諸君が悪態の限りを尽くしてそのみ名をみだりに用い、汚した全能の神の恩寵によるのだ。いや、私が今日こうやって生きていられるのは、いろいろな神の思し召しもあろうが、とりわけ、こんな時代に、こんなふうに悪口雑言する諸君のその大胆不敵さを問責するためであることを、私は信じて疑わないのだ。こともあろうに、神の深い摂理によって妻子を奪われ、その悲しみに打ちくだかれている誠実な隣人（諸君の中にはこの人を見知っている者もあるはずだ）を見て嘲笑するとはいったい何事であるか。

私のこの詰問に対して彼らのなしたじつに聞くに耐えない愚弄の言葉をいちいち私は覚えてはいない。しかし、私が面罵したので彼らがむっとして怒ったのも事実だ。よしんば覚えていたにしても、町のどんな下劣な悪党でもああいった時代にはめったに使わないような罰当たりな言葉をここに書くわけにはいかない。あのような破廉恥な人間でなければ、どんな罪深い人間でもあの時分には、いつなんどきふりかかるかもしれない神のみ手のこ

とを思って、内心恐れおののいていたものなのだ。

しかし彼らのけしからん言葉の中でもとくにひどかったのは、神を汚し神の存在を無視するような言葉を平気で吐いたことであった。疫病を神のみ手の業であるという私の言葉をせせら笑い、あたかも今次の一大災厄に対して神の摂理が少しも関係を持たないかのごとく、「審判」という言葉をさえ馬鹿にするのだった。死体を運んでゆく車を見て、道を行く市民が神のみ名を唱えることほど、狂信的で笑止千万なことはない、というのであった。

私はそれに対して、私の妥当と思うところのことを答えてやった。けれども残念なことには私の反駁は、彼らの悪口を封ずるどころか、かえって拍車をかける始末であった。私はもう、ありていの話が、すっかり癪《しゃく》にさわってしまい、そのうえ何だか空恐ろしい気持にもなってしまった。そこで、今ロンドン全市の頭上に下されている神の審判のみ手が君たちや君たちの一味の上にその復讐の刃を加えないことを祈る、といってその場から帰ってきた次第であった。

彼らは私の忠告に対して何という軽蔑的な態度を示したことか。とてもこれ以上は彼らにしてからがとうていできないほど極端な嘲笑的な態度を示して私をなぶりものにさえしようとした。私の言葉を、彼らはお説教だと称し、よけいなお説教はまっぴらだとばかり、口から出まかせの悪口雑言を吐き、くそみそに私を罵った。私は腹が立ったというより、むしろ悲しくなったくらいだった。私は、しかしながら、彼らに侮辱されたにもかかわらず、彼らのことを思って直言したことを、心中ひそかに神に感謝しつつそこから立ち去った。

この連中は、その後も三、四日ばかり、このような不埒な生活をつづけ、敬虔な人々や真面目な人々、あるいはまた、われわれに下されている神の恐るべき審判に恐れおののいている人々、そういった人々を罵り嘲りつづけていた。また、この危険な時にもかかわらず、教会に出席し、断食をし、怒りのみ手よりわれらを免れしめ給えと神に祈っている善良な人々を、同じように、弥次っていたという。

繰り返していうが、彼らは三、四日——たしか三、四日くらいだったと思う——こういったふとどきな生活をつづけていたが、急にその中の一人、つまりあのかわいそうな紳士に、墓場から出てきて何をうろうろしているのか、とたずねた男が、天罰覿面《てきめん》、疫病《ペスト》に見舞われて、まったく見るも哀れなていで死んでいった。いや、その男ばかりではなかった。あの連中一人残らずが、先に述べた例の大きな穴の中に投げ込まれてしまった。穴はその時まだ死体でいっぱいにはなっていなかった。いっぱいになるのに、二週間以上とはかからなかった。

この男たちの犯した罪は、こういった時代、すべての人間が恐怖のどん底に沈んでいるこういった時代には、いやしくも人間である以上考えただけでも身震いを禁じえないといった不埒至極な行為にほかならなかった。とりわけ、たまたま見かけた市民たちの敬虔な行動、なかでも、この悲しみの時に際して神の恵みを祈り求めるために礼拝の御堂に熱心に集まろうとすることに対し冷笑し嘲弄するに至っては、言語道断というほかはなかった。彼らのクラブの常席であったこの料亭がちょうど教会の玄関の見えるところにあったのもいけなかった。彼らはいっそうそのために、図に乗ってその無神論的な毒舌をほしいままにしたのである。

しかし、それも、じつをいうと、今話したような出来事のもち上がる前から、彼らの毒舌もそのふるう余地をなくしかけていたのである。というのは、今やロンドンのこの界隈にも、病勢が猛威をふるいだし、そのために、教会にやって来ることをそろそろみな恐れはじめていたからである。少なくとも、従来のように多くの人々が参集するということはなくなった。牧師たちの中には他の一般の人々と同様、死んでいった者も多かった。また、田舎《いなか》に逃避した者も多かった。このような時にあえて残留することはもちろんのことだが、敢然《かんぜん》として教会に出席し、会衆を前にして牧師の聖務を果たすということは、並大抵な勇気と信仰ではやってゆけるものではなかった。会衆の中には、もうすでに疫病に冒されている者が多数まじっていることは、明らかに考えられることであった。しかも、この司式を毎日一回、いな、ところによっては日に二回も行なおうというのだった。

実際、市民たちはこのような聖なる勤めには驚くほど熱心だった。教会の扉はつねに開け放たれていたため、牧師が司式をしていようとしていまいとおかまいなしに、彼らは夜となく昼となく一人で教会の内へはいってゆき、おのおのの座席に閉じこもって真剣な、敬虔そのもののような祈りを捧げた。

教会（英国国教会に属する教会）に行かない人たちは、めいめいの宗旨の命ずるままに、各宗派の礼拝堂（非国教会派の会堂）に参集した。しかし、こういった人たちが、例の不埒な連中の嘲弄の的になったことは――とくに流行の初期において嘲弄の的になったことは、宗派のいかんを問わずみな同じであった。

しかしこの連中がおおっぴらに宗教に対して冒瀆《ぼうとく》の言を加ええなくなっていたのは、多分に各種の宗旨の信仰を持った、真面目な人々の存在によることが多かったと思われる。のみならず、病勢の猖獗ぶりがまた一面、かなり以前から彼らの傍若無人の振舞いを多分に牽制していたということもできる。ただ、例のかわいそうな紳士がかつぎこまれてきた時、あまりに家の中が騒々しかったので、つい持ち前の毒舌と瀆神的な性分が急に頭をもたげたわけであったらしいのだ。また私がおせっかいにも彼らを面罵したために、彼らが憤慨したのも、やはり同じ悪魔に煽動されたからであったろう。私としては、最初できるだけ平静な、落ち着いた、物柔らかな態度で接したつもりだったが、それをどう勘違いしたものか、おっかなびっくりでものを言っていると考えたらしく、彼らはますます調子にのって私にくってかかってきたのだった。しかし、それがそうでないことは後で彼らにもわかったはずである。

家に帰る時など、この連中の憎むべき無軌道ぶりに対して私の心は悶々の情にたえなかった。しかし、いまに神の裁きを受けて彼らがひどいみせしめに会うだろうということは絶対に疑わなかった。今次の災難が神の復讐の絶好の機会であること、この機会に、他の時とはまったく違った、とても想像できないようなやり方で、神がその憎しみ給う者を選び出されるということ、私はこれを信じていた。いかにも、この不幸な災厄の巻添えをくって多くの善良な人々がたおれるかもしれなかった（そしてまた実際にたおれていった）。万人が枕を並べて死んでゆく、善良な人間も、悪い人間も、何らの区別なく死んでゆく、したがって、ある人間の永遠の運命をそれからかれこれ判断することは必ずしも当を得たものではないとも当然いえよう。しかし神が、公然と神の敵であることを誇称し、かかる時分に神のみ名と存在を嘲弄し、神の復讐をないがしろにし、神に対する礼拝と礼拝者を愚弄するような人間を、その恩寵によって赦《ゆる》し給うなどとは、どうしても考えられなかった。よしんば神がそのような人間を見逃し、容赦することをよしとし給うとしても、それはこのような時代でなく、他の時代の話といわなければならなかった。今はまさしく刑罰の日であった。神の怒りの日であった。私の心には次の言葉がつねに浮かんだ。「エホバいいたまう我これらの事のために彼らを罰せざらんや我心はかくの如き民に仇《あだ》を復《かえ》さざらんや」（旧約聖書「エレミヤ書」五章九節）

これらのことはじつに私の心の上に重くのしかかっていた。この連中の恐るべき不逞《ふてい》な心情を思って、心暗く、悲痛な思いに閉ざされながら家に帰った。神は今や、いわば、剣をひっさげて、悪人ばかりでなく全国民の頭上に復讐を加えんとしてい給うではないか。しかるにあの不埒な連中は、じつにあのような態度をもって、神を、神の僕《しもべ》を、神の礼拝を侮辱したのだ。かくも非道にして傲岸不遜《ごうがんふそん》、かくも悪辣にして厚顔無知なやつらが他にあるであろうか。

私は最初この連中に対してかなり激しい怒りを感じたことは否定できなかった。もちろん、それは、彼らの私に対する個人的な侮辱に対する怒りではなかった。むしろ神を冒瀆する言を彼らが弄することに対する恐怖の情であった。とはいえ、私は、自分のいだいた怒りが全然個人的なものではなかったと、必ずしもいいきれないものがあるような気がした。それくらい、痛烈な罵詈雑言《ばりぞうごん》を、つまり人身攻撃を彼らは私に浴びせかけたからである。しかし、家に帰りつくやいなや、重々しい沈痛な心を抱いたまま、私は寝室にはいった。夜もふけていた。が、一睡もできなかった。そして、自分が今日、冷汗の出るような危険を経験したにもかかわらず、依然として健康を保ちえたことを心から感謝し、その祈りを神に捧げた。私はさらに、厳粛な思いをもって、神がかの自棄的になっている不逞の徒《やから》を許し、その眼を開き、やがてはその心を柔和ならしめ給うよう、ひたすらに祈った。

私はこの祈りによって、自分の義務、すなわち自分を侮辱した者のために祈るという義務を果たしたばかりではなかった。人身攻撃にあったためにともすれば起こりがちな個人的遺恨――そういった感情に私の心がとらわれていなかったことをはっきりと突きとめることができたのだった。これは私にとってはほんとうに嬉しいことであった。神の栄光をさらに栄《はえ》あらしめようとする真の熱意と、個人的な憤怒や遺恨の感情とを区別するすべを知りたい、明確に心得ておきたいと願われる人々には、僭越《せんえつ》ながら私の方法をおすすめしたいと思う。

　しかし、私はここで、疫病《ペスト》流行のころ、というとただちに私の念頭に浮かびあがるいろいろな事件、とくに流行の初期の家屋閉鎖の時のことについて、もう一度話をしたい。まだ病勢がそう激しくないうちは、まだまだわれわれはいろいろな出来事を観察する余裕があった。しかし、いよいよその頂点に達した時には、もうお互いにいろいろな情報を話し合うなどという余裕はなくなってしまった。

　家屋が閉鎖されていた期間中に、監視人に対して暴行が加えられたことは、すでにいったとおりである。ところで、兵隊はどうかというと、これは一人もその姿を見かけることはできなかった。その後の数字に比べたら比較にならぬくらい少数だった国王直属の近衛《このえ》兵は、宮廷とともにオックスフォードにいるか、駐屯軍として地方にいるか、いずれにしても各地に分散していた。ただ例外として、ごく少人数の分遣隊がロンドン塔と官庁街《ホワイト・ホール》の護衛のために残留しているにすぎなかったが、その数も今いったようにきわめて微々たるものであった。いや、そのロンドン塔においても、普通、守衛《ウォーダー》と呼ばれていて、ちょうど例の国王親衛兵《ヨーマン・オヴ・ザ・ガード》と同じような服と帽子をかぶって門のところに立っている者以外に、はたしてどれだけの近衛兵が配置されていたかも、私はじつははっきり知らないのだ。ただ、二四名からなる砲兵隊の兵卒と、弾薬庫の管理を命ぜられている兵器係と呼ばれている士官がいたことは事実だ。義勇軍の召集などということは全然問題にはならなかった。たとえロンドン市またはミドルセックス州の司令当局が軍鼓を鳴らして民兵の集合を命じたところで、一人として集まるどころではなかったろう。そのためにどんな刑罰をこうむろうと、そんなことで集まる者は一人もいなかったにちがいない。

こういった事情が禍して、監視人たちはますます孤立無援におちいり、はなはだしい暴力をいやがうえにもこうむる次第となった。私はこの点、次のようなことを指摘しておきたい。すなわち、病人の家族の者を見張るために監視人を置くということは、第一に、効果が全然あがらなかったということである。つまり、家人は暴力や術策を用いて平気でいつも家の出入りをしていたということだ。第二に、こうやって飛び出した連中がたいていは病気を持った人間で、やけくそのあまり、方々駆けずりまわって、他人に病気をうつして一向に平気であったということ、などである。このような事実が、一度病気に冒された人間は、自然に他人に病気をうつしたくなるらしい、などというとんでもない噂を生む原因となったのである。

私がその噂が嘘だというゆえんのものは、この間の事情をかなりよく知っているからで、それも数多くの具体的な実例を知っているからである。たとえば、ある立派な、敬虔で信仰の篤い人を知っているが、その人のごときは、ひとたび病気にかかるやいなや、他人にうつそうとするどころか、むしろその安全を願って、家人の近づくことさえ禁じたのだった。そしてその臨終の時ですら、病気をうつしてはならぬ、との心遣いから、最愛の妻子にも会わずに死んでいった。このような例はけっして、一、二にとどまるものではなかったのだ。しかしこれに反して、もし患者が平気で他人に病気をうつしてすましていたといわれる場合があるとすれば、それは病気にかかって家を閉鎖された者が家を抜け出したものの、食物も慰めも得られないままにひどく窮乏し、ひた隠しに自分の病気を隠しているあいだに、はからずも不注意な人間に病毒をうつしてしまったというのが、そういわれるおもな、といわないまでも、少なくとも一つの原因であったことは確かである。

これすなわち私が、権力を用いて家屋を閉鎖し、市民をその家の内に軟禁もしくは監禁することのほとんど大局より見て無用なことを、当時はもちろん、今日においてもなお信じているゆえんである。いやむしろ私は、家屋閉鎖は結局有害であった、患者が疫病《ペスト》を身につけたまま家を飛び出して市中を徘徊するに至るのも、これはもとはといえば閉鎖の然らしめるところであった、と確信しているのである。こういうことがなければ、患者たちはかえって安らかに自分の病床の上で息を引き取ったかもしれないのである。

オールダーズゲイト街かどこかの人で、やはり家を飛び出した人がいた。今日でもそのままの看板を出しているのですぐわかると思うが、まず彼はイズリントンまで歩いていって、そこの天使軒《エンゼル・イン》、次に白馬軒《ホワイト・ホース》という宿の戸をたたいて泊めてもらおうとしたが両方とも断わられた。そこでこんどは、これも今日なお同じ看板を掲げている、斑牛軒《パイド・ブル》という宿屋に行って、たった一晩でよいから泊めてくれ、じつはリンカンシアまで行くのだがと噓をいって頼んだ。そして、自分は体も丈夫で、全然病気の心配はない旨を繰返しいった。疫病はまだこの時分、そちらの地域までは達していなかったのである。

旅籠屋の者は、いま部屋が全部ふさがっていて、あいている部屋は一つもないが、ただ寝台なら一つ、屋根裏部屋にある、それも明日になると家畜を連れた商人が来るはずになっているので今晩一晩だけなら何とかなる、もしそれでよければお泊めしよう、というようなことを言った。彼はそこに泊めてもらうことにした。一人の女中が蠟燭を一本持ってその部屋まで案内しについてきた。見たところ、この人は大変立派な風采をしており、屋根裏などに寝るような人品骨柄とも見えなかった。部屋にはいると、さすがに彼も大きな溜息をもらして、「じつは自分はこんなところに寝たことはあまりないのだが」と、案内してきた女中にいった。しかしその女中に、これ以上良い部屋は今のところあいていないと、いわれて、「まあ仕方なかろう、何とかしてみよう、何しろ今は恐ろしい時だ、たった一晩くらい辛抱してみるさ」といった。そして、寝台の脇に腰掛けながら、その女中に、エイル酒を熱くして一杯持ってきてくれるように頼んだ。女中は快くすぐさまエイル酒を取りに下におりていった。だがちょうど宿の中がざわついていた時だったものだから、いろいろな用事に紛れてしまって、その女中はすっかり屋根裏のお客のことを忘れてしまい、それっきりになってしまった。

翌朝になったが、この紳士は一向に姿を見せようとはしなかった。家のだれかが、あのお客はどうした、と例の屋根裏までお客を案内した女中にたずねた。「まあ、どうしましょう。すっかり忘れてしまってたわ。エイルを熱くして持ってこいといわれていたのに、私つい忘れてしまって」と彼女はいった。さっそく、こんどは女中のかわりに、他の者が命令を仰せつかってようすを見に行った。だが、部屋にはいってみてびっくりしたことは、その紳士がすでに息絶えていたことだった。死体はもう冷たくなっており、寝台の上に横たわっていた。服は引き裂かれ、口もとはがくんと開き、眼はものすごい形相《ぎょうそう》で見開いたままであった。そして片手はしっかりと寝台にかけてあった毛布を握りしめていた。このお客が、女中が立ち去ってまもなく死んだことは明らかであった。おそらく、女中が言付けどおりに酒を持って上がっていったら、寝台に腰をかけてからまもなく、一、二分間もたたないうちに、その紳士が死んだちょうどその時に行き合わせていたかもしれなかった。無理もないことながら、この一事のひき起こした驚愕は大したものであった。なにしろ、この惨事の起こるまで、まだ疫病《ペスト》のお見舞いを受けていなかったのだから。病気は覿面《てきめん》に家じゅうに発生し、それはただちに周囲の家々に広がっていった。この宿屋だけで、どのくらいの人が死んだかははっきり覚えていないが、初め案内して屋根裏部屋についていった女中が、最初に恐怖のためにばったり倒れたのにひきつづき、次々と数名の者が倒れた。このことは、たとえば、前の週にはイズリントンにおける疫病による死亡者は二名にすぎなかったのが、この事件後の週の死亡者総数一七名中、疫病による者一四名であった事実によっても明らかである。これが七月の十一日から十八日に至るあいだのことであった。

ある一部の人々がとった一つの応急手段があった。そしてそれはまた、自分の家に病気が発生した時に多くの人々のとった手段でもあった。つまり、それは、初めに疫病が急に広がった時に、いち早く田舎《いなか》に逃げ出して知己親戚のところに疎開し、家財その他の財産保管のために残してきた家屋の管理を隣近所の人なり親類の者なりに頼む、という方法であった。後に残された家は、普通、まったく文字どおり閉鎖され、扉には南京錠がかけられ、窓や戸には樅《もみ》板が釘で打ちつけられる、というふうであった。こういった場合には、家屋の管理はたいていい普通の監視人や教区役人などにゆだねられていた。しかし実際問題として、こんなのはそんなに多くはなかった。

当時、市内《シティ》および郊外で——外教区《アウト・パリシュ》およびサリ州、つまり、いわゆるサザクといわれたテムズ河対岸地区を含む——空屋がじつに一万戸もあったようである。このほかに、下宿人やその他特殊な人々で他人の家に厄介になっていて、そこから逃げ出した人も相当数あったので、だいたい全部で二〇〇、〇〇〇人くらいの人々が退去したろうと推算されていた。だがこれについては、後で話をあらためてしよう。ただこの際これに関連していっておきたいことは、二軒も家を持っている、あるいは管理している人々は、もし家内のだれかが発病した場合、検察員《エグザミナ》などその方面の役人に知らせないで、ただちに自分の子供たると召使たるとを問わず、病人以外の者全部を自分の別の持ち家に移し、それから初めて病人のことを検察員《エグザミナ》なり何なりに知らせて付添いの看護婦を雇ってもらう、ということを一つの決まった慣例としていたということだ。そして、その病人が亡くなった場合のことを考えて、家の管理に支障をきたさないように病人といっしょに初めから家の中に閉じ込められる人を雇うのだった。

これは多くの場合、一家族の者全部を救う方法であった。こういうこともせず、病人といっしょに家の中に閉鎖されようものなら、それこそ一家全滅は火を見るよりも明らかであった。しかし、このことは、一方からいえば、家屋閉鎖に伴う不都合な事態の一つをひき起こすことでもあった。閉鎖されるということに対する恐怖と不安は、病人以外の者を死に物狂いになって逃亡せしめる原因であったが、たいていそういった場合、世間も知らず本人も知らないにもかかわらず、病毒はすでにその人たちの体にくっついているのだった。したがって、一方では自由にどこにでも出歩くことができるが、その半面自分のことはひた隠しに隠さねばならないといった事情、また自分でもよく自分のことがわからないといった事情などがこんがらかって、病気を他人にうつし、悪疫をばらまいてまわること大変なものがあったわけなのだ。これについては後でもっとくわしく説明するつもりである。

私はここで、私自身の体験談を一つ二つしるしておきたいと思う。もし将来かかる災厄に会うような場合に、たまたま本書を繙《ひもと》いたことのある人々には多少なりと役に立つかもしれないと考えるからである。㈠この伝染病は、だいたい奉公人たちを通じて市民の各家庭に侵入してきた。奉公人たちは、生活必需品、つまり食糧や薬品を買うために、命ぜられるままにパン屋、醸造所、販売店その他に行こうとして往来を絶えず駆けずりまわらなければならなかった。したがって、そういうふうにして街路を通って店や市場やその他の場所に行く途中のどこかで否応なしに患者にぶつからねばならなかったのである。そうすれば当然、その患者に毒気を吹きかけられる羽目になり、奉公人はそれをそのまま自分の奉公している家庭へ持って帰るということになるのだった。㈡ロンドンのような大都市がわずか一つしか避病院《ペスト・ハウス》をもっていなかったということは、何としても一大失策だといわなければならなかった。ロンドン市唯一の避病院は、例のバンヒル・フィールズの向こう側にあるのがそれであったが、ここには最大限二〇〇ないし三〇〇の患者を収容することができた。しかし、こんな病院一つでなく、もっと設備の良い、たとえば、同じ一つの病床に患者を二人寝かせるとか、同じ病室に病床を二つ置くなどということをしないで、しかもゆうに一、〇〇〇人の患者を収容できるといった避病院が数個できていたら、と私は思う。家人のだれかが、とくに奉公人などが病気になった場合など、その家の主人がただちに最寄りの避病院に本人の希望に応じて入院させるとか、悪疫に見舞われた貧民たちの場合なら、検察員《エグザミナ》がただちにそういった病院に入院させてやるとか、といったふうなことがきまっていたら、つまり、もし本人が希望さえしたらいつでも自由に入院できて（希望しないのに強制的にするのはよくない）、家屋が閉鎖されるなどということがなかったならば、おそらくあんなに何千何万という莫大な死者は出なかったことだろうと思う。いや、これは現在の私の確信であるばかりでなく、あの当時においても終始一貫して堅く抱いていた確信でもあった。もし奉公人が病気になっても、その病人をさっそく病院に送るとか、あるいは自分たちだけ避難して、さっき述べたような方法で病人を家に残しておく、といった時間的な余裕が家人にあった場合には、ほとんどその家の者はみな命拾いをしていた。これに反して、だれか一人か二人、あるいは数名の者が発病するやいなや、即刻時を移さず家を閉められてしまった場合には、一家全滅の悲惨事に至ることはほとんど必然的であった。こういったことは、私自身の見聞に徴《しる》してみても、いくつも実例をあげることができる。だれも死骸を玄関まで運ぶことができず、というよりだれ一人として生存者がいないために、死体運搬の人夫たちがぞろぞろと家の中にはいっていって、かろうじて死体を運び出すというのが、そういう時にしばしば見うけられる光景であった。㈢このことから、この災禍が伝染《インフェクション》によって蔓延していったことが、私にとっては文句なしに明瞭となった。すなわち、医者のいわゆる悪気《エフルーヴィア》と称するある種の臭気や、気息や、汗気や、腫瘍《しゅよう》の悪臭や、その他、医者でさえよくわからないいろいろな経路を経てこの悪疫が伝染していったことがはっきりしたのである。この悪気《エフルーヴィア》は病人の近くにある程度以上接近した健康者を冒すのであるが、まず相手の体の中枢部に侵入、ついでその血液を攪乱《かくらん》、さらに、現にわれわれが目撃したような精神錯乱をもたらすのを常としていた。こんなふうにして、新しく罹病《りびょう》した患者が同じ方法を繰り返して、病気を次々と他人に伝染せしめてゆくのであった。私はこれについて種々な実例をあげることができる。おそらくその実例を聞いた者は、いやしくも真面目にこのことを考える者であるかぎり、必ずや私のいうところを承認せざるをえないであろう。すでに悪疫の流行も終息している現在においてもなお、今次の悪疫があたかも神よりの直接のこらしめであり、その間何らの中間的媒介なく、あの人間この人間といった具合に特定の人をたおす特別な使命を神から授かっていたかのように話す人がいるのを不思議に思わざるをえない。これはまさしく無知と狂信の然らしめるところで、当然軽蔑に値することであろう。これと同じようなことが、病気をただ空気によってのみ起こるとする人々についてもいえる。つまり彼らによれば、空気の中に無数の虫や眼に見えない微生物がいて、それらの生物が人間の呼吸といっしょに体内にはいるか、あるいは空気といっしょに毛穴から体内にはいる、いったん体内にはいると、その生物は猛毒もしくは毒のある卵を生じ、これが血液と混じってついに全身をたおすにいたるというのである。このような考えが知ったかぶりの無知を暴露するものであることはいうまでもないが、このことは多くの人々の体験が雄弁に物語るところでもある。だが、これについては然るべき箇所において話すつもりである。

ここでとくに一言したいのは、市民全体のあのだらしない怠慢ぶりである。疫病流行《ペスト》の注意なり警告なりがずいぶん前から発せられていたにもかかわらず、食糧その他の生活必需品を貯えこもうともせず、ただ呆然と無為に過ごしていたあの怠慢ぶりほど市の住民にとってもっとも致命的なことはなかった。現に前にも述べたように、食糧を持って自分の家に籠城したために、こういう慎重な用意をしたために、命拾いをした者も多かったのである。おそらく市民たちもそうすればもっとたくさん助かったのではあるまいか。彼らときたらだんだん病気になれてくると、もう初めのころとはうって変わって、平気でお互いに往来する、しかも相手が現に病気にかかっているにもかかわらず往来するといったふうだったのだ。それも知らないならともかく、知っていてそうするのだから、なお始末が悪かったのである。

白状するが、私もその一人だった。不心得な私はほとんど食糧らしい食糧を買いこんでいなかったものだから、家の奉公人たちは仕方なしに毎日、やれ一ペニー、やれ半ペニーといった具合に買出しに出かけなければならなかった。これじゃいけないと自分の愚かさに気がついた時はもう万事手遅れで、一ヵ月分の家じゅうの食糧を貯えるなどという時間の余裕もなかった。

家の者といったら、家事いっさいを切り盛りしてくれる婆やと女中一人、小僧二人、それに私という具合であった。悪疫が次第に猖獗をきわめて、身辺までも危なくなってきた時の私の心痛といったらじつに惨憺たるものであった。どういう方法をとったらよいのか、どうこの際処置したらよいのか、と私は考えあぐねた。町を歩けば到るところで見るも痛ましい光景に次から次へとぶつかった。私の心は病気そのものに対する恐怖に、いまさらのように慄然とした。ある人間のごときは、たいてい頸部か鼠蹊部《そけいぶ》にできるあの腫脹が固くなってどうしてもつぶれず、猛烈な激痛に、まるで巧妙な拷問に苦しめられているかのように、虐げられていた。七顛八倒の苦しみに耐えかねて、窓から飛下り自殺するもの、拳銃で自殺するもの、等々が続出した。私もその無気味な死体をさんざん目撃した。この他、どうにもこうにも我慢できないでひっきりなしに呻きまわって、かろうじて苦しさをごまかそうとする者もいた。その悲痛な、腸《はらわた》の底からふり絞るような絶叫は、町を歩いていると否応なしにわれわれの耳朶《じだ》をうった。まったく、その声は考えただけでも、われわれの心をすくみあがらせるのに充分であった。とくに、いつなんどき、この恐るべき天罰がわが身にふりかかるかわかったものでないと思うと、われわれの心の痛みはひとしお大きかった。

正直な話、私のさしもの決心もぐらつき始め、不安の色はようやく濃く、自分の軽率さを悔ゆる心、じつに切なるものがあった。外出したりなんぞして、今いったような酸鼻をきわめた光景に接した時など、まったくの話が、どうして市内に踏みとどまってしまったのかと、自分の無謀さかげんに愛想がつきる思いであった。柄にもなくこんなところに残留していないで、兄一家の者とともに田舎にでも行っておけば、こんな思いをしなくてもよかったろうにと、何度私は考えたことであったろう。

見るからに恐ろしい光景に接すると、あわてて家に舞い戻り、もう二度とぜったいに外出はやめようと覚悟することも再三再四あった。そのあいだ私は、自分と家族の者の無事を心から感謝し、ただひたすら罪を懺悔し、日々神を讃美しつつ生活した。また、断食と謙譲と瞑想に精進しつつ、ひたすら神に祈った。絶好の機会ともいうべきこの時期に、私は本を読み、日夜接する種々な出来事のメモを書きとどめていった。現在、こうして私がこの書物を書くにつけても、その素材となったのも、じつはといえばこのメモなのである。ただし、これは街頭で私が拾ったさまざまな状景に関することのみにすぎないことを断わっておかなければならない。私の内奥の省察そのものについて書いた記事は、私としてはただ自分の魂の糧《かて》としてそっとしまっておきたいと思う。そしていかなる事情があっても、これを公にすることをかたくお断わりしたい。

私はまたこの他に、当時心に思いつくままに、神についてのさまざまな瞑想をしるしたが、これは私自身のためにこそなれ、他人の眼に触れるべきものではないと考える。だから、この手記についてはこれ以上いわないことにする。

当時私には一人の親友がいた。職業は医者で、名前はヒースといった。この陰惨な災厄の時代、私は幾度も彼を訪れ、その忠告に深く感謝したものであった。私がしばしば外出するのを知っている彼は、外出時の予防薬として、これを飲め、あれを服用せよ、街路を通る時にはこれを口の中に含んでおけ、といった具合にいろいろな薬をくれた。彼はまた私の宅にもたびたび遊びにきてくれた。単に良き医者であったのみならず、また善《よ》きキリスト教徒でもあった彼のこととて、彼とのしみじみとした交わりは、恐るべきあの暗黒時代においても、私にとってはもっとも大きな慰めであった。

そうこうしているうちにもう八月の初めになっていた。疫病《ペスト》は、私の住んでいた界隈でもいよいよ猛威をふるい始めてきた。たまたまヒース医師は私を見舞ってくれたが、私があまりに足しげく外出するのを見て、私自身はもちろん、家の者も家の中に閉じこもって、絶対に戸外に出ないようにとしきりにすすめてくれた。すべての窓を閉め、鎧戸《よろいど》やカーテンを下ろして、開けないように、……しかしそれよりも大切なことは、まず窓や扉を開け閉めする部屋の中で、樹脂、松脂《まつやに》、硫黄《いおう》、煙硝などをたいて部屋いっぱいに煙をたてることだ、と教えてくれた。このほうは、さっそくいわれたとおりにしばらくやってみた。しかし、食糧のほうは籠城ができるほど充分な貯えはなかったので、全然外に出歩かないで家の中ばっかりに引っ込んでいるわけにはいかなかった。それでも遅ればせながら、何とかして幾分たりともそういう状態に近づきたいと思った。そこで、第一に、もともと私のところに醸造とパン焼きの便宜があるのを思いつき、二袋の麦粉を買ってきて、竈《アヴン》を用いて数週間というもの、自宅でパンを焼くことができた。麦芽も買った。そして家にある樽《たる》という樽にはいりきれないほどのビールを造った。家内じゅうで飲んで五、六週間分もあったようである。それからまた、塩バターとチェシア・チーズをしこたま買い込んだ。だが残念なことには、肉類は全然手にはいらなかった。家のある通りの反対側は、肉屋や食肉処理場がたくさんある場所だが、そこもまたご多分にもれず疫病が激烈に荒れ狂っていた。したがって、通りを越えて一歩でもそれらの店先へ近づくことは、はなはだ危険千万なことだと考えられていたのである。

この食料品を買出しに出かけるということが、ロンドン全市破滅の大きな原因だった、ということをここであらためて強調したい。なぜなら、市民たちが病気をもらってくるのは、たいていこういった買物に行った際だったからである。おまけに、食料品そのものが汚染していることも稀ではなかった。少なくとも、そう信ずる大きな理由が私にはあった。したがって、市場の者やロンドンに食料品を持ってくる者たちはけっして病気にかからない、などとまことしやかに繰り返していわれたのを私も知らぬではないが、それは根拠のないことだといわねばならない。その証拠には、食肉用の家畜の大部分が処理されるホワイト・チャペルの肉屋の一団は、もっとも手痛く病魔に見舞われたものの一つで、しまいには店を開けていられる家などほんの数軒にすぎなくなったほどである。その残った連中も、マイル・エンドの方面で家畜を処理し、その肉を馬に乗せて市場まで運んできたものであった。

そういった事情にもかかわらず、食料品の買いだめなどはしょせん貧乏人にできるわざではなかった。やむをえず自分で市場まで買物に行くか、あるいは雇人や子供をやらなければならなかった。しかもこれは毎日のことであった。かくして、市場にはおびただしい、病気にむしばまれた人々が流れ込んできた。と同時に、健康な者もはいってきたが、そういった連中が、家に持ち帰ったものはほかならぬ死そのものであった。

人々がおよそ考えうるかぎりの予防手段を講じたことはいうまでもない。たとえば、市場で一切れの肉を買う時でも、肉屋の手から受け取らないで、鉤《かぎ》から受け取るというふうであった。肉屋のほうもその点ぬかりはなく、そのために特別に用意しておいた酢入りの壺に代金を入れてもらい、けっしてそれに手を触れるということはなかった。お客は釣銭をもらわないでよいようにと、どんな端金《はしたがね》でも払える用意としていつも小銭を持って歩いていた。また、香料のはいった瓶を携帯して歩くなど、ほとんどありとあらゆる予防手段を講じていた。しかし、貧乏人はそういった予防手段さえもとることはできなかった。

貧乏人はただ運を天にまかせて出歩くよりほかに道はなかった。

こういった点について、ほとんど枚挙にいとまのないほど無数の悽愴《せいそう》な話をわれわれは毎日聞かされた。男や女が市場の中でばったり倒れたかと思うと、そのまま息絶えていた、ということも珍しいことではなかった。すでに病気を体内に持っているのに、自分では少しも気がつかないということも多かったからである。そういった連中は、たいてい、体内の壊疽《ギャングリーン》のために中枢部がすでに冒されていて、死ぬときは瞬時にして死んでいった。街路を歩いていて、まったく突如として悲惨な最期をとげるのもこの人たちであった。もちろん、なかにはすぐ近くの売店や、または行きあたりばったりに、最寄りの扉や玄関までたどりつく者もいたが、たいがいは、そこで腰を下ろすやいなや、がっくりとそのまま息絶えていった。これについては前に話したとおりだ。

こういった風景は街路いたるところに見受けられた風景であったが、いよいよ病勢がつのってきたころには、通りを歩いていて死体の五つや六つが地面にごろごろ転がっているのを見かけないということはなかった。市民たちも道を歩いている際にこのような死体を見ると、初めこそ弥次馬のようにたかって、騒ぎ立てたものであるが、しまいには全然見向きもしなくなった。いや、それどころか、たまたま死体が転がっているのを見ると、われわれはずっと道をよけて通り、その近くに寄らないようにしたものであった。それでも、ばかに狭い小路や路地などでそれにぶつかると、仕方なしに廻れ右をして他の道を探して用事を果たしたものだった。このような場合には、係りの者が知らせを受けて片付けに来るまで、死体はいつもほうり出されたままであった。そうでない時は、たいがい夜になって、死体運搬車《デッド・カート》を引いた人夫がやって来て、運んでいった。この連中ときたら、人を人とも思わず、大胆不敵にも死者の懐《ふところ》を探るどころか、相手がよい着物を着ていると、その着物をはぎ取ったり、とれるものなら何でも掠奪《りゃくだつ》するという非道ぶりを発揮する始末だった。

ところで市場の話だが、肉屋たちは、市場の中で行き倒れでもあると、さっそくその死骸を手押車に乗せて最寄りの墓地に持っていってもらうために、わざわざその係りの役人を手近に頼んでいた。それでも行き倒れは次々とあとを絶たなかった。こういった具合に街路や郊外で野垂れ死にした者は、毎週の死亡週報にもそれとは明瞭に記載されず、ただ漠然と疫病《ペスト》の一般的な項目の下に記載されるにすぎなかった。

しかし、病勢はいっそう猛り狂ってきた。市場は以前と比較できないほど、入荷も減り、また買い手も寄りつかなくなってしまった。そこで市長は、市場に食料品を売り込みに来る近郷の者は、ロンドン市内に通ずる街道わきで荷をおろし、そこで店を開いて持ってきた品物を売り払い、それが済んだらさっさと退去するようにという命令を発した。これは覿面《てきめん》に効を奏した。近郷の者は続々と荷をかついでやって来て、市の入口の到るところで商売を始めた。なかには郊外の野原《フィールズ》でも商いをする者も出てきた。とくに、ホワイト・

チャペルの郊外や、スピトル・フィールズなどそのいちじるしい例であった。これでもわかるように、現在スピトル・フィールズといわれている街路は、昔は立派な野原だったのである。なおその他、そういった場所としては、サザクのセント・ジョージ・フィールズ、バンヒル・フィールズ、それからイズリントン近傍の通称ウッズ・クロウスといわれる郊外などがあった。ここへは、市長をはじめ、市参事会員の諸氏やその他の役人たちが、家族のための食料品を買いに部下や奉公人をよくやっていた。これらの人々は自分自身はなるたけ家から外へ出ようとはしなかったのである。同じようなことをする人々もじつはずいぶん多かったのだ。この方法がとられてからというもの、田舎《いなか》の人たちも何らの不安もなく、あらゆる種類の食料品を運んできたが、そのために病気にかかるということもあまりなかったようである。彼らが奇蹟的に疫病《ペスト》に対して不死身だ、と一般に伝えられている一半の理由は、おそらくここいらにあったのではないだろうか。

一方、わが家はどうかというと、前にもいったように、パン、バター、チーズ、ビールは充分に貯蔵することができたので、こんどは友人の医師の忠告を入れて、私自身はもちろん、家の者全部が戸に鍵をかけて籠城することにした。ただ一つ困るのは肉類であったが、下手に買出しに行って命を捨てるよりも、数ヵ月のことなら肉なしで我慢するほうがましだと思って、頑張ることにした。

ところが家の者をそういうふうに籠城させてはみたものの、肝心の私自身はどうにも好奇心がうずうずして、じっと家の中に引っ込んでいることはできなかった。で、いつも家に帰ってくる時には、まったくおっかなびっくりであったが、それでもやはり外出だけはやめるわけにはゆかなかった。もっとも、初めのころほど頻繁に外出しなくなったのは事実だが。

じつは、私には兄の家に行くというちょっとした用事があった。その家はコウルマン街教区にあって、私がその管理を頼まれていたのである。初めは毎日そこへ行っていたが、後には週に一回または二回くらいになってしまった。

私がいろいろな無気味な光景を――とくに街路上に累々と横たわる死骸とか、苦痛に悶え苦しんでそのあげく、窓を開けて、見るも悲惨な狂乱の体《てい》で叫ぶ女たちの、あの心の底まで凍りつくような絶叫の声とか、こういったものを実際に見聞したのは、ほかならぬ兄の家に行く途上のことであった。かわいそうな人たちが苦しさに耐えきれないままに、あられもなく示すその姿格好ときたら、何といって表現していいかわからぬほどであった。

ロウスベリの土地競売市場《トウクン・ハウス・ヤード》の中を通っている時のことであった。ふと気がつくと、私のちょうど頭の上のところにあった開き窓が急に開いて、そこから二声、三声、女のぞっとするような悲鳴が聞こえてきた。そして、それから、おうっ、く、苦しい、死ぬ、……死ぬ、という言葉が聞こえてきた。何というか、その調子はまったく真似のできるものではなかった。私はもう恐怖に縮み上がって血の気もなくなる思いだった。通りには見たところだれひとり姿を見せている者はなかった。また、窓を開けてみる人もなかった。たぶん、市民たちはこんなことにはなれっこになってしまっていたのであろう。また救ってやろうとしたところで、いまさらどうなるものでもなかったろう。私はただ暗然としてベル小路《アレー》のほうに歩いていった。

するとここでもまた、もっと恐ろしい怒号の声を聞いた。通りのちょうど右側であったが、これは前とは違って、窓からわめき散らしているのではなく、その家の者がひどく怯えているようなようすであった。その家の女や子供が部屋じゅうを泣き叫んで駆けずりまわっている声が聞こえていた。と、そのとき急に屋根裏部屋の窓が開いた。すると小路の向かい側の家の窓から、ある一人の人が、「いったいどうしたんです」と大声でたずねた。さっきの屋根裏部屋からは「うちの旦那さまが首をくくられたんです」という答えだった。「もう全然だめですか」とまたきいた。「ええ、ええ、もうすっかり息を引き取ってしまわれました。もう冷たくなっておられます」この首をくくった人は貿易商で、区の助役も勤め、大変な金持であった。名前も知ってはいるが、ここに挙げたくはない。今日、再び繁栄をとりもどしている同家にとって、そのことは迷惑になるかもしれないからである。

しかし、これはほんの一例にすぎない。毎日毎日どんな恐るべき事態が各家庭で起こっていたか、ほとんど想像することもできないことだった。病苦にさいなまれ、腫脹の耐え難い痛みにもだえぬいたあげく、われを忘れて荒れ狂う人もあれば、窓から身を投じたり、拳銃で自分を撃ったりして、われとわが身を滅ぼしてゆく人もあった。精神錯乱のあまり自分の愛児を殺す母親があるかと思うと、べつに病気にかかってもいないくせに、いかに悲痛なものとはいえ、単なる悲しみのあまり死んでゆく者もあり、驚愕のあまり死んでゆく者もあった。いや、それればかりではない。仰天したために痴呆症を呈するにいたる者もあれば、くよくよして精神に異常を呈するものもあり、憂鬱症になる者もあった。

腫脹の苦痛はとくにはなはだしいものがあったらしく、ある人々にとっては我慢しようにもしきれないものであった。医者（内科も外科も両方だが）にかかると患者はいびられて、下手すると殺されてしまう、などといわれたりしていた。人によって違うが、この腫脹というやつは非常に固くなることがあったが、そういう際には、それを潰すために、強烈な吸出膏薬をはったり、罨法《あんぽう》をほどこしたりした。それでもうまくゆかないと、しまいには情容赦《なさけようしゃ》もなく切開し、乱切りを行なった。ところがまた、なかには、一面には病気の力そのものの然らしめたためであり、他面にはあまりきつくしこりができたためであろうが、そこのところがとても固くなりすぎてしまって、どんな器具をもってしても切開することもできなくなってしまう場合があった。そういう時には、医者はそこを腐蝕剤で焼き切るのが常であった。その手術はしかし、ほとんど拷問といってもよく、ために多くの患者が狂いまわり、のたうちまわって死んでいった。じつに手術最中に絶命する者も稀ではなかったのだ。苦しい時に、寝台に体を押えつけてくれる者もなく、看護してくれる者もいない患者などは、ついにみずから手を下して己れの生命を絶っていったが、このことについては前にふれておいた。時には、裸体のまま戸外に飛び出し、監視人その他の者の隙を見てテムズ河の川端まで一目散に駆けつけ、所きらわずざんぶりと水の中に身を投ずる者もあった。

拷問同様な、かかる処置を受けている者たちのあの呻き声や泣き声を聞くことは、まさに魂をえぐられる思いであった。しかし、これはもう一つの病状に比べたら、はるかに有望だといわなければならなかった。もしこの腫脹が充分に化膿し、潰れたならば、つまり外科医の言葉でいう膿潰《うみつぶし》をしたならば、その病人はおおかたは治ったからである。これに反して、もう一つの場合は絶望的であった。たとえば前に記した令嬢の場合のごときがその例であるが、まったくあっというまもなく死んでしまうのであった。しかもそういう病人は、いろいろな徴候が体に現われていながら、いよいよ死ぬというすぐ前まで平気で歩きまわっていた。なかには、まるで卒中の発作とまったく同じで、ばたっと倒れる、その瞬間まで平然として歩きまわっている者さえあった。この種の病人は、まず初めに急に気分が悪くなり、手当り次第そこらに目についたベンチや屋台店やその他の適当なところに駆け寄って——時には自宅に駆けもどる者もないではなかった——腰を下ろしたかと思うとそのまま気が遠くなって死んでしまうのであった。こういった死に方は、普通の壊疽《ギャングリーン》で死んでゆく者のありさまにそっくりであった。つまり、気が遠くなって、いわば夢うつつのうちに死んでゆくのである。この連中は、壊疽が全身にまわるまでは、自分が病気に感染していることさえも気がつかない者が多かった。いや、医者自身が、患者の胸部などを開いてみて、そこに徴候を見出すまでは、その患者の病状がどうであるかをはっきり断ずることもできなかったのである。

付添看護婦や監視人のような、死に瀕する病人をみとる連中についての噂もこの時分さんざん聞かされた。たとえば、雇われて病人の世話をしている付添婦が、乱暴に病人を扱ってこれを餓死させたり、窒息させたりするばかりか、時にはもっと凶悪な方法を用いてその死を早める、てっとり早くいえば、虐殺するというまわしい噂も伝わっていた。監視人も元来は、閉鎖を命ぜられた家の監視をするのがその任務であるにもかかわらず、家の中にただ一人の人しかいない、それも病床に呻吟《しんぎん》している人間だけだというような機会には、その家の中に押し入って、病人を殺害して、そのまま運搬車の中にその死骸を投げ込むという話だった。死骸とはいえ、まだ体のぬくみも失せないままに、墓場へ運ばれていったのだ。

じつのところ、こういう殺人罪が行なわれなかったとはいいきれないものがあった。たしか、こういう殺人罪に問われて、牢獄に入れられた者が二人はあったと記憶する。しかし、この二人も裁判を受ける前に死んだという話だった。なおその他、それぞれ時は違うが、三人の者が同様な殺人罪の嫌疑をかけられたが結局処刑されたということも聞いた。

しかし、ここではっきり断わらなければならないことは、私としては、その後いろいろな人たちが偉そうにいろいろ取沙汰《とりざた》しているようには、この種の犯罪が常習的に行なわれていたとは、どうしても信ずることができないということだ。のみならず、ほとんど自分でどうにもならないいくらい衰弱しきっていて回復の見込みもたたない病人を、いくらなんでも彼らが殺したとは考えられないではないか。放っておいてもまもなく死ぬというのに、わざわざ殺害しようという、巷間《こうかん》に噂されるがごとき誘惑を感ずる者が一人でもありえたであろうか。

しかし、強盗その他の悪質な犯罪がこのように恐ろしい時期にもかかわらず跋扈《ばっこ》したことは、私は否定することはできない。世の中には強欲非道な人間も相当多く、そういった連中ときたら、どんな危険をおかしても他人のものをふんだくらないではすまない連中なのだ。それもところもあろうに、家の者が全部死に絶えたり、墓場に運ばれていったりしたあとの空屋にしのびこみ、病気感染の危険もまったく眼中になく、死体から着物をはぎとったり、死体の横たわっている寝台の掛蒲団をはぎとるというありさまであった。

ハウンズディッチのある家に起こった事件も、このような犯罪の一例にすぎなかったと思う。家内じゅうの者がすでに死んで運搬車で運ばれていった後で、ただ父親とその一人の娘だけが残されていたらしいのだが、この二人も、一人はこの部屋に、もう一人はあっちの部屋という具合に、まったく一糸もまとわぬ裸体のまま床の上に死んでいるのが発見

されたというのである。二人は寝台から強盗のために引きずりおろされた模様で、その掛蒲団もきれいにとられて、なくなっていたという。

この際注目すべきことは、こんどの悪疫大流行の全期間を通じて、女のほうがはるかに大胆不敵というか鉄面皮というか、とにかく勇敢だったことである。付添婦として病人に付添った女も多かったが、そういった女たちの中には、雇われていった先の家でこそ泥を働いた者も少なくはなかった。なかには、本来ならみせしめのために絞首刑になるべきところを、ただ公衆の面前で笞刑《ちけい》に処せられただけですんだという者もあった。じっさい頻々としてこの種の被害をこうむる家が続出したので、しまいには、教区役員が責任をもって付添婦を病人に推薦することになったほどである。教区役員たちはそんなわけで、いつも推薦した人物の監督を怠らず、もし万一その勤め先で不届きなことをしでかすようなことがあったら、すぐさまその罪を問いただすことになっていた。

しかしいくら泥棒するといっても、この女たちの盗むものは、たかだか病人が死んだ時、その持っていた着物やリンネルや、その他指輪、お金の類など眼にふれたものをごまかすくらいのもので、けっして家ごとごっそりと掠奪するなどということはなかった。ただ私が知っている話では、こんなのがあった。つまり、この時期に付添婦として働いていたある女が、何年か後その死の床についた時、むかし泥棒を働き、その時盗んだお金で裕福な生活をするようになったことをいまさらのごとく恐怖心にかられて懺悔したという話である。しかし、殺人事件については、ただ先に述べた例以外には、世間に流布されているような残虐なものはべつにはっきりしたその証拠はないようである。

たしかに私も、たとえば、自分の付添っている瀕死の患者の顔に濡れた布切れをかぶせて、今にも息を引きとろうというのに強引にその命を絶ったという付添婦の話も聞かないではなかった。また自分の看病している妙齢の婦人が気を失った際に、正気に戻らないうちに窒息させてこれを殺してしまった女の話も聞いた。ある付添婦は何を患者にやって殺した、とか、全然食物をやらないで餓えさせて殺してしまった、とかいういろいろな話も聞くには聞いた。けれども、こういった話には、いつも疑わしい点が必ず二つはこびりついていた。したがって、私としてはいつもこの話を真面目に信ずる気はなく、こんなものは要するに市民たちが互いに相手を驚かすためにつくり出した単なる物語だとみなしていた。そのわけは、まず第一に、この話をどこで聞いたにしても、その事件の起こった場所というのが必ずロンドンのちょうど反対側になるか、それとも、とても遠方の地点になるか、そのいずれかにきまっていたということだった。たとえば、もしわれわれがその話をホワイト・チャペルで聞くとする。すると、その事件の現場というのは、きまって、セント・ジャイルズ教区かウェストミンスターか、ホウボンか、いずれにしてもロンドンのそちら側の地域になるのであった。同じように、もしわれわれが今いったような方面でその話を聞くとすると、事件は必ずホワイト・チャペルかミノリズかクリプルゲイト教区の近傍ということになっていた。市《シティ》で聞けばサザク、サザクで聞けば市《シティ》というわけであった。

疑わしい第二の点は、この話をどこで聞くにしても、細かい点がいつも一致していることだった。とくに、瀕死の病人の顔に二重に折りたたんだ濡れた布切れを置く話だとか、若い貴婦人を扼殺《やくさつ》するといった話は、いつもきまって同じであった。してみると、これらの話は、だいたい真実よりも嘘でかためたものと考えてよさそうに、少なくとも私には思われたのだった。

とはいうものの、こういう話が市民たちに相当な影響を与えたことは、私もやはり認めざるをえない。少なくとも、人々が自分の家に来てもらう人、自分の生命を託する人について非常に神経過敏になったのは事実だといわなければならない。したがって彼らは、できることなら、付添婦は推薦された女以外には頼まなかった。しかしそれでも数が制限されていたため、そういった付添婦が見つからない場合には、直接に教区役員に事情を訴えるのが常であった。

しかし時代の悲運は、依然として貧乏人の上に重くのしかかっていた。病気に冒されながら、食べるものも薬もなく、医者にも薬剤師にも、そのうえ、付添婦にも見捨てられていたというのが彼らの当時の実情であった。多くの者が窓から助けを呼び求めながら、食べ物を乞い求めながら、死んでいった。それはじつに悲惨とも痛ましいとも、いいようのないありさまであった。ただし、しかしながら、こういった人々、あるいはこういった家庭のことが、市長に何らかの報告によってわかれば、市長は必ずといってもいいくらいその救済に乗りだした。

なお、こういうこともあった。それは、そう貧乏というわけではないが、妻子をよそにやってしまっている、おまけに奉公人も今までいたのを帰してしまっている、といった男たちが経費のかさむのを避けて、ひとり寂しくやもめ生活《ぐらし》をしているうちに病気になり、だれにも看病されず、孤独のうちに死んでいったという場合である。これが実際にしばしば起こったということを、私ははっきり断わっておく。

私の知っていたある隣人は、ホワイト・クロス街かどこかに住んでいたある商人に貸金が若干あったので、その金を返してもらおうと思って、年のころ十七、八の小僧をそこへ使いにやったことがあった。小僧がその家にいってみると、家が閉まっていた。相当激しく戸をたたいてみたが、だれかうちで答えるような気はするが、一向にはっきりしないので、そのまま待っていた。しばらくたって、またどんどんたたいてみた。そんなふうにして三度目にたたいた時、こんどは二階からだれかおりてくる足音がはっきり聞こえてきた。

やがて玄関に現われたのを見ると、その家の主人であった。だがその服装たるや、ズボンだか股引だかをはき、体には黄色いフランネルのチョッキを着、足には靴下もはかずにスリッパをはいていた。そして、頭には白いキャップをかぶっていた。だが、若者の語ったところによれば、その顔には死相がただよっていた。

扉を開けるなり、彼はいった。「どうしてそんなにどんどん戸をたたくのだ。どういう了見なんだ」びっくりした小僧は、それでも答えた。「私はうちの旦那のいいつけでまいりましたんですが、お金をもらってこいって話でした。そういえば話はわかるとかいうことでしたが」生ける幽霊は答えた。「うん、そうか、わかった。ところでな、クリプルゲイト教会の横を通ったら、教会に行って、すまないが弔鐘《ちょうしょう》を一つ鳴らしてもらいたい、といってくれんかね」そういったかと思うとばたんと扉を閉めて、二階へ上がっていって、それっきりその日のうちに死んでしまった。いや、一時間とたたないうちに死んでしまったようであった。私は当の若者から直接にこの話を聞いた。そして、今でもいかにもありそうなことだと信じている。この事件があったのは、疫病の流行がまだ絶頂に達しないころだったから、たしか六月のことだったと思う。それも、六月の終わりに近いころで、まだ例の死体運搬車の往来がそうまで激しくなかった時分、死者があれば鐘を鳴らして追悼の意を表わしていた時分のことだったと思う。というのは、少なくともこの教区では、七月になる前にすでに弔鐘を鳴らすことを中止してしまっていたからである。七月も二十五日ころになると、一週間の死亡者数は五五〇名を突破し、そのために死んだ者が貧乏人だろうが金持だろうが、もはや葬式らしい葬式など営む余裕はなくなってしまったのだ。

このような恐るべき災害にもかかわらず、獲物を求めて盗賊が横行闊歩したこと、しかも女が多かったことはすでに述べたとおりである。私自身にもこんな経験があった。ある朝のこと、十一時ころだったと思うが、いつものように、コウルマン街教区にある兄の家に、異常の有無を確かめるために歩いていった。

兄の家というのは、家の前に前庭があって、門のついた煉瓦《れんが》壁でぐるっと囲まれていた。そして、その前庭の中に、いろいろな雑貨類が山と積まれた倉庫がいくつも並んでいた。たまたま、この倉庫の一つに、地方から送ってきていた婦人帽子、例の真ん中が高くなっている婦人帽子の梱《こり》がしまってあった。たぶん、これは輸出するための品物だったろうが、いったいどこへ輸出するのか、もちろん私は知るはずもなかった。

兄の家に近づいてみて驚いたことは（――兄の家は通称スウォン小路《アレー》というところにあった）、その流行の山高の婦人帽子をかぶった女が三、四人向こうからやって来たことだった。その他、後で気がついたことだったが、たしか一人の女は両方の手に同じような帽子をいくつもぶら下げていた。しかし、私は女たちが兄の家から出てくるのを見なかったし、それにそういった帽子が倉庫にあることも気がつかなかったので、べつにその女たちをとがめることもしなかった。むしろ、この時分の一般の風習にしたがって、伝染を恐れるのあまり道の反対側へ行き、女たちに会わないようにさえしたのだった。しかし、さらに家の門に近づいてみると、もう一人の女がこれまたいくつもの帽子を持って門から出てくるではないか。「もしもし、奥さん、あんたはいったい何をここでやっておられたんですか」と私はその女にいった。「大勢中にもおりますわ。みなさんと同じで、べつにこれということも私いたしませんのよ」と女はいった。はっと思って、あわてて門のほうに行きかけた拍子に、くだんの女は隙をうかがって逃げていってしまった。門のところまでやって来ると、また二人の女が中庭を横切ってこっちへやって来るのが目にうつった。よく見ると、頭に帽子をかぶっているのはもちろんのこと、腋《わき》の下にも帽子を抱えていた。私は大急ぎで中へはいって門をぐんと押すと、門はバネ仕掛けでひとりでに閉まった。そこで、私は女たちのほうを振り向いて、「いったい、あんた方はなんてことをしなさるんだ」といいながら、帽子に手をかけてふんだくった。泥棒らしいところの少しもない一人の女は、「とんでもないことをしてしまって、ほんとうにすみません。でも、この帽子は持ち主のないものだと聞いたもんですから……。帽子はお返ししますから、見逃してください。でも、ほら、あすこにも私たちのような女の人がまだたくさんいますのよ」といった。見ればこの女は涙を流しており、いかにもかわいそうだった。私は帽子を受け取って、門を開き、もういいからあんた方は帰んなさい、といってやった。実際、この女たちがかわいそうな気がしたからだった。しかし、倉庫のほうを見ると、さっきの女のいったとおり、六人、いや七人くらいの女がいて、ああでもない、こうでもないと帽子をかぶったり脱いだりしていた。帽子屋の店先で金を出して買っているつもりなのか、まったくもってしゃあしゃあとしたものだった。

私は驚いてしまった。何もこんなに大勢のこそ泥を見たからというのでなく、いや、それもあるかもしれないが、それ以上に、私が今や否応なしに引きずり込まれた立場に対して、あわてた次第であった。私はじつはもう数週間というもの人目を避けてひっそりと生活してきた。街頭で人に会いでもしようものなら、それこそ道を避けて逃げ出した人間なのだ。それなのに、今やむりやりに大勢の人の中に立たされたのだ。

理由は違うが、向こうも同じく面喰ったらしかった。その語るところによれば、この女たちはみんなこの近所の者で、帽子は勝手に持っていってよい、所有主のない品物なのだから、とか何とか、いろいろなことを聞かされたのだという話であった。私は怒って、どなり散らしてやった。門のところへ行って鍵をかけ、その鍵をしまってしまった。さあ、こうなればもう逃げられまい。おまえさんたちを倉庫の中にこうやって監禁しておいて、お役人を呼んでくるが、それでもよいか、さあどうだ、とさんざんおどかしてやった。

女たちは平あやまりにあやまった。門が開いていたとか、倉庫の戸も開いていたのだとかいって弁解した。何か貴重な品物があると思いこんで、だれかが以前に無理に押し入ったものにちがいない、とも女たちはいった。あるいはそうかもしれないと思われる節々があった。たとえば錠がこわれていたし、外側の戸にかかっていた南京錠もこれまたがたがたになっていた。それに、帽子だってそうたくさんなくなっていたわけではなかった。

私も考えた。今はあまり物事をやかましく、きびしくいっているべき時期ではない。あまりやかましくいっていると、どうしても頻繁に外を出歩かなければならなくなるし、健康状態がどんなかも全然わからない、いろいろな人々との交渉も激しくならざるをえないだろう。しかも、悪疫は刻々に猖獗の一路をたどっていて、今では週に四、〇〇〇名からの死者を出しているありさまだ。してみれば鬱憤《うっぷん》晴らしをしたり、兄の被害を裁判沙汰にしたりして、そのためかえってこちらの命が危なくならないともかぎらない。——そこで、私は女たちの名前や住所（数名の者はたしかにこの近隣の者であった）をひかえ、兄が帰ってきた時に、あらためてこの責任をとってもらいたいとおどかしておいて、とにかく一応そのままにすることにした。

それから、私はやや立場を変えて、女たちといろいろ話をした。いったい、こういう恐ろしい災厄の時に、こういうことをするというのは、どういう了見なのか。疫病《ペスト》がわれわれの一軒一軒の家の戸口に立っているということは、いってみれば、われわれが神のおそるべき審判の前に立っているということなのだ。もう、もしかすると病気がおまえさんたちの家の中にはいってきているかもしれない。今から二、三時間のちに、おまえさんたちを墓場に連れ去るために、あの死の車がおまえさんたちの家の門前に来るかもしれない。

話をしているあいだは、べつに私の言葉が大きな感銘を彼女たちに与えているようにも見えなかった。そのうちに、兄の一家に世話になっているとかいう近所の男が二人、騒動を聞いて駆けつけてくれ、私を助けてくれた。この二人は近隣の者であったため、すぐに女たちのうちから三人ばかりの顔見知りを見つけ、この女たちは何のなにがしで、どこの住人だということを私に教えてくれた。聞いてみると、それは先に本人がいったところと違ってはいなかったようだった。

私はこの二人の男のことを思い出すごとに、あとからあとから、いろいろなことを思い起こすのである。二人のうち、一人は名前をジョン・ヘイワドといい、当時セント・スティーヴン・コウルマン街教区の寺男をやっている男であった。寺男といっても、当時は、要するに墓掘り男であり、死体運搬人のことであった。彼は、この大きな教区で正式の葬式のもとに葬られたすべての遺骸を墓場に運んだ、もしくは運ぶ手伝いをした男だった。しかし、そういった葬式が行なわれなくなってからは、運搬車や夜廻り《ベル・マン》といっしょにくっついて歩き、死体をその家から運び出す役目をしていた。また実際、彼が部屋や家からかつぎ出した死骸というものはおびただしい数に達していた。なぜ、かつぎ出さねばならないかというと、今でもそうだが、この教区がロンドンのすべての教区の中でも、馬車もはいらないような長い小路、路地の多いので、とくに有名だったからである。人々はいやでも応でも、この細長い小路を通って、死骸をかつぎ出さなければならなかったのだ。その証拠には、今でも当時の小路《アレー》がそのまま残っている。たとえば、ホワイト小路《アレー》、クロス・キー袋小路《コート》、スウォン小路《アレー》、ベル小路《アレー》、ホワイト・ホース小路《アレー》など、そうである。こういう小路の中では、一種の手押車を持ってゆき、それに死骸を乗せ、運搬車のところまで持ってくるという方法以外に手はなかった。彼がやっていたというのは、こういう仕事なのであった。しかも彼は、全然病気に冒されなかったばかりでなく、疫病大流行《ペスト》後二十年以上も生きており、死ぬまでこの教区の寺男であった。彼の女房もこの時分は病人の付添婦として働き、ずいぶん多くの患者の看病をしてやったが、何しろ根が正直な女だったので、教区役員にその人物を推薦されていた一人であった。患者にそれほど接していたにもかかわらず、この女房もついに病気には感染しなかった。

彼は病気の予防法としては、大蒜《にんにく》と芸香《うんこう》を口の中に入れ、煙草をふかす以外には何もしていなかった。これは現に彼の口から直接聞いたことでもあった。女房のほうは、頭髪をつねに香酢《ヴィニガ》で洗い、またいつも頭髪に湿り気をあたえておくために、その頭巾にこれまた香酢をふりかけておく、という以外にはべつに大した方法も試みていなかったそうである。しかし、もしもその付添っている患者の臭気が、尋常一様でない悪臭の時は、彼女は香酢の臭いを鼻の奥までかぎ、頭巾にもたっぷり香酢をふりかけ、香酢に浸した濡れハンカチを口にあてたということだ。

悪疫がもっぱら貧乏人のあいだに蔓延していたくせに、これまた貧乏人ほど無鉄砲で、病気を恐れない者もなかった。彼らは、いわば、蛮勇ともいえる勇敢さで、仕事に駆けずりまわっていた。実際、それは蛮勇と呼ぶよりほかに呼びようはなかったと私は思っている。なぜなら、信仰に根ざすでもなく、かといって慎重な用心にも根ざさない勇気であったからである。どんな命がけの仕事だろうと、仕事がありさえすれば予防薬も用いないで手当りしだいやるというわけだ。病人の看病もやれば、閉鎖家屋の監視もやる、かと思うと、患者を避病院《ペスト・ハウス》に搬送することもやるというふうであった。が、何が危険だといっても、悪疫にたおれた者の死骸を墓場に運ぶ仕事ほど危険なものはなかった。

市民たちに大変人気のあったある笛吹きの話――この話の事件も、じつはこのジョン・ヘイワドが、その分担区域の関係から、直接扱った事柄であったそうで、彼はこの話はけっして架空のことではなかったとはっきり私にいったことがある。なんでもその笛吹きというのは盲人の笛吹きだったと一般にいわれているが、ジョンにいわせれば、それは嘘で、要するに無知でよぼよぼの貧乏人にすぎず、毎晩十時ころになると町を流して歩き、家から家へと笛を吹いてまわっていた男にすぎなかった。市民たちは流している彼を居酒屋に招じいれ、いろいろな飲み物や食べ物をおごってやるばかりでなく、時には小銭も与えてやった。彼のほうもまた、そのお礼に笛を吹いたり、唄を歌ったり、へらず口をたたいたりして、みなを喜ばせてやった。彼の生活はこんなものだったのだ。しかし、前にもいったように、次第に情勢が逼迫《ひっぱく》してくると、市民のほうでもいまさらこんな笛吹き相手の娯楽三昧でもあるまいということになってきた。それでも、この哀れな笛吹きは毎晩いつものとおりに流して歩いたが、食う物がなくて餓死の一歩手前まできていた。だれかが、おい、景気はどうだい、と聞くと、なかなか死体運搬車《デッド・カート》がお迎えにきてくれないんでね……だけんども、来週にはきてくれるって約束してくれましたんでね、へい、と答えた。

ある夜のことであった。だれかが彼に酒を飲ませすぎたかどうか明らかでないが——ジョン・ヘイワドの語るところによれば、彼はべつに自分の家で飲んだわけでもなかった、おそらくコウルマン街のある居酒屋で、いつも以上に食べ物のご馳走をだれかにおごってもらったものかもしれなかったということであるが、とにかく、彼はいつも、というか、長いことというか、腹いっぱいに詰め込んだことがなかったので、ある家の入口の前にあった屋台店の上にごろりと横になっているうちに、ぐっすり眠りこけてしまった。場所はクリプルゲイト近くの、ロンドン城壁そばのある街路であったという。ところが、たまたますぐそばの、小路のちょうど端に当たる家の人が、いつも運搬車の前触れとして鳴らされる例の鐘を聞いたので、ほんとうに悪疫のために死んだ者の遺骸を持ってきて置いたのが、じつはさっきの屋台の上だったのだ。この死骸もやはり病気にたおれ、近所の人がここまで運んでくれたのであろうと、その人たちは、眠りこけている彼のことを考えたらしかった。

したがって、そこへジョン・ヘイワドがいつものように鐘をならしながら馬車をひいてやって来て、その屋台の上に死体が二個ならべてあるのを見ると、さっそくこういう際に用いるある道具で死体を持ち上げ、馬車の中にその二個ともほうり込んでしまった。——

だがこのあいだも、その笛吹きはこんこんとして眠りつづけていた。

運搬車の一行は、そこを過ぎてからまた他のところで多数の死体を拾って歩いた。しまいには車がいっぱいで、笛吹きはほとんど死体に埋まってしまって、生きながらお陀仏になりそうであったが、それでも彼は依然として眠りこけていた、とジョン・ヘイワドはいうのである。やがて一行は、たしかマウント・ミルだったと記憶するが、死体を埋める地点にやって来た。鬼気ただよう死骸の山をいよいよ穴に投げこむ前には、準備その他で手間どることがあり、そんな時には馬車はいつも、しばらく立ち止まっていた。そういうわけで、この車が止まるやいなや、この笛吹きは初めて眼を覚まし、頭を死骸の山から出そうとしてもがいた。やっとの思いで車の中に身を起こした彼は、「おうい、ここはどこじゃあ！」と叫んだ。びっくりしたのは、そのあたりで仕事をしていた連中であった。ジョン・ヘイワドもご多分にもれず、びっくり仰天したが、それでもやがて勇気を取り戻して、「こりゃあ、とんでもないことをしてしもうた。まだ死に切っとらんやつが車の中におったわい！」といった。ほかの者も車の中の男に向かって、「おめえさん、いったいだれだね」と尋ねた。「わしはしがない笛吹きじゃがな。だけんど、わしはどこにいるんかいな」と彼はいった。「どこにいるもくそもねえもんだ、おめえさんは死体運搬車《デッド・カート》に乗っかってるんだよ。今から穴の中に埋めてやるからな」とヘイワドはいった。「じょ、冗談じゃねえ、わしゃまだ生きてるんだよう」と笛吹きがいった。これを聞いて、さっきはあれほどびっくり仰天したくせに、ここにいた連中はくすくす笑い出した。そこで、かわいそうなこの笛吹きを車から降ろしてやった。彼は、すると、またのこのこと商売に出かけていった。

世間にいいふらされている噂では、笛吹きが車の中で急に笛を吹きだしたので、人夫たちはびっくりして、一目散に逃げ出したということになっているが、ジョン・ヘイワドの話はそうではなかった。第一、笛のことにはまったく触れなかった。ただ彼がいったことは、その男が貧しい笛吹きであることと、今述べたように死体運搬車《デッド・カート》に乗せられて運ばれていったということだけであるが、私はそれは嘘ではないと今でも充分に信用している。

ここに一つ注意しておきたいことは、市内《シティ》にある死体運搬車《デッド・カート》がなにも教区ごとに配属されているわけではなかったということである。つまり、報告された死亡者の数に応じて、一台の車が方々の教区に行くというわけで、なにも一つの教区の死体のみを運ぶというわけではなかった。そんなわけで市内《シティ》で拾いあげられた死体は、多く郊外にある埋葬地に運んでいかれた。市内《シティ》にもう埋葬する余地がなかったからである。

こんどの天罰が初めてわれわれのあいだに始まった時の、市民たちの驚愕については、私はすでにいった。ここではもっと厳粛な、もっと宗教的な問題について、私の直接の見聞を少し述べさせてもらいたい。おそらく、少なくともこれだけの広さ、大きさをもった都市で、かくも畏怖すべき天罰に際し、かくも不用意千万だった都市はほかに絶無ではなかったろうか。それは、なにも行政方面の準備に限らず、信仰の、つまり心の準備についてもいえることであった。災厄がやってきた時、これを迎えたロンドンの人々は、あたかも何らの警告も、何らの予期も、何らの不安もなかったかのごとく、まことに不用意そのものであった。それに対処する準備にいたっては、その市民生活の面においても、まったく絶無といってよかったのだ。まず、その例をあげよう。

市長および助役は、関係当局者として、取締り規則を全然用意していなかった。貧民救済にいたっては、何一つとしてとるべき手段を考えてはいなかった。

市民たちのために、とくに貧民の生活を維持するために必要な穀物や肉類を入れる市倉庫、貯蔵所など、何一つとして準備されてはいなかった。もし外国などで行なわれているように、こういう倉庫類にぎっしりと食料品を貯えておいたなら、あんなにまで虐げられた、おびただしい悲惨な貧民を出さなくてもすんだことと思われる。そして、現在よりも、もっと適当な救済手段がとられたであろう。

市筋《シティ》の資産の貯蓄については、べつに私としてはいうことはない。ロンドン市金庫は驚くべきほど裕福であるといわれていたからである。そしておそらく、その話は間違いではあるまいと考えられる。というのは、翌年のロンドンの大火の後に、多くの公共建築物の復興や新規工事の着工などに当たって、その金庫から流出した金額はじつに莫大なものがあったからである。たとえば、復興されたものとしては、ロンドン市庁《ギルド・ホール》、ブラックウエル・ホール、肉類市場《レドン・ホール》の一部、株式取引所《エクスチェンジ》の半分、裁判所《セション・ハウス》、債務者監獄《カウンター》、ラドゲイト刑務所、ニューゲイト刑務所、およびテムズ河畔における数個の埠頭、浮桟橋、陸揚場などであった。これらはすべて、悪疫大流行の翌年のロンドン大火によって灰燼に帰したり、倒壊したりしたものであった。次に、新しく建築されたものとしては、大火記念塔《ザ・モニュメント》、フリートディッチ運河とその橋梁、ベツレヘム精神病院などがあった。しかしどうも、悪疫流行時の市金庫の理事たちは、よほど慎重であったとみえて、貧窮のため苦しんでいる市民たちを救うためにさえも、孤児救済基金《オーファンズ・マニー》になかなか手をつけようとはしなかった。この点、その後の理事たちが、ロンドンを美化し、罹災建築物の再建のためにどしどし手をつけたのとは著しい対照を示している。もし貧民を助けるために基金に手をつけたところで、かえって孤児たちはその金の使い場所に当を得たことを喜びこそすれ、恨むことはなかったであろうし、ロンドン市の威信もとやかくの非難をこうむることはなかったと思われる。

それにつけても、生命の安全を求めて田舎《いなか》に疎開した市民たちが、自分自身は逃げはしたものの、後に残した者の福祉に多大の関心を示していたことははっきりと記しておかなければならない。彼らはロンドンに残留している貧民の救済のためには、惜し気もなく多大の寄付をしたのであった。のみならず、イングランドの田舎にある商業都市においてさえも、多額の救済基金が募集されていた。貴族や紳士階級の者も各地において、ロンドンの悲境に大きな同情を寄せ、貧民救済のための多額の義捐金《ぎえんきん》を市長ならびに市当局者あてに送ってきたといわれている。国王も毎週千ポンドの金を四分して、それぞれの地区にご下賜になったという話であった。すなわち、最初の四分の一は市《シティ》とウェストミンスターにある自由区域《リバティーズ》に、次の四分の一はテムズ河畔のサザク地区の住民に、次の四分の一は旧城内といわれる市《シティ》を除くロンドン市内の管轄区域に、最後の四分の一はミドルセックス州の管轄下にある郊外地区とロンドンの東部および北部地区に、それぞれ分割支給されたということであった。しかし、この話はただ一つの報告として、ここに書き加えておくにすぎない。

貧乏人の大部分が、つまり、以前には労働や小売商などでかろうじて生計をたてていた貧乏な連中が、今や救恤金《きゅうじゅつきん》をたよりに生活しているという事実はおおうべくもないことだった。その救恤金はじつに驚くべき巨額に達していたといわれている。もし、このような金額が、慈悲と同情にあつい一キリスト教徒によって、貧乏人の救援のために投ぜられなかったとしたなら、ロンドン市そのものの存続さえ危なかったかもしれないのである。もちろん、救恤金の金額や、当局によるその公正な分配についての記録があったことは疑いをいれない。しかし何分にも、金を分配した係りの役人自身が次々とたおれてしまったばかりでなく、記録の大半が翌年の大火のために焼失したため（その際、市収入役事務所も、その書類もことごとく焼失してしまったのだ）、何とか探しだそうと奔走したにもかかわらず、私はついに正確な記録に接することができなかった。

二度とこういうことがあってはならないと思うが、それでももしこういう惨禍が再度ロンドンをおそうようなことがあった場合の、一つのよい指導にもなろうかと思うのでいってておくわけだが、実際、市長や市参事会員の配慮は並大抵のものではなかった。毎週毎週、貧しい人々を救うために、巨額の救恤金を分配する彼らの真剣な努力——多数の者が救われ、生命にことなきをえたのも彼らのその努力によることじつに大きかったといわなければならない。私はここで、当時における貧乏人の生活状態について、また彼らのどういう点を憂慮すべきであったかについて簡単に述べたい。もし再びかかる悲惨事がロンドンを訪れた時、どんなことが当然予想されるかということが、だいたい見当がつくだろうと思われるからである。

もうこうなれば全市が疫病《ペスト》の惨禍に見舞われることは必定だ、といった気持がただよい始めたころ、つまり前にもいったように、田舎《いなか》に知己や家屋を持った者が一家をあげて引越しに狂奔し、いわばロンドン市そのものが、その門からなだれをうって逃げ出し、あとには猫の子一匹残りそうにも見えなかった、流行初期のころ——その時から日常の生活に直接関係した商売以外のすべての商売が完全に、いわば停止してしまったことは読者諸氏にも想像できよう。

この事実はじつになまなましく、また市民生活の現実にふれている面が多いと思われる。

したがって私としては、この事態をいくら詳細に説いても説きすぎることはないとさえ思うのである。私はそんなわけで、この非常な時に際してただちに生活の窮迫をつげた若干の稼業または階級の人々について話をしたい。

一、製造業を営んでいた職人の親方がまず参った。とくに装飾品とかその他市民の衣服、服地、家具類などで不急不要な部分の製造に従っていた者が参った。たとえば、リボンその他の職工、金モール・銀モール、金線・銀線などの製造業者、婦人裁縫師、婦人帽子屋、靴、帽子、手袋などの製造業者がそうであったし、その他、家具商、木工、指物師《さしものし》、鏡製造業、およびこういった製造業に依存していたすべての商売がそうであった。こういった各種の製造業の親方たちは、みなその仕事をやめ、その職人や雇人や、その他すべての小僧の類《たぐい》をお払い箱にしてしまった。

二、テムズ河をさかのぼってはいってくる船がほとんどなく、また出港する船もなかったので、貿易は完全にとまった。したがって、税関に勤めている大勢の税関吏はもちろん、水夫、車夫、荷物運搬人、および貿易業者に使われていた貧乏な労働者は、すぐさま解雇され、仕事にあぶれた。

三、家屋の新築や修理に従事していた稼ぎ人は仕事がなくなった。おびただしい家屋が一朝にして家人をうばわれ、廃屋になるのを見ては、家を建てようなどという人はいなかったからである。したがって、この項目に関する限りにおいても、たとえば煉瓦職人、石工、大工、指物師、左官、ペンキ屋、窓ガラス屋、鍛冶屋、鉛管工、といった家屋建築に関する各種の職人が完全に失業してしまったのである。以上の職人に依存していた労働者が仕事を失ったことはもちろんだ。

四、海運業もぱったりとまった。入港する船もなければ出港する船もなかった。当然、船乗りは仕事にあぶれ、その多くの者はとことんまで窮迫した。船乗りといっしょに運命をともにした者に、船の建造や艤装《ぎそう》に関係した各種の商人や職人があった。たとえば、船大工、塡隙者《てんげきしゃ》、製縄業者、乾物用樽製造業者、帆縫工、錨その他の鍛冶工がそうであったし、その他にも、滑車製造工、彫り師、鉄砲鍛冶、船具商、船首像彫刻家などがやはりそうだった。もっとも、こういった稼業の親方自身は自分の身上《しんしょう》を食って生きてゆけたかもしれないが、ほとんど例外なしに貿易船が運行を中止してしまった以上、当然それに関係した職人たちは馘首《かくしゅ》されたわけである。のみならず、このほか、テムズ河にはいわば艀《はしけ》もないありさまで、――したがって水夫や船頭や船大工や艀大工も同様に仕事にあぶれ、結局お払い箱になった。

五、市内に残留した家庭も、田舎に疎開した家庭も、いずれもできるだけその生活費を切りつめた。その結果、数えきれないほど多数の従僕、下男、店員、職人、帳簿係といった連中、とくに女中などがみなくびになった。彼らは仕事もなければ住むところもなく、孤立無援の状態におちいったのである。それはまことに悲惨というべきであった。

私はこの点について、もっとくわしく述べることもできないわけではないが、さしあたり概括的な説明ですませたい。あらゆる商売がとまり、雇用は停止された。仕事がなくなるとともに、貧乏人の台所からはパンも姿を消していった。その悲痛な叫びは初めのころは町に充満し、聞くだに哀れであった。救恤金が分配されて、その窮状も大幅に打開され、また、多くの者が田舎へ逃げていった。それでもなお、無数の貧乏人がロンドンにとどまっていた。しかし、やがて絶望に駆られて逃げ出す者が続出した。だが、その途上で彼らを待ち受けていたものは、じつに「死」であった。いや、そればかりではなかった。彼らは自分でこそ気がつかなかったが、いわば死の使者にほかならなかった。仲間の者が病気を持っていたからである。――かくして病気は、不幸にもわが王国の津々浦々にまではてしなく広がっていった。

前にもいったが、彼らの姿は見るからに暗澹たるものであった。そしていわば、つづいて生じきたった破局に、ひとたまりもなく滅ぼされてしまった。つまり、彼らは疫病《ペスト》そのものにたおれたというよりも、その疫病のもたらしたものによって、いいかえれば飢餓と窮迫と欠乏のためにたおれていったといえよう。泊まる家もなく、金もなく、友人もなければパンを求めるすべもなく、のみならず、パンをくれる人とてもなかったのである。大多数の者が、いわゆる教区定住権《リーガル・セツルメント》をもっていなかったため、教区から当然受けるべき手当をもらうこともできなかった。したがって、彼らは当局者に救済を乞うたわけであるが、それによって得られる援助だけが彼らの唯一の頼みの綱であった。当局者が必要に応じて、慎重にかつ快く救済の道を講じてやったことは、当局者の名誉のためにもここに一言しておかなければならない。このようなわけで、ロンドンに残った者たちは、上に述べたような経路をふんでロンドンを脱出した連中がおちいったような欠乏と窮迫におちいることはなかったのである。

技術家であろうと、単なる職人であろうと、とにもかくにも自分で働いて日々のパンを稼いでいる人間が、このロンドンという市内にどんなに多いかということを知っている読者諸氏の一考を煩わしたいことがある。それは、もしこういう都市において、突然、今いったような勤労者が全部仕事からほうりだされ、いっさいの仕事そのものがなくなり、賃金が全然手に入らなくなったとしたら、その際の惨澹たる状態はどんなものであるか、ということである。

いや、それこそまさに当時におけるわれわれの状態にほかならなかった。市の内外を問わず、あらゆる階級の篤志家が救恤金として寄付した金額が莫大な額に達したからよかったものの、もしそうでなかったなら、ロンドンの治安を維持することは、とても市長や市助役の手に負えたものではなかったろうと思われる。これはけっして単なる仮定ではない。

現に、捨て鉢になった人々が暴動を起こし、富豪の邸宅を襲撃し、食料品市場を掠奪するかもしれないということが市長たちによって真剣に恐れられていた。もしそのような事態になれば、それこそ今まで自由に、また病気も恐れずに市内に食料品を持ちこんできていた田舎の人々も、すっかり怖気《おじけ》づいてやって来なくなっただろうし、そうなれば、ロンドン自体も餓死状態に否応なしに追いこまれていったことであろう。

だが市長をはじめ、市参事会員、近郊の治安判事等の賢明なる判断は、各地から寄せられる多額の救恤金と相まってたくみに効を奏し、貧乏人たちはおとなしくしていたし、その窮乏も最大限度まで救われたのである。

しかし、なおこのほかに、暴民《モッブ》の蜂起を食い止めるのに役立った二つの事情があった。その一つは、金持たち自身が食糧を自宅に貯蔵していなかったということである。本来ならそういった食糧の貯蔵などはしておいて然るべきものであったろう。また少数ながら現にそうした人々もいたが、早手まわしに食糧を買いこんで家の中に籠城してしまっておれば、病気にかかるのもいくらか少なくてすんだかもしれなかった。ところが実際はそうではなかった。したがって、彼らが今にも蜂起しようという危機一髪のところまでいって、いつもそうしなかったのは、金持の家を襲ったところで食糧があるわけではないとの考えがあったからである。しかし、もし暴動が実際に起こったとしたら、どうなっていたであろうか。おそらくロンドン全市は文字どおり壊滅し去っていたかもしれない。暴民を鎮める正規軍もなければ、ロンドン市を防衛する義勇軍も招集できなかったからである。実際、当時武器を持とうという人間を求めようとしても無理であった。

しかし、ある者は死に、ある者はロンドンにいなかったため、残り少なになった市参事会員などの当局の者を糾合し、市長はよくその細心の注意によってこれを防止することができた。それも、どん底生活者には現金をやるとか、ある者には職を世話してやるとか、それも、とくに病気に感染して閉鎖を命ぜられた家屋の監視人に雇ってやるとか、といったふうな、じつにかゆいところへ手が届くような親切なやり方をとおしてであった。なんでも、閉鎖を命じられた家は、ある時には一万戸もあったとかで、それに一戸につき二名の監視人、すなわち夜間一名、昼間一名といった監視人が必要というわけで、莫大な人手が必要であった。おかげで多数の貧乏人が一時に仕事にありつくことができたというわけである。

奉公先から追い出された女中たちは、これまた方々の病人に付添う付添婦として雇われた。これも大いに貧乏人を救ううえには役立った。

ところでここに一つ、それ自身としてはいかにも悲惨事だが、ある意味では一種の天の配剤ともいうべきことが起こった。つまり、八月の中ごろから十月の中ごろにかけて猛烈な勢いで荒れ狂った疫病《ペスト》が、その間に、およそ三〇、〇〇〇から四〇、〇〇〇の、貧乏人の生命を奪ったのである。もし、それだけの者が依然として残っていたら、それこそ、とことんまで窮迫したであろうし、そうなれば彼らが耐え難い重荷になったことは明らかであった。ロンドン全市がかかっても彼らの生計をみてやったり、食物を与えてやることなどは、とてもできなかったろう。それに、彼らが生きてゆくためには、いやが応でもやがては市および近郊で掠奪を働かざるをえなくなることも当然考えられることであった。そして、かような掠奪が、遅かれ早かれロンドン市はもちろん全国民を極度の恐怖と混乱のるつぼに投げ込むことも明らかだった。

市民の上にふりかかったこのたびの災難が彼らの心をつつましくしたことは紛れもない事実だった。死亡週報の数字に徴してみても、来る日も来る日も、一日約一、〇〇〇人からの死者をおよそ九週間もたてつづけに出していたことを考えると、それも当り前かもしれなかった。しかも、その死亡週報がけっして正確な報告でなく、時としておびただしい数字をもらしていることも明らかであった。混乱の度はますますひどく、夜道をぬって死体を運ぶ車の往来はますますはげしくなった。ところによっては、死亡者を数えることさえできないところがあった。何週間というもの、死体埋葬に教区役員も寺男も立ち会うこともなく、いったい何個の死体を埋めたのかだれも知らないという状態であった。この時の数字は、死亡週報によって確認されているものを示すとこうなる。

期間	病死者数	そのうち疫病による死者数
八月八日より同十五日まで	五、三一九	三、八八〇
同二十二日まで	五、五六八	四、二三七
同二十九日まで	七、四九六	六、一〇二
八月二十九日より九月五日まで	八、二五二	六、九八八
同十二日まで	七、六九〇	六、五四四
同十九日まで	八、二九七	七、一六五
同二十六日まで	六、四六〇	五、五三三
九月二十六日より十月三日まで	五、七二〇	四、九二九
同十日まで	五、〇六八	四、三二七
	計 五九、八七〇	計 四九、七〇五

これでみると、こんどの疫病《ペスト》でたおれた市民のほとんど大部分の者がこの二ヵ月のあいだに命をおとしたことがはっきりしよう。こんどの疫病のために死んだ者として記録に残っている数は、全部でわずか六八、五九〇名にすぎないが、ここには僅々二ヵ月のあいだにほとんど五〇、〇〇〇名の者が死んだことになっているのだ。私はあえて五〇、〇〇〇

名という。けだし、右の表との食い違い、つまり二九五名の差は、表に現われた期間が正味二ヵ月には二日足りないことによることを意味する。

ところで、教区役員たちがいっこうに正確な記録を報告しなかった、いや、報告したところでその数字は当てにはならなかった、とはいうものの、じつはそれも無理もないことだった。考えてみるがよい。酸鼻その極に達したこの時期に、どうして正確な数字を出すことができよう。しかも、記録をとっている彼ら自身が次から次へと病気にたおれてゆき、時として、記録を報告しようとする瞬間にばったりと息絶えてゆくこともあったのである。これは教区役員の場合だが、単に彼らばかりではない、もっと下のほうで働いていた者もその点変わりはなかった。こういった人々は危険をものともせず命がけで働いていたが、やはり全市をおおう惨禍から免れることはできなかった。とくにステプニーの教区のごときは、もし噂がほんとうだとすれば、寺男、墓掘り、その下役、つまり死体運搬の人夫、夜廻り、御者など総勢一一六人からの死者をこの一ヵ年のあいだに出したという。

実際、彼らのその仕事は、ゆっくり死骸の数を数える暇のあるような、生やさしい性質のものではなかった。死骸は暗がりに乗じて穴の中にいっしょくたに投げ込まれるというのがありていの話だった。その穴、つまり濠も、めったに人の近寄れる代物《しろもの》でなく、近寄ればたいていは命をおとすと思って間違いはなかった。オールドゲイト、クリプルゲイト、ホワイト・チャペル、ステプニーの四教区では、死亡週報の報告によると週に五〇〇、六

○○、七○○、あるいは八○○という死者が出ていた。しかし、私と同様、終始ロンドンに残留していた人々の意見によれば、これらの教区では、時として週に二、○○○人からの死者を出すことも珍しいことではなかった。現に、この方面の死亡者数をできるだけ正確に調査した人の証言するところによると、この一ヵ年間だけでこれらの教区では一○○、○○○人からの疫病《ペスト》による死者を出したという話だった。ところが死亡週報が疫病による死として報告している数は全ロンドンでわずか六八、五九○名にすぎなかった。

自分が目撃したことや、また他人からその目撃談として聞いたことなどから、私自身の考えを述べさせていただくならば、私もやはり同じことを固く信じているということを申しあげたい。つまり、他の病気で死んだ者、郊外や街道や人目の届かない場所、要するに当時のいわゆる伝播《コミユニケーシヨン》区域以外のところで死んだ者を除いて、疫病でたおれた者だけで、少なくとも一○○、○○○人はあったと私は信じている。郊外その他で死んでいった者は、たとえロンドン市民であっても、全然例の死亡週報に記載されていないことはいうまでもない。病気をしょいこみ、悲観したあげく、まるで痴人か何かのようにげっそりと憔悴しきった者が、ふらふらと郊外や森やその他いろいろな辺鄙《へんぴ》なところへ迷い出して、行き当たりばったり草むらや垣根の中へもぐりこんだかと思うと、そのまま死んでゆくという例は、じつに数限りなくあったことは、当時周知のことであった。

こういった際には、ロンドン近傍の村々の人々はひどく同情して、食物を持ってきてやり、そうっと遠方から置いてやった。もしその食物をとりにくる体力があればとりにきて食べるがいいというわけだった。しかし、なかには、食物をとりにくる体力のない者もいた。村人が翌日行ってみると、たいていはもはや冷たくなって無惨な姿に変わっていた。食物にも大方は手がつけられてはいなかった。こういう、みるからに痛ましい光景は、枚挙にいとまがないくらいだった。私自身、こういう悲惨な最期をとげていった多くの者を目撃した一人である。いや、私はどこでどういうふうにして死んでいったかさえも、はっきり覚えている。その場所に行って、その骸骨を地中から掘り出すことさえ、やろうと思えば私にはできる。村人は死人が出ると、少し離れたところに穴を掘り、尖端に鉤《かぎ》のついた竿でもって死骸を穴の中へ引きずり落とし、それからできるだけ多くの土をその死骸の上にかけてやっていた。それが当時のしきたりでもあったわけだ。その際に村人が注意したことは、風の吹く方向だった。死臭が自分たちのほうへ来ないようにするために、船乗りのいういわゆる風上のほうへ自分たちの位置がくるようにした。こういうふうにしておびただしい人間がこの世から姿を消していった。死亡週報取扱い区域の内外を問わず、だれにも知られず、まさしく物の数にも入れられず、黙々として彼らは死んでいったのだ。

　こういう話は、じつをいうと主として他人から聞いた話にすぎないのだが――というのは、今後もそうかもしれないが、当時はベスナル・グリーンとかハクニーの方角へ行く以外はめったに郊外地に足を踏み入れることがなかったからである――にもかかわらず、現にちょっと外へ出ると、必ず多くの放浪者の姿を遠くから見かけたものであった。しかし、私は彼らの身の上についてほとんど知ることはできなかった。街頭であろうと、郊外であろうと、いやしくも人の姿を見かけようものなら、こそこそと逃げ出すのが当時のわれわれの習慣であったからである。それにしても、私はそういう放浪者の悲惨な最期についての物語は、一点の偽りのない、真実なものであったと信じている。

たまたま街路や郊外における私の外出のことをいったついでに一言するわけだが、当時、わがロンドン市がどんなに荒涼たるものであったかについて語ることを省くわけにはいかない。たとえば私の住んでいた大通りがいい例である。その通りはロンドンじゅうの（というのはつまり市外や自由区域を含めていうわけだが）すべての通りのなかでももっとも幅の広い一つとして知られていたものであった。肉屋が店を並べていた側、とくにいわゆる柵外にわたるところなどは、舗装した道路というよりもむしろ緑の野原といったふうであった。馬に乗ったり馬車に乗った連中が、その中央を通るといった風景がよく見られたものであった。もちろんホワイト・チャペル教会のすぐそばの部分などは、全然舗装はしてなかったが、舗装してある部分でも、草がぼうぼうとはえていたものであった。しかしそれもべつに異とするに足りぬことかもしれなかった。市内の大通り、たとえば、レドン・ホール街、ビショップスゲイト街、コーンヒル、さては株式取引所《エクスチェンジ》までが、いたるところに草をはやしている始末だったからである。この時期になると、大通りでも、朝から夕方まで、ほとんど荷車や駅馬車の姿など見かけることもできなかったが、たまさか通るのを見れば、たいがいは市場通いの、菜根、隠元豆《いんげん》、豌豆《えんどう》、乾草《ほしくさ》、藁などを積んだ荷車くらいのものであった。それも、昔とは比べものにならないくらいまことに寥々《りょうりょう》たるものであった。駅馬車はどうかというと、これまた、病人を避病院《ペスト・ハウス》その他の病院に運ぶ時のほかは、ほとんど使用されていなかった。それでも、ここなら大丈夫だというところへ医者を乗せてゆくことは少しはあったようである。なぜこうもみなが警戒するのかというと、この駅馬車というのがじつに剣呑《けんのん》だったからである。すぐその前にだれが乗ったかわかりもしない車にうっかり乗ろうものなら、それこそ大変だったのだ。いや実際に、悪疫に冒された患者が避病院《ペスト・ハウス》に運ばれてゆく時に乗せられるのは、たいていこの駅馬車だった。なかには運ばれてゆく途中で、その中で息絶える者も時にはあった。

悪疫の流行が、私が前にいったような凄惨な状態に達した時には、もはや病家まで往診に行こうという医者（内科医）はほとんどいなくなり、医師会員のなかでも優秀な医師がずいぶんたくさん死んでしまっていた。外科医の場合も、その点は同じであった。何というか、もうこうなると、ただ暗澹たる時代というよりほかにはなかった。死亡週報の数字はともかく、私は当時、くる日もくる日も、毎日少なくとも一、五〇〇人から一、七〇〇人くらいの者が死んだと信じている。しかも、それがまる一ヵ月の余もつづいた。

しかし、全期間中を通じて最悪の時期は、九月の初めのころではなかったかと思う。この時ばかりは敬虔な人たちも、神がこの全市の市民を殲滅《せんめつ》しようと決意し給うたのだと、真剣に考えはじめたものであった。まだこの時はちょうど疫病《ペスト》が西部から東部の諸区域に激しい勢いで侵入してきていたころでもあった。たとえば、これは私の推測だが、オールドゲイト教区だけでも週に一、〇〇〇人以上の死骸を二週間もつづけざまに葬っていた。もっとも、例の週報ははるかに下まわる数字を発表していた。病勢の猛威はいよいよ激しく、私の周辺の地区の死亡率は激増した。二十軒のうち一軒くらいしか病気を免れることはできなかった。ミノリズ方面、ハウンズディッチ方面、それからオールドゲイト教区内でもブチャー路《ロウ》の周辺、私の家の向かい側の小路等々、そこではじつに死が暴虐の限りをつくしていた。ホワイト・チャペル教区も同じ状態であった。私の住んでいた教区ほどではなかったが、それでも週報の報ずるところによれば、一週に六〇〇人近い埋葬者を出していた。ただし、私の考えでは、実際は約その二倍はあったであろう。どこでもここでも、家族ごとごっそりと持ってゆかれた。いや、町ごとごっそりとそのまま持ってゆかれた。したがって、近所の者が、埋葬の人夫に向かって、これこれの家に行って死体を運んでいってもらいたい、と依頼している姿もしばしば見受けられた。つまり、その家は家ぐるみ死んでいるというわけなのであった。

　運搬車による死体運搬の仕事がしだいに危険な、耐えきれない仕事になってくるにつれ、運搬人夫が病気のために全滅した家の清掃をいいかげんにしているという不平が出てきた。

いや、死体が幾日も埋められないでそのままおっぽりだしになっているため、近所の者がその腐臭に悩まされ、そのあげくの果て、ついに病気に感染したという不平が出てきた。事実、またそういった係りの者の怠慢ぶりも相当なものであったので、ついには死体運搬の世話をするために教区役員や警吏などまでが駆りだされるありさまであった。のみならず、さらにまた村々の保安官さえも前記の人たちを鞭撻《べんたつ》するために、命がけでその仲間に伍す始末であった。命がけというのは、ほかでもないこの運搬人たちが職掌柄死体に近づくため、その病毒を受けてぞくぞくと死んでいったからである。仕事を求め、パンを求める貧乏人が巷《ちまた》に氾濫していて（これについてはすでに述べたとおりである）、必要に迫られてどんな仕事でもやろうとしていたからよかったものの、そうでもなかったら、そういう仕事に人を雇おうとしても見つけることはできなかったろう。もし万一そういうことにでもなっていたら、死人の遺骸も地面に置かれたままで腐ってゆき、酸鼻その極に達したことであったろう。

しかし、当局者のこの際における処置は、いくらほめてもほめきれないものであった。埋葬についての彼らの処理ときたらまさに整然たるものであった。死体の運搬や埋葬のために雇われていた者が病気になったり、死んだりすると（それがまたじつに多かったのだが）、ただちに他の者をもってその補充をするといった具合であった。前にも述べたように、仕事にあぶれた貧乏人がたくさんいた関係上、補充はさほど難しいことではなかった。

死者を葬る生者一人だになし、などということはいえなかったわけである。この結果、いくらたくさんの人間がぞくぞくと死んでも、また病気にかかっても、毎晩、きちんと片づけられ運ばれていった。そういうわけで、ことロンドンに関するかぎり、

この恐るべき期間中、市の荒廃ぶりが凄惨の度を加えてゆくにつれ、市民の狼狽ぶりもひどくなっていった。彼らは恐怖心にかられたあげく、何ともかとも説明のしようもないような挙動を数限りなく行なった。すでに病気に冒された者もまた、その苦しみに耐えかねて同じような行状を示した。ただ、この後者のほうがわれわれの心をはるかにうつものがあった。そういった者のなかには、唸《うな》ったり、わめいたり、両手をしきりに揉《も》んだりしながら町を歩きまわるものもあった。かと思うと、祈りをしながら、天に向かって両手をあげ、神の恵みを求めて歩きまわるものもあった。神の恵みを求めて歩きまわるといった、こういう振舞いがはたして精神錯乱によるものであるかどうか、私は知らない。しかし、よしんば精神錯乱によるとしても、少なくともそれは、正常な分別を持っていた時には、その人間が相当に真摯《しんし》な心の持主であったことを示す、一つの表われにほかならなかったであろう。そしてまた、それだけでも、毎日、とくに夕方になると方々の町々で聞こえてくる、あのぞっとするような呻き声や怒号に比べたらはるかにましであった。有名な狂信者ソロモン・イーグルの名を聞いた人は世間に多かろうと私は思う。彼はどこといって、頭が病気になっていたほかにはべつに病気に冒されていたわけではなかったが、天罰

ロンドン市に加えらるべし、と絶叫しながら、見るからに恐ろしい形相《ぎょうそう》で町じゅうをうろつきまわっていた。時には素っ裸で、炭火のかんかんおこった鍋を頭にのせていることもあった。だが何を彼がしゃべったのか、いやしゃべろうとしたのか、私にはまったくわからなかった。

それからあの牧師、毎日、夕方になるとホワイト・チャペルの通りを歩きまわり、両手を天に向けてあげながら、英国国教会の祈禱書の一節をぶつぶつ繰り返しいっていた牧師――彼がはたして精神に異常をきたしていたものかどうか、それともまた、哀れな市民を救おうという純真一途な気持からそうしたものかどうか、私には何ともいえない。「主よ、我らを赦し給え。汝の価高き御血潮もて贖《あがな》い給いし主の僕《しもべ》らを赦し給え」という彼の言葉を私は思い出す。だが、こういったことについて、その模様をもっとはっきり説明できないのは残念である。じつは、今あげた連中が、私が折から猖獗をきわめていた悪疫《ペスト》の猛威を避けて、自分の家の中にとじこもっていた時に、かろうじて私の部屋の窓から（というのはめったに窓はあけなかったからだ）眺めることのできたただ二、三の無気味な人物にすぎなかったからである。前にもいったように、このころになると、多くの者が、命拾いする者はまず一人もあるまい、などと考えもし、また口にもするようになっていた。私自身、またそう考えかけていた。そういうわけで、二週間ばかりというもの家の中に引っ込んでしまって、一歩も戸外へ出なかった。しかし、そのうちにどうにも我慢ができなくなってきた。なお、この危険きわまりない時期に臨んでいながら、公然と礼拝に出席することをやめない人たちもかなりいた。教会を閉鎖して、他の市民たちと同じように、命あっての物種《ものだね》とばかり逃げ出した牧師もたくさんいたが、すべての牧師が逃げたというわけではなかった。敢然としてロンドンに踏みとどまり、絶えざる祈りをもって、礼拝をつかさどり、集会をつづけた牧師もあった。時には説教をすることもあり、悔い改めと改心をすすめる訓戒を簡単ながら説くこともあった。もちろん、会衆がいるかぎりの話であった。非国教派の牧師も同じようなことをしていた。のみならず、彼らは、教区牧師が死んだり逃げたりしたため、無牧になっている国教会派の教会にまで行って説教をした。こういう際には、国教だの非国教だの、区別を立てる余裕はなかった。

ところで、今にも死にそうな息絶え絶えの病人が、慰めを与え、祈りをともにし、かつさまざまな戒告を与えてくれる牧師を呼び求めたり、神に罪の赦しと恵みを求め、過去に犯した罪を大声に懺悔したりしているありさまは、その声を聞いただけでも悲痛の極みであった。今はのきわにあって悔い改めた者たちが、諄々と他人に説く血を吐くような言葉を聞いて、だれか胸塞《ふた》がる思いをしない者があったであろうか。瀕死の彼らは、苦しみの日まで悔い改めをずるずると延ばしてはいけない、今のような禍《わざわ》いの時は悔い改めにふさわしい時ではない、神を呼び求めるにふさわしい時ではない、云々と説くのであった。苦痛と懊悩《おうのう》に責めさいなまれて、ついその口をついて出てくる、瀕死の病人たちの呻き声や叫び声をそのまま伝えることができたら、と思う。本書を読まれる読者に、できることなら、あの声をお聞かせしたいと思う。なぜなら、私は今でもあの声を聞くような気がしてならないからだ。今でも耳もとで鳴り響いているような気がしてならないからだ。

もし私が、読者の魂をゆり動かすような痛切な言葉をもってこの間の事情を伝えることができたらと思う。もしそれさえできたら、たとえ言葉が足りず不完全なものであっても、ともかくもそれをしるしたことを大きな喜びとするであろう。

神の加護によるものか、私は依然として病気にもかかわらず、相変わらず元気旺盛であった。ただ一つ困ったことは、十四日の余もうっとうしい家の中に閉じ込められていたため、まったくもって気がいらいらしてきたことだった。私はどうしても我慢できず、ついに兄宛の手紙を持って駅舎まで行くことにした。私が街頭の無気味な静寂さに気がついたのは、じつにその時であった。手紙を入れるために、いつものように駅舎までやって来ると、一人の男が構内の一隅に立っていて、窓によりかかった他の男と話をしている姿が目についた。もう一人の男が事務室の戸を開けていた。見ると、構内のちょうど真ん中に、小さな皮の財布が一つ、ころがっていた。鍵が二つついており、中にはお金もはいっていた。ところが不思議なことにはだれもそれを拾おうとはしなかった。いつからこの財布はここにあるのか、と私はたずねてみた。すると、窓際にいた男は、そうだね、かれこれ一時間もここにあるかね、と答えた。落とし主がいつ探しに来るかわかったものではないので、だれもそれに手を触れないのだ、ということだった。幸い私はべつに金に困ってもいなかったし、第一、大した金額でもなかったので、そうわざわざそれに手を触れ、金を拾うつもりはなかった。それにどんな危険が潜んでいるかもわからなかった。そこでそこを立ち去ろうと考えたちょうどその時、さっきの戸を開けた男が、よし、おれが拾ってやる、持主がやって来たら、返してやらなくちゃ悪いからな、といった。そしてつかつかと家の中へはいっていって、水のいっぱいはいっている手桶を持ってきた。見ていると、水を財布のところにあけて、また家の中にはいってゆき、火薬を少しばかり持ち出してきた。火薬は財布の上にいっぱいまきちらされ、さらにそこから導火線がおよそ二ヤードほども引かれた。ところで再びその男は家の中へはいってゆき、おそらくこのために用意していたらしく思われる真っ赤に焼けた火箸を一揃い持ってきた。導火線に火がつけられると、やがて火薬は爆発し、財布は真っ黒焦げに焦げてしまい、一帯の空気も濛々《もうもう》たる煙で手ごろに消毒された。ところが、それでもまだその男は飽き足らないとみえ、焼けた火箸で財布が焼けただれるまではさみあげていた。それが焼けてしまうのを待って初めて、手桶の中へお金をふるい落として、さっさと家の中へ持ってはいってしまった。見たところその金はざっと十三シリングと、その他表面のすりへった銀貨、銅貨若干枚があったようだった。

金のためとあらば、どんなことでもやろうという乱暴な貧乏人が相当いたことは前にもいった。しかし今いった挿話からもたやすくおわかりになろうと思うことは、少数ながらまだ病気に見舞われていない連中は、この危難の最高潮の時に際して、自分の身の安全のためにじつに細心の注意を払っていたということである。

ちょうどそのころであったと思うが、ボウ方面へ行く郊外を歩いてみたことがあった。大した用事があったわけではないが、ただテムズ河や、その河上に浮かんでいる船舶などでは、いったい皆はどういう生活をしているのか、ということが是が非でも見たくなったからであった。それに、私は元来海運業に多少関係があったので、船の中に閉じこもるのが、疫病《ペスト》を免れる最上の方法ではないかとじつは考えていた。そういうわけで、その点ひとつどうなっているか見てやろうという気持につかれてしまい、ボウからブロムリー、さらに下ってブラックウォール、浮桟橋――つまり貨物の陸揚げや積込みのために設けられた場所――まで郊外から足をのばしていった。

気がついてみると、一人の貧相な男がしょんぼりと通称海壁《シー・ウォール》といわれていた堤防の上を歩いている姿が目についた。私はすっかり閉めきってある家々を見ながら、しばらくそのあたりをうろつきまわった。しかしやがてこの男とかなり離れたところから言葉を交しはじめた。この付近の人たちはどうしているのか、と私はきいた。「まるで無人同様でさあね。くたばったり、くたばりそこなったりでね。この辺だとかあの村（――といいながら彼はポプラーを指さした）あたりじゃ、家内の半分はもうとっくに死んでましてね、その残りも見込みはねえって家ばかりでさ」彼はそれからある一軒の家を示しながらいった。

「この家も、みんなごっそり死にましてね、まるっきり空家で、だれもからっきし中へはいらないんですよ。馬鹿な泥棒がいましたっけが、何か盗みにはいるにははいったものの、いやはや、その報いは大したものでござんした。とうとう昨晩そいつも墓地に持ってゆかれてしまいましたようなわけで……」それからなおも、いくつかいろいろな家を私に指さしていった。「ほら、あの家も全滅した家でして、夫婦のほかに子供も五人ありましたっけ。こっちのあの家、ほら、監視人が玄関のところに立っている家、あそこも閉じ込められているんでさ」そういうふうにして、いくつかの家を彼は指示してくれた。「いったい、あんたはここでひとりぽつんと何をしていなさるのかね」と私はたずねてみた。「何をするってこともありませんがね。わしはただひとりぽつんとここで暮らしている男でしてな。神さまのお情けで私はまだかかりませんが、わしの家のものはかかりましてな、子供も一人は亡くなりましたよ」「あんたがまだかからんといわれているのは？」「ほら、ごらんなすって、あれが（といって彼は小さな板囲いの家を指さすのであった）、わしの家です。あすこに女房と子供が二人、暮らしています、まあ生きているとはなんぼなんでもいえんようなありさまなんですがね。女房と、二人の子供のうちの一人が病気にかかっています。しかし、わしはあいつらの近くには行きませんようなわけでして……」そういいかけたかと思うと、その男の眼からは、はらはらと涙がこぼれ落ちた。そしてじつは、白状するが、私も涙を流した。

「しかし」と私はいった、「どうしておかみさんたちのところに行ってやんなさらんのか。あんたの血肉を分けた肉親じゃないか、どうしてそんなに見捨てたりなんかするのかね？」「旦那！　冗談じゃござんせんよ！　わしが女房や子供を見殺しにするなんて、とんでもないこった。わしが命がけで働いているのも、あれたちが可愛いからばっかりなんです。まあどうやら不自由なく養ってゆけるのも、ああ、ありがたいことだ、神さまのおかげだ、といつも思っておりますようなわけでして」そういいながら、その男は天を仰いだ。その顔を見た瞬間、私は、ここにこそ微塵《みじん》も嘘偽りのない男がいる、ここにこそ真実な、信仰深い男がいる、心の底から神に感謝の念を捧げている男がいるのだととっさに感じた。こんな境遇にありながら、家内一同不自由なく暮らしていると言いきるということは何ということであろうか！　私はこの男にいった、「あんたはほんとうに奇特な人だ。このごろの貧乏人のありさまを考えると、そういう生活ができるということは大した恵みといわなくちゃならない。だが、いったいあんたは何をして生活していなさるのか、みなが逃げまわっている厄病からどうしてのがれていなさるのか」「旦那、わしは船頭が稼業でござんして、あれがわしの船なんです。まあ家みたいなもんで、昼間はそこで働き、夜は眠るというわけでしてね。いくらかでも金がはいりますと、わしはあの石（――といいながら、道の反対側の、彼の家からかなり離れたところにある、ある平らかな石をさした）の上にそれを置きますようなわけで……。で、それから、おういと返事があるまでどなりますと、そのうちに女房が出てきてそのお金を持ってゆきますんで」

「なるほど。だが、船頭なんかやっていて今時分お金がもうかるのかね。こんな時でも船頭を雇って河の上を渡ろうという人があるのかね」「そりゃありますとも。もっともふだんとはちょっとようすが違いますがね。あすこにゃごらんのように、五隻ほど船が泊まっておりましょう（——と、彼は、ロンドンからかなり下にあたる河下のほうを指さしていった）、またこっちにゃ（と河上を示しながら）八、九隻の船が繋泊したり、投錨したりしてましょう。あの船にはどれもこれも、船の持主や貿易商人が家族づれで乗り組んでいましてね。みんな病気が恐ろしいもんで人も寄せつけずに、ああやって水上生活をしているというわけです。わしは、あの人たちが上陸しなくてもすむように、いろいろな物を持っていってやったり、手紙を取りついでやったり、いっさい必要な仕事をみんなしてやっております。夜はわしは自分のボートを本船の端艇に結びつけて、ひとりぽつんと眠るようなわけでね。しかし、今まで、まだ病気にかからないのは、ほんとうにありがたいことだと思っとりますよ」

「しかし、このあたりはひどく病気が蔓延しているところだが、よくまあ上陸した後で、あんたが船に上がるのを許してくれるもんだね」

「その点は大丈夫でしてね、わしはめったに舷側に上がるなんてことはありません。持ってきたものはその端艇に入れるか、舷側から甲板の上まで引き上げてもらいますからね。

たとい船に上がっていったとしても、けっして心配はいりません。わしは上陸しても、絶対に家にもはいりませんし、まただれにも触れませんからね。わしの身内の者だって触れるこっちゃありません。ただあの船の人たちのために食糧を運ぶだけです」

「いや、そいつがかえっていけないんじゃないのかな。食料品といったって、結局だれからか買わなきゃならない。だとすると、この付近一帯は病気がいっぱい広がっているし、第一、人と話をするんだって危険千万なんだ。この村は、市内から多少離れてはいるようなものの、いってみれば市内みたいなもんだからね」

「そりゃあそうでしょう。ですが、旦那さんはまだわしのことをわかっておられないんで無理もない話ですが、わしはこの付近で食物を買ったりなんぞはしていませんのです。わしは上流のグリニッジまで船を漕いでいって生肉を買ったり、どうかするとウリッジまで下って、買物をすることもあります。それからまた、ケント州側にある、顔見知りの農家の一軒家をまわって、鳥肉だの卵だのバターなどを買って、それぞれの注文に応じていろんな品をそれぞれの船に届けるんです。この付近で陸に上がるってことは、まあないといっていいでしょうね。わしが今こうやって陸に上がってるのは女房に会って、子供たちがどうしているかを聞こうと思ったからでしてね。ただそれだけの話ですよ。昨晩もらった金も少々ありますんで。それも渡しといてやろうと思いましてね」

「お気の毒なことだ。……それでいくら稼ぎなすったね」

「四シリングです。今の貧乏人のことを考えると大したお金です。しかし、いっしょにパンを一袋、それに塩漬けの魚一匹、肉を少々もらいました。これだけあれば、ほんとうに助かります」

「それで、もう渡しなすったたか」

「いやね、それがまだなんです。さっき大声で呼んだら、女房は、今は手がはずせないが三十分もたったら出てこられる、というもんですからね、こうやって待ってるってわけです。女房もかわいそうな女ですよ。もうすっかり衰えてしまってどうにもなりません。だいぶ、腫れていましたっけが、潰れてしまったんで、ひょっとしたら命だけは助かるかもしれません。しかし、子供のほうはやっぱり駄目でしょうね。まあ、しかし、それも神さまのみ心ならばやむをえんでしょうけどね……」ここまでいうと、彼は胸がつまったらしく、さめざめと涙を流して泣いた。

「神さまのみ心にただ身も心もまかせきったら、神さまもきっとおまえさんを慰めてくださるにちがいないよ。神さまはわたしたちをみんな正しく取り扱ってくださるんだからね」

「旦那さん、そりゃあそうですとも。こうやってまだ達者でいられるってことだけでも、ありがたい、ほんとうにありがたいことなんですからね。ぶつぶつ悔やむなんて、わしもわれながら浅ましいこったと思いますよ」

「よくいいなさった。おまえさんの信仰に比べて、わたしの信仰の薄いのには、愛想がつきる思いがするよ」こういう危険な時期にもかかわらず、彼をして踏みとどまらしめている、その信仰の礎《いしずえ》の強さは、とても私のそれの比でないことを私は感じ、ひどく胸をうたれた。このかわいそうな男は逃げてゆくところもない。いや、世話をしなければならない家族というものがある。しかるに自分はどうだ。自分がまだロンドンにうろうろしているのは要するに単なる思い上がりからにすぎない。だが、この男は心から神にいっさいをまかせきっている。この男は神を信ずる者の勇気をもっている。しかも、自分の健康のためにあらゆる細心の注意を払っている。

こういうことを考えながら、私はしばらくこの男から離れていた。彼の涙にも劣らず後から後からあふれてくる自分の涙を制しきれなかったからだ。

その後しばらくいろいろな話をしていると、やがてこの男の女房が戸のところに現われて、「ロバート！　ロバート！」と呼んだ。彼はおういと答え、すぐ来るからちょっと待っているようにといい残して、桟橋を駆けおりて自分の船のほうへ行った。船の中に置いてあった食物のはいっている袋を持って帰ってきた彼は、おうい、おうい、とまた呼んだ。それからさっきの大きな石のところへ行って、その袋の中にはいっているものをみんなあけ、一つ一つ並べると、自分はまたこっちへ戻ってきた。すると、こんどは女房が小さな男の子を連れて石のところへやって来て、品物を運ぼうとした。彼は大声で女房に呼びかけ、これこれの品は何船長がくだすったのだ、これこれの品はだれそれがくれたんだといちいち説明してきかせ、最後に、「みんな神さまがくだすったんだぞ、神さまにようくお礼を申し上げるんだぞ」というのだった。かわいそうに、彼の女房はその荷物を全部一度に持ってゆこうとしたが、体力が衰弱しきっているとみえ、大した重さでもないのに、とても一時には持ってゆけそうにもなかった。そこで彼女は、小さな袋にはいっているビスケットを仕方なしにそこに置いて、子供に見張りをさせ、ひとり家の中へはいっていった。

「さっき一週間分のもうけだとかいっていた四シリングは渡しなすったのかね」と私はきいた。

「渡しましたとも、ええ、渡しましたとも。なんなら旦那の前でひとつ聞いてみましょうか」そういいながら彼は「レイチェル、レイチェル」と呼んだが、これは細君の名前のようであった。「おまえ、あのさっきの金、受け取ったかい」「ええ、受け取りましたよ」「みんなでいくらだった」「四シリングと銀貨《グロート》が一枚ありました」「うん、そうか、それでいいんだ。じゃあ元気でいるんだぞ、いいか」そういいながら彼は反対のほうに向かって立ち去ろうとした。

　私はさっきこの男の身の上に一掬《いっきく》の涙をそそぐことを禁じえなかったが、こんどはまた、せめて生計のたしにでもなればと思い、若干の金を与えたいという気持を抑えることができなかった。そこで私はこの男を呼びとめていった。「すまんがちょっとこっちへ来ていただきたい。私は、おまえさんが病気を持ってないと思うんで、こんなふうに面と向かって話をするわけなんだが（――私はポケットに突っ込んでいた手を出しながらそういった）、もう一度おかみさんのレイチェルさんを呼んで、私の心ばかりの贈物をやってほしいんだ。おまえさんたちのように神さまを信ずる者を、神さまがお見捨てになるなんてことはけっしてないとわたしは思うのだ」私は四シリングの金を彼に渡し、その金を石の上に置いて、細君を呼ぶようにといった。

　私はこの貧しい男が、どんなに感謝の念にあふれたかを表現する言葉を知らない。いや、彼自身、何といってその心を言い表わすか、そのすべを知らなかったようだ。この男はただ頬を濡らして泣くのみであった。細君を呼んで彼はいった。「この方はどこの御仁だかおれも知らんが、おれたちのことを聞いてかわいそうだというんで、こんなにたくさんお金をくださろうとおっしゃってるんだ。これもみな神さまの思し召しかもしれん」その他、なおいろいろな、そういったことを細君に話した。細君もまた、半ば天に向かい、半ば私に向かって、心からあふれてくる感謝の念をただ身振りによって示した。そして嬉しそうに、石の上の金を拾っていった。けだし、あの一年間を通じてあの時ほど金を有意義に使ったと思ったことはなかった。

　それから、私は、病気がグリニッジまで広がっているかどうかをその男にたずねてみた。すると、少なくとも約二週間前までは広がってはいなかったが、今ごろはひょっとしたら広がっているかもしれない、しかしそれもちょっとデットフォド橋《ブリッジ》寄りの、町の南方の一部分にすぎないであろう、とのことであった。また、彼がそこで買物に行くのは、一軒の肉屋と一軒の八百屋だけで、たいがいそれらの店で頼まれた買物をすませるが、病気のことには自分でもずいぶん注意しているということ、などを付け加えていった。

さらに、船の中に閉じこもっている連中が、充分な生活必需品を貯蔵していないのはどういうわけか、と私がたずねると、なかには貯えのある人もいる、しかしその半面、いよいよの土壇場になってからやっと船の中に逃げこんだ人もおり、もうその時には危なくてしかるべき商人のところに行って買いこみをするなんてことは思いもよらないことだった、という答えだった。今買出しをしてやっている船は二隻だそうで、その船を指さして教えてくれたが、ビスケット・パンとビールのほかにはほとんど食物らしい食物がないので、そのほかの生活物資は一切合財買ってやっているということだった。ほかにこういうふうに他の船から離れている船があるのかという私の問いに対して、「ありますとも。グリニッジのちょうど真向かいの地点からライム・ハウスやレッドリフの河岸近くまで、河の真ん中に二隻ずつ、船内に余裕のある船が停泊しておりますよ。ある船なんざ何家族て住んでますね」「病気にはかかってないってわけだね、まだ」「いや、まだでしょうな、きっと。ただね、二、三隻、乗ってる人たちがちょっと油断したもんで、船乗り連中が陸に上がったりして、とうとう病気を持ちこんだってのがありましたがね」それから、プール沖合に

船がずっと停泊しているのは、大変な壮観だともいった。

潮がさしてくると、さっそくグリニッジのほうまで渡らなければならないという彼の話を聞いて、私は、さっきの彼の話のようすだと船が並んでいるのは見事だということだったが、ぜひ見たい、なんとか船に乗せて見物に連れていってくれないか、と相談をもちかけた。すると、病気にかかっていないと、キリスト教徒らしく正直に誓うなら連れていってもいい、といった。断言するとも、ありがたいことにはまだ病気なんかにはかかってはいないのだ。住んでいるのはホワイト・チャペルだが、あまり長いあいだ家の中ばかり引っ込んでいたので少々嫌気がさした。そこで少しばかり新鮮な空気を吸おうと思って出てきたところだ。家の者はまだだれもこれっぱかりも病気の気《け》はない、などと私はいった。

「それじゃ、旦那、お連れしましょう。わしやわしの家の者のことをかわいそうにと言ってくだすった情け深い旦那のことだ。病気なのに遮二無二わしの船に乗ろうなどとおっしゃるような無情なお方とも考えられませんや。もし万一旦那が病気なら、それこそ、わしも、わしの家の者も、もう命はないものと覚悟しなくっちゃなりませんやね」家族のことをそう心配そうに持ちだされると、それもなんだかほろりとする調子でいわれてみると、さすがの私もいささか当惑せざるをえなかった。何も是が非でも行かなければならないわけではなし、いっそのこと行くのをやめようかと思った。「おまえさんにそんなに心配をかけるほどなら、つまらない考えをよして、行くのをやめようかと思うんだがね。といって、何も私が病気だというんじゃないけれどね。まあ、ありがたいことに、疫病《ペスト》にかかるどころか、このとおりぴんぴんしているくらいなんだ」ところがどうだろう、こんどは彼のほうでやめさせようとはしないのだ。そして、私が彼に対して嘘をつかなかったことを絶対に信じている、ということを示そうとして、是が非でもいっしょに行こうといってきかないのだった。こういうわけで、いよいよ潮が彼のボートのところまで満ちてきた時、私はそのボートに乗りこんで、グリニッジまで連れていってもらった。そこに着いて、彼が頼まれものを買いに行っているあいだに、私はグリニッジの町を見下ろす丘の上まで歩いていったり、町の東部まで行ってテムズ河を眺めたりした。おびただしい船が二隻ずつ並んで停泊しているありさまはまことに異様な壮観であった。河幅の広いところでは、それが二列三列になっているところもあった。しかも、それがずっと上《かみ》ではロンドンの町に近くラトクリフおよびレッドリフなどという街々をはさむ、いわゆるプールと呼ばれるあたりまでつづき、下《しも》はロング・リーチの端にいたる下流全域にわたっていた。少なくとも丘の上から見られるかぎりではそういうふうに見えた。

それらの船の数がどれだけあったか、ほとんど見当もつかなかった。しかし、少なくとも数百隻の帆船が泊まっていたと思う。それにつけても、じつに頭の良い計画だと、感心した。こうやっていれば、海運業に関係している一〇、〇〇〇人あるいはそれ以上の人が完全に感染の心配からのがれ、きわめて安全に、また容易に生命を全うすることができるというものだった。

一日がかりの遠出に、とくに今述べた船頭との交渉にすっかり気をよくして私は家に帰ってきた。考えてみれば、こういう危急の際に、船という、いわば小さな聖域を多数の人々がその生活の場にしているということは、たしかに喜ぶべきことであった。疫病《ペスト》の暴威が激しくなるにつれ、幾所帯もの人々を乗せた船が纜《ともづな》を解き、錨をあげて移動してゆくのを私も目撃したが、なんでも噂によると、何艘かの船は海まで下ってゆき、各自便利なところを求めて、北海岸のいろいろな港や投錨地まで逃げていったということであった。

しかしまた一面からいって、陸地を避けて船中生活を営んでいる人々がかならずしも絶対に安全だともいえなかった。現に、多くの者が船中で死亡していた。その死骸はあるものは棺に入れられ、あるものは棺にも入れられないままで、テムズ河の中に投げ込まれた。河の潮のさしひきとともにその死骸が浮き沈みしながら流れてゆくのが再三見られた。

しかし、こういう船が疫病患者を出したのは、次のような二つの原因のどれかにもとづいたと思うのである。すなわち、船にやって来るのが遅すぎて、今さら飛んで来たところでどうにもならないといったころ、のこのこ船にやって来る、しかしその時にはすでに、自分では気がつかないが病気に冒されていた、といった場合がその一つである。つまり、この場合には病気が船にやって来たのではなく、じつは乗りこんできた人たちが病気を持ちこんだというわけである。次に、例の船頭がいっていたように、充分な生活必需品を貯える余裕がなかったために、是が非でも必要な物資を買いに人を陸上に送らねばならないとか、あるいは陸地からボートがやって来るのを大目に見なければならぬとかいった船の場合がその二だ。したがってこの場合は、病気が知らず知らずのうちに船中に持ちこまれたということになる。

　この際どうしても一言しておかなければならないことは、当時のロンドン市民の不可解な気紛れが、いわば自縄自縛といったかたちで、その滅亡をいちじるしく早めたということである。疫病が最初に発生したのは、すでにいったように、ロンドンの反対側の一角、すなわちロング・エイカー、ドルアリ小路《レイン》その他で、そこから次第にじわじわと市《シティ》のほうに広がっていった。初めてひやっと心配したのが十二月のことで、その次が翌年の二月、次が四月というわけであった。しかし、いつも心配したといってもほんの当座だけのことにすぎなかった。それから五月まで何事もなくすぎた。たとえば、五月の最後の週においてさえ、死亡者の数はわずかに一七名であった。しかも、その全部がロンドンの今いった一角に限られていた。そういうわけで、そのあいだというもの、たとえ週に三、〇〇〇人以上の死亡者がその方面で出るようになっても、なおレッドリフ、ウォピング、ラトクリフ（ただしテムズ河両岸にわたる）、およびサザク地方の人々は、病気なんかくるもんか、きたところでこちらの方面では大したことなんかあるもんか、といった調子であった。なかには、ピッチやタールの臭気とか、石油、樹脂、硫黄といった船の仕事に関係したあらゆる商売に用いられる品物の臭気とかが、けっこう予防薬として役立ち、これさえあれば命に別条はないと思いこんでいた人もいた。また、ウェストミンスターやセント・ジャイルズ教区、セント・アンドルー教区その他で病勢が猛烈をきわめたのち、こちらへ押し寄せてくる前にすでに衰えはじめたのだから、疫病がこちらにくる心配は絶対にないと論ずる人もいた。人々がこういうふうに考えたのも全然理由のないことではなかった。たとえば、

	八月十五日～二十二日	八月八日～十五日
セント・ジャイルズ・イン・ザ・フィールズ	一七五	二四二
クリプルゲイト	八四七	八八六
ステプニー	二七三	一九七
セント・マーガレット（バーモンジー区）	三六	二四
ロザハイズ	二	三
＊　＊　＊	＊＊＊	＊＊＊
	計　五、三一九	計　四、〇三〇

備考。この表に示されている当時のステプニー教区の数字は、だいたい当時のステプニ

ー教区がショアディッチと接していた地域一帯におけるものである。すなわち、今のスピトル・フィールズと呼ばれている地域、いいかえれば、現在のステプニーの教区からショアディッチ教会墓地の塀際にいたる一帯に当たる。このころは、悪疫の流行はセント・ジャイルズ・イン・ザ・フィールズでは下火になりかけていたが、クリプルゲイト、ビショップスゲイト、ショアディッチなどの各教区ではその勢い、熾烈《しれつ》をきわめていた。これに反して、ライム・ハウスやラトクリフ・ハイ・ウェイ、さらに今日のシャドウェル教区、ウォピング教区からロンドン塔近くのセント・キャサリンズにいたるステプニー教区の一帯は、八月いっぱいは、せいぜい週に一〇人の疫病による死亡者を出しているにすぎなかった。しかしやがて、天罰覿面《てきめん》、ひどい目にあったことについては、そのうちに述べようと思う。

今いったような事情から、レッドリフ、ウォピング、ラトクリフ、ライム・ハウスなどに住んでいた人々は、もうこれで厄介払いはすんだとばかり、すっかり安心しきっていた。したがって、田舎《いなか》に逃げる人もなければ、家の中に閉じこもる人もないといった、きわめてのんびりしたものであった。いや、なかには対策に奔走するどころか、逆に市内《シティ》から知己親戚をわざわざ自分の家に招いてくるといった念のいった者もいた。じっさいまた、この付近一帯を安全地帯、ここばかりは神も見逃してとがめ給わない特別地域、として他のところから避難してくる者さえあった。

そういったわけで、いよいよ悪疫がここを強襲してきた時の住民たちの驚きよう、あわてかたといったら、まったく寝込みを襲われた格好で他の地域とは比較にもならないほどであった。九月、十月と、強襲につぐ強襲をくらうと、彼らはどうしてよいかわからず、ただおろおろするばかりであった。もうそのころになると、田舎に逃げ出すなどということは到底およびもつかないことになっていた。あかの他人を身辺に近寄せるのはおろか、住んでいる町の近傍に近寄せることさえ、だれ一人としてしなかったからである。ロンドンを脱出して、サリ州のほうへ流れていった者で、森や公有地《コモンズ》の中で餓死した者も相当あったという。ロンドンの近くでは、サリの方面が、いちばん森も多く、地勢も開豁《かいかつ》になっていたので、そちらのほうへ流れてゆく者が多かったのだ。とくにそういう悲惨事がしばしば生じたのは、ノーウッドの近在、キャムバーウェル、ダリッジ、ルーサムの各教区で、そこでは病気に感染するのを恐れて、飢餓に瀕した哀れな旅人を助けようとする人間は一人もいなかったということだ。

こういう噂がステプニー教区一帯の住民たちのあいだに広がったということが、前にもいったように、みなの者が避難しようとしてわれがちに船の中に逃げこんだ理由の一つであろう。手廻しよく、気をきかして充分な食糧を貯えこんでおいたため、買出しに上陸したり、物売りにやってくるボートから買物をしたりする必要のなかった連中――この連中がいちばん安全だったと私は思っている。しかし、そうでなかった連中、つまりびっくり仰天したあげく、あわてふためいて食うパンも持たずに船にとびこんできた連中や、船をずっと遠くまで操ったり、比較的安全と思われる下流地点で食糧を買うためにボートで漕いでいってもらう乗組員のいない船に乗った連中――こういった連中がいちばんひどい目にあった。彼らは船に乗っていながら、陸上の場合と同じように、やがて病気に冒されていった。

金持が大きな船に乗るなら、おれたちはおれたちでとばかり、貧乏人たちは、小形帆船《ホーイ》、漁撈船《スマック》、はしけ《ライター》、漁舟などに乗りこんだ。また船頭を初めとして、ボートをねぐらにした者も多かった。しかし、この貧乏人たちは、物資の調達、とくに食糧の調達のために奔走したため、結局虻蜂《あぶはち》取らずになってしまい、悪疫は遠慮会釈なしにどんどん彼らのあいだへ侵入してきて、その結果、見るも無残な修羅場を呈するということになった。ロンドン橋《ブリッジ》の上手《かみて》といわず下手《しもて》といわず、いたるところの停泊所《ロード》に泊まっていた小舟の中で、だれにもみとられることなく孤独のうちに死んでいった船頭も多かったのである。そして、そういった連中の遺骸が発見された時は、もうたいがいは手を触れることはおろか、近寄ることもできないくらいに腐りはてていた。

こういった船着場に逃げた人々の受けた苦しみや悲しみは、じつに悲惨なものであった。おそらく、満腔の同情に値した。しかし、残念なことだが、人々は自分の生命を全うすることだけで精いっぱいであった。とても他人の苦悩などかまっているどころの話ではなかった。いわば、死神が一軒一軒、戸をたたいてまわっているといってもよかった。いや、なかには自分の家の中に、もうすでに死神がはいりこんでいるところもあった。どうしたらよいのか、どこへ逃げたらよいのか、かいもく見当もつかないというのが実状であった。

こうなれば同情なんかいっぺんにすっ飛んでしまうのであった。ことここにいたれば、文字どおり命あっての物種であった。子供たちが、憔悴して気息奄々《えんえん》たる瀕死の親を見捨てて逃げ出せば、親は親で、逆な場合ほど頻々としてではないにしても、これまた子供をほうりっぱなしで逃げ出すということもあった。まったくこれはただごとではなかった。ある週など、狂乱した母親が自分で自分の子を殺すといった恐ろしい事件が二つも起こった。じつに悲惨の極みというよりほかに形容のしようもない事件であった。その一つは私の住んでいたところから、さほど遠くないところで起こった。なんでもその母親はまもなく、自分の犯した罪を悟るまもなく、ましてそのために罰せられるまもなく、子供のあとを追って死んでいったそうである。

死の脅威が目前に迫っているために、他人に対する慈愛の心だとか同情の念などがあとかたもなく消えさっているというのが実情であってみれば、そんなことはべつにあやしむにたりないことかもしれない。ただ、しかしこういったことはあくまで一般論であって、そうでない例、つまり、どんなことが起ころうともびくともしない深い愛情や慈悲や義務感といったものの実例も数多くあったことも否みえないところであった。現に、私もそのいくつかを知っているほどである。ただ、それが直接の見聞でなく、又聞きなので、細かい点の真偽については保証の責に任じえないことを残念に思うだけだ。

たとえばその一例として次のような事件を紹介したい。これなどは、こんどの災禍中でも、もっとも悲劇的な出来事だといえると思うが、この悲劇の主人公たちというのは妊娠中の女であった。彼女たちは陣痛の時がやってきて、その痛みがいよいよ激しくなった時でも、全然他人の助けを得るということができなかったのである。産婆も来てくれなければ、隣近所の女たちも来てはくれなかった。産婆もかなり死んでいたが、とくに貧乏人相手の産婆は大部分死んでいた。評判のいい産婆は、全部とまではいかないが、多くの者が田舎《いなか》に逃げてしまっていた。したがって莫大な謝礼の出せない貧乏な女が産婆に来てもらうということは、ほとんど不可能なことであった。たまたま来てくれるような者があっても、それらはたいがいろくな連中でなく、技術も未熟な者が多かった。こういったありさまで、その結果は、とうてい普通には考えられないほど多数の女たちが、無残な苦しみをなめさせられることになった。ある妊婦なぞ、知りもしないくせに知ったかぶりをしている女に取り上げてもらったのはよいが、その無知と軽率とに禍いされて、ひどい目にあわされたりした。かくして数限りない嬰児《えいじ》たちが、無知な産婆のために、私にいわせれば、虐殺されていったのである。子供はどうなってもよい、といった妙なおためごかしがそこに働いていたことも否みえなかった。母子《おやこ》もろともにあえない最期をとげることもしばしばであった。とくに母親が疫病《ペスト》にかかっているような場合には、だれも近寄ろうとしなかったため、母子ともどもに死んでいった。時には、母親は疫病のために死に、赤ん坊は生まれるには生まれたが、まだ臍の緒をくっつけたまま母体のわきでうごめいているといった惨状を呈することもあった。なかには陣痛の苦しみのさ中に、分娩することなくそのまま死んでゆく者もいた。こういった例は非常に多く、したがってその一つ一つについてつまびらかにすることはとうていできないほどだ。

こういった事情の一端が、死亡週報における次のような項目の病死者の数の異常な増加となって現われたといえよう（ただし、その数字が多少なりとも正確に近いものであるなどとは、毛頭私は考えていない）。その項目というのは、

産褥《さんじょく》死《し》
流産および死産
嬰児および幼児

であった。

念のため、疫病《ペスト》のもっとも激しかった数週間と、病気が勃発する前の数週間とを比べてみると、同じ年のことながら次のように違うのである。

期間	産褥死	流産	死産
一月三日より同十日	七	一	一三
同十七日	八	六	一一
同二十四日	九	五	一五
同三十一日	三	二	九
一月三十一日より二月七日	三	三	八
同十四日	六	二	一一
同二十一日	五	二	一三
同二十八日	二	二	一〇
二月二十八日より三月七日	五	一	一〇
計	四八	二四	一〇〇

期間	産褥死	流産	死産
八月一日より同八日	二五	五	一一
同十五日	二三	六	八
同二十二日	二八	四	四

同二十九日	四〇	六	一〇
八月二十九日より九月五日	三八	二	一一
同十二日	三九	二三	***
同十九日	四二	五	一七
同二十六日	四二	六	一〇
九月二十六日より十月三日	一四	四	九
	計 二九一	計 六一	計 八〇

ここに示された両者の数字のひらきに加えて、(当時市内に踏みとどまったわれわれの推定によれば)八、九両月のロンドンの人口は一、二両月の人口の三分の一もなかったということを、充分考慮のうちに入れてみなければならない。そこで、この三つの項目の病死者数は例年どのくらいであったかが問題となるが、前年における数字は、私の聞いたところによれば、次のとおりである。

一六六四年	一六六五年	病名
一八九	六二五	産褥熱
四五八	六一七	流産、死産

計　六四七——計　一、二四二——

この差は、全人口の数字を考えた場合には、いちじるしく大きなものとなろう。もちろん私としても、当時におけるロンドン残留者の正確な数字なぞ知っているわけではない。ただ、だいたいの見当をつけるにすぎない。要するに、私が示したかったのは、上述のようなかわいそうな女たちの悲惨な運命であった。聖書にも「その日には孕《みごも》りたる者と乳を哺《のま》する者とは禍害《わざわい》なるかな」（新約聖書「マタイ伝」二四章一九節）とある。まことにこの女たちの受けた苦難こそ、われわれの想像を絶するものがあった。

私はそういった悲劇の起こった個々の家庭を具体的にそう多く知っていたわけではない。しかし、哀れな彼女たちの号泣の声が遠くから聞こえてくるということもしばしばであった。妊娠中の女についていえば、九週間のうちに産褥熱で死んだ者が二九一名であったことは、すでにわれわれが見たところである。それに比べて、全市の人口が三倍もあった時、産褥熱で死ぬ者は普通わずかに四八名にすぎなかった。この割合については読者諸君でひとつとくとお考えを願いたい。

「乳を哺《のま》し」ていた者のなめた苦しみが、これまた大きかったことも疑問の余地はなかった。この点、わが死亡週報はほとんどそれらしい説明を与えてはいない。ただ、哺乳期の嬰児がいつになく多く餓死したという事実を述べているにすぎない。しかし、これはたいしたことではない。これよりも、もっと惨めなことは、㈠母親に死なれた嬰児が乳を飲ませてくれる者がなくてそのまま餓死したという場合である。そういった時には、ただ食物がないばかりに、赤ん坊を初め全家族の者が死んでいるのがしばしば発見された。これは私だけの考えであるが、おそらく数百、数千というよるべなき嬰児がこうやってむざむざと地上から姿を消していったのではないだろうか。㈡次は授乳者がなくて餓死したというより、授乳者に毒殺されるといった場合である。いや、乳母《うば》でなく、母親が自分で授乳している時でさえも、その母親が病気に感染していれば、自分でそれと気がついていなくても、母乳によって嬰児に毒を移す、つまり立派に毒殺していることになるのであった。そうして、こういった場合には、赤ん坊は母親より先に死ぬのが普通であった。私は是非このことをここに記録して、またこういった由々しき事態が生じた時の後世に対する戒めとしたいと思う。妊娠中の女、授乳中の女は、どんなことがあっても真っ先に感染地域から疎開しなければならない。なぜなら、そういった人たちがいったん病気に感染したあかつきに受ける惨害は、とても他の人々と同日の談ではないからである。

疫病《ペスト》でたおれてもう冷たくなった母親や、乳母の死骸の乳房にすがりついて乳を吸っていた嬰児の無気味な話などもあった。私の住んでいた教区のある母親なぞは、子供がどうも具合が悪そうなので、診てもらうために薬剤師を呼びにやったという。さっそく薬剤師がやって来たが、ちょうどそのとき母親は子供に乳を飲ませていた。彼女自身は一見いかにも元気そうであった。しかし、薬剤師が近寄ってよく見てみると、赤ん坊にふくませているその乳房には、明らかに疫病の徴候が現われていた。彼の驚きようといったらなかったらしい。それでもあまりその母親を驚かすのも気の毒だと思って、赤ん坊をちょっとこちらによこしてくれといって受け取り、そのまま部屋の一隅にあった揺り籠に寝かした。すぐにその着物をぬがせてみると、もう徴候は歴然として赤ん坊の体に現われていた。薬剤師はその容態を父親に打ち明けて、その男に飲ませる予防薬を取りに家に帰っていったが、帰りつく前にこの哀れな母子《おやこ》は二人とも息絶えてしまったという。いったい子供が授乳中の母親に病毒を感染させたのか、それとも母親が子供に感染させたのか、そのいずれとも明らかではなかった。しかし、後者のほうがどうもありそうなことだと思われた。

同じようなことが、疫病のために死んだ乳母のところから両親の膝もとに引き取られた嬰児の場合にも起こった。危ないのはわかっていても、自分の子を引き取ることを拒むということは、愛情深い母親にはできることではなかった。したがって、自然その子をふところに抱きかかえることになった。そして、とどのつまりはその子供から病気をうつされ、すでにこと切れた子供を両腕にしっかりと抱きしめたまま、母親も死んでゆくのだった。

こういった愛情深い母親たち――大切な子供を徹夜で看病したり、時にはその子供よりも先に死んでゆく母親たちの姿は、どんなかたくなな人間の心でも激しくゆさぶらないではおかない光景であった。ある場合などは、心を砕き、命をなげうって看病してやった子供が、危なく命を取り止めて丈夫になろうというのに、母親のほうはかえって子供から病気をうつされて、死んでゆくという場合もあった。

イースト・スミス・フィールド在住のある一人の商人の場合がそうであった。その男の細君は初めての妊娠で、いよいよ陣痛が始まろうというのに、こともあろうに疫病にとりつかれた。お産の手伝いをする産婆を頼むことも、付添婦を雇うこともできなかった。かねてから雇っていた女中は、二人とも逃げ出してしまった。彼は一軒一軒、半狂乱のていで戸をたたいて駆けずりまわったが、ついに助けを求めることはできなかった。しかし、かろうじて、ある感染家屋の見張りをしている監視人から、翌朝になったら付添婦を送るから、という約束だけは得ることができた。かわいそうに気が気でないこの男は、そうそうにとって返して自分の手でできることならと、産婆の役までやった。しかし、子供は死んで生まれた。細君も一時間たつかたたないうちに彼の両腕に抱かれたまま息を引き取った。彼は朝まで妻の死体をしっかりと抱いたままであった。まもなく、約束どおりに監視人が付添婦を連れてやってきた。入口の扉があいていたのか、それともただそっと掛金がかけてあっただけだったのか、そこのところはよくわからないが、この二人はつかつかと二階へ上がってきたが、そこで二人が見たものは、冷たくなった妻の亡骸《なきがら》を抱きしめてうずくまっているこの男の姿であった。悲しみに文字どおり打ちひしがれたらしく、それから二、三時間のちにその男も死んでいった。体にはべつに病気にかかっていた形跡は少しもなかった。してみると、おそらくは、悲痛な苦しみに圧倒されてついに崩れ去ったものにちがいなかった。

私はまた、肉親の死にあったためその耐え難い苦しみにさいなまれたあげく、気が変になった人の話をいくつとなく聞いた。なかでも、ある一人の男なぞは、あまりに強烈な衝撃を心に受けたために、しだいしだいに首から上が胴体の中に、つまり左右の両肩の中間にめりこんでしまい、最後には頭の脳天のところが両肩の骨の陰に隠れてほとんど見えなくなったという話も伝わっている。なんでも一日一日と声が出なくなるばかりか正気もなくなっていき、顔はただうつぶせになるばかりで、しまいには鎖骨のところにくっついてしまい、だれか他人がそばにいて両手で支えてやらないとどうにもならないというありさまであった。かわいそうに、この男もついに二度と正気に戻ることもなく、一年近くもそういった状態でしだいに衰弱してゆき、とうとう死んでしまった。彼は眼を上げたり、何か特定の物を見るなどということは、ついぞ一度もしなかったということである。

こういった話はいろいろあるが、私はただその話のあらましだけしか話せないのである。なぜならば、そういった事態の起こった家では、ほとんど一家全部の者が死に絶えているのが多数なので、いちいち細かい点を調べることが不可能だったからである。もちろん、この種の事柄で実際に私の耳目にふれたものもたくさんあったこともまた事実であった。前にもちょっとふれたように、町を歩いていても一つや二つはきっとそんな事件にぶつかったのである。また、どんな家を例にとってみても、多少なりとも類似の事件と無関係な家というのはまずなかったのである。

ところで、私は、疫病がロンドンの最東端部の地区で猛威をふるった時のことを話していたはずであった。さっきは、この地域の人たちがもう悪疫は大丈夫こっちにはこないとすっかりうぬぼれきっていたということ、したがって、突然悪疫が押し寄せてきた時にはまったく周章狼狽したということ（まさしく悪疫は、あたかも凶器か武器を持った人間のように突如として襲いかかったのであった）――そういったことについて話をしていた。ところで私は、ここで、例のどこへ行くというあてもなく、何をしたらよいかというあてもなく、ただウォピングから放浪の旅に出たあの三人の貧乏な男のことを思い出さざるをえないのである。一人はパン屋、一人は帆作り、もう一人は指物師、そして三人ともウォピングか、あるいはその付近の住民であった。

その付近の空気がきわめてのんびりしたもので、人々はすっかり安心しきっており、したがって他の町の人たちのように何かときぜわしく用意をするということもなく、おれたちは安全なんだ、無事息災まちがいなし、などと威張りくさっていたことについては前にいったとおりである。そのためか市内《シティ》はもちろん、病気が蔓延していた郊外からも、おびただしい人々が、これこそ安全地帯だとばかりに、ウォピング、ラトクリフ、ライム・ハウス、ポプラー等々の地をさして逃げこんできた。こういうことにならなかったなら、あれほどまたたく間に疫病がこの地域を席巻《せっけん》することもなかったろうと思われる次第であった。私は元来、こういう疫病流行の気配が少しでも見えた場合には、少しの躊躇もなく市民が疎開し、こういった町全体を空にしてしまうことを主張し、多少なりとも田舎に疎開先のあるものはすべての人が、手遅れにならないうちにそこへ逃げこむことを主張する者であるが、ただしそれには条件があるのだ。それは、脱出組が全部逃げ出してしまった後で、後に残って否応なしに苦難に耐えてゆかなければならない人々は、あくまで現在いる場所を死守し、市の一端、市の一隅から他の一隅、一隅へとふらふらと逃げていってはいけないということだ。それはじつに全市を滅ぼすもとなのである。そういった連中は、自分の衣服に疫病をくっつけて、家から家へと一軒一軒、疫病を配って歩いているようなものなのだ。

それと同じような理由から、われわれはすべての犬と猫を殺すようにという当局の命令を受けたのだった。しかし、その理由はもっとほかにあった。そもそもこういった家畜類は、家から家へ、町から町へとほっつき歩く性質のものだから、自然その毛、とくに和毛《にこげ》のなかなどに、感染患者の体から出る悪気《エフルーヴィア》や瘴気《しょうき》をくっつけて歩くことになるというのがその理由であった。したがって、流行の初期に、医者の勧告に従って、市長および関係当局者から、すべての犬および猫をすぐに殺すように、との命令が出たのは、きわめて当然のことであった。そしてこの命令の施行のために、特別に係官が任命されたほどであった。

当局の数字が信頼できるとすれば、当時殺されたそれらの家畜類の数字たるや、じつに信ずべからざるほどの多数にのぼった。たしか犬だけでも四〇、〇〇〇匹、猫はその五倍の二〇〇、〇〇〇匹が殺されたということだった。たいがいの家が猫を飼っていたし、なかには一軒で数匹の猫、時には五、六匹も飼っている家があったからだった。小鼠《マウス》や大鼠《ラット》の類に対する撲滅策もたてられ、そのためにあらゆる努力がなされた。とくに大鼠の撲滅には殺鼠剤その他の毒物が用いられた。退治された鼠の数もじつに莫大なものであった。

今次の災難が急激にやってきた時、いわば全市民がその虚をつかれたかたちで、まったく不用意のままそれを迎えなければならなかった経緯《いきさつ》について私は今まで何度も考えてきた。次々に市民のあいだに生じた混乱も、時宜を得た公私それぞれの対策とその処置が講じられなかったことによることも、すでに考えてきたとおりだ。神の摂理もさることながら、適当な手段さえ講じられていたなら、あれほど多数の人々が災禍の犠牲にならなくともすんだであろうにと思われるのである。もし後世の人々がその気になれば、われわれの災禍から充分な訓誡と教訓を得ることも、あるいはできようと思う。しかし、このことは、また後で述べるつもりである。

それよりもまず、例の三人の男たちのことを話したい。どの部分をとってみても、この話にはいたるところに教訓《モラル》があり、もし今後同じような事態が再び生ずるようなことがあれば、この三人のとった行動、および彼らと行をともにしたある一団の連中の行動は、男といわず女といわず、あらゆる貧乏人にとってはまさに絶好の手本となろう。このことをここに記すに際して、私の話が事実に正確にもとづくものか否かはともかく、念ずるはただそのことだけである。

三人のうち二人は兄弟で、一人は古い兵隊上がりで、今はパン屋をやっているという男、他の一人はびっこの船乗りで、今は帆作りであった。第三番目の男は指物師だった。そこで、このパン屋のジョンが、ある日帆作りの弟トマスに向かっていうことには、「おい、トム、おれたち、いったいどうなるんだろうなあ。市《シティ》では疫病《ペスト》がひどくはやりやがるし、そろそろこっちのほうも危なくなってきたんだ。ええおい、おれたちどうしたもんだろうなあ」

「どうもこうも、さっぱりめどがたたないよ。疫病がウォピングまで広がってきた日にゃ、おれが宿を追ん出されるのは、はっきりわかってるしさ」とトマスがいった。そこで、二人はさっそくその対策を相談した。

ジョン「宿を追い出されるってのか、トム。そうなってみろ、もうだれもおまえなんか泊めてくれないぜ。みんなびくびくしてな、人を見たら逃げようという世の中だ。そうなったら宿はないもんだと覚悟するんだな」

トマス「そうかなあ。おれの泊まっている宿の人はいい人でね、まったく、よくしてくれるんだけどなあ。だけどね、おれが毎日仕事に出かけるもんで、そいつが危ないっていいやがんのさ。家に鍵かけてさ、もうだれも家の中に入れないことにする、なんていってるんだ」
ジョン「ふふふ。無理もねえな。町に残ろうってのなら、そうこなくちゃほんとうじゃねえ」
トマス「そういわれたんじゃしようがないな。おれだって、できることなら家の中に引っ込んでいたいと思っているんだ。なにせ、今親方が手がけてて、おれがもう少しで片づけることになっている一組の帆の仕事がすんだら、もう当分は仕事にはおさらばなんだ。こういう時勢じゃ商売は上がったりだからね。どっち向いたって、仕事にあぶれた職人や雇人ばっかりじゃないか。おれだって鍵かけて家の中にじっと閉じこもっていたいよ。ただね、ほかのやつにもそうかもしれんが、このおれを家の人がそうさせてくれるかどうかすこぶる怪しいときているんで嫌になるってわけさ」
ジョン「なあるほど。で、トム、おまえそんならどうしようてんだい。いや、このおれはどうしたもんかな。おれだって、じつはおまえと同様、手も足も出なくて弱ってるんだ。おれの宿の人たちもみんな田舎《いなか》に逃げてしまって、残っているのは女中一人ってわけさ。そいつも来週早々田舎へ行くというんだ。そうなると家は釘づけだ。おれはおまえより一足先にこの娑婆《しゃば》にほうり出されるってわけなんだ。行きどころさえありゃ、おれだってどこかへ行きたいんだがなあ」
トマス「だいたい初めに逃げ出さなかったってのが間違いのもとなんだ。初めのころなら、どこだって行けたんだからね。もう今日びはいけねえ。身動きひとつできるどころじゃない。へたに町から出てゆこうもんなら、野垂れ死にはもうぜったい間違いっこはないってことよ。第一、食う物をくれないんだからね。金を出したってだめなんだ。町にだって入れてくれないんだから、家の中なんざ絶対にはいれっこないんだ」
ジョン「それにもっと困ったことにゃ、財布がすっからかんてことだ。これじゃ、泊まることも食うこともできるこっちゃねえ」
トマス「いや、そいつは心配無用なんだよ。そう多くはねえが、少々ならおれが持ってる。肝心なことは、のこのこ街道を歩くわけにはいかんてことだ。おれたちの町の正直な男の話なんだが、これがなんでも二人連れで逃げ出そうとしたもんだ。ところがね、バーネットからウェットストンあたりで土地の連中にとっつかまって、ちょっとでもこっちへ来てみろ、銃殺してやるから、ってな目にあったというんだ。すっかり青くなっちまって、その二人、すごすごと帰ってきたもんだ」
ジョン「おれなら、鉄砲なんか平気なんだがな。せっかく金を払おうってのに食物をくれんてのなら、おれならさっさとかっさらってゆくな。ちゃんと金を出したんだからな。四の五のいう手はないやね」

トマス「兄さん、そいつはいけねえ。昔の兵隊気質《かたぎ》はやめなきゃだめだ。ここはネーデルランドたあ違うんだ。もっと真面目な話なんだ。こういう時勢だ、病気にかかっていないと納得のゆかないうちは、猫の子一匹近寄せねえってのは、まあ無理もねえ話だとおれは思うんだ。それを何も掠奪するって手はないと思うな」

ジョン「それは違う、トム。おれはそんなつもりでいったんじゃねえ。何も人のものをふんだくろうなんて言っているんじゃないんだ。ただね、おれが天下の公道を通って行こうってのに、街道筋の町のもんが、通ることはまかりならねえだの、金を出して買おうてのに食物は売らねえだの、というその了見がおれにはわからねえといってるんだ。それじゃ、まるでそういう町が、おれを干乾しにする当然の権利でも持っているようなもんじゃないか。そんなばかな話ってあるもんか」

トマス「そりゃそうだ。しかし、何も兄さん、もと来た道を引き返すのまでいけないっていってるわけじゃない。だから、何も干乾しにしようというわけでもないさ」

ジョン「それじゃ何か、そのもと来た道のところの町がまた同じ流儀で、通ることはならん、といったらどうなる。それこそおれらは行くにも行けず、退《ひ》くにも退けず、真ん中で立往生てことになるじゃないか。べらぼうめ、天下の公道だ、どこへ行こうたっておれたちの勝手というもんだ。それをいけねえなんて、そんな法律なんてあってたまるか」

トマス「そんなことをいったってだめだよ。いちいち行く先々の町で談判していた日にゃ、それこそ大変だ。今はふだんとは違うんだ。おれたちのような貧乏人がそんなこと論じたってだめなんだ。どだい無理ってもんだよ」

ジョン「おい、そりゃまたどういう了見なんだい。今のこのおれたちほどみじめな人間はほかにはないと思うんだ。出てゆくこともできなければ、ここにじっと残っていることもできやしない。サマリヤの皮膚病患者の気持って、こんなもんじゃなかったのかな。『我《われ》儕《ら》なんぞ此《ここ》に坐して死《しぬ》るを待《まつ》べけんや』（旧約聖書「列王紀略下」七章三節）ってのはまったくいい言葉じゃねえか。他人はいざ知らず、おれたちのような、自分の家も持たなければ、他人の家に厄介になることもできない人間は、くたばるよりほかに道はないってわけだ。こういう時期だと、道端で寝るわけにもいかん。そんなことするより、いっそのこと死体運搬車に飛び込んだほうがよっぽどましというもんだ。だからさ、サマリヤの皮膚病患者の言い分じゃないが、ここで坐してりゃ死ぬにきまってるんだ。だが、逃げたら、ひょっとして助かるかもしれないんだ。おれは、逃げるよ」

トマス「へえ、兄さんは、逃げ出そうというのか。だがいったいどこへ行こうというのかね。それに、兄さんに何ができるっていうのかね。行き先さえわかれば、おれだって喜んで兄さんといっしょに行きたいんだけれどもね、あいにく、おれたちにゃ親戚も知合いも一軒もないしさね。おれたち、ここで生まれたんだ、ここで死んだって文句はないよ」

ジョン「トム、そいつはいけねえ。この町がおれの生まれ故郷なら、このイギリスって国そのものだっておれの生まれ故郷だ。おまえみたいに、疫病《ペスト》に見舞われたって生まれ故郷だから逃げ出しちゃいけねえって筆法だと、火事になったって、自分の家から逃げ出せねえってわけだね。おれはイギリスに生まれたんだ。イギリスの中ならどこに住もうとおれの権利というもんだ」
トマス「だって浮浪人はどれもこれも逮捕されて定住地に連れ戻されるってのは、兄さんだって知ってるじゃないか。それがイギリスの法律なんだぜ」
ジョン「どうしておれが浮浪人なんだ。おれはただ旅をしたいっていってるだけなんだ。当然な権利じゃないか」
トマス「旅でも放浪でもどっちでもいいが、どんな正当な口実を言いたてたもんかなあ。あいつらは言葉なんぞじゃ、なかなかごまかされんからねえ」
ジョン「命が惜しいから逃げようってのだ。こんな立派な口実ってほかにあるもんか。疫病がはやってるのを、あいつらは知らんのかね。おれたちはこれっぱかりも嘘をいってるんじゃないんだからな」
トマス「ところで、もし通してくれるとすると、いったいおれたち、どこへ行ったもんだろうね」
ジョン「命の助かるところなら、どこだっていいさ。そんなことくらい、町から逃げ出したあとでも、ゆっくり考えられるさ。とにかくこの恐ろしい町から出さえしたら、それから先はもうどこへ行こうたっておれはかまわないんだ」
トマス「しかし、ひどい目にあいそうだなあ。おれはなんだか心配だよ」
ジョン「まあまあそういわずに、も少し考えてみようじゃないか。な、トム」

　これがだいたい七月の初旬のことであった。すでに悪疫はロンドンの西部、北部まで押し寄せてきていたが、前にもいったように、ウォピング、レッドリフ、ラトクリフ、ライム・ハウス、ポプラー、つまり、デットフォドやグリニッジ一帯、さらにハーミティッジおよびその対岸から下はブラックウォールにいたる、テムズ河の両岸はまだ完全に病災を免れていた。ステプニー教区では、どこを探しても疫病《ペスト》のために死んだ者は一人もいなかった。ホワイト・チャペル街の南側でもそうだし、またその方面のどの教区においても、まだ一人の死亡者も出てはいなかったのだ。しかも、じつにその週における死亡者数はロンドン全体で一、〇〇六名に達したことを、死亡週報は報じていた。
　二週間のちに、再びこの兄弟は落ち合ったが、もうそのころになると、形勢はかなり変化していた。疫病はひどく蔓延してきていたし、死者の数は莫大なものに達していた。つまり週報所載の死者数は二、七八五名という多数にのぼり、しかもなお刻々に激増してゆく一方であった。ただ、テムズ河の両岸だけは、あとで述べるように、まだそれほどでもなかった。しかし、それでもレッドリフでは死亡者が出はじめていたし、ラトクリフ街道でも五、六人の死者が出ていた。帆作りのトムはついに思いきって、兄のジョンのところへ心配そうな顔をしながらやって来た。というのは、もうはっきりと下宿から追い立てをくらっていたからで、用意をするにせよ何するにせよあと一週間しか余裕はなかった。ジョンも、これまた大いに窮していた。というのは、こっちのほうはもうすでに下宿を追い出されていた始末で、今ではただ親方のパン屋にひたすら頼みこんで、工場の一部である納屋《なや》に寝起きさせてもらっているというふうであった。その納屋の中で、ただごろんと、いわゆるビスケット袋《サック》、一名パン袋《サック》を簡単に敷いた藁の上に横になり、上からも同じような袋を引っかぶって寝ていた。

いよいよ仕事がなくなるということは目に見えていた。仕事がなければ、賃金もびた一文はいってくるはずもなかった。こうなると、なんとかして、この恐るべき悪疫の魔手の届かないところに逃げる工夫をしなければならなくなった。幸い、二人ともやりくりが上手だった。できるだけ長く、手持ちの金でなんとか食いのばすこともできようというものであった。そしていよいよとなれば、どこででもまた何なりとも、仕事にありつきしだい働いて、金をかせげばいいというわけであった。

さて、こういう案を、それではどんなふうに実行したらいちばんうまくゆくか、と二人がいろいろ相談している時に、第三の男で、帆作りのトムと特別に昵懇《じっこん》の間柄である者が、この計画を聞きつけてやって来た。そして、結局その仲間入りをすることになった。こういうふうにして、三人はいよいよ出かける準備にとりかかった。

ところが三人が三人とも同額の資金を持ち合わせているわけではなかった。いちばんたくさん持っていたのは帆作りだった。しかし、彼はびっこであったし、それに、田舎で働いて金もうけができる見込みも彼にはうすかった。そこで、みんなのあり金を全部出しあって共同の資金にするということに彼も賛成であった。ただ、将来だれかが他の者よりもうんと金もうけした場合でも、その金は文句をいわずにその共同資金に全部そっくりそのまま繰り入れること、という条件を出した。

荷物はできるだけ少なくすることにした。最初は歩いてゆくつもりであったからである。それも、もうこれなら大丈夫だという、できるだけ遠いところまで行くつもりだったからだ。さてどちらの方角へ行くか、となると、ずいぶん何度も相談をしたにもかかわらず、なかなか相談はまとまらなかった。いよいよ出発というその朝になってもまだ決定できなかった。

そこでしまいには、水夫が（トムは以前船に乗っていた）次のような提案をして、その問題は一応けりがついた。彼の言い分はこうだった。まず第一は、とにかく今は非常に暑い時節だから、おれは北に向かって進むことを主張したい。顔や胸に真っ向から太陽の光線をうけなくてすむからである。まともに太陽をうけたら暑くてやりきれたものではない。それに、病毒が空気中にうようよしているようなこういう時にのぼせると、体によくないという話も聞いたことがある。第二は、自分たちが出発する際におそらく吹くと思われる風の方角とは反対の方角に道をとりたいと思う。市《シティ》の空気を道すがら背後から吹きつけられたらかなわないからである。こういった彼の用心深い二つの提案は他の者によって受け入れられた。あとはただ、いよいよ北に向けて出発する際に、南から風が吹かなければ、万事好都合というものであった。

兵隊上がりのパン屋のジョンの意見はこうであった。第一に、街道で宿に泊まる見込みは自分たちにはない。かといって野宿するのも少々つらい。気候は暑いことは暑いが、じめじめと湿っぽいことも事実だ。こういう時こそ健康にいやが上にも注意する必要がある。そこで、と彼は、帆作りである、弟のトムに向かっていうのだった。一つ小さなテントをざっとでいいから作ってはもらえないか。それを張るくらいのことならおれが毎晩だってやる。たたむのもやる。テントさえあれば、イギリスじゅうの宿屋なんか糞くらえだ。テントの中で眠るのならこんなありがたいことはない。

すると指物師がこれに反対して他の二人に向かっていった。そのことは自分にまかせてもらいたい。道具もたいしてあるわけではなく、斧と槌《つち》くらいなものだが、これさえあれば毎晩だって家はこしらえられる。立派にみんなの満足のゆくような、テントにも負けないくらいの家をつくるのなんかわけはない。

兵隊上がりのジョンと指物師はしばらくそのことで議論していたが、結局、ジョンのテント説のほうが勝を制した。ただその難点は、それをかついでゆくのが大変で、この暑さに荷物がひどくふえるのはかなわないということであった。ところが帆作りのトムが思いがけない幸運にめぐまれ、この問題もあっさりかたがついた。その経緯はこうであった。トムが奉公していた親方というのが、製帆業を営むかたわら製縄所を営んでおり、一頭の馬を持っていた。しかしその馬ももう不要というわけで、この三人の正直者の役に立つならば幸いとばかり、荷物の運搬用に提供してくれたというわけである。また、トムが三日ばかりちょっとした仕事をしてくれたお礼にと、親方は古ぼけた上檣帆《トガンマスト・セイル》を一枚くれた。これはすりきれてはいたが、けっこう立派なテントにはなった。兵隊上がりのジョンがその形をいろいろ指図をしたので、みんなはその指図どおりにテントを作り上げ、支柱などもそれに応じて用意した。これで旅行の準備は整った。つまり、同行三名、テント一張り、馬一頭、鉄砲一挺。鉄砲というのはジョンがどうしても武装してゆくといってきかなかったからで、彼にいわせると、おれはもうパン屋じゃねえ、れっきとした兵隊だ、というえらい見幕だった。

　行く先々もし仕事があれば何かの役に立とう、というので指物師は道具を入れた小さな袋を一つたずさえていくことにした。自分はもちろん他の連中の生計のたしになる仕事もあろうかというのであった。持っている金は全部一つの共同資金にして、さていよいよ出発となった。その朝は、船乗り上がりのトムがポケット用のコンパスで調べてみたところによると、風は北西微西の風が吹いていた。そこで一同は進路を北西にとった。いやとろうとした。

ところが、その行く手に当たって一つの障害がまず起こった。彼らはハーミティッジ近くのウォピングのこちら側から町を出てゆこうとしていたが、そのあたり、つまり市《シティ》の北側はショアディッチやクリプルゲイト等の各教区にも劣らないほど疫病《ペスト》が勢力をふるっていたので、そのあたりに近づかないほうが安全だろうと彼らは考えた。そこで、ラトクリフ街道を東へ進み、ラトクリフ・クロスのところまで行ったが、左手のステプニー教会はずっとさけて通った。ラトクリフ・クロスからマイル・エンドまで行くことはさすがに心配で、できなかった。もしそこまで行くとしたら、いや応なしにステプニー教会の墓地のすぐ際《きわ》を通らなければならなかったし、ちょうど風がほぼ西から吹いており、そこを通れば病気がいちばん悪化しているあたりから吹く風をじかに受けることになるからであった。そんなわけで、ステプニーをさけて大きく回り道をし、ポプラー、ブロムリーを経てボウのところで大きな街道に出ることができた。

しかしボウ橋の上には見張人がいて、これにぶっつかれば訊問されることは明らかであった。一同は、ボウの町はずれの手前のところで、オウルド・フォドへ通ずる狭い道路にそれて行き、どうやら検問を免れることができた。そしてそのオウルド・フォドまで歩いていった。いたるところで警吏が見張りに立っていた。が、それは、通行人が通るのをとめるためというのではなくて、むしろ通行人が町の中にとどまるのをとめるためらしかった。しかも、それは当時急に広がっていた、それも全然根拠がないともいいきってしまえない、ある噂のためであった。つまり、ロンドンの貧乏人たちが仕事にあぶれ、そのために食うパンにことかき、ほとんど餓死寸前の悲惨な状況においこまれ、武装蜂起をした、そして、食糧掠奪のためにロンドン周辺の町々に流れこもうとしている、という噂であった。これは申すまでもなく一片の風聞にすぎなかった。またそれだけにとどまったことも、たしかに幸いなことであった。しかし、ほんとうは、当時一般に考えられていたほど、全然根も葉もない単なる噂の程度にとどまるものでもなかったのである。というのは、二、三週間もたつと、襲いかかる災禍にまったく自暴自棄になった貧乏な連中が周辺の郊外や町々に流れ出し、いたるところで手当たりしだい、何もかも破壊しようとする勢いを示し、それを食い止めるのが非常にむずかしいという形勢にまで発展したからである。前にもいったように、そういう最悪の事態にいたらなかったのはなぜかといえば、要するに疫病が猛烈に猖獗をきわめて貧乏人たちをいわば一網打尽に殺してしまったからであった。つまり、彼らは何千、何万と群れをなし、暴民化して、近郊を襲うかわりに、墓穴の中へ、墓穴の中へと転落していったというわけなのだ。暴動の気配が見えた地域といえば、セント・セパルカー、クラークンウェル、クリプルゲイト、ビショップスゲイト、それにショアディッチの各教区あたりであったが、そこでは、病魔が荒れ狂い、わずかこれだけの教区で八月の初めの三週間に、じつに五、三六一名も死者を出していたのである。疫病の猛威がまだ最悪の事態に達していない時期においてさえ、こういうありさまであった。これと同じ時期に、たとえばウォピング、ラトクリフ、ロザハイズ付近一帯の状態はどうかといえば、前にもいったように、まだほとんど無傷というか、たとえ被害があってもまことにわずかなものであった。そんなわけで、市民が自暴自棄になって暴動を起こしたり、貧乏人が金持を掠奪したりするのを防ぐために、ロンドン市長や治安当局者のとった対策がうまく効を奏したことも認めなければならないが、しかし、それよりも死体運搬車の果たした貢献のほうがもっと大きかったことも認めなければならない。今もいったとおり、わずか五つの教区で二十日間のあいだに五、〇〇〇人以上の人間が死んでいるのである。この期間において病気にかかった者の数はおそらく死亡者数の三倍はあったとみてよかろう。ある者は回復したかもしれないが、大多数の者はこの間に発病し、あとになって死亡したと思われるからである。それに、死亡週報が五、〇〇〇人といった場合、私は実際の死亡者は約その二倍近くはあったと信じていた。当局の報ずる数字が正しいと信ずるいわれは毛頭なかったからである。また、私も実際に見て知っているが、当局のおちいっていた混乱ぶりからいって、正確な数字が出せるような状態だったとは信じられなかったからである。

しかし、とにかく例の三人の旅行者の話にもどろう。オウルド・フォドまで来ると、一応彼らは調べられた。しかし、ロンドンの市《シティ》からでなくて、どこか田舎から来たように思われたらしく、町の人の扱い方は寛大であった。彼らにいろいろ話しかけ、町の警吏やその部下がいた酒場のところまで案内して、酒を出したり食物を出したりしてくれた。思いがけないご馳走になって、一同は元気づき、すっかりいい気持になった。これに味をしめて、こんごまた訊問をうけたら、自分たちはロンドンからではなく、エセックス州から来た、といおうと思いついた。

大したことではないが、とにかく嘘をついたついでに、というわけで、自分たちがエセックス州からこの村を通過してゆく者で、けっしてロンドンから来た者ではない、という証明書をその警吏から、好意につけこんでうまくせしめてしまった。このあたりで一般に通用しているロンドンという通念からすれば嘘であったが、字義どおりに解釈すれば真実だった。ウォピングやラトクリフは当時ロンドンという市《シティ》の一部でも自由区域《リバティーズ》の一部でもなかったからである。

この証明書は、ハクニー教区内の村であるハマートン駐在の警吏にあてたものであったが、効果てきめん、その証明書のおかげで、その村を自由に通行できる許可はもちろん、そこの治安判事から立派な健康証明書さえもらうことができた。治安判事は警吏の申し出で、わけなくその証明書を出してくれた。こうやって、彼らはハクニーの村の中を悠々と通ってゆくことができた次第である（この村はいくつかの分散した部落からできていて、いわば区画の多い細長い村であった）。そして、スタンフォド丘陵の上で、大きな北方街道《ノース・ロード》のところに出た。

この辺まで来ると、さすがの彼らも疲れがでてきた。そこで、今いった大きな街道に出るちょっと前のところにある、ハクニーのはずれの裏街道のあたりでテントを張って、第一夜の宿営をしようということになった。さっそくテントを張ったわけだが、その時の模様はだいたいこんなふうであった。彼らはその場所で納屋、といって悪ければ納屋らしいもの、を見つけ、だれもその中にいないことを用心深く確かめたのち、テントを張った。つまり、張ったといっても、そのテントのてっぺんが納屋にさしかかるように工夫したのである。こうしたわけは、その夜ものすごく強い風が吹いていたせいもあるが、テントの扱い方ももちろんのこと、こういう宿営そのものにまだ不慣れであったからでもあった。

一同この中で眠りについたが、ひどく真面目で用心深い指物師だけは眠ることはできなかった。第一夜のことではあり、こんなふうに暢気《のんき》に身を横たえる気にはなれなかった。眠ろうとしても眠れなかったので、結局、起き上がって銃をとり、他の連中のために歩《ほ》哨《しょう》に立つことにした。彼は銃を持ったまま納屋の前を行ったり来たりした。納屋は、道に接した畑の中に立っていたが、まわりは生垣になっていた。歩哨に立っていくらもたたないころ、大勢らしい人声が近づいてくるのに気づいた。真っ直ぐ納屋をめざして近づいてくるらしかった。しかし仲間をすぐに起こそうとしないで、ちょっとのあいだ、ようすをじっとうかがっていた。物音はしだいに大きくなった。パン屋がテントの中から声をかけて、いったい何事が起こったのかと歩哨に尋ねた。と同時に、自分でも飛び出してきた。もう一人の男、つまり帆作りはびっこでもあり、人一倍疲れてもいたので、まだテントの中にいた。

彼らが予想していたとおり、さっきからしきりに足音を立てて近づいてきた一団の者はまっすぐ納屋のところまで来た。そこで、この三人の仲間の一人は、歩哨そっくりに、「だれかっ」と誰何《すいか》した。しかし、相手の一団はすぐに答えようとはしなかった。ただ、その中の一人が、すぐ後ろの者に、「ああ、やっぱり駄目だ。おれたちより先にもうだれか来てるんだ。納屋はもう占領されてるんだ」といっているのが聞こえた。

その言葉を聞くと、その一団の者はぎくっとして立ち止まった。みんなで一三人くらいいた。女も幾人かまじっていた。その連中は、これからどうしよう、と相談を始めた。その話を三人組は立ち聞きしていたが、この一団の者がやはり自分たちと同じような避難民で、避難先と安全とを探し求めている者であることを知った。そればかりでなく、その連中が近くまでやって来てもまったく無害で、少しも心配する必要がないこともわかっていた。さっき「だれかっ」と誰何したとたんに、一団の中の女たちが、ひどく恐れたようすで、「近寄っちゃいけない。この人たち、病気持ってるかもわからないんだから」と仲間にいったのを三人組は聞いていたからである。一行中のある男がこういった。「とにかく話すだけ話してみようじゃないか」すると女たちは、「駄目だったら。そんなことをしちゃいけないよ。神さまのお情けでせっかくここまで逃げてきたんじゃないかね。今になって危ない目にあたしたちをあわせるなんて、殺生《せっしょう》だよ」といった。

三人組には、この一団の人々が善良で真面目な人たちであることがわかった。自分たちと同じように生命の安全を求めて逃げている途中であることもわかった。こういうことがわかってみると元気が出たらしく、ジョンは仲間の指物師に向かっていった。「ひとつ、元気でもつけてやろうじゃないか」そこで指物師は一行の者たちにいった。「もし、もし、あんた方は立派なお人たちらしいが、話のようすじゃ、あっしたちと同様、病気が恐ろしくて逃げていなさるようだ。あっしたちなら心配ご無用と願いたいもんだ。同行三人のしがない男たちなんで。あんた方、病気にまだかかっていないらしいが、あっしたちからうつされる心配ならいりませんぜ。それに何も納屋の中にいるわけじゃなし、外の小さなテントの中にいるんでさあね。さっそく引き払ってあげますよ、どこだってテントを張り直すくらいわけはないこった」それから、指物師（名前をリチャードといった）と、一団中の一人（その男は自分の名はフォードだといった）のあいだに、次のようなやりとりが行なわれた。

フォード「おまえさんたちが丈夫な体だってこと、まさか嘘じゃないだろうね」

リチャード「あんた方が心配しちゃいけねえ、こいつは危ないと取越し苦労しちゃいけねえ、と思ったもんで、そういっているんだがね。あんた方を危ない目にあわせたくないってのがあっしたちの気持なんで、それはわかっていただきたいもんだね。ま、そんなわけで、まだこの納屋は使っていたわけじゃないんで、引っ越そうといってるんですよ。そうすりゃ、あんた方だって安全だし、おれたちだって安全だし」
フォード「ありがたい話だ。だが、おまえさんたちが丈夫だし、病気にかかってないってことがちゃんとわかっているのに、それを無理に立ち退《の》かせるわけにはいかんと思うんだが。せっかく宿営してなさるし、お見かけしたところ休んでもおられたようすじゃ。よろしかったら、わしたちは納屋に入れてもらってしばらく休ませていただくが、おまえさんたちもそのまま休んだらいいじゃないかね」
リチャード「だが、あんた方はおれたちと違って人数が多いや。そこで、あんた方のほうからも病気にかかっていないってことをはっきりさせてもらえんもんかね。おれたちがあんた方に危ないってのと同様、あんた方だっておれたちにはすごく危ないかもわからんからね」
フォード「神さまのご慈悲というもんだが、たとい少しでも病気を免れた者がいるってことはありがたいもんだ。これから先のことはわからんが、今まではとにかくわしらは安全だったよ」
リチャード「ロンドンのどこから来なすったかね。おまえさんたちが住んでいたあたりは、悪疫は押し寄せてきていたかね」

フォード「押し寄せてきていたのなんの、お話にもならんありさまだったね。そうでなけりゃ、わしたちだってべつに逃げ出さなくてもよかったんだ。あとに残ってる者で生きてる者はそうたくさんとはおらんのじゃないかな」

リチャード「どのあたりから来なすったのかね」

フォード「クリプルゲイト教区から来たもんが多いが、クラークンウェル教区の者も二、三人おりますわい。じゃが、それもこちら側でな」

リチャード「おまえさんたちはどうして今までぐずぐずしていなすったのかね」

フォード「家を出たのはかなり前だったんだが、じつはイズリントンのこちら側でしばらくいっしょにかたまって生活していましたんじゃ。許可を得ましてな、空屋に寝泊まりしていましたのさ。寝具だとかその他のいろんな道具類は持参したのを使いましてな。ところがとうとう疫病《ペスト》がイズリントンまできましてね、わしたちが泊まっていた家の隣がやられてその家が釘づけになっちまったんでね。びっくりしてわしら逃げてきましたわい」

リチャード「で、どっちへ行きなさるかね」

フォード「どっちへ行ったらよいのか、まあ運しだいというもんだね。ただ、神さまにおすがりしていりゃお導きくださると思っとりますがね」

二人の話合いはその時はそれくらいですんだ。一行は納屋のところへ集まってきて、とにかくどうやら中へ納まった。納屋の中には乾草があるばかりであったが、それがたくさんあったので、みなはそれを何とか利用して休むことができた。三人組がいざ休もうとした時、一行中のある女の父親とおぼしき老人が一同を集めて、就寝前の祈りを捧げているのを見た。御摂理の祝福と導きにすべてをゆだねまつる、と老人は祈っていた。

　季節のせいでまもなく夜明けであった。指物師のリチャードが夜の前半の歩哨に立ったので、その後半は軍人のジョンが交替して、夜明けころの歩哨に立った。彼らは例の連中とも親しくなった。話のようすでは、この人々は、イズリントンを出る時は、北上してハイゲイトに行くつもりであったが、ホロウェイで検問に引っかかって、どうしても通行を許されなかったそうである。そこでやむなく野や丘を越えて東に向かいボーデッド河に出、町を避けて左手にホーンジー、右手にニューイントンを望みながら北上してスタンフォド丘のあたりで北方街道《ノース・ロード》に出たというのであった。してみると、三人組とは離れてはいたが並行して北上してきたわけである。彼らはこれからは河を越え沼沢地を越えて、エピング森へ向かう予定であった。そこへ行けば、落ち着く許可が得られそうだという予想をたてていた。彼らは貧乏人らしいようすはなかった。少なくとも食うに困るほど貧乏していそうにはみえなかった。節約すれば少なくとも二、三ヵ月は生活できる資産をもっているらしかった。二、三ヵ月もたてば寒い季節がやってきて悪疫の流行も終わるだろう、少なくともその猛威だけは自然におさまるだろう、と期待している、といった。感染しようにも感染する人間がそのころにはもう生きていないだろうから、というわけだった。

こういったことは、三人組についてもほとんどそのままいえることだった。ただ三人組の場合、旅をする用意がはるかによくできていたということと、もっと遠方まで行く計画を立てていた、という点で彼らと違っていた。この一団の連中は、ロンドンから一日の行程の場所よりもさらに遠いところへ行くつもりはなかった。二、三日おきにロンドンの情勢を知りたいと願っていたからである。

ところで、三人組はここで思いがけない困った事態にぶつかった。というのは、つまり、彼らが引っぱっていた例の馬をどうするかということだった。荷物の運搬用に馬を引っぱっているわけだが、どうしてもそのため、彼らは街道筋を通らなければならなかった。ところが、もう一方の人々は野原だろうが街道だろうが、道があろうがなかろうが、好きなところを思いのまま歩いてゆくことができた。町の中を通ったり、町の近くへ来たりする必要もなかった。ただ、生きてゆくのに入り用なものを買うためには仕方がなかった。事実、その点では非常に困ったことがあった。それについては適当な折に述べたい。

しかるに三人組は街道から逸《そ》れるわけにはいかなかった。そんなことをしたら、囲われた畑を越えて行こうとして垣根や門などを踏みたおしてゆかねばならず、そうすることは一種の掠奪行為ともいえるし、多大の損害を田舎に加えることになると思われた。彼らはできるだけ、そういったことは避けたいと願った。

しかしながら、この三人はどうしてももう一方の一団と行をともにしたい、運命をともにしたいという気になった。しばらく話し合った結果、三人組は北方をめざすかねての計画をやめて、一団の人々といっしょにエセックス州に行く決心をした。そこで、翌朝にはテントをたたんで荷物を馬に積み、全部一塊《ひとかたまり》となってそこを出発した。

河岸に出たが、そこの渡し守が一行を恐れて渡してくれようとしないので、ちょっとした難関にぶつかった。少し離れたまま交渉した結果、渡し守はついに船をまわすことをしぶしぶ承諾した。しかし、いつもの渡し場から少し離れた岸に船をつけておくから、あとは自分たちで勝手に乗って河を渡ってくれ、そして、渡ったら船はそこにそのまま置いておいてもらいたい、もう一艘船を持っているので、それに乗って取りに行く、というのであった。しかし、渡し守が実際にその船を取りに行ったのは一週間以上もたったあとであったそうである。

ここで一同は食糧や飲料水の補給をすることができた。渡し守に先に金を渡しておいて、いろいろ品物を買ってもらい、それを船の中に置いておいてもらったというわけである。前金というところがみそであったかもしれない。ところで、三人組は馬を渡すのに大変な苦労をした。船がなにしろ小さくて乗せられないのである。仕方なしに荷物を下して河の中を泳がせることにした。

河を渡ってから、彼ら一同はエピングの森に向かって進んでいったが、ウォールタムストウまで来ると、またもや町の人々に通行禁止をくった。町の警吏や監視人たちは遠く離れたままで、一同と談判を始めた。例のごとく、一同は自分たちのことを説明したが、前と同じ説明にもかかわらずこんどは効き目がなかった。前にも同じような連中が二、三度この道を通り、同じような口実をいっていったが、結局通りすぎた町の人に何人か病気を感染させたというのである。あとで田舎の人たちにその連中はひどい目にあわされたが、それも罪の報いで当然なことであった。ブレント・ウッドあたりの野原に、その一行の中の何人かが死んでいた。それが悪疫によるのか、飢餓と苦悩によるものかはわからなかったが、とにかく死んでいたことは事実だ、などとも町の人々はいった。

そういわれればもっとも千万な話で、ウォールタムストウの人々が警戒して、少しでも怪しいと思う連中を一人として通そうとしないのもうなずかれた。しかし、町の人々との交渉に当たった指物師のリチャードと、例の一団中の一人の男とが、先方に向かって次のようなことをいった。そんなことをいっても、道路を塞いで通行の邪魔をするいいわけにはならない。何も要求しているわけではないし、ただ町の通りを通らせてくれといっているだけなのだ。もし自分たちの一行が恐ろしいというのなら、町の人は家の中へはいって戸を閉めておけばよいではないか。自分たちにしても町の人に仲良くしてもらいたいとも、無礼を働いてもらいたいとも思っているわけではないし、ただ平常どおり仕事をしていてもらえばよいのだ。と、およそこんなことをいった。

警吏も監視人も、一向に理屈では納得しようとせず、あくまで頑固にこちらのいうことを聞こうとはしなかった。仕方なしに交渉に当たっていた二人は仲間のところへ帰ってきて、さてこれからどうしたものか、と相談を始めた。まったく前途は暗澹たるものであった。しばらくはどうしたらよいのか、見当もつかなかった。やがて、つまり兵隊上がりで今はパン屋であるジョンが、しばらく何か考えこんでいたが、よし、談判はおれにまかせてくれ、といった。彼はまだ町の人たちに姿を見られてはいなかった。さっそく指物師のリチャードに命じて棒切れを切りとって、それをできるだけ鉄砲の格好に作らせた。たちまち五、六梃のマスケット銃が立派に出来上がった。離れたところから見ると本物そっくりであった。発火装置に当たる部分には、持っていたぼろ布をかぶせさせた。これは雨の時なぞ兵隊がよくやることで、銃の発火装置を錆びさせないためにするやり方であった。他の部分にはそのあたりの陶土や泥を塗らせた。一方では、残りの者を二、三箇所かなり離れ離れにたむろさせて、焚火《たきび》をどんどんたかせた。

みんながそれぞれこんなことをしているあいだに、ジョンは二、三人の者を連れて町のほうへ進んでいって、町の人たちが設けた柵からよく見える路地の一角にテントを張った。そして唯一の本物の銃を持って、彼自身歩哨に立った。彼は町の人にこれをよく見てくれといわんばかりに、銃を肩にかついであちらこちらと歩きまわってみせた。彼はまた、すぐそばの垣根のところの門に馬をつなぎ、テントの後ろ側で枯木を集めて焚火をたいた。

町の人々は焚火と煙は見えたが、いったい彼らが何をやろうとしているのか想像はつかなかった。

町の人たちはひどく不安そうにしばらくのあいだ見ていた。そして、これはてっきり大部隊だと思いこんでしまった。立ち去ってしまえば文句はないが、今のまま駐屯されたら大変なことになると、心配しはじめた。テントのところで馬一頭、銃一挺を見たばかりでなく道の近くの、生垣で囲われた畑の中を多数の者がマスケット銃（と彼らは判断したのである）をになって歩きまわっているのを見たのだ。そして、多数の軍馬や武器をもった大部隊だと考えたのだった。こういう光景を見たら、そう思いこんで周章狼狽するのもきわめて当然なことかもしれなかった。対策を講ずるためにさっそく治安判事のところへ飛んでいったようだった。治安判事が町の人々にどんな策をさずけたかは私のよく知るところではないが、とにかく、夕方近くになってから、前に述べた柵のところからテントの前の歩哨に向かって大声で呼びかけてきた。

ジョン[*]は、「何か用かね」といった。

＊　この時ジョンはテントの内にいたのだったが、呼び声を聞いて外に出てきた。すぐに銃をになって、自分がある将校の指揮に従って歩哨に立っているようなふうを装いながら、町の人と話をした。

「いったい君たちは何をしようというのかね」と町の警吏はきいた。
「何をするかっていったって——おれたちにどうしてほしいのかね」
警吏「君たちはどうして立ち退かんのかね。何のためにそこにとどまっているのかね」
ジョン「ここは天下の公道じゃないか。なぜおれたちの邪魔をするのかね。自分の好きな道を行くのを、なぜ妙な権力をふりまわして、許そうとせんのかね」
警吏「わしたちの理由をいう必要はない。ただいっておきたいのは、疫病《ペスト》のためだってことだ」
ジョン「そんなら、おれたちが丈夫な人間で病気にゃかかっていないってことは、前にいったはずじゃないか。そんなことは、いちいちおまえさんたちに断わる必要もないことだがね。よくも天下の公道をふさいでおれたちの邪魔ができたもんだ」
警吏「わしたちにはその権利があるんだ。自分の身の安全のためにはやむをえんのだ。ついでに言っておくが、この道路は公道じゃない。国家に黙認されている村道だ。ほらそこに門が見えるだろう。わしたちはここを通る人から通行税をとっているんだ」
ジョン「おまえさんたちに身の安全を守る権利があるというんなら、おれたちにだってある。それにごらんのとおり、こっちは命からがら逃げのびようとしているんだ。通らせないなんて、それこそ無慈悲というもんだ。そんなひどい話ってあるもんか」

警吏「もとのところへ帰ったらいいじゃないかね。それならだれも文句はいうまい」
ジョン「冗談じゃない。おまえさんたちよりも病魔《ペスト》のほうがもっと恐ろしいから、こうやって逃げているんだ。でなけりゃ、こんな遠くまで来るもんか」
警吏「それじゃ、どこか他の道を行けばいい」
ジョン「わけのわからん人だな。おれたちがおまえさんたちを追い出し、教区じゅうの人を追い出して町へはいることとくらい、やろうと思えば今すぐでもできるんですぜ。しかし、せっかくおまえさんたちがこうしてとめてくれたんだから、ありがたく思ってここで宿営しよう、ここで生活しようと思ってるんでさ。何か食べ物をくれないかね」
警吏「君たちに食べ物をやる！　冗談もいいかげんにしてくれ」
ジョン「まさかおれたちを飢え死にさせようってなつもりじゃないだろうな。ここで通行止めにするからには養ってもらいたいもんだ」
警吏「食べ物をやるといったってろくなものはやれんが」
ジョン「あまりけちけちするようだと、こっちは勝手にうまいものを手に入れるとするかね」
警吏「おい、おい、まさか武力でこの町を占領しようというんじゃあるまいな」
ジョン「おれたちは暴力を用いようなんていっているわけじゃない。だが、どうしてそうおれたちに暴力をふるわせようとするのかなあ。おれだって古い兵隊なんで、黙って飢え死にするわけにはいかんのだ。食べ物がないんですごすご退却すると思ったら大間違いというもんだ」
警吏「よし、そんなにおどかすなら、われわれだって引っ込むわけにはいかん。州内に非常呼集をかけて君たちをやっつけてやる」
ジョン「ほうら、おどかしているのはそっちじゃないか。そっちにそういう悪い了見があるとわかったからには、こっちが先手をうったからといってもおれたちの責任じゃない。すぐに進撃を開始することにする」*

＊　この言葉を聞いて警吏も、そこにいっしょにいた町の連中もびっくりした。彼らの調子はここで一変してしまった。

警吏「わしらにどうしてくれというのかね」
ジョン「初めに頼んだように、ただ町を通るのを許してさえくれればいいんだ。おれたちは初めから何もおまえさんたちに害を加えるつもりは全然なかったんだし、また実際そんなことがあったら申しわけないと思っていたんだ。おれたちは泥棒じゃない。困りぬいて、あの恐ろしいロンドンの疫病《ペスト》から命からがら逃げているかわいそうな人間なんだ。ロンドンに行ってみるがいいや、毎週毎週、何千人何万人て人間がばたばた死んでるんだ。よくもまあ、おまえさんたち、こうも冷酷にできると驚いてるくらいだ」
警吏「自分の命を大切にするためには仕方がないのだ」
ジョン「へえ。そういうもんかね。こんなに人が苦しんでいる時に知らん顔をするのも仕方がないというのかね」
警吏「君たちの左側の野原を越え、町のあっち側の後方をまわっていくのなら、町の門を開けてもらってやってもいい」
ジョン「荷物を積んで馬に乗っている連中*にはそっちの道は無理なんだ。それにそちらのほうはおれたちが行く街道には出ないときてるんだ。いったい、どうして街道からおれたちをそう無理無体に追っ払おうとするのかね。ついでにお願いしたいんだが、なにしろまる一日こうやって、持っていたものを使い果たして食うや食わずで交通止めをくらっているんだ、少しばかり何か食うものをくれたってよさそうに思うんだがね」

＊　ところで馬は一頭しかいなかったのである。

警吏「ほかの道を行くなら、食物をやってもいいね」
ジョン「ほうら、すぐそれだ。そういうことをいって、この州のどの町もおれたちの行く道をふさいでしまうんだ」

警吏「もしいちいち、食物をやっていたら、君たちはどれくらい乱暴するかわかったもんじゃない。テントを持っているようだから、家に泊まる必要はないようだな」
ジョン「で、どのくらい食物をくれるかね」
警吏「人数は何人かね」
ジョン「おれたちは三部隊に分かれているが、全部にゆきわたるほどくれといっているわけじゃない。二〇名の男と六、七名の女の三日分のパンをくれて、あんたが言っていた野を越えてゆく道を教えてもらえばそれで充分なんだ。町の人たちをこわがらせようなんて魂胆は、全然おれたちにはないんだから、おまえさんたちの願いをいれて道を変えて移動するよ。といって、おれたちがおまえさんたちと同様、病気にかかってないことは繰り返すまでもないがね」
警吏「君以外の人もこれ以上迷惑をかけないという保証はできるだろうな」
ジョン「もちろん。その点は大丈夫でさ」
警吏「食物をおいておくところから、だれも一歩もこっちへ近寄らんようにな、君も責任を負ってもらわなくちゃ困るよ」
ジョン「そいつはおれがはっきり責任をおうよ」*

＊　そこでジョンは仲間の一人を呼んで、リチャード隊長とその一隊に沼沢地に面した低いほ

うの道を通ってただちに出発し、森のところで本隊に合流するように伝えてくれ、といった。これはもちろん嘘であった。リチャード隊長なるものも、その一隊なるものも、全然ありはしなかったからだ。

こういったわけで、定められた場所に、二十個のパン、三、四片の上等の牛肉が届けられ、町の門も開かれた。一行はその門を通りぬけていった。町の人で一行が通ってゆくのを見る勇気をもっている者は一人もなかった。たとえ見ようとしたところで、夕暮れでもあり、実際はどれほど少人数だかということを見届けるわけにはいかなかったろう。

これはすべて軍人上がりのジョンの画策だったのだ。ところが、これが州全体に与えた衝動は大変なものであった。もしもこの一行が実際に二、三百人の大部隊であったとしたら、その鎮圧のために全州に非常呼集がかけられ、その結果一同は牢獄に送られるか、もしかすると頭をたたき割られてあえなき最期をとげたかもしれなかった。

一行はその後まもなくこのことに気がついた。というのはこの二日後、騎兵と歩兵の数個の部隊があたりを巡邏《じゅんら》して、しきりにマスケット銃で武装した三隊からなる暴民の群れを探しまわっているのを見たからである。これらの群れはロンドンから逃げ出してきた連中で、疫病を背負いこんでいるという話であった。行く先々の住民に病気を感染させてまわるばかりでなく、田舎を片っぱしから掠奪しているという話であった。

彼らは、事の結果を見て、自分たちの身の危険を感じた。そこでこんどもまた兵隊上がりのジョンの勧告にもとづいて、前のようにばらばらになることにした。ジョンとその二人の仲間は馬を引いてウォールタムに行くようなふりをした。他の一行は二隊に分かれ、それもさらに三々五々、エピングへ向かうことにした。

最初の夜、両者は森の中に宿営した。互いにあまり離れないように、しかしテントは張らずに一夜を明かした。捜索隊にみつからない用心からであった。リチャードはいろいろな種類の斧を用いて仕事にかかり、木の枝を切って小さなテントみたいな、小屋みたいなものをこしらえた。その中にはいってみると、宿営にはまことに申し分のない、いい気持が味わえた。

ウォールタムストウでもらった食糧が充分だったので、その夜はそれで満腹することができた。翌日のことは、神のご意志にまかせることにした。今まで兵隊上がりのジョンの指図で万事が好都合にはこんできたので、一同は彼を指揮者として仰ぐようになった。指揮者としての彼の最初の振舞いもこれまた立派なものであった。彼は次のようなことを一同に向かっていった。われわれはロンドンからちょうど手ごろな距離にいる。州の救済を今すぐに受けなければならないというわけではないから、今までこちらも田舎《いなか》の人に病気をうつさないようにしてきたように、田舎の人もわれわれに病気をうつさないように、われわれとしても細心の注意を払う必要がある。所持金はわずかしかないのだから、できるだけ節約しなければならない。地方の人に暴力をふるおうなどということを露ほども思ってもらっては困る。むしろ、できるだけ先方の立場を考慮してやるようにつとめなければならない。――彼のこういった指図には、一同異議なく従った。やがて、三つの小屋は壊さないでそのままに残しておき、翌朝エピングに向かって出発した。隊長も（彼のことをみんなは隊長と呼ぶようになっていたのである）、仲間の二人とともに、ウォールタムに行く計画を変更し、エピングに他の一団の者とともに行くことにした。

エピングの近くまで来ると、一行は立ち止まった。そして切り開かれた森の一角に手ごろなところを見つけることができた。そこは、その北方の、街道に近すぎず、かといって遠すぎずといったところで、低い刈込み木の林のすぐ下のほうにあった。ここに彼らは小さなキャンプを営むことにした。キャンプといっても要するに三個の大きなテントみたいな、仮小屋みたいなものから成りたっていた。それは、一行中の大工、つまり例の指物師とその手伝いの連中が枝を切って地上に円形状に作りあげたものであった。枝の端のほうをその頂上で結わえ、側面は小枝や灌木の類《たぐい》でびっしりと葺《ふ》いたもので、内側はなかなか暖かくできていた。この三つの仮小屋のほかに、婦人たち専用の小さなテントを一個、馬を入れる小屋を一個、作った。

翌日か、翌々日かが、エピングの市日に当たっていた。そこでジョン隊長ともう一方の一団の一人とがその市に行き、食糧を買いこんできた。食糧といっても、パンと若干の羊肉、牛肉であった。二人の女も、全然別行動をとってそ知らぬ顔をして買物をしてきた。ジョンは荷物を持って帰る時の用意に、馬と袋をもっていった。この袋は大工が道具類を入れておくために所持していたものであった。大工は、手にはいる材木でどうにか間に合う程度のベンチや椅子を作った。食事用に、一種のテーブルみたいなものも作った。

一行は、二、三日は気づかれずに生活することができた。しかし、二、三日たつと、たくさんの人々が町からわざわざこの一行の者を見にやって来た。この地方一帯はにわかに騒然となった。町の人々は初めびくびくして近寄ろうとはしなかった。一行のほうでも町の人たちにあまり近寄らず離れていて欲しいと思っていた。疫病《ペスト》がついにウォールタムにはいっている、二、三日前からエピングにも流行しだした、という噂があったからである。ジョンは、そこで町の人々に向かって大きな声で、近づかないでくれ、とどなった。「ここにいる者はみんな丈夫な者ばかりだからな。病気をおまえさんたちにうつされたら困るんだ。それにわしらが病気をおまえさんたちに持ってきたなんていいふらされても困るんだ」

しばらくたつと、教区役人が何人かやって来て遠くから話しかけた。いったい君たちはだれなのか、また何の権限があってそこに陣取っているのか、と尋ねた。ジョンは率直に答えた。自分たちが哀れなロンドンの難民であること、疫病《ペスト》が市《シティ》に蔓延したあかつきには自分たちが悲惨な目にあうことが明らかなので、手遅れにならないうちに逃げ出してきたこと、しかし逃げてゆく親戚知己もないのでまずイズリントンに行ったが、そこもまた病気の襲うところとなったので再び逃げ出してきたこと、エピングに来てみたが町の人が中には入れてはくれまいと思ったので、こうやって町はずれの森の中に宿営をしていること、町の人が自分たちの身に危害が加えられはしまいかと変に心配すると困るので、こういう惨憺たる宿営に甘んじていること——こういったことをいった。

初めエピングの人たちはえらい見幕で、ぜひとも立ち退いてもらいたい、といった。ここはおまえさんたちの来るところではない。おまえさんたちは健康で丈夫だなどといいふらしているが、じつはどうも病毒におかされているのじゃないか。そのうちにこの付近一帯に病毒をまきちらすかもしれない。こんなところにいられるのは迷惑千万だ。

これに対してジョンは静かに、諄々と説いた。そもそもロンドンという都があってこそ、エピングはじめ周辺の町が生きていけるのではないのか。おまえさんたちが作物を売りつけるのもロンドンなら、農場を賃借りしているのもロンドンからではないか。それなのに、そのロンドンの市民に対し、いや、自分たちが世話になっている人間に対し、こういう残酷な態度に出るとはまったくもって非道な話だ。今後、このことが人々の記憶に残り、恐ろしい悪疫をのがれてロンドンの市民が逃げこんだ時に、いかにエピングの住民が残虐だったか、いかに冷酷無慈悲であったか、と後世代々語り伝えられたら、さすがのおまえさんたちもあまりいい気持はしなかろう。こういう仕打ちをしたら、エピングの人間と聞いただけでロンドン市民に目の敵《かたき》にされ、市場にせっかく物を売りに来ても通りの中で弥次馬連に石を投げつけられても、文句のいいようはなかろう。それに、おまえさんたちにしても、全然病気に見舞われないという保証は今のところはまだないはずだ。話に聞けばウォールタムはもう見舞われたという。してみれば、おまえさんたちのだれかが病気が恐ろしくて、感染しない先にどこかに逃げ出した時に、町の外の野原に野営する自由さえ与えられないとしたら、それこそなんとひどい仕打ちかと恨まないとも限らないではないか。

これに対してエピングの人々が答えたことは、いかにもおまえさんたちはまだ健康で病気に感染していないといってはいるが、それを信ずる証拠がこちらにはない、ということだった。その他、次のようなこともいった。噂によれば、ウォールタムストウを暴民《モッブ》が襲ったということだ。やつらは健康だと嘘をいったばかりでなく、今にも掠奪しそうな形勢を示して、そこの教区役人のいうこともきかずむりやりに町をおし通ろうとしたそうである。人数は約二〇〇人近く、低地方（今のオランダ、ベルギーなどの地方）から復員した兵隊みたいな武装をしていてテントをたずさえていた。武器を擬し、まるで戦争みたいに、食糧をくれなければ徴発してでもとってみせるぞ、といって、食糧を強奪したという。ある者はラムフォドとブレント・ウッドに向かったが、そいつらによって病毒がばらまかれたらしく、その二つの町ではまもなく疫病《ペスト》が広がっていった。そのため近くの人々は戦々兢々《せんせんきょうきょう》としていつものように市場に行くこともできなくなった。どうもおまえさんたちはその一団の片割れらしい。もしそうなら、当然州の牢獄にぶちこまれなければならない。おまえさんたちの与えた損害や、この地方の人々の心を脅かした罪を償うまでは牢獄で神妙にしていなければならない。

ジョンは次のように答えた。他の連中が何をやったか知らないが、それは自分たちとは何の関係もないことだ。いかにも自分たちは一団となっている者だが、現在ごらんのとおりの人数以上の者が仲間に加わっていたという事実はない（ついでながら、このことはまさしく真実だったのである）。自分たちは元来別々に隊を組んでロンドンを出てきたものだが、同病相憐れむというか、途中からいっしょになったものだ。もし要求されるなら相手がだれであろうと、喜んで身元も明らかにしよう。もし騒擾《そうじょう》罪か何かで疑われているのならその疑いをはらすために、氏名、住所も喜んで申し述べよう。ただ、町の人に知ってもらいたいことは、自分たちがせめて露命でもつないでいたいということ、健康にいいこの森の中で命を長らえるせめてもの自由を与えてほしいということ、ただそれだけなのだ。健康によくないところではとても滞在することはできないし、もしよくないとわかったならただちに宿営をとりやめるつもりである、云々。

町の人々は、ただでさえ貧乏人が多くてその面倒をみるのに手を焼いている、これ以上貧乏人がふえないように気をつけているのだ、といった。それに、おまえさんたちがわれわれの教区や教区の人々に迷惑をかけないという保証がないではないか。病気のことにしても、町の人々に感染させないという保証もないではないか。

「なるほどね」とジョンはいった、「おまえさんたちに迷惑をかけるかどうかということだが、もちろん、かけたくないにきまってますよ。ただ、当座の飢えをしのぐだけでよござんすがね、少々食べ物をめぐんでくだされば、恩に着ますよ。自分の家にいた時分だって慈善を受けて生きていたわけじゃなし、もし神さまの思し召しで無事家にもどれ、おれたちロンドンの者が元どおりの元気な姿にもどれたら、そのお礼はちゃんとさせてもらいますよ。

ひょっとしてここでおれたちのだれかが死なんでもないが、その時は残った者が死体の埋葬くらいしますからね、心配いりませんや。一銭だってあんた方に負担かけるってことはありませんよ。もっとも、おれたち全部が死に、最後の一人も自分の体の始末もできんということであれば、その時はおまえさんたちに負担をかけることでしょうが、それだって、その負担分くらいの金は、その人間はちゃんと残して死んでゆきますよ。いや、まったくの話だがね」

さらにジョンは言葉をついでいった。「かといって、おまえさんたちが一向に同情しようとせず助けてやろうとしなくっても、おれたちは何も暴力をふるってまでものを掠奪したり泥棒したりするつもりはないんでね。持ち金全部はたいてしまってそのまま野垂れ死にするかもしれんが、神さまの思し召しなら、それもまあ、仕方のないことさね」

ジョンがこんな具合に諄々と道理を説くと、町の人々も心を動かされたらしく、みんなそこから立ち去っていった。一行がその場所を占めることをべつに承認したわけではなかったが、これ以上彼らに文句をいうつもりもないようであった。ごたごたもなく三、四日たった。このあいだにも、一行の者は町はずれの食料品店と、いわば遠い近所付合いを始めていた。遠方のほうから呼びかけて、自分たちに必要なこまごましたものを注文して、ある一定のところに置いておいてもらう、というやり方で買物をするようになったのである。お金はもちろんきちんと払った。

このあいだにも、町の子供たちが時折かなりそばまで来るようになった。寄ってきてはじっと立ち止まってみんなを見ていた。時にはそばから話しかける者もいた。第一安息日には避難民の一行は外を出歩こうともせず、ともどもに一団となって神に対する礼拝式を守っている姿が見られた。讃美歌を歌う声も聞こえた。

こういったことをはじめ、一行のきわめておとなしい生活ぶりがはっきりするにつれ、町の人々は次第に彼らに対して好意をもちはじめた。かわいそうな人たちだと憐れみの念をもちはじめた。評判もよくなってきた。その結果、たとえばこんなことがあった。ある夜、ひどい雨が降ったことがあったが、近くに住んでいたある紳士は藁を十二束も小さな車に積んでよこしてくれた。それで小屋の屋根を葺いて濡れないように、必要とあらば寝床の下に敷くように、との心遣いからであった。あまり遠くないところにいた、この教区の牧師も、ほかにそんなことをしている者があるとも知らずに、小麦を二ブッシェル、白《しろ》豌豆《えんどう》を半ブッシェルも送ってよこした。

　こういった救恤品が彼らにとってどれほどありがたかったかしれなかった。とりわけ、藁は大助かりであった。器用な大工が作ってくれた寝台は一種の桶みたいな箱で、その中に木の葉など手当たりしだいに敷きつめ、テント布を切って掛蒲団代わりにしていたのであるが、なにしろ湿気《しけ》っているし固いし、体には毒だというわけで困りきっていたところへ藁が贈られてきたのである。藁はまるで羽根蒲団のように感じられた。いや、ジョンにいわせるとそのありがたいことといったら、普通の時の羽根蒲団なんかの比ではなかったそうである。

　この紳士と牧師がこうやって避難民に最初に情けをかけて見せたものだから、他の連中もたちまちそれにならった。一行の者はほとんど毎日、町の人から何かしら寄付をうけた。とくに、この近在に住む紳士階級の人々からの贈物が多かった。ある紳士は椅子、床几《しょうぎ》、卓その他の必要と思われる家財道具類を贈った。ある者は毛布、膝掛、掛蒲団などを贈った。また、陶器類を贈る者も、料理するための台所用品を贈る者もいた。

　みんなにこんなふうに親切にされて勇気百倍した大工は、わずか数日のあいだにちょっとした大きな家を建てた。その家には垂木《たるき》も渡してあれば、型どおりの屋根も葺いてあり、上床も設けてあった。一同はこの家の中でぬくぬくと寝泊まりすることができた。もう九月の初めで、天気もしだいに湿っぽく寒くなりかけていたのである。屋根もしっかりと葺いてあり、板壁も天井も厚くしてあったので、寒気も充分防ぐことができた。大工はそのうえ、家の一方に土壁を設け煙突をつけた。一行中のある者は、大変な苦心を払ってやっとのことで、その煙突に通風孔をつけ、煙がよく通るようにした。

粗末といえば粗末だが、それでも気持よく、一同はこの家に九月の初めまで住んでいた。するとその時、嘘か本当かわからないが、不吉な知らせが彼らの耳にはいった。前から、エピングを中にはさんで一方ではウォールタム・アビ、他方ではラムフォード、ブレント・ウッドの各町村で疫病《ペスト》が激烈をきわめていたのだったが、ついに、それがこのエピングやウッドフォドまで、いや森にそった大半の町々まで流行してきたという知らせであった。病気は、主として、行商人だとか、食料品を売りにロンドンとのあいだを往来していた連中によってもたらされたという話であった。

もしこの話が本当だとすれば、あとになって全国に流布された噂とは明らかに矛盾するものであった。その噂というのは、前にもいったように、私は自分ではっきり確かめることがついにできなかったものであるが、食料品を持って市場へ出かける人間は絶対に病気にかからないし、病気を田舎へ持ってくることはないという噂であった。このようなことは、当然ありうるわけがないと私は思っている。

市場へ出かけた者で奇蹟的とまではいかないにしても、想像以上に無事であった者もいたかもしれない。事実また、しきりに往来してしかも病気に見舞われなかったという人も多かったかもしれない。そのことが、どれほどロンドンの貧しい人々にとってありがたいことであったか、想像を絶するものがあった。ロンドンの市場に食糧を運んでくれた人たちが、いくど往復しようとまったく平気だったからよかったものの、少なくともとても普通では考えられないほど病気にかからずにすんだからよかったものの、もしそうでなかったら、ロンドンの貧民たちはどれほどみじめな目にあっていたかわからなかったのだ。

ところでこの森の中の住人たちははなはだ困惑せざるをえなかった。周囲の町はまさしく、疫病の襲うところとなっていた。彼らはもう恐ろしくなって相手が信用できず、欲しいものも買いに行けなくなった。これには一同ひどく困ってしまった。この付近の情け深い紳士たちが贈ってくれた食糧以外、もう食べるものはほとんどなくなってしまった。しかし思いがけず、今まで彼らに何も贈ったことのなかったほかの紳士たちが窮状を聞きつけていろいろなものを送ってくれるようになり、一同は愁眉《しゅうび》を開くことができた。ある人は大きな豚を、つまり食用豚を一頭贈ってくれた。ある人は羊を二頭、またほかの人は牛を一頭贈ってくれた。こんなわけで彼らは肉類を潤沢に得ることができたし、時にはチーズやミルクなどの類も手に入れることができた。いちばん困ったものはパンであった。彼らに穀物をくれた人もあったが、これを焼く、あるいは粉にしてくれるところがなかった。最初二ブッシェルの小麦をもらった時も、仕方なしに煎って食べるというありさまだった。その昔、イスラエルの人々が小麦を粉にもせず、焼きもせずに食べた故事そっくりであった。

　とうとう彼らはウッドフォド近くの風車小屋に穀物を持っていってひいてもらう方策をみつけた。そして、パン屋のジョンはうまい具合に炉を作り、かなり上手にビスケット・ケーキを焼くことができるようになった。こうなればしめたもので、町の人々の救恤品や補給品をあてにしなくとも、何とか生きてゆけるようになった。このことは、まったくありがたいことであった。というのは、この地方一帯に、まもなく病気が蔓延したからである。近くの村々だけでも約一二〇名の者がこの病気で死んだということであった。この知らせを聞いて皆は慄然とした。

　そこで、ただちに一同は相談を始めた。もうこうなれば、町の連中も彼らが自分たちの近くに居を構えるのを恐れるいわれはなかった。それどころか、逆に、町の貧しい連中が、こんどは、家族を連れて家をとびだし、ちょうど彼らがやったのと同じように森の中に仮小屋住まいを始めた。ところが、こうやって避難してきた哀れな人々の中には、そういう仮小屋住まいをしているにもかかわらず病気にかかる者が現われてきた。その理由は明白であった。つまり、その人たちが病気になったのは、何も戸外で生活したからではなく、戸外に出る時機を失していたからであった。いいかえるならば、近所の人たちと不用意にも公然と交際していたため、いつのまにか病気を自分でもらうか、あるいは仲間のだれかがもらうかしてから家を出てきたからであった。これでは、どこへ逃げようと、病気を道連れにしているようなものであった。なかには、町から出てくる時には健全な体で出てきても、そのあとで用心が足りなくて、患者と接触した者もいた。

原因は今いったうちのいずれにしろ、とにかく疫病《ペスト》が町の中ばかりでなく、森の中のテントや仮小屋にまで発生したのを一同が知った時、彼らが愕然としたことはもちろんだったが、さっそくここから引き払うことが急務だと感じた。ぐずぐずしていたら命が危ないことは明白だった。

しかし、彼らはここでひどく心を悩まされた。せっかく親切にしてもらったこの場所を立ち退くということはそう簡単にできることではなかった。あれほど豊かな温情と慈愛をもって歓待されたところを立ち退くのは何としても忍びないことであった。だが、必要とあれば、つまり、生命の危険が迫っているということであれば、それもやむをえないことであった。自分たちがはるばるとここまで逃げてきたのも命を全うしたいためではなかったか。立ち退く以外に手段はなかった。しかし、ジョンは自分たちが今直面している難局を打開するある一策を考えついた。それは、彼らの恩人である例の紳士にまず自分たちの窮状を訴えて、その援助と助言を乞うということであった。

親切で慈悲深いこの紳士は、今の場所を立ち退くようにすすめた。猛烈な勢いで蔓延している病気のために退路を断たれない先に逃げたほうがよいというのであった。だが、どちらの方向に行ったらよいのか、彼にも勧告するのは難しいという話だった。彼がその地方の治安判事をつとめていることを思い出したジョンは、将来どこかの治安判事に訊問された時の用心に、健康証明書をわれわれに出してはくれまいか、と頼んだ。もし証明書があれば、ロンドンを出てからずいぶん長い日数がたっていることが明らかにされるだろうから、万一困るような事態になっても追い払われるようなことだけは免れえようというのであった。判事は即刻その申し出を承諾してくれ、正式な健康証明書を書いて与えた。こうなれば、ここからどこへなりとも好む所へ行くことができるというものだった。

彼らの健康証明書にはこんなことが記載されていた。つまり、この者たちはエセックス州のある村に長いあいだ居住していたものであるが、詳細に調べた結果、また四十日間以上も一般人との交通を遮断して、しかもなんら病気の徴候も現われなかったことを確かめた結果、健康な人々であると認めざるをえない。どこにおいて受け入れても毫も心配なき者であり、これらの者がかく移住するのも、この町に発生した悪疫を恐れるの余りからであり、感染の徴候が彼らおよびその一団の者に現われたからではない、云々。

このような証明書をもらって彼らは後ろ髪をひかれる思いで立ち退いていった。ジョンは自分の故郷であるロンドンからあまり遠くまで行くのを好まなかった。そこで一行はウォールタム側の沼沢地方を目ざして行った。そこまで行ってみると、一人の男に会った。彼は河を上下する小舟の便宜のために水位を加減する堰《せき》の番をしているようすだったが、この男が病気について無気味な話をして一同を恐怖におとしいれた。ミドルセックスやハートフォドシア側の、この河に沿った町や近くの町は、どこもかもう病気が広がっているというのであった。つまり、この街道に沿った、ウォールタム、ウォールタム・クロス、エンフィールド、ウェアその他のすべての町がそうだというのだった。一行はそちらの道をとることを恐れた。しかし、どうもその男のいったことは嘘のように見受けられた。必ずしも事実は彼のいったとおりではなかった。

それでも、とにかくその男の話で怖気《おじけ》づいてしまった一行は、森を横切ってラムフォドとブレント・ウッドのほうへ行くことに方針を変えた。ところでまた、そちら側にはロンドンから相当多数の人間が逃げこんでいて、ラムフォドに近いヘイノートという森の中はいたるところにその連中がたむろしているということであった。彼らは食うものもなく、住むところもなく、それになんの援助も受けられないままに、森や野原でじつに惨憺たる生活を送っていた。単にそればかりでなく、あまりに悲惨な苦しみのために自暴自棄になって乱暴な振舞いが多く、強盗や掠奪を働いたり、家畜類を殺したりしたという話であった。他の一隊は道路のそばに掘立小屋を作って住み、物乞いをしていたが、それも物乞いというより、その強引なことはほとんど喜捨の強奪にもひとしいということだった。州の人々はこのために不安を感じ、やむをえず若干の者を逮捕したということであった。

こういうことを聞いて一行がすぐに感じたことは、前とは違って、もうこんどはこの州の人々の慈善や親切は受けられまい、ということであった。彼らの心が硬化してしまっていることは当然予想されたからである。それればかりか、むしろ、行く先々で厳しい訊問にあうかもしれなかった。下手をすると彼らと同じような境遇の連中からひどい目にあわされる危険さえあった。

こういうことを考えた末、隊長のジョンは、一同の代表者格となって、以前世話になった、例の恩人のところに再び出かけていった。そして率直に実状を打ち明けてその助言を乞うた。恩人は前と同じように親切に、以前のところにもう一度帰ってくるか、さもなければ森の中でも街道からずっと離れた奥地のほうに行ってみたらどうか、とすすめた。そして宿営にちょうど格好な場所を教えてくれた。もう季節が季節なので、じつをいうと仮小屋よりもちゃんとした家屋が彼らには欲しかった。まもなくミクルマス（九月二十九日）も迫ろうとしていた。幸い一軒の荒れはてた家がみつかった。以前はちょっとした立派な百姓家か何かであったらしいが、今では荒れ放題でとても人の住める代物ではなかった。彼らはこのあばら屋をその所有者である農場主の許しを得て借り、自分たちの好きなように使用できることとなった。

器用な指物師の指図で、さっそく一同は工作にとりかかった。二、三日たつと悪天候の時でも一同ぬくぬくと雨露がしのげるように家の修理も出来上がった。古い煙突も竈《かまど》もあった。それらはぼろぼろに朽ち果てていたが、何とか使用できるように修理した。建増しをしたり、差掛け小屋や差掛け屋根を家のまわりにぐるっと設けていたりしているうちに、けっこう一行の者全部が住めるようになった。

鎧戸、床、戸口その他を作るのに、何はともあれ、板が入り用だった。しかしそれもすぐ手にはいった。というのは、前から知合いの紳士たちが相変わらず好意をもっていてくれたし、それがもとで田舎の人々もみな親切にしてくれていた、いや、何よりも、彼らが健康で病気に冒されていないということがはっきりしていたために、だれでもかれでもさしあたり不用な材木を彼らに提供してくれたからである。

これが最後の宿営で、これ以上どこにも行きたくないと、彼ら一同考えていた。ロンドンから来た人間というと、それだけで田舎の人々が震え上がるのをこの州のいたるところでまざまざと見せつけられていた。もうどこに行ってもだれも受け入れてくれないことははっきりしていた。少なくとも、ここで受けたような心暖まる援助はもはや期待することはできなかった。

この地方の紳士たちや近くの人たちから何くれと援助と激励を受けてはいたが、ようやく一行は難渋な目にあうようになった。十月、十二月ともなると寒さもいっそう厳しくなってきた。彼らはそういうひどい寒さの経験がまだなかった。そのため、風邪を引いたり具合が悪くなる者が続出した。しかし、悪疫にかかった者はついに一人もなかった。こんなふうにして、一同が再びロンドンに帰ったのはだいたい十二月ころであった。

私がこの話をこんなにくだくだしく述べたのも、じつは疫病《ペスト》が逼塞《ひっそく》しはじめるやいなや、ただちにロンドンに忽然として現われたおびただしい人々のことを説明したいからであった。初めのころの話であるが、逃げ出すことも思いのままにできる人々や、田舎に疎開先をもっている人々は、われを争って田舎に逃げていったが、その数はまったくおびただしいものであった。さらにいよいよ病勢が激しくなると、田舎に頼るあてもない中流の市民たちも、避難できるところなら所きらわず全国いたるところへ逃げていった。田舎に行ってなんとか自活できる金のある人も、そういう金のない人も、みなぞろぞろ逃げたのである。金のある市民はとにかく食ってゆけるので、できるだけ遠方へ逃げるというふうだった。しかし貧乏な連中となると、その難儀はひどいものであった。そして、いよいよ生活に窮してしまうと、田舎にさんざん迷惑をかけるということになるのであった。そのために田舎の物情が騒然となることもしばしばで、時には避難民を逮捕することもあった。しかし逮捕したところで、さてどうするというあてもなく、罰するつもりも大してあるわけではなかった。結局、むりやりに追いたてるだけの話で、そんなわけで避難した者もやむなくロンドンに舞い戻るというのがおちだったのだ。

ジョン兄弟の話を聞いたあとで、私は自分で調べて確かめてみたわけだが、やはり同じようなことを知ることができた。つまり、ジョンたちのような、身寄りのない多くの難民がいたるところの田舎に逃げてゆき、小さな仮小屋や納屋や離れ屋などを作ってそこに住んだということも事実であった。もちろん、それができるのは、地方の人たちの好意を得ることのできるところに限られていたが、とくに、少しでも自分たちの健康の証明や、ロンドンを出たのがそんなに最近ではないということの証明をはっきりさせることのできたところでは、それは容易であった。このほか、これまた大勢だが、野原や森の中に掘立小屋や避難小屋を作って住んだり、穴や洞窟の中などで、仙人みたいな生活をした人々も大勢いた。そういうところでの生活がどんなに苦しく困難なものであるかは、われわれにもたやすく想像できる。しまいには、どんな危ない目にあってもかまわない、という捨て鉢な気持になって多くの者がロンドンに帰っていったのである。そのために掘立小屋で空っぽのままのものがずいぶんたくさん残っていた。田舎の人は、これはてっきり悪疫《ペスト》にやられて小屋の住人が死に絶えたものと思いこみ、近づこうともしなかったものである。かなり長いことそういう状態がつづいた。不運な放浪者のなかには、孤立無援のままに、人に知られずに死んでいったものもあった。ある時などは、テントだか小屋だかの中に一人の男が死んでおり、すぐ近くの畑の門のところに、不揃いな字で次のような文句がナイフで刻みつけてあった。生き残った男がそこから逃げていったものか、それとも一人が先に死んだのでもう一人の男が必死の思いでその死体を葬ろうとしたものか、そこのところはよくわからなかった。その文句は、

もウいけナイ
二人トモスぐ死ぬ
ああ

とあった。

　テムズ河の下流で、船乗りたちがどんなふうな目にあったかは、すでに話したとおりである。いわゆる沖どまりというのであるが、幾艘もの船がずっと纜《ともづな》を結び合ったまま列をなして停泊していたことも話した。聞くところによると、こういう状態は下流のクレイヴゼンドにいたるまでつづいていたということだった。いや、風波の心配がなく安全に停泊できるところなら、ずっと下流にいたるまで、ほとんどあらゆるところでそういう光景が見られたということだった。そのような船に乗り組んでいた人たちで疫病《ペスト》にかかった人の話は私はまだ聞いたことはなかった。乗っている人たちが上陸して、近在の町や村や百姓家に、新鮮な食料品、鳥肉、豚肉、牛肉などを買いにしばしば出かけたにもかかわらず、だれも病気にかからなかったのである。ただ、例外としては、プールやずっと上手のデットフォド入江あたりに停泊中の船は相当やられていた。

　ロンドン橋から上流にいた船頭たちも、われ勝ちにと上流へ上流へと逃げていた。その大多数の者は、彼らのいわゆる天覆いや箍《たが》を上からかけた船に全家族を乗せていた。寝るためには船底に藁を敷きつめていた。こういうありさまで、船頭たちは河沿いの沼沢地にずっと上のほうまで停泊していたのである。ある連中は昼間は河岸に上がって帆でちょっとしたテントを張って休み、夜になると船に戻ってゆく、という生活をしていた。話に聞くと、こんな状態で、河岸に沿ってずっと上流まで、えんえん長蛇の船の列が並んでいたということである。何か食い物が手に入るところ、その近辺から何か買えるところなら、どんな遠いところでも、その遠さをものともせず、船の列がつづいていたという。事実、田舎《いなか》の人は紳士はもちろんのこと、その他の人たちも、こういった危急の際は喜んで援助の手をさしのべたのである。ただしかし、船頭たちを自分の町や家に入れてやろうとは絶対にしなかった。それは無理もないことであった。

これも私の聞いた話だが、ある市民で、大変不幸な目にあった人がいた。その人の一家もついに病魔の襲うところとなり、妻も子供たちも全部死んでしまい、残った者は彼自身と二人の召使と、病人の看護に必死になって当たっていた、親戚の老婦人だけであった。まったく生きる望みも失ったこの人は近郊の村に、といってもつまり死亡週報発行区域外の村だったそうだが、とにかく行ってみたそうである。そこに一軒の空家があるのを見つけ、家主に交渉して借りることにした。数日たってから、荷馬車を借りて家財道具を一式積んでその家へ出かけていった。村人はその荷馬車が村へはいってくるのを拒んだが、結局すったもんだしたあげく、御者たちは強引に村の道をまかり通ってしまい、目ざす家の玄関まで乗りつけた。するとそこには警吏がいて、新しい借家人の入居を拒み、荷物を運びこむことを承知しなかった。その借家人はそれでも家財道具をおろさせ、玄関のところに置かせて、そのまま荷馬車は帰してしまった。村の人や警吏は彼を治安判事のところへ引っぱっていこうとした。彼もやむなく警吏たちの命令に従って判事のところへ出かけていった。判事は荷馬車を呼び戻して家財道具を持って立ち去るようにと命令したが、彼はがんとして拒絶した。すると判事は、こんどはさっそく、さっきの荷馬車の御者を追跡して連れ戻し、荷物をもう一度積んで運ばせろと警吏に命令を下した。場合によっては追って沙汰するまでその連中をさらし台にかけろ、ともいった。また、もし御者が見つからず、くだんの男が荷物を持って立ち去るのをがえんじないというのなら、仕方がないから家財道具類はいっさい玄関から鉤《かぎ》か何かで引きずり出して町の中で焼いてしまえ、とも命じた。すっかり意気阻喪《そそう》していた例の市民は、荷物をまとめて運んでゆくことにしたが、その時の、自分の苦境を訴える悲痛な嘆きは、まったく涙を催すほどであった。しかし、ほかに方法がなかったのだ。自分の身を守るためには、村の人々もこういう残酷な態度に出ざるをえなかったのだ。他の場合であれば、こういう態度をとるはずはもちろんなかったろう。このかわいそうな市民が生きのびたか死んだかは私は知らない。ただ、この事件があった時には、彼はすでに病気に冒されていたという噂があった。おそらく、それも村の人々が自分たちのひどい仕打ちを弁護する口実として、そんなことをいいふらしたのかもわからなかった。しかし、一家じゅうの者がすぐ少し前に疫病《ペスト》のためにたおれていたのだから、彼にしろ家財道具にしろ、そのどちらかが、あるいはその両方とも、とにかく病毒をもっており、危険であったことは当然考えられることであった。

ロンドン隣接の町村の住民が、感染を恐れて逃げ出してゆく悲惨な市民の群れに対して残酷な態度に出たことが非難されていたことは、私もよく知っている。私がこれまで話をしたことからもわかるように、実際無慈悲なことも行なわれていた。しかし、自分の身に危害を加えられることが明らかであればともかく、そうでないかぎりは、近郊の人々は良心に恥じない程度の慈善と援助の手を喜んで彼らにさしのべていたことも、私としては言っておかなければならない。しかし、どの町村も結局わが身がかわいいことに変わりはなかった。したがって、苦しまぎれに逃げ出す哀れな市民たちが、結局虐待されて、とどのつまり再びロンドンに追い返されるという場合がじつに多かったのである。当然ロンドン市民の間には、近郊の町村に対する喧々囂々《けんけんごうごう》たる非難が生じた。その非難の声はしまいには収拾できないほどまでになった。

ところで、町村側の警戒にもかかわらず、ロンドンを中心とする十マイル（もしかしたら二十マイルだったかとも思うが）以内にあるちょっと名の知れた町村で、多少とも病気に冒され、また若干の死者を出さなかったものは一つもなかったのである。その数箇町村の報告を私は聞いたが、たとえば次のような統計になっていた。

エンフィールド	三二
ホーンジー	五八
ニューイントン	一七
トットナム	四二
エドモントン	一九
バーネットおよびハドリ	四三
セント・オールバンズ	一二一
ウォトフォド	四五
アクスブリッジ	一一七
ハートフォド	九〇
ウエア	一六〇
ホッズドン	三〇
ウォールタム・アビ	二五
エピング	二六
デットフォド	六二三
グリニッジ	二三一

エルタムおよびルーサム	八五
クロイドン	六一
ブレント・ウッド	七〇
ラムフォド	一〇九
バーキング・アボット	二〇〇
ブレントフォド	四三二
キングストン	一二二
ステインズ	八二
チャーツィー	一八
ウィンザー	一〇三
	その他

　このほかに、ロンドン市民に対する田舎の人々の警戒心をいっそう強めさせたもう一つの問題があった。それは、とくにロンドンの貧乏人に対する警戒心であったが、このことは、前にも少しふれたように、すでに病気にかかった者たちのあいだに、こんどは病気を他にうつしてやろうという恐るべき傾向があるらしいということであった。

　このことについては、医者仲間でずいぶん議論がたたかわされた。こういう傾向はこの病気のしからしめるところだと説く医者もいた。その説によると、病気にかかった人間には自分の仲間に対する一種の狂乱と憎悪の念が例外なしに生じてくる。病気そのもののうちに他の者にうつしてやろうという悪性なものがあるばかりでなく、その患者の性格の中にもそういう悪性なものが現われてきて、ちょうど狂犬病の場合と同じく、他人を悪意をもって、いや悪い目つきをもって見るようになるというのであった。狂犬病にかかった犬は、どんなにおとなしい犬であっても、たちまち手当たりしだいに飛びかかって食いつく。それも、以前よくなついた人であろうとなかろうとかまわずに食いつくといわれるが、あれとまったく同じだというのである。

人間の性質そのものが腐敗しているからだ、という説明をする医者もいた。つまり、同じ人間の仲間でいながら、自分だけが他の者より悲惨な状態にあるという事実を見るに耐えられず、したがって、あらゆる人間が自分と同じくらい不幸な目にあうか、哀れな境遇におちいってほしいという、自分でどうしようもない一種の欲望をもつにいたる、というのである。

いや、要するに一種の自暴自棄にすぎない、という者もいた。何をやっているのか、自分でもわかっていないし、気にもとめていない、したがって、自分が接触する他人ばかりか自分自身の危険も安全も全然問題にしていないというのである。いかにも、人間というものは、一度そういう自暴自棄の状態におちいって自分の安全にも危険にも頓着しなくなったが最後、他人の身の安全など考えなくなるのは、これはきわめて当たり前なことといわなければならない。

しかし、私はこの重大な論点に対して別な解釈を提出したいと思っている。つまり、私はそのような事実を認めない、と答えることによってこの問題に対する解決案としたいと思っているのである。いやむしろ、問題になっている事態は真相をつくものではなく、ただ単なる不平にすぎない、つまり、世間で悪評をこうむっている自分たちの薄情で残酷な行為をなんとかいいつくろうために、近辺の町村の連中がロンドン市民に対してやたらになげかけた不平にすぎないと私はいいたいのである。そしてまた、この不平の背後には、不平をいう側も、いわれる側もともにお互いを傷つけ合っていたという事実がひそんでいたといえよう。つまり、市民のほうは非常の事態だというので是が非でも受け入れて宿舎を提供してもらいたいとあせっている。しかるに、そんな疫病《ペスト》をもっている人間はまっぴらだというわけで、町や村にはいるのを拒絶され、家財道具をかかえて家族もろともまたもやロンドンに追い返される。そこで、田舎のやつはなんと残酷で無慈悲なやつだということになった。ところで他方では、しばしばぺてんにかけられるような目にあわされていて、ロンドンの市民は有無をいわせず押し入ってくるという感じをいだいている。当然そこには不平も出てくる。ロンドンのやつらは他人の迷惑をかえりみないばかりか、むしろ病気をうつしたがっている、といったことに結局なるわけであった。両方とも少し言い方に粉飾が多くて、ことの真相をついてはいなかったと思うのである。

ロンドンの市民が徒党を組んで大挙して押し寄せてくる、それも助けを求めるためどころか掠奪しに来るのだ、という情報が田舎の人々の耳に伝わり、みな愕然としたそうであるが、そう驚くのももっともなことだと思われる。その情報によれば、市民たちは病気にかかったら、かかりっぱなしで、ただやたらに市中を右往左往しているとか、患者の家を閉鎖して、患者が他人に感染させるのを防ぐなどというなんらの手段も講じられていないとか、そういったことがいわれていたのである。しかし、これはロンドン市民の名誉のために言っておかなければならないと思うが、私が先に述べたような特殊な場合を除いては、伝えられるようなことは絶対に行なわれなかったのである。むしろ、万事が綿密な考慮のもとに処理されていったというのが真相であった。ロンドン全市はもちろん、その郊外も、市長と市参事会員の配慮によって見事な秩序が保たれていたのだ。外教区《アウト・パリシュ》では治安判事や教区役員が見事にその責を果たしていた。そんなわけで、悪疫が最悪の猛威をふるった時期でも、じつに立派な統制がとれ、見事な秩序が市内いたるところ保たれていたことは、もってロンドンを世界の都市の模範とするにたると思われるほどであった。市民が狼狽と苦悩の極に達していた時でさえも、統制と秩序は保たれていたのである。しかし、これについては別に話をする折もあろう。

ただ、ここで述べておきたいことは、ある一つのことが主として治安関係の役人の慎重な配慮によって達成されたということである。そしてそのことは彼らの名誉のためにもいっておかなければならないことだと思うのである。それは何かというと、家屋閉鎖というう困難な大事業をやるに際して彼らがとった緩急よろしきをえたその処置である。前にもいったが、家を閉じてしまうということは市民怨嗟《えんさ》の的であったことは事実である。当時としては、市民唯一の怨嗟の的といってよいほどであった。同じ家に患者も健康人もいっしょに閉じ込めてしまうことは、いかにも残酷なことといわれていた。そうやって閉じ込められた人々の訴える声は悲惨の極みであった。その声は道路を歩いていても聞こえるほどであった。それを聞くと、同情の念が油然《ゆうぜん》として湧き上がってくることもしばしばであったが、時には痛切な憤恚《ふんい》の念を覚えることもあった。家の中の人間が友人と話ができるのはただ窓のところからだけであった。その悲痛な訴えは話し相手の心を動かすことはもちろんだったが、たまたま通りかかった人の心を動かすことも再三であった。憤懣は玄関のところに立ち番をしている監視人《ウォッチマン》の厳格さに向かって発せられることもあれば、その傲慢無礼な態度に向かって発せられることもあった。そんな時、監視人も横柄な態度で受け答えをするのが常であった。時として、道路のほうから、不幸な家族の者と話をしている人々に向かって食ってかかる監視人もいた。そういったことのために、あるいは患者の家の者を虐待したために、場所は異なるが監視人で殺された者も七、八人はいたようである。殺害されたというべきかどうかは私は知らない。その個々の事件に深く立ち入ることができないからである。殺された監視人が公務執行中であり、上司の命令でその部署についていたことは事実である。そして、職務遂行中の公務員を殺すということは、法律用語によれば殺害《マーダー》と称されるのが常であった。しかし、自分たちが監視している病人の家の者、あるいはその病人のために心配している人々に対して無礼を働くということは、いかに監視人といえども治安当局の指令を受けていたわけではなし、そのようなことをする権限は毛頭ないはずであった。したがって、もし監視人がそういうことをしたとすれば、彼らは公務を執行したのではなくて私事を行なったといわなければならなかった。つまり、公人としてではなく、私人として行動したということにならざるをえなかった。したがって、こういう不都合な所行の報いで不慮の事態を招いたからといっても、それは要するに自業自得というものであった。果たして監視人がそういう報いを当然受けるべきものであったかどうかはともかくとして、市民の呪詛《じゅそ》の的になっていたことは大変なものであった。だから、監視人がどんなひどい目にあっても、市民のうちだれ一人として同情する者もなかった。むしろ、どんな事情にしろ、ざま見ろ、という者ばかりであった。患者の家を見張りしていた監視人に何か危害を加えたために処罰されたという話を、少なくとも、かなり重い罰をくらったという話を、私は聞いたことがないのである。

こうやって閉鎖された家から、いろいろ秘術をつくして監視人をごまかしたりへこましたりして逃げ出そうとする話や、実際に逃げ出した人々の話などは、もう前に述べておいた。そのことにはもう触れないことにする。しかし、治安当局が閉鎖された家の者に対する処置にかなりな斟酌《しんしゃく》を加えたことはいっておきたい。とくに、家人が病人を避病院《ペスト・ハウス》か何かに本人の希望に応じて移す場合、あるいは病人自身が移されることを直接願う場合など、かなり斟酌が払われたことはいっておきたいのである。時には、閉鎖された家族の中の健康な人がその家から出ることを許されることもあった。その際には、健康であるという証明書が必要であったし、避難先の家に、所定の必要な期間だけ引きこもるという一札が必要であった。病気に冒された哀れな家族への物資補給の対策も治安当局の仕事だったが、その良心的な態度も忘れてはならない。薬品とか食料品といった生活必需品の補給という仕事はじつに大変な仕事であったが、係りの者に必要な命令を下すだけでは満足せず、区長自身が馬に乗って病人の出た家に出かけていくというありさまだった。そして、窓のところから家の者に呼びかけて、当局の世話が行き届いているかどうかを確かめるのであった。その時、必要なものでほしいものがあればいうようにともいい、また、係りの者がいつもきちんと用向きを達しているかどうか、必要な物資を運んでいるかどうか、ということもたずねた。それで病人の家族の者が、よく世話してもらっていると返事をすればよし、そうでなく、配給も乏しいし、係りの者もその職務を果たしていない、また丁重に遇してくれていない、といったような不平を述べでもすると、係りの者はたいてい配置換えになり、別な係りがその代わりに任命されるというふうであった。

こういう不満の訴えが不当なものであることも当然ありえた。そんな場合、自分が正しいにもかかわらず、相手側におとしいれられているのだということを上司に納得させるだけの弁明がその係りにできれば、そのまま職務にとどまることができ、不平をいった市民の側が叱責された。しかし、このような事柄はくわしく調べるにも調べようがないというのが実状であった。両方の当事者を対決させるわけにもいかないし、当時の事情からすれば窓越しに話をするわけだから、市民側の不満の訴えも道路でくわしく応対してやることもできなかったからである。当局者は、そんなわけで、だいたい市民側に有利に事を運んでやった。そしてその係りの者を更迭《こうてつ》するという手段にでた。そのほうが一応も二応も無難であったからである。もしその係りが冤罪《えんざい》をこうむっているとしても、それはまた同じような職場を別に見つけて償ってやるということもできた。しかし、これに対し、もし病人の家の者が無実の罪を着せられていたとすれば、その償いようは全然なかった。損害はおそらく賠償不可能であった。彼らの生命に関していたからである。

監視人と、閉じ込められた家の者とのあいだには、さきに述べた逃亡の件以外に、じつにさまざまな事件が起きた。病人のほうで用事がある時に、肝心の監視人が酔っていたり眠っていたりして役に立たないこともしばしばあった。そういう監視人は必ず厳罰に処せられた。それはきわめて当然な報いというべきであった。

とにかく、当局は、対応策としていろいろやれるだけやってみたのであるが、健康な者重大な不都合を含んでいることが次第にはっきりしてきた。その不都合の中にはきわめて悲劇的なものもあった。もしその余地があれば考え直す必要があることがわかってきた。ただ、この家屋閉鎖ということは法律によって定められたことであった。そのおもな目標として一般公共の安寧ということをうたっていた。この法律を施行するにあたって生ずる個人的な損害はすべて公益のために忍ばねばならないことであった。

全体的にいって家屋閉鎖ということが悪疫の伝染をくい止めるのに相当な効果があったかどうか、これは今日でも疑問視されている。効果があったとは私はいいきれないと思っている。悪疫が猛烈な勢いで広がっていった時のその凄まじさに匹敵するものはほかにはなかった。そういう時に、感染した家を、いくら厳重に、効果的に閉鎖したところで結局なんの役にも立つものではなかった。病気にかかった人間を全部有効適切に隔離してしまえば、健康な人間がそれらの病人から病気をうつされるということはいかにもありえなかった。第一、近寄ろうにも近寄ることができなかったからである。ところが、ことの真相は次のとおりであった。私はここでは簡単にふれておきたい。つまり、感染は知らず知らずのあいだに、それも、見たところ病気にかかっている気配もない人たちを通じて蔓延していったということである。しかも、その人たちは、自分がだれから病気をうつされ、またたれにうつしたかもまったく知らないのであった。

ホワイト・チャペル教区のある家のことだが、一人の女中が感染したため、ただちに閉鎖された。その女中は斑点ができただけでほかに徴候も現われず、そのまま回復した。しかし、外の空気を吸うためにしろ運動のためにしろ、とにかくその家の者は四十日間は外出する許可を与えられなかった。こういうひどい処置にあえば、だれだって息がつまるし、不安や怒りや焦燥その他さまざまな苦しみにさいなまれようというものである。この家の主婦も例外ではなく、ついに熱病にかかってしまった。見廻り《ヴィジター》が来て、疫病《ペスト》だといった。だが、医者はそうではないと断言した。にもかかわらず、見廻り、つまり検察員《エグザミナ》の報告にもとづいて、四十日間の隔離期間が初めからやり直しということになった。しかも、もう数日で以前の隔離期間の期日もきれるというところだったのだ。家の者はそのため怒り悲しんだ。結局、部屋の中にじっと以前どおり蟄居《ちっきょ》せざるをえなかった。外気にふれないので息がつまりそうになり、やがて家の者は大部分が病気になった。一人はある病気に、他の一人はまた他の病気にかかったが、大部分は壊血病に冒された。ただ一人の者が激しい腹痛を訴えた。こうやって隔離期間を何度か繰り返したわけだが、病人を見にくる見廻りといっしょに、救護のつもりでやって来ていたいろいろな人々が疫病をもちこんでしまい、全家族が感染してほとんど全員死んでしまった。もちろん、疫病で死んだわけだが、前からのではなく、当然注意して養護の任に当たるべきであった連中がもってきた疫病のために死んだのである。こんなことはけっして珍しいことではなかった。家屋閉鎖のひき起こした最悪の事態の一例ということができよう。

このころになると、私自身にもちょっと困ったことが生じてきた。初めはひどく困惑して、周章狼狽した形であった。しかし実際に事に当たってみるとそう危ないこともなかった。つまり、ポートソークン区の区長から、私の住んでいる地域の検察員《エグザミナ》に任命されたことである。われわれの教区はすこぶる広く、私を含めて検察員の数も一八名の多きに達していた。正式には検察員だが、市民たちは見廻り《ヴィジター》と呼んでいた。私は初め、こういう任務から免れようと一生懸命にがんばり、区助役ともずいぶん議論した。たとえば、そもそも家屋閉鎖ということに対して私が反対である旨を力説した。自分の意見に反対な対策を私にやらせようというのはずいぶん非道な話ではないか、ともいった。そんなことをしたって所期の目的を達することができるものか、ともいってやった。しかし、私がかちえた先方のぎりぎりの譲歩は、その役は二ヵ月勤務ということでロンドン市長から任命されるのが普通であるが、私の場合はただ三週間つとめればいいということだった。三週間つとめたら、その残りの任期は私の代わりになる適当な、ちゃんと一家を構えた人を探しだしてその人にやってもらえばいい、ということになった。いかにもわけのわかった話だが、そのじつ何の役にも立たない譲歩であった。こういう職務を安心して任せる人を探すなどということはまず至難のことだったからである。

家を閉めてしまうということの、一つの重要な利点は私も知っていた。罹病した連中をそうやって閉じ込めてしまえば、病気を体につけたまま町中をむやみやたらに駆けずりまわって、他の人々に迷惑や危険をおよぼすということがなくなるということが、それであった。まったく、病人は気が動転してしまうと、何をしでかすかわかったものではなかったのだ。それは、蔓延の初期、家屋閉鎖という手段で取り締まられる以前、病人がいかにむちゃくちゃに市内を徘徊したかをみてもわかる。当時まだ公然と外出できたため、貧乏な連中は町じゅうを歩きまわって市民の戸口に立って物乞いをしたものであった。自分は疫病にかかっている、といっては爛《ただ》れているところを巻く布地だとか、靴だとか、その他とにかく正気の沙汰とも思えない、いろいろなことを口から出まかせにいってねだった。

裕福なある市民の奥さんで立派な貴婦人が、気の毒にもこういう連中の一人の手にかかって殺された、という真偽のほどは確かでないが、ある話があった。なんでもオールダーズゲイト街かどこかでの話である。殺した男というのは、わめいたり歌を歌ったりしながら町を歩いていた男だったそうだが、市民にいわせれば、要するに酔っていただけだというこだった。本人自身は、疫病にかかっていたというのだが、これは本当のようである。ところで、道でこの不幸な貴婦人に会うと、彼は急に彼女に接吻したくなった。乱暴な男の出現に震え上がった彼女はすぐさま逃げ出したが、道には人影もなく、だれも助けてくれなかった。追いつかれそうになったのを見て、彼女は急に振り向きざま力まかせにその男を払いのけた。男は体力が弱っていたために、そのはずみをくらって後ろにひっくり返った。それだけならよかったのだが、あまりもつれ合っていたものだから男にひっぱられて彼女もいっしょに倒れてしまった。男はすぐに起き上がって彼女を抱きすくめて接吻した。しかもいっそうひどいことには、接吻したあとで、おれは病気なんだ、おまえさんだって病気にかかるがいいや、と彼女にいった。妊娠してまだ日も浅かった彼女は、ただでさえ先ほどから震え上がっていたのに、今またその男が病気だときかされ、驚きのあまり悲鳴をあげて気絶してばったり倒れてしまった。あとで意識は少し回復したが、結局二、三日後には息が絶えてしまった。その貴婦人が疫病に感染していたかどうかは私はついに聞かないでしまった。

こういう例もあった。病気に冒されたある男が、かねて顔なじみのある市民の家にやって来て戸をノックした。召使はその男を招じ入れた。彼はこの家の主人が二階にいると聞くと、どかどかと階段を駆け上がり、全家族が夕食をとっている部屋の中へ闖入《ちんにゅう》した。家族の者は何事が起こったのかとびっくりして、立ち上がろうとした。その男は立ち上がらなくてもよろしい、ただ皆さんにお別れに来た、といった。一同は「＊＊＊さん、どうなすったのです。どこへいらっしゃるんです」ときいた。「どこにも行きません。ただ病気にかかったのです。明晩死ななければならんのです」その時の一同の驚きようといったら、ただ想像してもらうよりほかにはない。婦人たちや、この家の主人の娘たち、といってもまだほんのいたいけな少女たちであったが、その連中は真っ青になって立ち上がり、われ勝ちにとそれぞれの扉のほうに走っていった。ある者は階下に、ある者は階上に駆けてゆき、それぞれかたまって自分たちの部屋に鍵をかけて閉じこもってしまった。そして、窓のところから外に向かって救いを求めた。主人は婦人たちほど取り乱しはしなかったが、かといって恐怖と憤怒の念は抑え難いようすだった。彼はその男を取り押え階段から下へほうりだしてやろうという衝動にかられたが、その男の病気のこと、手を触れることの危険なこと、などに気がつき、慄然として、なすところなくその場に突っ立ったままでいた。その病気の男は、体と同様心もむしばまれていたらしく、そのあいだじゅう、呆然として棒立ちになったままであった。やがてくるっと向きを変えて、ちょっと意外なほど落ち着いた態度で、「なるほど。皆さんはそんなに驚くのですかね。わたしを見てそんなにびっくりなさるのですかね。それではひとつ、わたしもお暇をいただいて家に帰って死ぬとしましょうか」そういって、彼はすぐさま階段をおりていった。はじめ彼を家の中に招じ入れた召使は蠟燭を持ってその男のあとからついていったが、先に行って扉を開けるのが恐ろしく、さてどうしたものかと階段の中途で思案していた。その男はすたすたとおりてゆき、扉を開けて外へ出ていった。一家じゅうの者が生色を取り戻したのはしばらくたってからだった。しかし、心配したような事態も起こらなかった。その後になってこの時のことをさも大変だったといわんばかりに他人に再三彼らが話したことは、読者も想像できよう。話は前に戻るが、その病気の男が出ていってからしばらくたってから、というより聞くところによると何日間もたってから、どうやらその時の大騒ぎも静まったそうである。また、家の中を安心して歩きまわることもなかなかできなかったが、どの部屋も一つ一ついろいろな種類の煙や香料でいぶしたり、ピッチや火薬や硫黄のもうもうたる煙で次々と燻《くす》べたりした後、かろうじて歩けるようになったという。衣類その他を洗ったことはもちろんである。例の病気の男がその後生きのびたものか死んだものか、その点私はよく覚えていない。

家を閉鎖して患者を隔離してしまわなければ、熱にうかされて譫妄《せんもう》状態になった多数の者が町の中を絶えまなく右往左往することは否定できないことだった。いや、事実、じつにおびただしい患者の群れが町じゅうを徘徊して、会う人ごとに片っぱしから乱暴狼藉を働いたものだった。それは、ちょうど狂犬がいきなり走っていって手当たりしだい嚙みつくのと変わりはなかった。まったくの話が、もし病気に冒されている人間が、激しい発作のあげく、男でも女でもとにかく相手かまわず嚙みついたとしたら、その嚙みつかれた人間は必ず病気に感染してやがてたおれてゆくだろう、と私は信じている。その嚙みついた患者も嚙みつかれた者も運命を同じくするというわけだ。

私はまたこういう患者の話も聞いた。その男は体の三箇所に腫脹があり、その痛さに耐えかねて、シャツ一枚のまま病床から飛び出したというのである。そして靴をはいて衣服をつけようとしたが、付添婦がそれをむりやりに押しとどめて衣服をひったくった。彼は付添婦を投げ飛ばしてその上を飛びこえ、階段を駆けおり、シャツ一枚のまま町を突っ走ってテムズ河のほうに一目散に駆けていった。付添婦もあとから追いかけてゆき、監視人に患者を押えてくれと頼んだが、なにしろその恐ろしい気配に気をのまれたうえ、手を触れるのが心配だものだから、監視人はそのまま男を見逃してしまった。そこでその男はテムズ河にかかっていた浮桟橋のところへ走りおりてゆき、シャツを脱ぎ、ざんぶりと河の中へ飛び込んだ。ところで彼は泳ぎが達者だったものだから、河を向こう岸まで泳いでいった。折から潮がいわゆるさしていたので、というのはつまり西のほうへ流れていたので、フォールコン桟橋あたりまで流されてやっと岸に上がることができた。上がってみたが、もちろん夜のこととて人影はなく、そこでまたもや素っ裸のまましばらくのあいだ町じゅうを走りまわった。そうこうしているあいだに、河は満潮となった。彼はまたもや河に飛びこみ、さきの浮桟橋まで泳いで帰り、町の中を走って自宅に帰ってきた。戸をどんどんたたいて、いきなり階段を駆け上がり、寝床の中に飛び込んだ。ところが、この恐るべき荒行《あらぎょう》のため、疫病がいっぺんになおってしまったのである。それはどういうことかというと、腕と脚をむちゃくちゃに動かしたものだから、腫脹のある部分、つまり腋の下と鼠蹊《そけい》部の筋肉に衝撃をあたえ、その結果腫脹が膿んで破れてしまった、というわけである。河の水が冷たかったことも、血管にこもっていた熱を下げるのに役立ったのである。

私がここでどうしても付け加えて一言いっておかなければならないことがある。それは、この話もそうだが、他の話のあるものも、必ずしも私自身直接見聞した事実として、したがってその真実性を証言できるものとして、話しているわけではないということである。とくに、むちゃくちゃなことをやったために病気がなおった男の話は、保証の限りではない。というより、正直なところ、そんなことがありうるとは私も思ってはいないのである。ただ不幸な目にあった人たちが、譫妄《せんもう》状態や、いわゆる頭が変になって、当時どんな向こう見ずなことをしでかしたか、その一例を示すのに役立つと思ったまでである。こういった病人を家の中に隔離してしまわなかったなら、向こう見ずなことをやる連中がどれほど市中に跋扈《ばっこ》したかわかったものではなかったのだ。そういった連中の跋扈を防いだということは、家屋閉鎖という非常な方法が生んだ唯一の、とまではいわないにしても、たしかにもっともうまくいった、効果であったことは否定できない。

ところが一方では、家屋閉鎖そのものに対する不平や憤懣はごうごうたるものがあった。たまたま近くを通りかかって、病気の連中の悲しげな叫びを聞いた者は、胸がつぶれる思いがしたものであった。劇痛や、血管の熱のために半狂乱のていになっている病人たちは、部屋に監禁されるか、時としてベッドや椅子に縛りつけられていたが、これも、ほうっておくと自分で自分の体を傷つけるからであった、彼らは閉じ込められていることを恨んでどなりちらしたり、もっとのびのびと、以前のように死なせてくれといってわめきちらした。

病人が町の中を駆けずりまわるというのも、ひどく無気味なものであった。当局者は極力それを阻止しようとしたが、なにぶん、病人が出歩くのが夜分のことで、しかもいつも突然のことであり、係りの者がいつも手近にいるわけではなし、とめるにもとめようがなかった。昼間、病人が出歩くこともあったが、そんな時でも、係りの者はあまり病人に手出しをしようとはしなかった。外をほっつき歩くような状態にまでなっている時には、病状は極度に悪化している証拠で、したがってその伝染力は尋常一様のものではなかった。ちょっとでも手を触れたら、もうそれで最後であった。ところで一方、病人のほうは、夢中になってただむやみに走りまわり、やがて、急にばったり倒れたら倒れたなりで、そのまま息を引きとった。そうでない場合には、走っているうちに気息奄々《えんえん》となり、ぶっ倒れてからおそらく半時間か一時間くらいのうちに息を引きとっていった。そんな時の状況は、はたで見ていられないくらい悲惨なものであった。倒れてからすぐ死なない場合には、半時間か一時間すると、はっきりと意識を取り戻すのが常で、そうなると、自分の不幸な運命がうらめしく感じられ、悲痛な呻きや嘆きの声を発するのであった。それはまさに聞く者の肺腑を刺すような悲惨な叫びであった。こういったことが、家屋閉鎖令が厳重に施行される以前にはざらにあったのである。というのは、初めのころは、監視人もまだそうむやみやたらと厳重に家人を閉じ込めておくというふうではなかったからである。つまり、それが、すべての監視人とまではゆかなくとも、その若干の者が職務怠慢のかどで厳しく罰せられる前の実状であったわけである。命ぜられた義務を充分に果たさず、監視している当の家人が抜け出すのをうっかり見逃したり、病気の有無はともかく、家人がおおっぴらに外出するのを見て見ぬふりをしているというふうだったのである。しかし、監視人たちの行動を調査監督する役人が任命され、その役人が断固として職務の励行を要求し、怠けた場合には厳罰に処する決意のほどを示したので、さすがの彼らも忠実に仕事に励むようになり、病気の市民は厳格に取り締まられることになったのである。市民がこのことを怒ったことは当然で、とうてい我慢することができず、その鬱憤たるやじつに大変なものであった。しかしはっきり言っておかなければならないことは、その必要が絶対にあったということである。もちろん、時機を失せず、何かほかによい対策が講じられたら話は別であった。しかし、それも今となっては手遅れであった。

以上のように病人を厳重に取り締まるというのが当時のわれわれのやり方であったが、これがもしそうでなかったなら、ロンドンは世界じゅうでもっとも酸鼻をきわめた都市となっていたことと思われる。家の中で死ぬ者と同じくらいの数の死者が路傍で見られたことと私は信じている。病気がこうじてくると、病人は意識が錯乱するからである。そうなると、無理に腕力ででも抑えつけないかぎり、いくらなだめてもじっと寝床なんかに寝てはいなかった。縛りつけておかなかったために、窓から身を投じた者も多かった。外に行こうにも扉を開けてもらえなかったからである。

この災厄の時期に、いったいほかの家庭ではどういう異常な出来事が起こっているのか、だれにもよくわからなかったのは、市民がお互いに話し合うということがなかったからである。とくに、どれくらい多数の者が狂乱のあまり投身自殺をしたか、今日にいたるまでだれにもわかっていないと私は思っている。テムズ河ばかりでなく、ハクニー近くの沼沢地から流れてくる河、つまり、われわれがウェア河ともハクニー河とも称している河でもそうであった。死亡週報に記載されている溺死者の数はいかにも少数であった。その場合も、はたして偶然の事故で溺死したものかどうかは、そのおのおのについて知ることはもちろんできなかった。しかし、私の信ずるところによれば、この年に投身自殺した者の数は、私の知っていた、もしくは観察した範囲だけでも、溺死者総計として週報に記載されていたよりもさらに多かったはずである。たしかに溺死したとわかっていても、死体が発見されない場合が多かったからである。他の自殺の方法の場合も同じようなことがいえよう。ホワイト・クロス街あたりでのことだが、ある男は寝床の中でみずから火を放って焼死したということであった。その男が自分から火を放ったという者も、あれは付添婦のたくらみだったという者もあった。いずれにしろ、その男が病気にかかっていたことは皆が認めていた。

この年にロンドン市内に火事がなかったことは、少なくとも大きな火事がなかったことは、ありがたい神の配慮というべきであった。そのことを、当時、私としてはしばしば考えてはありがたいことだと思ったものだった。もしそのころに火事が起こっていたら、恐ろしいことになっていたろう。もし火事が起これば、火事を消すどころではなかったろうし、病気感染の危険のこともかまわずに、ただもう山のような群集が焼けだされてごった返したことであろう。そういう非常な場合には、どんな家の中に押しこまれようが、どんな道具類に手を触れようが、どんな人間といっしょの仲間になろうが、とにかくかまってはおれないというのが本当であろう。しかし、とにかくそんなわけで、クリプルゲイト教区の火事と、そのほかのところの二、三のぼや（それもたちまち消えてしまったが）のほかには一年じゅうを通じて火事らしい火事もなかったことは、ありがたいことであった。オウルド街の末端に近いところで、ゴズウェル街からセント・ジョン街へ行くあたりのスウォン小路《アレー》というところのある家に起きた事件の噂を当時私は聞いた。その家の者は病気に冒されていたが、それも猛烈なものであったため、一家全滅してしまった。最後に残った人は女だったが、床の上に倒れて死んでいた。ところで、これは想像であるが、その女は暖炉の正面に、息を引きとる前に横になったらしかった。一方暖炉の火が木か何か燃やしていたものだから、その火が少しはねて、床板に燃え移り、さらにその根太に移り、ついに死体のところまで広がっていった。ところが、その女は下着だけしかつけていなかったが、死体には別状はなく、またそれ以上その家には燃え広がらず、そのまま鎮火していった。その家はなんでも小さな木造家屋だったそうである。どこまで本当の話だか私も断じかねるのだが、市は翌年には大火事でひどい目にあうのだったが、とにかくこの年は、火事騒ぎにはあまり見舞われなくてすんだという次第だった。

実際、病気の与える苦痛は気が狂うほどのものであったことや、今までにもいったように、病人がほうっておかれると狂乱のあまりどんな無謀なことをやるかわかったものでないことを考えると、そういった病人の野放しから生ずる凶事がこれ以上起こらなかったことは不思議というほかはなかった。

私がしばしばたずねられて、はっきり何と答えてよいかわからなかったことがある。それは、感染した家屋があれほど厳重に調べられ、その全家族が監禁され監視されているのに、どうしてあんなに大勢の病人が町の中を徘徊していたのだろうか、どうしてそういうことが起こりえたのであろうか、ということだった。

はっきりいうが、私は今でもこのことには何と答えてよいかわからないのである。ただ、こういうことはいえそうである。すなわち、ロンドンのような人口稠密《ちゅうみつ》な大都会では、感染したからといって即刻あらゆる家をしらみつぶしに調べ上げることはできないし、感染した家を全部が全部閉鎖してしまうこともできない、ということである。だから、病人でも好きなところに、つまり、自分が何の某という病家の一員だという正体が見破られないところならどこへでも、自由に行けたというわけである。

これは幾人かの医者も市長に申告したということだが、伝染が猖獗をきわめて燎原の火のごとく広がっており、多数の人々があっというまに発病してたちまち死んでゆく、というような非常な時期には、だれが病気でだれが健康であるかを必死になって調査したり、いちいち杓子定規に家を閉めたりしようとしても、第一それが不可能であるばかりでなく無意味でもあることは争えないことだった。一つの通り全体のうちで、ほとんどの家も感染していたり、ところによっては家族の全員が冒されている、ということも多かったのである。もっとまずいことは、これこれの家が病気にかかったということがわかった時には、もうその家の病人は死亡しており、他の家族の者は隔離を恐れて逃亡してしまっているということであった。だから、そういう家を感染家屋と称して閉鎖したところで大して役にも立たなかった。この家の者が多少とも病気にかかっているとはっきりわかるころには、病気のほうはさんざん荒れ狂ったあげく、もうその家からおさらばをしているというわけだった。

こういう次第で、病気の蔓延を防ぐことは、とうてい当局の手におえることでもなければ、また人間の考えうる方法なり対策なりの及ぶところでもないとすれば、家屋閉鎖というこのやり方が所期の目的を達成するには不充分だということは、常識のある人々には納得していただけよう。いかにも公益ということがいわれていたが、家を閉ざされてしまった特定の家族のこうむる深刻な重荷に匹敵するだけの、あるいは釣り合うだけの公益がそこにあるとも思えなかったのである。そのような苛酷な処置を指揮し実行する役目を当局から仰せつかって実際に見聞したかぎりでは、この方策は目的にそうといえないものであることを私は再三思い知らされたのである。たとえば、私は見廻り《ヴィジター》、つまり検察員《エグザミナ》として、いくつかの感染家族の病状をくわしく調べることを要求されたのであるが、われわれ見廻りが、明らかに家族のだれかが悪疫にかかったことがわかっている家に行った場合、そこの者が逃亡していないということはまずなかったのである。治安当局の上司の者は、こんな場合、まことにけしからんことだとばかりに憤慨して、われわれ検察員の検察ないし点検上の不行届を追及してきた。しかし、調べてみたところで、要するにこちらにわかる以前から病気に冒されていたことがわかるだけの話であった。ところで私は、二ヵ月という正式の任期の半分にもみたぬ期間この危険な仕事に従っただけであるが、それだけの期間でも、玄関や隣近所でたずねるくらいでは、病人の家の真相をつきとめることはできないことを知るに充分であった。真相調査に一軒一軒家の中へはいってゆくことは、さすがの当局者もわれわれ市民にあえて任務として課そうとはしなかったし、また市民中だれ一人としてそれを引き受けようとする者もいなかった。そんなことをしたら、われわれがこちらから好んで疫病《ペスト》と「死」に生身をさらしに行くようなもので、わが身はもちろん家族の破滅は必至であった。そればかりでなく、こういう苛酷な目にあわなければならなかったとなれば、まともな市民ならロンドンを見捨てて退去してしまっていたろう。そのことは断言できる。

ことの真相を確かめようにも近所の人か、その家の者かにたずねる以外に方法がないとすれば、しかもそれが必ずしも信頼できないとすれば、事実の究明は前にも述べたように、結局不確定なものとならざるをえないのである。

いかにも、一家の戸主は、自分の家の者がだれか病気になった場合、つまり疫病の徴候が現われた場合、それを発見しだい、二時間以内に、その居住区域の検察員に報告する義務がある旨、法令によって定められていた。ところが実際には、どの戸主もいろいろな口実を設けてはごまかそうとし、なかなかその法令を履行しようとはしなかった。結局、病気の有無はともかく、いろいろな手段を講じて逃げたい者を逃がしてやってからでなければ、報告をすることはまずなかった。事情がこんなふうであってみれば、家屋閉鎖が悪疫流行を食い止める、有効な手段だとみるわけにはいかないことは明らかであった。なぜなら、ほかのところで私がいったように、感染した家から逃げ出した人の多くは、自分では健康だと信じきっていても、まず病気を持っていることは間違いなかったからである。現に、その連中のある者は急に倒れて死ぬまでは町の中を通行しているというありさまだった。急に倒れるといったところで、何も弾丸か何かに当たったみたいに、突如として病気に襲われるというわけではなく、じつはずっと前から血管のなかに病気をもっていただけの話なのだ。ただそれが、器管の奥深くひそんでむしばんでいたのが、急に現われてきて、あっという間に一撃のもとに心臓を麻痺させるというわけであった。そんな場合、患者はまったく一瞬のうちに息が絶えるのだったが、そのようすはちょうど気絶するか卒中の発作にそっくりであった。

医者のなかにもいたそうだが、通行中に今いったような死に方をした連中は、じつはほんのその倒れる寸前に病気にかかったのだ、と考えていた人々も一時はあった。その考え方によると、ちょうど閃光一閃、雷にうたれて死ぬ人間のように、青天の霹靂《へきれき》同然の病気にうたれて死ぬというわけであった。しかしそういう考えの人々も、ある明瞭な証拠をつきつけられて、その意見を変えざるをえなくなった。というのは、路上で死んだ人間の死体を調べてみると、そこには徴候が必ず現われていたからであった。あるいは、人々が案外と思うほど長いあいだ病気がその体にひそんでいたことを示す他の証拠が歴然として残っていたからであった。

われわれ検察員《エグザミナ》が、ある家に病気が出たという情報をつかめないのもたいがいそういった事情のためで、いざ情報をつかんだという時は、もう手遅れで今さら家を閉ざしてもむだであった。あとに残った者までが全部死に絶えるまで、情報がつかめなかったことも再三あった。ペティコート小路《レイン》で二軒の家がいっしょに病気に感染し、数人が発病したことがあった。しかし、その事実が巧みに隠されていたため、私のよく知っている検察員もそのことはさっぱり知らなかった。すると突然、通知がきて両方の家の者が全部死亡し、死体を運ぶために荷馬車がいるといってきた。両家の主人は共同謀議をめぐらして、手はずを前もって整えていたのであった。つまり、検察員が近くにやって来ると、代わる代わる一人ずつ出ていってお互いに相手のために答えた、というか、つまり嘘をついたわけであった。また近所の者に頼んでみんな健康だと言ってもらったりした。おそらくこれ以上うまい手はないと思っていたのだろうが、いかんせん、死神がやってきては万事休すで、もう秘密として隠しておくこともできず、夜分に死体運搬車《デッド・カート》が両家に呼びこまれるにおよんでいっさいが明るみにでたというわけだった。しかし、検察員が警吏に命じて両家を閉鎖させようとした時には、両方でわずか三人の者が残っているだけであった。一軒のほうに二人、他方に瀕死の病人が一人いた。両家ともそれぞれ付添婦がいたが、すでに五人の死体を埋葬したことや、両家が感染してから約十日くらいになることや、大家内であった両方の家族のうち、死亡者以外は、ある者は病気のまま、ある者は健康で、あるいはいずれともはっきりしないまま、みんな逃亡してしまったこと、などを白状した。

同じようなことが、同じペティコート小路《レイン》の別な家で起こった。やはり家族の者が病気に冒されたが、そこの主人は家を閉ざされるのが嫌でたまらず、どうにも自分で隠しきれなくなった時には、自分で自分の家を閉ざしてしまった。つまり、玄関の戸に赤い十字架の標識とともに「主よ憐れみ給え」という文句を書いたというわけだ。係りの検察員《エグザミナ》はこれにすっかりだまされてしまった。彼はもう一人の検察員（というのは各地区には二名の検察員がいたからである）の命令で、警吏がその十字架を描いたものとばかり思いこんでしまったからである。こういう策略を用いてこの家の主人は、自分の家が病気に見舞われていたにもかかわらず、自由自在に出入りすることができた。やがてついにその策略が暴露すると、彼はまだ病気にかかっていない召使や家族を引き連れてさっさと逃げてしまった。そんな具合で、結局この家は閉鎖を免れてしまった。

こういう事情から考えると、家を閉ざすという方法で悪疫流行を防止するということは、不可能でないまでも非常に困難だということが明らかであった。このことは前にもいったとおりである。ただし、市民が閉鎖を少しも不平がましく思わず、病気に冒されたと自分で気がつきしだい、その旨をきちんと忠実に当局者に通告して、喜んで協力してくれるというのなら話はまたもちろん別であろう。だが、そういうことは期待するほうが無理であろう。検察員にしても、さきに述べたような事情で、彼らが病人の家に取調べのためにはいってゆくことはとうてい期待はできない。してみると、家屋閉鎖の利点はことごとく失われてゆくだろうし、時機を失せずに効果的に閉鎖できる家というものは、どうしても病人を隠しおおせない貧乏人の家とか、病気の打撃で周章狼狽してすぐ世間に見つかってしまう人々の家とかを除いては、きわめてわずかな数に限られよう。

私は代わりの人が見つかり、当局もその人を認めてくれたので、まもなく危険な役目から放免されることになった。じつは代わりの人というのもなにがしかのお金を包んでぜひ引き受けてくれと私が頼んだのだった。はじめ定められた二ヵ月という勤務期間どころか、三週間以上とは勤めなかったわけである。だが、それも八月という月だったことを考えると、ずいぶん長い期間だったともいうことができる。ロンドンでもわれわれの区域では、疫病が猛威をふるいはじめたのは、じつに八月だったからである。

この職務についているあいだ、閉鎖の件については仲間の連中に対してしばしば自分の意見を述べたものであった。話の結果、現在行なわれているような苛酷な処置はそれ自体不都合なものであるが、まず何よりも一つの致命的な欠陥があることが明瞭だということになった。ということは、つまり、私が前にもいったように、病人が毎日昼日中を大手をふって歩いているかぎりは、当初の目的はこのような処置では達しえないということであった。そしてわれわれの一致した意見は、ある家が病気に見舞われた際に、健康人を病人から引き離したほうが多くの点で、より合理的になろうということだった。そういった際に、健康な人間で自分から残りたい、いっしょに病人とともに閉鎖隔離されても異存はない、とはっきり意思表示する人があれば、もちろん話は別であった。

健康人を病人から引き離すというわれわれの案、これはもちろん病気に感染した家の場合に限るし、病人を閉じ込めるといってもいわゆる監禁ということではなかった。もう身動きできなくなった病人は閉じ込められても不平を述べることはまずなかった。ただし、それはまだ正気で判断力があるあいだに限られていた。いよいよ譫妄《せんもう》状態になると、どうしておれを閉じ込めるんだ、どうしてこういう残酷な目にあわせるんだ、といってどなりだすからだった。しかし、健康人の隔離のことだが、病人から引き離すのはほかならぬ彼ら自身のためであり、これこそまさに妥当きわまることだとわれわれは考えたのである。同様に、他の人々の安全をおもんぱかるためにも、病人から引き離された健康人がしばらくのあいだどこかで蟄居して、はたして彼らがほんとうに健康かどうかを見、また万一の場合他人に病気をうつさないようにするのも、これまた妥当なことと考えた。蟄居の期間は二十日か三十日あれば充分だと判断した。

そのためには、健康人がその二十日間の隔離生活をおくる特別の家が用意される必要があった。そういう家があれば、自分の家で病人といっしょに閉じ込められるのと違って、多少の窮屈な思いはするかもしれないがそう非道な仕打ちをうけているとも思わないだろうと想像された。

なお、またこういうこともここで話しておきたい。葬式があまりに多くなると、市民たちも以前のように、いちいち弔鐘を鳴らしたり、弔いに出かけたり、喪に服したりしてはおれなくなった。それればかりか、死体を入れる棺桶をつくることさえできなくなった。そんなわけで、しばらくたって病勢が極度に猛威をふるうようになると、結局、家を閉鎖するということはもうだれもやらなくなってしまったのである。いってみれば、いくら閉鎖するといったような対策を講じたところでどうなるものでもないことがはっきりしたし、そんなことにおかまいなしに疫病《ペスト》はしゃにむに疾風の勢いで広がることがわかったからである。

そういった状態は、翌年の大火事の時、火勢が猛烈でどんどん燃え広がってゆき、市民が絶望しきって、ただ呆然と見守るばかりで火を消そうともしなかったことを思い出させた。疫病もまたそれと同じで、こう荒れ狂ったのでは手のつけようはなく、市民はお互いに顔を見合わせて絶望したまま拱手《きょうしゅ》傍観しているにすぎなかった。どこもかも街路はことごとく廃墟のような感じで、閉鎖家屋が見られないばかりか、第一人間がきれいに一掃された感じであった。玄関の戸は開いたままだし、閉める人間もいない空家の窓は、風にあおられてばたばた鳴っていた。要するに、市民たちは恐怖のあまりみずからなすところを知らず、いっさいを投げだしてしまったのだ。そして、どんな規則も方法も全部無意味で、前途には、ただはてしなき荒廃以外なにものもない、とあきらめきっていた。神がそのみ手をとめ、悪疫猖獗の猛威を押え給うたのは、じつにこのような声が巷に満ちあふれていた、最悪の時であった。神はこの時、はじめ悪疫流行が始まった時の場合と同じく、意外な手をうたれたのであるが、そこに、ある力を媒介として用いられなかったわけではないにしろ、とにかくみずからそのみ手を、上なる神ご自身のみ手を、下し給うたのであった。そのことはしかるべきところで話すつもりである。

しかし、まだ、私はいっさいを滅ぼそうとして荒れ狂う疫病のこと、恐ろしさのあまり絶望に瀕してふるえている市民たちの話をつづけなければならない。病気が最悪の事態に達すると、人間の気持がどのように突拍子もないものになるか、ほとんど信じ難いほどであった。それはまことに異常な感銘を与えないではおかなかった。ホワイト・チャペル区のブチャー路《ロウ》に、ハロウ小路《アレー》というのがあった。その小路は多くの小路、袋小路、路地に通ずる中心地で、いつも人込みでごたごたしたところであったが、そこから飛び出してきた男が一人いた。ほとんど真っ裸で自分の家から、というよりたぶん自分の寝床から飛び出して通りへ躍り出してきたものらしかった。この男の姿ほど、われわれにものを考えさせ、またわれわれの魂に深刻な印象を与えたものはほかにないといってよかった。いや、この男ほど、われわれに痛烈無残な衝撃を与えたものはほかにはないといっても過言ではなかった。この哀れな男は通りへ飛び出してきて、踊ったり歌ったりして走っていた。さかんにひょうきんな格好をしながら走ってゆくのである。女や子供が五、六人、泣きながら、大声でその男の名を呼びながら後から追いかけていた。後生だからもどってきて、といい、通行人に、あの人をとらえてください、と哀願しながら、なおも追いかけていた。しかしだれ一人としてその男をとらえようとも、いやその近くに寄ろうともしなかった。

この光景を私は自分の家の窓から一部始終見ていた。なんとも悲惨な光景であった。苦しみに虐げられたその男は、じつは劇痛に悶え苦しんでいたわけであったらしいが、それというのも、体に二箇所も腫脹ができていたからであった。その腫脹がどうしてもつぶれなかったのである。そこで医者は強い腐蝕剤をその患部にかけてつぶしてしまおうと考えた。私が見たのは、腐蝕剤があたかも焼火箸のようにその男の肉を焼けただらせていた時だったのだ。その後どうなったのか私は知らないが、おそらく、ぶったおれて死ぬまで、私が見たああいうような格好をしながら踊り狂いつづけたことだろうと思っている。

ロンドン市が一変して恐ろしい様相を呈するにいたったことは当然であった。われわれの町のほうから人がいつもぞろぞろ出かけていって賑わっていた町の通りもさびれてしまった。取引所は停止されていたわけではなかったが、もうだれも訪れる者はなかった。焚火もみられなかった。激しい篠《しの》つくような雨が降ったため数日間、まったく消えていた。いやそれだけではなかった。数名の医者は、焚火が市民の保健に役に立たないばかりか、かえって有害である、と主張した。彼らはこのことで、喧々囂々《けんけんごうごう》たる議論をはき、市長に対して非難を浴びせかけた。ところがまた逆に、同じ医者仲間の者で、しかも有名な人たちが、その意見に反対して、なぜ焚火が悪疫の猛威をやわらげるのに有効であるか、有効でなければならないか、その理由を述べた。私は両者の議論を充分に説明することはできないが、ただ覚えていることは、両者が互いに相手の欠点をあばき立てたということであった。ある者は焚火が有効だと主張した。しかし、それも、石炭でなく木材を焚いた火でなければならない。木といっても、とくに樅《もみ》とか杉とかいった、テルピンチン性の強烈な臭気をもったものでなければならない、といった。ある者は、木材ではいけない、硫黄やピッチをふくむ石炭でなければならない、と主張した。すると、さらに、木材にしろ石炭にしろ、どちらもいけない、という者が出てくるありさまだった。結局のところ、市長は焚火をこれ以上禁止するという命令を出した。といっても理由は、要するに、疫病《ペスト》がこう激烈であってみれば、あらゆる対策が無効であるのみならず、病勢をくい止めようと何か策を講ずれば講ずるだけ、それだけ病勢はいっそうつのるからだ、というのであった。しかし、当局のこの呆然たる状態は、策の施しようがないという事実にもとづくものであって、危険に身をさらしたくないからとか、任務の重大さ、あるいはその責任を回避しようとしたからではなかった。私はむしろ当局のために弁じたいと思うくらいだが、彼らはじつに万難を排し、身命をなげうって事に当たろうとしていたのである。ただ万事が窮したのだ。疫病は疾風のごとく荒れ狂ったのだ。こうなると、市民は、ただ、あれよ、あれよ、とばかりすくみ上がるだけで、その結果は、捨て鉢になり、そしてさらに完全な絶望におちいらざるをえなかったのである。

しかしここで注意しておきたいことは、私が市民の絶望ということを今いったが、私の意味したのは、いわゆる宗教的な絶望、あるいは来世に対する絶望ということではなかったということである。ただ、病気から逃れえないという絶望、生きのびえないという絶望の意味だったのである。市民の眼には、疫病の猛威はとうてい抵抗し難いものに映じていた。八月、九月のいちばん絶頂時に病気にかかった者で死を免れた者はまずなかった。不思議なことは、このころの症状は、六月、七月、および八月初旬のころの一般的な症状とはぜんぜん違っていたことである。前にもいったが、そのころに病気にかかった者は、かかったままで幾日も生きつづけ、血管のなかに病毒を養ったあげく、ぽっくり死んでいった者が多かったのである。ところがこんどは反対で、八月の後半の二週間、九月前半の三週間のうちに罹病したものは、どんなに長くても二、三日でだいたい死んでいった。かかったその日に死んだ者も多かった。こういう無残なことが起こるのは、暑い土用のせいか、それとも、占星術師が誇称するように、狼星《ドッグ・スター》の感応力のしからしめるところかどうか、私は知らない。それとも、前からもっていた病気の種子がこの時になって急にぱっと一時に発育したものかどうか、も私にはまったく見当がつかない。とにかく、この時期は、一晩で三、〇〇〇人以上の死者が報告された時期であった。事実をくわしく調べたとあえて称する連中がいうところによれば、死者はすべて二時間のうちに、つまり、午前一時から三時までのあいだに死んだそうである。

以前に比べて、この時期になって病人の死に方があまりに唐突になったことについては、その実例がおびただしくある。私の近所だけでもいくつかあげることができる。市の関門《バーズ》の外側の、私の家からもさほど遠くないところに住んでいたある家族のごときは、月曜日には全員健康そうに見えていた。家族は一〇人家内であった。ところが、その月曜日の夕方、女中一人と小僧一人が発病し、翌朝には死んだ。と、同時に、もう一人の小僧と主人の子供二人が発病し、三人のうちの一人がその夕方死に、残りの二人が翌水曜日に死んだ。こういったわけで、土曜日の昼までに、主人主婦、四人の子供、四人の奉公人、つまり全部死んでしまった。家はがらんとなった。あとにはただ一人、亡くなったその主人の兄弟の依頼で家財道具を片づけに来ていた老婆だけがぽつんと残っていた。その兄弟というのはあまり遠くないところに住んでいて、病気にはかかってはいなかったそうである。

おびただしい家ががらんどうになった。みんな死に絶えて死体が運ばれてしまっていたからである。関門《バーズ》の少し向こうのところだが、さっきの話と同じ側を進んでゆくと、「モーゼとアロン」という町名の標識があった。そこからはいっていった小路など、まったくひどいものだった。聞くところによると、何軒も家がかたまっていたが、そこでは全部合わせても一人も生きている者はいなかったという。そのうちの何軒かで最後に死んだ幾人かの者の死体はしばらく放置されたままで埋葬されなかったそうである。その理由を、ある人々はいかにもまことしやかに、生存者がほとんどなくて死者を葬ることができなかったからだ、などと書いているが、事実はそうではない。その小路の死者があまりに多くて、埋葬人や墓掘人に、埋めてもらわなければならない死体があるという通告を出す者がいなかったままでの話である。どれくらい本当のことか知らないが、いくつかの死骸はすっかり腐敗していて、運搬するのにひどく苦労したそうである。運搬車は大通りに面した小路の入口のところまでしかこなかったため、死体を運ぶのにそれだけ困ったわけであった。しかし、どれくらいたくさんの死体が放置してあったのか私はよくは知らない。普通ならそう多くはなかったはずだと思う。

市民が悲しみのどん底におちいって生きる望みを失い、自暴自棄になったことは前にいった。すると、最悪の三、四週間を通じ、意外な現象がそのために生じた。つまり、市民はやたらに勇敢になったのである。もうお互いに逃げ隠れしようともしなくなったし、家の中にひっそり閉じ込もることもやめてしまった。それどころか、どこだろうがここだろうがかまわずに出歩くようになった。相手かまわず話しかけるようになった。かたわらの人間に向かって次のようにいう人もいた。「あなたのご機嫌をうかがっても仕方がないし、私の機嫌のことをいっても仕方がない。とにかく私たちは一同そろって迎えがきたら行くわけですから、だれが病気でだれが健康だなんていったところではじまらない」そんなわけで、市民は捨て鉢になって、どこにでも、どんな人込みの中にでも、出かけていった。

彼らがこうやって平気で公衆のなかに交じるようになるにつれて、教会にも群れをなしておしかけるようになった。自分がどんな人間のそばに坐っているか、その遠近などはもはや問題ではなかった。どんな悪臭を放つ人間といっしょになろうが、相手の人間がどんなようすの者であろうがかまうことはなかった。お互いにそこに累々たる死体があるだけだと思っているのか、まったく平然として教会に集まってきた。教会に来る目的である聖なる務めに比べるならば、生命はまったく価値をもたないとでも考えているようであった。熱心に教会にやって来て、真剣そのもののごとき表情で説教を聞いている姿はまったく驚くほどであった。そういう光景を見ていると、彼らが神を拝するということをどれほど重要視しているかが明らかにうかがえた。おそらく、礼拝に出るたびごとに、これが最後の礼拝だと思っていたにちがいなかった。

なおこのほかにもいろいろ思いがけない現象が生じた。市民が教会にやって来て説教壇に立っている人を見ても、それがだれであろうと、従来のような偏見にみちた態度をいっさい示さなくなったこともその一つであった。だれかれの区別なく荒らしまわる凶難にあって、教区教会の牧師の中からも多数の被害者を出していた。生き残った者のなかには市内にとどまる勇気がなく、つてを求めて田舎に疎開していった者もいた。教区教会でそのため牧師のいないものもできていた。そうなると市民は非国教会派の牧師に自分たちの教会で説教してくれるように頼むことを何とも思わなくなった。非国教会派が信仰形式統一令という議会の制定にかかる法律によって牧師職から数年前に追われていたことは周知のとおりである。また、教区教会の牧師のほうでも、非国教会派牧師の援助を喜んで受け入れていた。そんなわけで当時沈黙の牧師と悪口をいわれていた非国教会派の牧師たちもこの機会にぞくぞくと口を開き、公然と市民に向かって説教するようになったのである。

こういったことから次のようなことがいえそうである。また、それをいうこともあながち見当違いではなかろうと思う。それは、死を目前にひかえた場合、立派だがそれぞれ違った立場をもっている人も互いに融和しあう可能性があるということである。現在のように、われわれのあいだに分裂が醸成され、敵意が解消せず、偏見が行なわれ、同胞愛にひびがはいり、キリスト教の合同が行なわれず、依然として分裂したままになっている、というのは、われわれの生活が安易に流れ、事態を敬遠してそれと本気に取り組もうとしないことが、そのおもな原因であろう。もう一度悪疫《ペスト》に襲われるならば、こういった不和はすべて一掃されよう。死そのものと対決すれば、あるいは死をもたらす病気と対決すれば、われわれの癇癪の虫も、いっぺんに消えてなくなり、われわれのあいだから悪意なぞもなくなってしまうであろう。そして、前とは全然異なった眼をもって事物の姿を見るようになろう。この場合がまさしくそうであった。従来英国国教会を支持していた人々もこの時機に際しては、非国教会派の牧師が説教するのを喜んで聞くほどまでになっていた。少し依固地な偏見に禍いされて英国国教会の世界から離れていった非国教会派の人々も、この際、喜んで教区教会に出席し、以前にはあれほど反対した礼拝にも参加した。しかし、病気の恐怖が減じるとともに、このような現象も、以前のあまりかんばしからぬ状態にかえっていった。旧態依然たる姿に戻ったのである。

私がこのことをいうのも、ただ歴史的な事実としていうのであって、当事者のどちらかを、あるいは両方を動かして大同団結にいたらしめようというつもりからでは毛頭ない。そんな議論が時宜をえたものだとも、うまくゆくだろうとも私には考えられない。両者の対立は少なくなるどころかますます大きくなるばかりのように思われる。そのどちらかの側に私が影響を与えうるとは、私自身思ってはいない。ただ繰り返していえることは、死がわれわれすべてを一致融和させることは明らかだということだけである。墓場の向こうでは再び万人はみな同胞となれるというものである。党派や宗派のいかんを問わず、われわれはすべて天国へ行けたらと私は思う。おそらく天国では、偏見も猜疑心もなかろう。そこでは、われわれは一つの主義、一つの主張をもつことであろう。しかるに、その天国へ行くのに、つまり、なんらの躊躇なしにわれわれが心から喜んで一体となることのできるその天国へ行くのに、なぜわれわれは手をつないでゆけないのか、なぜこの世では手がつなげないのか、私にはそれに対して、ただ残念である、という以外に答えることはできない。またそれ以上何もいうつもりもない。

この恐ろしい時に起こったさまざまな災厄の話ならいくらでもできる。毎日のようにわれわれの周囲に生じた事象のこと、病人が狂乱のあまりしでかす途方もない所業など、いくらでも私は話すことができる。街路には見るも恐ろしい光景がみちみちていたし、家族の者同士が互いに恐怖心をいだき合っていた。そんなことをいっていたらまったくきりがないくらいである。寝台に縛りつけられていたが、ほかに逃れる道がなかったために、不幸にもすぐそばにあった蠟燭で寝台を燃やしてみずからついに焼死したある男の話もすでにした。また、苦痛に我慢できず、何だかわけのわからない無我夢中の格好よろしく、町の真ん中を裸で踊ったり歌ったりした男の話もした。こういう話をしたあとで、今さら何を付け加えたらよいであろうか。この時期の惨事を、もっと生き生きと読者に伝えるためには、いや、複雑な苦悩をさらに徹底的に理解してもらうためには、はたしてどういうことをいったらよいのであろうか。

この時期が恐ろしい時期であったこと、私自身ときとして意気阻喪したこと、初めほど勇気が出なくなったことなどを私は白状しなければならない。身の危機を感じて外へ飛び出していった人があるように、私はいわば家の中へ飛びこんでいったのであった。そして、前にもいったように、ブラックウォールとグリニッジまで河を下って、いわば遠出をしたほか、その後はまったく家の中に閉じこもりきりだった。以前にもそうやったことがあるが、約二週間、引きこもっていた。これもすでにいったとおり、市内にあえて踏みとどまってしまい、兄の家族といっしょに避難しなかったことを、何度も後悔したものであった。しかし、今さら避難しようとしても手遅れであった。しばらく家の中にじっとしていたが、やがて我慢できなくてついふらふらと外に出かけたら、さっそくとっつかまって例の迷惑千万とも危険千万ともいうべき職務を仰せつかった次第だった。そのためにまたもやしばしば外出するようになった。しかし、依然として病気は蔓延していたにもかかわらず、やがて職務をやめたので、私はまたもや家に蟄居し、約十日か十二日くらいじっとしていた。引きこもっているあいだにも、無気味な光景が私の眼の前の街路で展開されるのが窓からもよく見えた。たとえば、劇痛のあまり踊ったり歌ったりした、ハロウ小路《アレー》の途方もない男もその一例であった。ほかにもそんなのはたくさんあった。ハロウ小路《アレー》の端口で何か異様なことが昼夜をわかたず相次いで起こった。なにしろ貧乏人の多いところであったからである。だいたいそこの者は食肉処理業者が多く、さもなければ食肉処理業に依存している商売の者が多かった。

その小路から黒山のような群集が、それももっぱら女たちだったが、阿鼻叫喚《あびきょうかん》というか、悲鳴とも絶叫とも呼び声ともつかぬ、あるいはそれらの入りまじった声をあげながら走り出てくることがしばしばあった。初めは何のことか見当がつかなかった。しかし、じつはこうだった。このころになると、その小路の入口のところには死体運搬車が一晩じゅう止まっていたが、それは車が小路の中にはいったら引き返すことができなかったからである。また事実あまり深くはいることもできなかった。そんなわけで車はいつも入口のところにいて、死体が運ばれてくるのを待っていた。それに教会墓地もそう遠くはなかった。したがって、山のような死体を運んでいってもすぐにまた引き返してきた。小路の哀れな連中が子供や知合いの者の死体が馬車まで運ばれていくのを目のあたりにして号泣するさまは、とても筆舌の尽くすところではなかった。死体の数から判断すると、ここにはもう一人も残っていないのではなかろうかと思われた。それにしても、ちょっとした小さな市の人口くらいの人間がここには住んでいたのかと、今さらのように感じられた。連中はどうかすると「人殺し！」とか「火事だ！」とかどなったが、それが根拠のない狂乱のせいであり、苦悩に打ちひしがれた人間の憤怒のあらわれであることは明らかであった。

このころはこういう状況が市内《シティ》いたるところで展開されたことと信じている。私が今まで説明してきた以上に猛烈な勢いで六、七週間も病気は荒れ狂ったからである。いよいよ激烈をきわめると、私がさきに当局者の英断としておおいに讃辞を呈した、例のすぐれた法令が実行されだしたのである。すなわち、昼間は絶対に死体を街頭で人目につくようにしてはならないこと、また昼間の埋葬を禁じること、がそうであった。非常の場合には、当分、こういう異例の措置に甘んずるよりほかにはなかった。

ここで省くことのできないことがある。私はそれは相当に注目すべきことだと思っている。というより、少なくとも神の正義の手が見事にのびたという感じをわれわれに与えた事態だったと思っている。それは、予言者、星占師、易者はもちろん、その他いわゆるぺてん師、魔術師、それに例の誕生日の運勢がどうのこうのという研究家、夢占い師等々、こういった連中が全部退散してしまって、一人も姿を見せなくなったということである。私は、その大部分が病災にあって死んだものと信じている。どえらい金儲けをたくらんであくまでロンドン市内に踏みとどまったからである。事実また、市民の狂気や無知につけこんで一時はひどい金儲けをしたものだった。ところが、今では連中はひっそりと静まりかえってしまった。その多くが永遠のいこいにはいったのである。自分の運命を予言することも、自分の運勢を占うこともできなかったようである。連中は一人残らず死んだ、と、いかにもいい気味だといわんばかりに言う人もあるが、私はそうとは思わない。ただ、こんどの災厄が過ぎ去ったあとでは、こういったいかさま師が一人として現われたという噂を聞かなかったことは、私も認めざるをえない。

ところで再び本題にもどって、悪疫流行のもっとも激しかったころの私の見聞について話をつづけよう。すでにいったようにもう九月になっていた。この九月ほど悲惨な九月をいまだかつてロンドンは味わったことがなかったのではないか、と思う。以前にロンドンに起こった悪疫流行の記録を全部みてみたが、こんどのような惨状はいまだかつてなかった。八月二十二日から九月二十六日までのわずか五週間で、死亡週報の報ずる数字によれば、ほとんど四〇、〇〇〇人からの人が死んでいた。その内訳は次のとおりである。

八月二十二日より二十九日まで	七、四九六
九月七日まで	八、二五二
同十二日まで	七、六九〇
同十九日まで	八、二九七
同二十六日まで	六、四六〇
合　計	三八、一九五

これだけでも膨大な数字であったが、この計算がすこぶる不充分なものであったと信ずる理由があった。その理由を知れば、この五週間のどの週をとってみても、週に一〇、〇〇〇人以上の死亡者があり、その期間の前後の週にも、それ相応の死亡者があったことを読者にも容易に信じていただけよう。人々の、とくに市内の人々の当時における混乱はひどかった。恐慌があまりに深刻で、死体運搬の仕事を受けもっていた連中までが怖気づいてしまった。いや、現に次々に死んでいった、もっとも前に病気にかかって、その後よくなっていたのだそうであったが。また、穴のほんのすぐそばまで死体を運んでいって、まさに投げ込もうとしている最中に、そのまま倒れた連中も幾人かいた。この混乱は、どうにかこれで命拾いできたとうぬぼれ、死の恐怖は過ぎさったなどと思いこんでいた市の人々のあいだでいっそう激しかった。ある死体運搬車などは、ショアディッチを通っていて、そのまま御者がいなくなったことがあった。つまり、たった一人だった御者が通行中に死んでしまったのだ。そこで馬はそのまま歩いてゆき、車をひっくり返して死体をここに何個、あそこに何個と捨てていった。そのさまは酸鼻をきわめたといわれる。フィンズベリの野原にあった大きな穴の中には一台の運搬車が落ちこんでいたそうである。御者が死んだのか、逃げ出したのか、その辺のことはよくわからないが、馬があまり近くまで穴の側に寄ったために車もろとも穴の中に転落したらしかった。御者もいっしょに落ちて、車の下敷きになったのかもしれないともいわれていた。累々たる死骸のあいだから御者の鞭が見えていたからだそうであるが、それははたしてそうであったかどうか、私には何ともいうことはできない。

オールドゲイトのわれわれの教区では、死体運搬車が山のように死体を積んで、しかも運搬人も御者も、そのほかだれ一人いないまま、教会墓地の門前に止まっているのが見られたそうである。こういった場合はたいてい、運搬車の中の死体がいったいだれの死体であるかということはだれも知らなかった。死体がバルコニーや窓から吊りおろされることが多く、時にはかつぎ人その他がやたらに車に運んでくることが多かったからである。こういった連中は、いちいち数を数えるようなそんな面倒なことができるものかとうそぶいていた。

当局者の努力は今や極度の試練に遭遇することになった。私はここでも、彼らの努力が充分に賞讃するに値するものであったことを繰り返し述べておきたい。どんな犠牲を払い、難儀な目にあっても、市および郊外で、二つのことは絶対にゆるがせにされることはなかった。

(一) あえて言うまでもないことかもしれないが、食糧はつねに潤沢に手に入れることができた。値段もそう高くはならなかった。

(二) 死骸が埋められないまま、あるいはむき出しのままごろごろ放任されているということは絶対になかった。試みに市の端から端まで歩いてみても、埋葬ないしは埋葬の気配は

昼間は一つも見ることはできなかった。ただ、前にもいったが、九月の初めの三週間には、昼間でも埋葬が若干あったことは事実であった。

この第二番目のことは、容易に信じられない向きもあるかもしれない。この事件のあとに発表された記録のなかに、死骸が埋葬されないまま転がっていた、などと書かれているからである。しかし、それはまったく間違っていることを私は確信している。もしどこかでそういうことがあったとしたら、たいていそれは、生き残った者が逃げ出すつてを求めて死者を残したままどこかへ逐電してしまった家か、死亡の通知を役人に出せなかった家かにきまっていた。そんなことは、全体からみればほとんどとるに足りないことであった。私がこういうことを断言できるのも、自分の住んでいる教区でいささかそちらの方面の仕事に従ったからである。私の教区が、人口の割合からいって、いかなる教区にも劣らないほど大きな損害をこうむったところであることもついでに申しそえておきたい。むき出しのまま転がっていた死骸がなかったことを、私は繰り返していっておくが、その方面の係りの者が知らなかった場合とか、死体を運ぶ人や、地面に埋めて土をかける墓掘人がいなかった場合とか、また、そういった場合にはそんなこともあったかもしれない。しかし、それは私の主張を弱めることにはならない。たとえば「モーゼとアロン」小路《アレー》の場合のように、そこのごちゃごちゃした家の中に転がっていた死骸というのも、そうとりたてて言うほどのことではなかった。発見されしだい、たちまち埋葬されたことは確実であったからだ。第一番目の件、食糧のことだが、それが欠乏したり、値段が高くなったりしたかどうかということは、前にもちょっとふれたが、再びそのことについては話をしたいと思っている。さしあたり今ここでは次のことをいっておかなければならない。

㈠　パンの値段はそうたいして高くはならなかった。この年の初め、といっても三月の第一週だが、その時の一ペニーの小麦パンは十オンス半の分量だった。それが流行の最盛時には九オンス半に減じ、その後ずっと期間中変わらなかった。十一月の初旬には再び十オンス半になった。あのように恐ろしい流行に見舞われながら、この程度の物価騰貴ですんだことは、他のいかなる都市でもついぞ見られないことであった。

㈡　これは私も不思議に思ったことだったが、パン屋がいなくなったり、パン屋のパン焼《やき》竈《がま》の火が消えたりしたことがついぞなかった。そのため市民に対するパンの供給が停止することは一度もなかった。もっとも、ある家族の人々のいうように、女中にパン粉をもたせてやってパン屋で焼いてもらったこともあろう。これは当時だれでもがやったことであった。しかし、パン焼に行った女中が病気を、つまり疫病《ペスト》をもらって帰ってきたということもしばしばあった。

この恐ろしい期間中、ただ二箇所の避病院《ペスト・ハウス》が利用されたにすぎなかった。その二つというのは、一つはオウルド街の向こうの野原に、もう一つはウェストミンスターにあった。いやむしろ、病人をここへ連れてくるのになんら強制手段に訴えるということはなかった。いやむしろ、その必要さえまったくなかった。慈善にすがるほか、なんらの援助も生活物資も食物も得られなかった悲惨な人々で、ここに入院し、手当を受けることを願った者がどれほどあったか、わからないほどであったからである。ところが、入院する時か退院する時かに金を払うか、あるいはその保証がなければ、だれも入院を許されなかったのだ。こういうところに市当局の公衆管理における唯一の欠陥があった。退院する云々、といったが、事実また入院した者で全快して出てゆく者もおびただしかったのである。また、いい医者が大勢ここには配属されていた。入院したものが得をしたことは大変なものであった。そのことについてはもう一度ふれるつもりである。ところでここに送りこまれてくる連中は、日用品などを主家の命令で買出しに出かけて病気をもらって帰ってきた召使がおもだったと聞いている。病気になって主家に帰ってくると、家内の他の者が感染すると困るというのでさっそくここへ送られてくるというわけだった。流行期間中、ここでの手当は終始よく行き届いており、そのためロンドン避病院《ペスト・ハウス》だけでわずか死亡者は一五六名、ウェストミンスター避病院で一五九名にすぎなかった。

もっと多くの避病院が欲しいと私はいいたいのだが、だからといって私は病人を全部が全部強制的にここに収容すべきだというつもりはない。家屋閉鎖をやめ、病人を全部その住居から避病院に急遽収容するということは、その当座はもちろん、その後も主張されたことであったが、かりにそういうことが行なわれたとしたら、その結果はいっそう悪かったろうと思われる。病人をただむやみに移すことは疫病《ペスト》をばらまいてまわることになったろう。とくに、病人を移しても、その住んでいた家からきれいに病気を清めることができなければ、危険の度はいっそうひどいといわなければならない。残された家人が自由に放任されておれば、病気をほかへうつしてまわることは必定であった。

個々の家庭で、病気をなんとか隠蔽しよう、病人をなんとか秘密にしよう、としていたるところで用いられた策略が、先に述べたようなものであったとすれば、検察員《エグザミナ》が探知する前に、全家族が病気の餌食になることもしばしばありえたのである。また、一方では、一時に膨大な数の病人がでた場合、それが公的な避病院の収容能力を越えることも、係りの者が病人を見つけて病院に入れる能力を越えることも、これまた当然ありえたのである。

当時においても、このことは充分に考慮されたことであった。また、人々がそれについて論じ合っているのも私は再三聞いた。当局者は、市民が家屋閉鎖を甘んじて受けてくれるように、また前に私がいったような、種々奸策を弄して監視人をだまして外出するのをやめてくれるようにと極力要請したものであった。それにもかかわらず、それが困難だったということは、別な方策を行なってみたところで、それもまた結局、実行不可能なことだということを明らかに示していた。いくら当局者が努力しても、病人をその病床から、またその住宅から強制的に引き離すことはできない相談だった。そういうことをあえてやるには、市長配下の役人なんてものではなく、いわば軍隊のような役人の集団が必要であった。市民にしても、そんなことをされたら憤激するにきまっていた。自分自身はもちろん、あるいは子供や身内の者に対してそういう干渉がましいことを臆面もなくやる役人があったとしたら、あとでどんな罰を受けるにしろ、その役人を殺してしまうかもしれなかったのだ。そんなわけで、こういう方策は、ただでさえ恐るべき錯乱状態にある市民を、完全に狂気におとしいれるにすぎなかったろう。事実、当局者は、市民を恐ろしい暴力ではなく暖かい同情をもって遇することこそいろいろな点で妥当な策だと判断するにいたったのである。病人をその家から引きずり出したり、むりやり避病院《ペスト・ハウス》に入院することを強制したりすることが、当然恐ろしい暴力の色彩を帯びてくることは明らかだったのだ。

このことは、ちょうど悪疫《ペスト》がはじめて流行しだしたころのことを私に思い出させる。あのころ、すでに、悪疫がロンドン全市に蔓延してゆくことはもうはっきり目に見えていた。裕福な連中は凶報に驚いて、われ勝ちにと市内から逃げ始めていた。私はたしかそのことを前に話しておいたと思うが、当時の避難してゆく群集のさまは凄まじいものだった。馬車、馬、荷車等々がえんえんと列をなして市民を市外へ市外へと運んでいった。その姿を見ていると、あたかもロンドン全市が逃亡しているという感じであった。もしその時に、市民の自主的な処置にまたないで、逆に市民をどう処置したらよいかといった、何か威嚇的な法規を当局が公布したとしたら、その結果は、ロンドン市および郊外における混乱をいっそう悪化させ、収拾できないものにしたことは明らかであった。

しかしそのとき当局がとった行動は賢明であった。彼らは市民を激励した。そして、街頭における秩序を守り、すべての階層の市民にあらゆるものが適正にゆきわたるようにするための、じつに立派な市条令を公布して市民の統制をはかった。

第一に、市長と数名の助役、市参事会、一定数の市会議員ないしはその代表者たちが集まって決議を行ない、それを公表した。それは次のようなものであった。「われらはロンドン市を離れず、市内のいずれの所を問わず、その秩序を守り、あらゆる場合における公正なる処置をとるべく、つねに待機の姿勢にあるものである。われらはまた、生活困窮者に対する救恤に努力せんとするものである。これを要するに、市民各位によってわれらに課せられた義務を果たし、その寄せられた信頼に報いんために全力を尽くす所存である」

公布された条令を遂行するために、市長や助役やその他の者は、ほとんど連日会議を開いて、治安を維持するに必要と思われる措置を講じた。彼らは一般市民に対しては親切丁寧であったが、泥棒、強盗、あるいは死者や病人の品物を強奪する者等々といったあらゆる種類の不埒な連中に対しては厳罰をもって臨んだ。そのために、いくつかの布告が市長と市参事会によって次々に出された。

すべての警吏と教区役員は市内に残留することを命ぜられた。もしその命にそむく場合は厳罰に処せられた。また、彼らは、その地区の区助役または区会議員が承認し、保証できるような、有能で信頼できる家屋管理者《ハウス・キーパー》を指名することを命ぜられた。当局はまた、もし警吏が殉職した場合には、ただちに他の警吏をもってその後任にあてる旨の保証を市民に対して与えた。

こういう措置のおかげで、市民の気持は落ち着いた。とくに、恐慌の最初のころ、その効果はまさしく覿面《てきめん》だった。なにしろそのころは、ロンドン市が貧乏人を除いたら住民一人いない廃都になりかねまじきほど、浮足立っていたからだった。近くの田舎も、避難民の大群で掠奪され荒廃するだろう、というもっぱらの噂だった。当局者は、その言明のとおり、大胆不敵とも放胆ともいえるほどその職務を力強く遂行した。たとえば、市長と助役は絶えず街頭に立ち、危険千万な場所に行った。彼らとてもあまり大勢の人間が身辺に近寄るのは好まなかったけれども、それでも緊急必要な場合には、市民が近づくのを少しも拒もうとはせず、その苦情なり不平なりを自若として聞いてやった。市長はわざわざ市庁の中に低い露台を作らせ、群集が不平を訴えに来る時はそこで聞くことにした。そこだと彼らから少し離れており、いかにも安全なように一応は見えたのである。

当時市長係という係りが設けられた。これは順番を待って、交替でいつも市長に扈従《こじゅう》する役であった。実際に何人かはそういう目にあったが、もしその中のだれかが病気したり、つまり感染したりすると、その生死が分明するまで、ただちに他の者が代理を命ぜられ、その職務をさせられた。

同様にまた、助役も参事会員も、上司によって命ぜられたそれぞれの職場や地域において各自の任務を果たした。執行吏は、その所属するそれぞれの区長から順々に命令を仰ぐように定められた。かくして、あらゆる事態に即応して法の施行は遅滞なく行なわれた。次に、当局者がとくに注意したことの一つは、市場《マーケット》の自由を維持するための条令が守られているかどうかを確かめることであった。そのために、市長と助役（時には一人、場合によっては二人）は市場のたつ日には馬に乗って条令が守られているかどうか、市場へ自由に来、また帰ってゆけるように、あらゆる奨励と自由とが近郷の人々に与えられているかどうか、また、彼らをおどかしたり、来るのを嫌がらせたりするような迷惑なもの、不快なものが路上から一掃されているかどうか、こういったことを確かめに行った。パン屋もまた特別な条令による取締りをうけた。パン屋組合の組合長は組合幹部の者とともに、パン統制に関する市長の条令が実施され、毎週市長が指定するパン価格が守られているか否かを確かめるように命ぜられた。あらゆるパン屋はそのパン焼竈の火を瞬時もおとさないよう強制された。それにそむいた場合には、ロンドン市の公民としての特権を剝奪された。

こういう措置がとられた結果、前にもいったように、パンはいつも豊富に、しかも平常どおり安価に手に入れることができた。市場では、またどんな種類のものでも食料品の不足をみることはなかった。ほとんど平常と変わらないその状態を見て、じつは私自身驚嘆することもしばしばであった。いや、いつもびくびくしながら外出している自分自身が恥ずかしくなることさえもあった。まったく、田舎の人を見ていると、大胆というか、市内に伝染病があることも、それにかかる危険があることも全然気にしていないようすで、平然として市場へ出入りしているのであった。

　街頭がつねに清潔に保たれ、すべての種類の醜悪なもの、死体、その他の不潔で不快なものがきれいに一掃されていたことは、今まで述べてきた当局者の見事な処置によるものであった。もちろん、通行中の病人が突然たおれてそのまま死ぬといったような場合は、これはやむをえなかった。しかし、そんな場合でも、たいていその死体の上に布か毛布をかぶせておくか、最寄りの教会墓地に運ぶかして静かに日の暮れるのを待つのが普通であった。凄惨で、無気味で危険でもあるいっさいの必要な仕事は、夜間に片づけられた。病人を運ぶのも、死体を埋めるのも、病毒のついている衣類を焼くのもすべて夜のうちに行なわれた。すべての死体は教会墓地か一般の墓地に大きな穴を掘って投げこむのであったが、その死体をそこまで運ぶのも夜であった。そして夜が明ける前に、いっさいが元どおりに取りつくろわれていた。したがって昼間は、凶事が荒れ狂っている気配はどこにも感じられなかった。ただ何か感じられるとすれば、街頭に人影が一つもなかったことや、時に窓から悲痛な叫び声と悲嘆の声が聞こえることや、閉鎖された家や店が異様に多いことくらいのものであった。

　街頭が無気味に静まりかえるといっても、それは市内《シティ》そのものよりも市周辺地区のほうがもっとひどかった。ただそれが逆だったのは、前にもいったように、疫病《ペスト》が東へやってきて、全市内を席巻した時であった。疫病が市の一端から始まって順次他の部分に広がっていったが、こちらへ、つまり東部へやってきた時には、西部のほうではその猛威が衰えきっていたということは、何としても神のありがたい思し召しというほかはなかった。じつに不思議というか、ただ一方から他方へと病勢は進行してついに衰えていった次第であったのだ。その具体的な例は次のとおりである。

疫病は市内のセント・ジャイルズ区およびウェストミンスター寄りのところから始まり、このあたり一帯が猛烈な打撃を受けたのが七月中旬ころまでであった。もっとはっきりいうと、セント・ジャイルズ・イン・ザ・フィールズ、セント・アンドルー、ホウボン、セント・クレメント・デインズ、セント・マーティンズ・イン・ザ・フィールズ、それにウェストミンスターなどの各教区がひどくやられたのである。七月下旬になるとこれらの教区の病勢は衰え、東漸して、こんどはクリプルゲイト、セント・セパルカー、セント・ジェイムズ、クラークンウェル、セント・ブライド、オールダーズゲイト一帯が痛烈な流行をみせた。これらの教区が悩まされているあいだは、市《シティ》も、テムズ河のサザク側の全教区、ステプニー、ホワイト・チャペル、オールドゲイト、ウォピング、ラトクリフあたりはほとんど無傷であった。そんなわけで、市《シティ》の全区域、東側および北東側の郊外、サザク地区では人々は平気でいつものように仕事をし、商いをつづけ、店も開けば互いに自由に往来もするというありさまであった。まるでロンドン市民のあいだに疫病にかかっている者は一人もないかのごとくであった。

北側および北西側の郊外、というと、つまりはクリプルゲイト、クラークンウェル、ビショップスゲイト、ショアディッチであるが、このあたりが激しく襲われているころでさえも、他の区域はまだまだ大丈夫であった。たとえば、七月二十五日から八月一日にいたる死亡週報の報告している、あらゆる病因による死亡者数は次のとおりであった。

セント・ジャイルズ（クリプルゲイト）	五五四
セント・セパルカー	二五〇
クラークンウェル	一〇三
ビショップスゲイト	一一六
ショアディッチ	一一〇
ステプニー教区	一二七
オールドゲイト	九二
ホワイト・チャペル	一〇四
市内の全九七教区	二二八
サザク地区の全教区	二〇五

合　計　　一、八八九

これで見ると、クリプルゲイトとセント・セパルカーの両教区だけでも、全市と東郊、サザク地区の全教区を合わせたよりも、なお四八名も死亡者を多く出していることがわかる。これでもって市《シティ》がいかに健全であるかという評判がイギリス全土に根をおろすことになったのである。とくに、もっぱらわれわれに食料品を供給していた近接の町村や市場にその噂は深く根をおろした。ひとたびそうなると、噂というものは恐ろしいもので、市が健全でなくなってもなお評判だけはつづいたのである。田舎からショアディッチやビショップスゲイト、あるいはオウルド街やスミスフィールドを経て町の中へはいってくる際に、まず目につくものは人影まばらな街頭の風景であり、閉ざされた家屋や店であった。町をうごめいている人間もたまにはいるが、それも家の近くをさけて通りの真ん中を歩いているというふうであった。ところが一歩市内にはいるとありさまは急に活気を呈する。市場も店も開いている。人々はそんなに多くはないが、それでもいつものように往来を歩いている。こういう状態が八月の下旬から九月上旬までつづいた。

しかし、それからは事態は一変した。病勢は西および北西方面の教区では衰え、その力は市内、東部の郊外、サザク地区に向かって一気にのしかかってきた。その勢いたるや凄まじいものがあった。

市内の模様は暗澹たる光景を呈した。店は閉ざされ、往来の人影も消えた。ハイ・ストリートでは必要に迫られて買物などに出歩いている人の姿もしばしば見かけられたし、また真っ昼間にはかなりの人影を見ることもできた。しかし、朝夕はほとんど人影はなかった。ハイ・ストリートでさえもそうであった。いわんやコーンヒルやチープサイドにおいてはいうまでもなかった。

私のこの実見談は、激烈をきわめた数週間の統計を示す死亡週報によって充分に裏付けされている。そのうちで、問題の教区に関係した部分の抜粋を示すと次のとおりである。これはまた私が今いっている死亡者数を一目瞭然に示してくれよう。

市の西方および北方における死亡者数の減少を示す死亡週報の数字は次のとおりである。

九月十二日より同十九日まで

セント・ジャイルズ（クリプルゲイト）	四五六
セント・ジャイルズ・イン・ザ・フィールズ	一四〇
クラークンウェル	七七
セント・セパルカー	二一四
セント・レナード（ショアディッチ）	一八三
ステプニー教区	七一六

オールドゲイト	六二三
ホワイト・チャペル	五三二
市内の全九七教区	一、四九三
サザク地区の八教区	一、六三六
合　計	六、〇七〇

一見してわかるように、ここには大変な事態の変化がみられよう。しかもそれは惨憺たる変化なのだ。もしこの状態が一週間でなく、二ヵ月も続いたら、まず生存者はなかったかもしれない。しかし、繰り返していうが、事態がこのように急速度に悪化してゆくにつれ、初めに手痛く疫病《ペスト》の襲撃を受けた西部と北部のほうはこれでもわかるように次第に事態が好転していったのは、まさに天佑というほかはなかった。一方で人影がしだいに消えてゆくにつれ、他方では次第に外出する人の姿も多くなった。翌週、また翌々週となるとようすはいっそうはっきりしてきた。これはロンドンの他の地区の人々にとっては大きな慰めであった。数字をあげると次のとおりである。

九月十九日より同二十六日まで

セント・ジャイルズ（クリプルゲイト）	二七七
セント・ジャイルズ・イン・ザ・フィールズ	一一九
クラークンウェル	七六
セント・セパルカー	一九三
セント・レナード（ショアディッチ）	一四六
ステプニー教区	六一六
オールドゲイト	四九六
ホワイト・チャペル	三四六
市内の全九七教区	一、二六八
サザク地区の八教区	一、三九〇
合　計	四、九二七

九月二十六日より十月三日まで

セント・ジャイルズ（クリプルゲイト）	一九六
セント・ジャイルズ・イン・ザ・フィールズ	九五
クラークンウェル	四八

セント・セパルカー	一三七
セント・レナード（ショアディッチ）	一二八
ステプニー教区	六七四
オールドゲイト	三七二
ホワイト・チャペル	三二八
市内の全九七教区	一、一四九
サザク地区の八教区	一、二〇一
合　計	四、三二八

これで見ればわかるように、市内および東部や南部地区の惨状は今や極まれりというべきであった。病気の猛威は、今や、これらの方面に向かってひたすら向けられていることが明らかであった。市内、テムズ河南岸の八教区、それにオールドゲイト、ホワイト・チャペル、ステプニーの各教区、これが今、病勢の矢おもてに立っていたのである、そして、この時期こそ、私が先にいったように、死亡週報の報ずる数字がその最高に達した時期でもあったのだ。このころには週に、八、〇〇〇名から、九、〇〇〇名、いや私の信ずるところでは一〇、〇〇〇人から一二、〇〇〇人くらい死んでいるはずだった。週報の数字と

なぜ違うかといえば、当局に正確な数字がつかめるわけがなかったからである。その理由はすでに述べた。

ある有名な医者の一人が、その後、この時のことをいろいろ観察してラテン語で書いた論文を公にしているが、それによると、一週間に一二、〇〇〇人死んだし、時によっては、一晩に四、〇〇〇人も死んだといっている。そんなに大勢の者が死ぬほど、いわば致命的な夜がとくにそのころあったという記憶は私にはない。しかし、この医者の言葉は、死亡週報その他がいかに不正確なものであるかという、私の言明を裏書きするといえよう。この問題はまたあとで取り上げるつもりである。

ここで一つ、また同じことをくり返すようにみえるかもしれないが、ロンドン市の惨状、とくに当時私が住んでいた付近の惨状を再び説明させていただきたい。無数の人々が田舎へ避難したにもかかわらず、まだ市内その他に多数の市民が残っていた。もしかしたら前よりふえたかもしれないほどだった。というのは、市民は、疫病は市内にも、サザクにもウォピングにもラトクリフにも侵入しないものと長いあいだ決めてかかっていたからである。なにしろこういう確信が頭の中にこびりついていたために、西部や北部の郊外の住民がどっとばかり大事をとって東部と南部のほうへ押し寄せてきたわけである。その際、彼らが疫病をもってきたことは当然考えられた。意外に早くその方面へ病勢が拡大した理由はそのあたりにあった、と私は信じている。

ここでまた、後人の考察に資するために、人から人へ病気がどういうふうにして感染してゆくか、その経路についてもう少し述べておくべきであろうと思う。つまり、病気が直接に健康な他の人にうつってゆくのは、けっして病人からばかりでなく、また健康人からでもあるということを言いたいのである。もっとはっきり説明すると、私がここで病人というのは、病気に冒されていることが明らかに認められ、病床につき、治療をうけ、あるいは体に腫脹や腫瘍の徴候その他がすでに現われている者の謂《いい》である。こういった連中は、病床についているか、とても隠しおおせない状態なので、だれでも容易に警戒することができる。

　ところで健康人だが、私がここでいう意味は、病毒は受けている、実際に体にもっている、血の中にもっている、しかも顔には何の徴候も示してはいない、いや、自分でも病気のことに気がついていない、何日間も気がついていない——そういう人間の謂《いい》である。こういう連中は、あらゆる場所で、また行き合うあらゆる人に向かって、いわば死の息を吹きかけているのである。いや、そのまとっている衣服自体に病毒がうようよしている。その手は、その触れるあらゆるものに病毒をうつしている。とくに、彼らが熱っぽく汗じみている時は、それがひどいのである。彼らが汗をかくのは一般的な現象なのである。

　ところで、こういう連中を見分けることは不可能であった。のみならず、今もいうとおり、自分でも病気に感染していることに気づいてはいなかった。往来でしばしば急に倒れて気絶するというのはじつにこの連中であった。彼らは最後の最後まで往来を歩き廻っていて、そこでまったく突然、汗を流し、気が遠くなり、どこかの家の玄関のところで腰をかけたかと思うと息が絶えるのであった。もちろんまた、こういうこともあった。つまり、こういう状態におちいってから、必死にもがきながら自宅の入口までたどりつこうとする者もあったし、かろうじてたどりついて家の中へはいるや否やその場で死に絶えることも再三あった。時には、徴候が現われるまで歩き廻っていて、しかもそれに気がつかず、外出しているあいだは平気でいながら帰宅して一、二時間の後に死ぬという者もあった。危険なのはこういう連中だったのである。ほんとうに健康な人々が恐れなければならないのはじつにこの種の人間であった。しかし、それにしても、どうやったらその見分けがつくのかだれにもわからなかった。

ひとたび悪疫が流行しだした時、鋭意、あらんかぎりの人知をつくしてその蔓延を防ごうとしても、これがついに不可能だったのもこのためであった。すでに感染した人間と健全な人間との区別がどうしてもできなかったのだ。また、その感染した人間自身が、そうだと自分で知ることもできなかった。この一六六五年の悪疫流行の全期間を通じて、少しも動じないでロンドンじゅういたるところへ出かけていった、ある一人の男のことを私は知っている。彼は、こいつは危ないと感じた時にすぐ服用するために、常住、解毒剤だか強心剤だかを携帯していた。だが、どうやって危険を知るか、その警告を感知するか、というと、彼には独特の目安があった。その目安たるやその後にも先にも聞いたことのないようなもので、どこまで信用してよいのかじつは私も知らないようなものであった。彼は脛《すね》に傷をもっていた。そして、健康でない人々のあいだにはいっていって、病毒が彼をうかがおうとすると、必ず合図があるのですぐにわかる、というのだった。つまり、そういう土壇場にくると、彼の脛の傷がひりひり痛みだして蒼白になるというのである。そこで傷が痛み始めると、それを合図に、そのためにいつも携帯している薬をまず飲んで、それから引っ返すなり静養するなりしたのであった。自分でも健全だと思い、他人にもそう見えている人間同士が大勢集まっている席上で、例の傷が痛み始めるということが何度もあったらしい。すると彼はすっくと立ち上がって皆に向かい、「諸君、だれか病気にかかっておられる方がこの室内におられますぞ」というのが常であった。もちろん、会はただちに散会であった。こういったことが、われわれに警告していることは、病気が発生している町でありながら、だれかれの見境もなしに交際するような人々は、まず疫病を免れる道はないということ、自分で知らなくてもかかっていることがあるということ、また同様に自分では病気だと知らなくても他人に感染させることもあるということ、などである。こういう際には、健康人をその住居に閉じ込めたり、病人を移したりしても何の役にも立たない。ただし、その病人が病気と自覚した以前までさかのぼって、かつて往来したすべての人をしらみつぶしに調べて全部閉鎖できれば、話は別だ。だが、どこまでさかのぼるか、どこで線を引くか、これは厄介な問題であろう。実際、自分がいつ、どこで、どうして病気をうつされたらしい、また、だれからうつされたらしい、ということのいえる人は、まず一人もないだろう。

これこそ多くの人々が空気の汚染云々《うんぬん》のことを言い出し、病毒は、空気中に漂っているのだから、人との往来に用心しても何の役にも立たないなどと言い出す原因だと私は思っている。こういう考えが人々に与えた異様な衝撃は大変なものであった。病魔に見舞われたある人が、次のようにいっていた。「私は健康な人以外とは交際したことはない。それなのに病気にかかってしまった！」するとまた別な人がいった。「私は天から病気をもらったのだ」そして、恐ろしい冒瀆的な言葉を吐き始めた。さっきの人はなおも叫びつづけた。「私は病気に近づいたこともなければ、どんな病人のそばにも行った覚えはない。病気はきっと空気中に漂っているにちがいない。われわれが息をする時、まかり間違えば死を吸いこむわけだ。神の手が働いているのだ。抵抗するすべがないではないか」こういう考え方が広まるにつれて、危険に対して次第に無感覚になりかけていた市民をいっそう無頓着ならしめ、不用心ならしめていった。これが流行の後期のころのことだったが、初めとは比べものにならないほどいよいよ熾烈をきわめるにいたった時には、人々は一種の東洋的《トルコ》予定説とでもいうべき考え方につかれてしまい、どうせ病気にかかるのが神の思し召しなら、外出しようと家の内にいようと同じことで、とうてい逃れることはできないのだ、などと言い出す始末だった。そして感染している家の中だろうと危険な人込みの中だろうと大胆不敵にもずんずんはいっていった。もちろん、病人も見舞うし、発病しているのがわかっているのに自分の女房や子供などと同じ寝床に寝る者もでてきた。その結果はどうであったか。いわずとも知れたことで、これと同じことをやっているトルコやその他の国々の場合と同じ結果が生じてきた。すなわち、感染し、たおれてゆく者、じつにその数を知らず、というありさまだったのだ。

私は何もこんなことをいったからといって、神の裁きに対する畏敬の念、神の摂理に対する尊崇の念を軽んじようというのでは毛頭ない。私としては、こういう非常の際こそ、こういった敬虔な心を絶えずいだいておくべきものと心得ている。このような災厄自体、神が一つの市に、国に、国民に対して加えるこらしめということができる。神の復讐の使者ということもできる。心くだかれて悔い改めよ、と国民に、国に、市に向かって呼ばわる声ということもできる。それは、予言者エレミヤが「エレミヤ書」十八章七、八節にいっているとおりである。「われ急《にわか》に民あるいは国を抜くべし敗るべし滅すべしということあらんに、もし我《わが》いいしところの国その悪を離れなばわれ之に災《わざわい》を降さんと思いしことを悔いん」私がこのような記録をくわしく残すのも、こういう非常の時に際して、神に対する畏敬の念をはっきりもつべきことを説きたいからである。それを軽んじるつもりはさらさらないのである。

そんなわけで、このたびの災厄の原因を神の手が直接加えられたものとし、摂理の働きがそこにあったとする考え方を非難する者ではない。非難するどころか、実際にたくさんの人が疫病《ペスト》にかからないですみ、またかかっても助かったという驚くべき事実のうちには、不可思議な摂理が明らかに働いていたと思っている。私自身が助かったこともほとんど奇蹟的だと思っている。深い感謝の念をもって記しておくゆえんである。

しかし、なんらかの自然的な原因から生じた病気としての疫病ということを考える場合には、それが自然の経路を通って伝播していった、その現実の姿において考えてゆかなければならない。しかしまた、それが人間的作為による因果関係のもとにあったとしても、そのために神の裁きでないとするわけにはゆかない。神は自然の全体系を作り、その運行をつかさどってい給うのである。したがってまた、吉凶いずれにしろ、対人間的なその行動が自然的な因果関係の経路を普通にたどることを妥当と見給うのである。神はありふれた自然的な因果関係によって働くことを好み給うというわけである。ただし、必要とあらば、超自然的な方法を用いて行動するという力を留保されるのはもちろんである。ところで疫病の場合、それが超自然的な力が発動する、とくに異例の機会だというわけではない。ただ、普通の現象の因果関係が現われたにすぎない。しかし、そこに天が流行病をはやらせる時にしばしば示す、あらゆる意義がじつにおびただしく盛られていることはいえよう。これらの自然の因果関係のうちで、目にも見えず、正体不明のまま、恐るべき力を発揮しながら病毒が伝染してゆくというこの一事だけでも、それをあえて超自然的な、また奇蹟的な力によるものとするまでもなく、神の復讐の激しさを示して余りあるといってよかろう。

疫病の強い浸透力が以上のようであり、感染がまったく知らず知らずのうちに行なわれていくとすれば、われわれがこの猖獗《しょうけつ》区域にいるかぎりはいくら用心したところでどうなるものでもないことは事実だった。しかし、しかるべき多くの実例をまだなまなましく覚えているからいうのであるが、実例から私があえて信じていることは、それらの示す証拠に反対できる者は一人もいないだろうということである。繰り返していうが、私のあえて信じていることは、全国民のうち、かつて病気にかかった人で、それが他の人間であろうと、あるいは病人の衣類だろうと、あるいはその病人との接触であろうと、あるいはその悪臭であろうと、とにかく病気を相手からうつされた場合、普通の経路を通ってうつされていない者は一人もいなかったということである。

初めてロンドンに侵入してきた経路もこのことを証明している。つまり、レヴァント地方からオランダへ、さらにオランダからロンドンへと運ばれてきた貨物によって病気がもたらされたということがそれを証明していると思う。ロンドン最初の発病を見たのはロング・エイカーのある家だったが、そこは今いった貨物が運びこまれて最初に開けられたところであった。そして、その家から他の家へと広がっていったが、それも明らかに病人と不用意にも往来したからであった。ついで、その死体その他の世話をした教区役員がかかっている。このような事実が、病気は人から人へ、家から家へとどんどん広がっていったので、けっして他のいかなる経路によるものでもないという、根本的な主張の明白な根拠なのである。最初に発病した家では四人が死亡した。その家の主婦が病気だというので近所の女が見舞いに来て帰っていったが、やがて病気をその家族の者にうつし、その一家は全部死亡した。これが第二番目の犠牲者の家である。この家で最初に発病した者と祈りを共にしようと一人の牧師が出かけていったが、この牧師がたちまち発病し、自分の家族の者数名と共に死んでいった。まだ悪疫の大流行のきざしとは夢にも思わなかったので、医者も変だと首をひねり始めた。しかし、死体を調べさせられた医者たちは、そこに現われている独特の徴候といい、これこそまぎれもない疫病《ペスト》であり、大流行をきたす恐れがあると断言した。すでに多数の人が病人と往来していたし、したがって病気をもらっていることは当然想像されたし、こうなるともう流行をくい止めることは不可能と思われると、その医者たちはいった。

医者たちのこの時の意見は、危険は知らず知らずのあいだに広がってゆく、というその後の私の観察とまったく一致した。いかにも病人は自分の近くに来た人だけにしか病気はうつさないかもしれなかった。しかし、病気に実際にうつっていて、しかも自分で気がつかないままに、健康人同様に外出して歩く人間が一人でもあれば、その人は一、〇〇〇人の人に疫病をうつすこともできる。そしてその一、〇〇〇人はそれに比例してさらにおびただしい人数の者にうつすことができる。病気をうつした人も、うつされた人も、全然そのことに気がつかないのである。少なくともその後数日は病状を自覚することはないのである。

たとえば、こんどの流行に際しても、自分が病気にかかっておりながら、気がつかないという人はずいぶん多かった。そういう連中は、徴候が体に現われてきて初めて口もきけないくらいびっくりしたが、それから六時間と生きのびる者はまずいなかった。当時一般に徴候とよばれていた斑点は、じつは壊疽《ギャングリーン》のことであった。その大きさは小形の一ペニー銀貨くらいの瘤《こぶ》状のもので、まるでたこか何かのように固くなっていた。病状がそこまで進むと、もう死以外にはなかった。前にもいったように、自分で病気であることも知らず、体の調子が悪いことさえも気がつかないのに、突然こういう徴候が体に出てくる、というわけだった。そういった場合、ずっと以前にかなり強烈な病毒をうけ、しかも相当期間、それがつづいていたにちがいないことは、だれしも認めるであろう。そんなわけで、そういった連中の吐く息も汗も、いや衣類そのものさえも、伝染の危険性を長いあいだもっていたことは明らかであろう。

これにも多種多様な症状があったことは、私よりも医者のほうがいろいろな機会にぶつかってよく知っているはずである。だが、私が見聞したものも若干あるので、そのうち二、三をここに述べよう。

ある市民は九月までは無病息災で暮らした。九月といえば、従来になくいちだんと病勢が市内でも強まったころである。その人はすこぶる元気で、自分は大丈夫だ、何しろ用心しているし、病人のそばには近づいたこともないからな、などと少し大胆すぎると思われるようなことをいっていた。彼の近くに住んでいたある市民が、ある日、彼にこういった。「＊＊＊さん、あんまりうぬぼれないほうがいいですよ。だれが病気だか、だれが丈夫だか見当もつきませんからね。たった一時間前までは見たところ元気そうにしていた連中が一時間もたつともう死んでいるといった例はあなたもご存じでしょう」そういわれたさっきの人は、「いかにももっともなことで」といった。彼はけっして向こう見ずといった人ではなく、ただ長いあいだ病気を免れてきたというにすぎなかった。当時、前にもいったように、とくに市内に住む市民たちは、その点少し事態を甘く見すごしていたものだった。彼は言葉をつづけていった。「いかにももっともなことで……。私も何も自分が安全だと思っているわけじゃないのでしてね。ただ、危なっかしい人とまだ同席したことはないと思っているだけなんですよ」「冗談じゃありませんよ！」とその隣人はいった。「あなたはたしか一昨晩、グレイス・チャーチ通りのブル・ヘッド亭で＊＊＊さんとごいっしょじゃなかったですかな」「あそこにたしかに私はいましたよ。しかし、べつにこれは危険だといったような人はだれもいませんでしたよ」隣人はその人を驚かしてはいけないと思って、もうこれ以上は何もいわなかった。するとそれがかえって彼を不安がらせた。隣人が尻込みすればするほど彼はいらだってきたようだった。ついに興奮のあまり、「まさか、あの男が死んだというんじゃないでしょうな！」と吐きだすようにいった。それでもなお隣人はひと言もいわず、じっと眼を天に向け、何か口の中で呟いた。それを見て彼は顔面蒼白になり、ただぽっつり、「じゃ、私も覚悟しなくちゃ」といっただけだった。それから大急ぎで家に帰り、近くの薬剤師を呼びにやり何か予防薬をもってこさせようとした。まだ自分が病気だとは気がついていなかったからである。やって来た薬剤師は彼の胸を開いてみて、嘆息したのち、ひと言もいおうとしなかった。ただ、「神さまにおすがりなさい」とだけいった。彼は数時間のうちに死んだ。

こういう場合から考えて、病人の家を閉鎖するとか、あるいは隔離するとかいう程度の当局の取締規則で、病気の蔓延がくい止められうるものかどうか、よろしく判断していただきたい。この病気たるや、まったく本人が丈夫だ丈夫だと思っているうちに、いつのまにか忍びよってきて、そのまま何日間もひそんでいて、人間から人間へとうつってゆく厄介な代物《しろもの》であった。

それではいったい、この病気が致命的な容態となって現われてくるまで、どのくらいの期間、その病気の種子が体内にあると想像されるか、ということをここで問題にしてもよかろう。また、表面いかにも健康そうにして活躍しているが、しかし接触するすべての人間に病毒をばらまくという期間はどのくらいか、ということも問題になろう。私の信ずるところによれば、どんな老練な医者でも的確にこの問題に答えうる人はまずないと思う。もちろん、私にだってできるはずはない。ただ、しろうとの観察者が気がつくことで、どうかすると専門家の観察をしのぐことだってありえよう、と思うので一言する。外国の医者の意見によれば、病気の種子はかなり長いあいだ、人間の生気か血管のなかにじっとひそんでいる、とされているようである。疑わしいところからやって来て港にはいった船に、四十日間の検疫停船を厳重に施行するのは、そのためである。しかし、自然の力が疫病のような敵と四十日間も戦って、しかも勝ちもしなければ負けもしないというのは長すぎるような気がする。私自身の観察によれば、本人が病気にかかってから他人に感染せしめるようになるまでには、せいぜい十五、六日くらいと思っている。市内で発病した家が閉鎖され、病人が死に、その後、家人のなかから十七、八日間だれも発病者らしい者が出ない時、当局が閉鎖を必ずしも厳重にせず、家人がこっそり外出するのを黙認したのも、まさに以上の点からである。世間の人もそうなればあまりその家人を恐れなくなったばかりか、病魔が家の中で荒れまわっていたのにびくともしなかったというわけで、いっそう不死身になったとみなすありさまだったのである。もちろん、病気がもっと長くひそんでいたことも再三あった。

いろいろ今までいってきたが、それらにもとづいてここに言っておかなければならないことがある。それは、摂理の命ずるところによって私自身はそうはできなかったが、疫病に対する最良の対策はそれから逃げ出すことだというのが私の意見であり、また私の疫病に対する処方箋である。世間の人が、神は危険のさなかにおいても、われらを守りうるし、また危険から脱したと安心した時でもわれらを死に導きうる方である、などといいながら、みずからを慰めていたのを私は知っている。そのために無数の人々がロンドンに残ったわけだが、その人々の死体が今や累々として一大墓穴の中に横たわっているのである。危険を感じていち早く逃げ出しておれば、災厄を免れていたろうにと、私は信じている。少なくとも身の安全だけは保ちえたことであろうと信じている。

今回と同じような、あるいは類似の性質の災禍が将来起こった際に、今述べた根本的な対策をその時の当局者が充分に考慮して行動したならば、市民に対する処理の仕方は一六六五年のそれよりも、その後私が聞いた外国でのそれよりも、はるかに違ったものになるであろうと、私は信じている。簡単にいえば、おそらく当局者は市民をいくつかの小さなグループにわけ、時機を失せず互いに離れ離れにしたまま疎開させることを考慮するであろう。こんどの場合のような病気が危険だというのは、集団に対してとくに危険だということなのであるから、以前にもだいたいそうであったし、今後また疫病が起こればその時もまた同じであろうが――一団となってかたまっている何百万という群集に病気を接近させないように、当局者は考えるべきであろう。

疫病《ペスト》は大火事みたいなものである。たまたま火事が若干の近接した家のあるところに生じたら、それらの家だけが焼失するにとどまる。いわゆる一軒家といわれる独立した家屋に火事が起これば、火の元であるその一軒家が焼けるにとどまる。しかし、ひどく密集した都市に火事が起こり、火勢が激しくなれば、火はその全域に猛威をふるい、いっさいを灰燼に帰せしめるのである。

再びそんなことがあっては困るが、もし万一今回と同じような災禍に襲われそうになった場合、ロンドン市当局が市民の中の陰呑な連中の大部分をたくみに処理できる多くの案を、じつは私は持っている。乞食をしたり、野垂れ死にをしたり、その日暮らしをしている貧乏人たちのことだが、なかでも、ひとたび市が外部から遮断された場合、いわゆる穀潰しと呼ばれる連中は放任していては危ない。市当局がまず用心深く、かつ彼らの利益をよく考えてこの連中の処置をすませ、富裕な市民たちはまた自分で召使や子供などその家族の処置をすませると、市内および市外の疎開は効果的に行なわれることになろう。そういうふうにして、残留する市民はもとの十分の一を越えないようにする。これだけが病気の危険にさらされるわけだ。しかし、もし残留する者の数がもとの五分の一、つまり二五〇、〇〇〇人になれば、たとえ病気に襲われても、分散して居住しているだけにその防衛態勢も強固になるだろうし、被害を受ける割もずっと少なくなろう。これは、かりに同じ数の人口がダブリンやアムステルダムなどのような小さな都市に密集して生活しているとして、そこで万一の場合市民が受ける被害と比べた場合、その被害の差はおそらく大変なものとなろう。

いかにも何百、何千所帯という市民が今回の疫病《ペスト》騒ぎで逃げたことは逃げた。しかし、その多くの者が時機を失していた。そのために、逃げる途中でたおれたばかりでなく、その疎開先に病毒を疎開させてしまい、安全を求めていった先々でその周囲の人々に伝染させてしまったのである。これで事態は完全に混乱してしまった。病気をくい止める最善の手段であったはずのものが、病気を拡大させる手段となってしまったのだ。このことは見逃してはならないことだと思う。このことはまた、前に私がちょっとふれたことにも関連してくるが、ここでもう一度よく考えてみたい。つまりそれは、体の枢要部が病気で汚染されてしまってからも、生気がむしばまれて今さらどうしようもなくなってからも、病人が幾日も平気な顔をして歩きまわっていたということである。そうやって歩きまわっている間も、他の人間に病気をばらまいていたということである。これは事実まったくそのとおりだったといわなければならなかった。病気の連中は、疎開に際し、その通過した町々にも、その泊まった家の者にも病気をうつしていった。イギリス全土の大きな都市が多少の程度の差こそあれ発病者を出したのは、まさしくそのためであった。そういった都市へ行くと、ロンドンのだれそれが病気をもってきた、と土地の人がいうのを聞くことができたものである。

こういうほんとうに危険な連中のことを、私は今こうやって問題にしているわけだが、彼らが自分の体のほんとうの具合は知らなかったらしい、ということは一言弁明してやらなければならない、と思っている。もし自分の体が実際はどんなだかを知っておりながら、しかもなお健全な人々のあいだに平然と出入りしていたとしたら、彼らはまさしくいわゆる謀殺犯人の一種と呼ばれるべきものであった。彼らがはたして事実そんなふうであったとしたら、私にはほんとうとは信じられないが、先にちょっとふれた一般の噂がじつは真実だったということになりそうである。噂というのは、もちろん、病人は他人に病気をうつすのをまったく何とも思っていない、いやむしろ躍起になってうつしたがっている、ということであった。この噂は事実にもとるものと私は希望しているが、そういう噂が出たのは、病人が症状を自覚していないという、この事実にもとづく点が大きいのではないか、と私は信じている。

個々の場合から全体を定めるのは不充分だと私も知っている。しかし、それとは全然反対な態度を示した人々が若干あったことも事実なのだ。自分の近くでそういった反対な態度を示した者を知っている人もまだ生きているはずである。私の近くに住んでいたある家の主人もまた病気にかかった。そして、その病気が自分の雇っている貧乏な職人からうつされたことを悟った。その職人の家に見舞いにも行ったし、片づけなければならない仕事のために外出もしていたからだった。職人の家の入口に立っている時でさえも、何か一抹の不安を感じたが、まだそれとはっきりわかったわけではなかった。ところがいよいよその翌日、病気がまごう方なく現われてきて、ばったりと倒れてしまった。彼は真鍮細工《しんちゅうざいく》業《ぎょう》を営んでいたので内庭に別棟の工場をたてていた。そして、その工場の二階に部屋があった。彼は病気で倒れるやいなや、その部屋にかつぎこんでもらった。そこで身を横たえ、そこで死んでいった。身辺の人から看護されることを拒み、外から雇った付添婦にだけいっさいをまかせた。妻も子供も使用人も、だれ一人として病室に入れなかった。病気の感染を恐れたからである。彼はただ付添婦を通じて、祝福と祈りを家族の者におくった。付添婦もただ遠くからそれを伝えるだけであった。いっさいはひたすら家族に病気をうつすまいとする心づかいからだったのである。家屋が閉鎖されていた現在、こうやるよりほかに家族の健康を守る道はなかったのだ。

ここでまた一言したいことは、すべての病気がそうであるように、疫病もまたそれぞれの体質によって違った徴候を示すということである。ある者は急激な作用をうけ、高熱や吐瀉《としゃ》や耐え難いほどの頭痛や背部の疼痛《とうつう》に見舞われ、やがてこういう苦痛が減じないまま譫妄《せんもう》症状を起こすにいたった。また、ある者は、頸部か鼠蹊《そけい》部か腋《わき》の下にぐりぐりができた。それが膿みきってしまうまでの劇痛たるや、とても耐えられるものではなかった。ところがまた一方では、前にもいったように、いつの間にか冒されていて、熱が生気を気がつかないうちにむしばんでいるという場合もあった。本人は何も知らないでいるが、そのうちに急に気絶して、何の苦痛もなしに死んでゆく。

同じ病気でありながら、どうしてこう違った症状を示すのか、体が違うとどうしてこうも違った作用が生ずるのか、そのくわしい理由や経過を話すことは、医者ならぬ私にはできない。実際に見聞したことはしたのだが、私のいろいろな観察をここに記録するのも私の任務ではない。医者たちのほうが私以上にもっと効果的にそういう仕事はやっているからである。それに、私の意見が専門家である彼らの意見と若干の点でくい違うこともありうるからでもある。私はただ、個々の事例について知っていたり、聞いたり、信じていたりすることを述べているにすぎない。また、たまたま私の見聞にふれたことや、今もいったように、個々の事例に現われる疫病の変化の多い性質などについて話しているにすぎない。そこでまたもう一つここで付け加えておきたいことは、いろいろな病人のうちで前者に属する者、つまり、病気が表面に現われてくる者だが、このほうが、苦痛という点からはひどく辛いけれども――たとえば、高熱、吐瀉、頭痛、背部の苦痛、腫脹などで苦しいし、七顛八倒の苦しみを味わって死んでゆくので非常に辛いけれども、じつをいうと後者のほうがさらに悪性の病気なのである。というのは、腫脹がつぶれたりすればなおのことだが、前者では病気が回復することもしばしばあるのである。ところが、後者では、死は必然的なのだ。どんな治療をしても、どんな看護をしても何の役にも立たない。死以外に行き先はない。本人はもちろんだが、はたの他人にとっても悪質な病気といえる。本人にはもちろん、他のだれにも知られないで、病気はひそかにその接する人ごとに死をばらまいてゆく。浸透性のある病毒が、ある種の方法で接する人の血管の中へしのびこんでゆくのである。それがどんな方法でだか、説明することも、理解することもできないのだが。

当事者の両方が知りもしないのに、感染したり感染させたりしていたという事実は、当時しばしば起こった二種類の事例から判断して明らかである。今日まだ生存している人で、流行中のロンドンを知っている人なら、その二種類の病人の例をいくつかは誰でも覚えているにちがいない。

㈠　両親が、自分でも元気だとばかり信じこみ、すこぶる元気そうに働いていたが、知らない間に病気にかかっており、それがもとで一家が全滅したという例はかなりあった。こういった両親が、もしかしたら自分たちは病気なのかもしれない、危険な体なのかもしれない、と少しでも心配してくれたら、家族の者は破滅におちいらなくてすんだかもしれなかったのである。これも私が聞いたある一家の話だが、その家に病気をもちこんだのは父親だった。父親自身はまだ気がつかないのに、家族の中に病人がでた。さっそくくわしく調べてみると、父親は相当期間罹病していたらしいことがわかった。家族の者が自分のために病毒に冒されたと知った彼は狂気のごとく狂いまわり、自殺をくわだてた。しかし監視していたまわりの者にさえぎられて果たさなかった。そして、わずか数日のうちに死んでいった。

(二) もう一つの例はこういうのである。自分でいくら考えてみても、また精いっぱい自分の体を観察してみてもどうも健康らしいという日が数日つづいたが、ただ何となく食欲がないし、ほんの少し頭痛がする、といった人もたくさんいた。いや、なかには食欲がないどころか、猛烈にあって、異常なほどある、しかし、頭が妙にずきんずきんする、という人もいた。いったい体のどこが悪いのか診てもらおうと医者を呼んで初めてわかったことは、徴候も歴然と現われているし、疫病はもはや致命的な状態にまで進んでいる、つまり命旦夕《たんせき》に迫っているという、本人にとっては青天の霹靂ともいうべき診断だった。こういった人が、それまでの一、二週間、いわば死の使者として行動していたことを考えると、まさに悲惨というよりほかにはなかった。彼は、自分の命を投げ出してでも救ってやりたいと思っている愛する者を、破滅の淵に投げこんでいたのであった。愛する子供を抱いて接吻しているつもりで、じつは死の息吹を吹きかけていたのであった。事実、こういったことはしばしば起こっていたのである。こういった実例はいくつもあげることができる。考えてみると、こんな具合に死の一撃が不意に加えられ、死の矢がどこからか飛んでき、またその正体もわからないとすれば、家を閉鎖したり、病人を隔離するという対策の意味はどこにあるのであろうか。こういう対策は、病気であり感染していることが表に出ている人々に対してのみ功を奏すると知るべきである。ところが事実は、一方では無数の一見健康そうに見えながら、しかも自分の接するあらゆる人に死をもたらして廻っている人々がいたのである。

　このことは医者をしばしば悩ました問題であった。とりわけ、薬剤師と外科医を悩ました問題であった。彼らは病人と健康人の区別ができなかった。彼らはみな、これぱかりはどうにもならないと兜《かぶと》をぬいだ。まったく、生気を冒している疫病を血管の中にもっており、実際はいわば生ける腐肉ともいうべきもので、その吐く息にも汗にも毒がありながら、それでいて見たところ常人と少しも変わらず、自分でもそのことに気がつかないという、そういう人も多いと医者も認めていたのである。事実はまったくそのとおりなのだが、と彼らは認めるばかりで、その識別法をどうするかについては策はまったくないありさまだった。

　私の友人であるヒース博士の意見はこうだった。すなわち、病人の息の臭いでわかるかもしれない、と。しかし、彼もいうように、ではその検診のためにだれがあえてその臭いを嗅ぐか、が問題であった。病気を確かめようとすると、病人の息の臭いを識別しなければならず、そのためには疫病《ペスト》の悪臭を鼻腔深く吸いこんでみなければならないとは、いったいこれは何たることであろうか！　また聞いたところによると、こういう意見をもっている医者もあるそうであった。それは、当事者の息をガラスの破片にふきかけて識別するというのである。ガラスの上で息が固まったのを顕微鏡で見ると生物が見えるが、それがなんと、龍や蛇や毒蛇や悪魔のような、見るからにものすごい形相《ぎょうそう》をした生物だそうであった。しかし、私はその真偽のほどははなはだ疑わしいと思っている。私の記憶するところでは、そういう実験をする顕微鏡は、その当時まだなかったはずである。

これも学者だが、その人は、疫病患者の息が鳥にかかるとその毒に当たってすぐ死ぬという説をたてた。何も小鳥に限らず、雄鶏でも雌鶏でも死ぬという。鶏の場合、すぐ死なくともいわゆる感冒にかかるが、とくに、雌鶏がそのとき卵を産むとその卵は腐っているそうである。しかし、こういう種々の意見は実験で確かめられたわけではないし、また本人以外で実際にそれを見たという人のことを聞いたこともないので、私としてはただ聞いたままをここに記しておくにとどめる。ただひと言つけ加えさせていただければ、そういうこともありそうなことだといいたい。

病気にかかった人間に熱湯の上に息を強く吐かせてみるがよい、その上に一種独特な滓《かす》が浮くから、という説をたてる人もあった。必ずしも熱湯に限ったことでなく、それに似たものなら何でもよいが、とくに膠質《こうしつ》のもので、滓ができたらそれをいつまでも浮かべているようなものがよいそうである。

とにかく要するに、この伝染病の性質が以上のようなものであるからには、それを人間の力で発見することはまったく不可能といわなければならない。次々に伝染してゆくのを予防するのも不可能だといわなければならない。

しかし、ここに一つ難問が存在する。今日にいたるまで私にはどうしても充分納得がいかないし、もしその答えを出すとすれば、私の知るかぎりではただ一つしかないという問題である。それはこうだ。今回の疫病で死んだ最初の者は、一六六四年の十二月二十日ごろに死んでいる。場所はロング・エイカー付近だった。この最初の人間が病気をもらったのは何からかといえば、オランダから輸入された絹の梱《こり》からで、それを開けた所が、ほかならぬその人の家だったというわけである。

ところがその後、その地域で、二月九日までは疫病で死んだという者の話を聞かない。その間に七週間という時日がある。それから、つまり、七週間たってから、その同じ家から死亡者が一名出ている。それからまた病気は屛息《へいそく》してしまい、こと一般公衆に関するかぎり平穏無事な時日がかなり長いあいだつづいた。死亡週報には四月二十二日までは、疫病による死亡者というのは一名もその後出ていないのがその証拠である。前述の四月のその日になると、死亡者が二名出た。前と同じ家からではないが、同じ町内からである。私の思い出すかぎりでは、例の家の隣家からだったと思う。その間九週間の開きがある。それから二週間とだえ、こんどはいくつかの町々からわっと火の手が上がり、方々に広がっていったという次第である。ここで問題になるのは、いったいこの期間中、病気の種子はどこに隠れていたか、どうしてかくも長いあいだ活動をやめ、また、それ以上活動をやめているわけにはいかなかったか、ということである。してみると、疫病は必ずしも人体から人体へ直接に感染するものではなかったのかもしれない。あるいは、それとも、たとえ人体が病気に感染したとしても、それが表面に現われないで、そのまま幾日も潜んでいることができるのかもしれない。幾日どころか、幾週も、そうだ、隔離期間である四十日間《クオランティーン》どころか六十日間《ソアサンティーン》も潜んでいることができるかもわからないのだ。

私も初めにいったことだが、また生残りの者もよく知っていることだろうが、なにしろその冬は寒い冬だった。三ヵ月にも及ぶ長い厳寒がつづいたものだった。医者たちにいわせると、この厳寒が病気の伝播を妨害したのだそうである。しかし学者先生たちには申し訳ないが、私にも一言いわせていただきたい。彼らのいうがごとくであれば、病気はいわば凍ってしまったわけだが、してみれば凍った河同様に、雪解けの季節がくればもとの力にかえってとうとうと奔流のように活躍しだすはずである。しかるに今回の悪疫の衰退期は、ちょうど二月から四月にかけてであって、このことは、この季節が、厳寒期が終わって、気候がゆるみ、暖かくなったころにあたることを意味するのである。

しかし、われわれの難問を解くもう一つの道がある。その時の模様を私自身が記憶しているので、そういうこともいえると思う。それはこうだ。つまり、十二月の二十日から二月九日まで、また、その日から四月二十二日まで、という長い期間にだれも死んでいないという事実は容認できないということである。これに対立する唯一の証拠は、死亡週報であるが、この週報なるものが、何か仮説をたてるか、あるいは今のような重要な問題を決定するかに際しては必ずしも信用がおけないのである。少なくとも、私にとってはそうである。教区役員、調査員、それに死亡調査書をつくり、死んだ病因を報告する役目をもった役人などに不正行為がある、というのが当時一般の通説であり、それには確実な根拠があったと私などは信じている。世間の人々は初め自分の家から悪疫が出たということを近所の人々に知られたくなかったため、買収その他の手段を弄して、死亡者が悪疫以外の病気で死んだように報告してもらったのである。こういうことが行なわれたのはその後次第に多くなったが、私をしていわしむれば、病気が蔓延したところではほとんど例外なしに行なわれたといっていいのである。それは、悪疫流行中、死亡週報において、他の病気で死んだという者の数字が膨大なものにふえたことによってもわかるのである。たとえば、悪疫の猛威が極点に達した七月と八月とにおいては、週間における疫病以外の病気による死亡者数が一、〇〇〇名から一、二〇〇名、時として一、五〇〇名になんなんとしているこ とも稀ではない。もちろん、そういった病気による死亡者数が実際にそれほどまでに増大したわけではない。ただ、疫病に現に見舞われた家の多くが、家屋閉鎖を嫌ってその筋の者を買収して、死亡者が他の病気で死んだように報告してもらったにすぎないのである。試みに次の表を見られるがよい。

疫病以外の病気による死亡者

七月十八日より二十五日まで　九四二

八月一日まで	一、〇〇四
同八日まで	一、二一三
同十五日まで	一、四三九
同二十二日まで	一、三三一
同二十九日まで	一、三九四
九月五日まで	一、二六四
同十二日まで	一、〇五六
同十九日まで	一、一三二
同二十六日まで	九二七

これらの死亡者のほとんど全部が、いや、少なくともその大部分が、疫病《ペスト》で死んでいることは疑う余地はなかった。ただ係りの者が買収されて以上のように報告したまでのことである。他のいろいろな病名で死亡した者の数で分明しているものは次のとおりである。

期間	熱病	発疹チフス	食傷	歯牙熱	合計
八月一日〜八日	三一四	一七四	八五	九〇	六六三
同十五日	三五三	一九〇	八七	一一三	七四三

同二十二日	三四八	一六六	七四	一一一	六九九
同二十九日	三八三	一六五	九九	一三三	七八〇
八月二十九日~九月五日	三六四	一五七	六八	一三八	七二七
同十二日	三三二	九七	四五	一二八	六〇二
同十九日	三〇九	一〇一	四九	一二一	五八〇
同二十六日	二六八	六五	三六	一一二	四八一

これらの病気に対して一定の割合を示すいくつかの病名がこのほかにもあるが、それらも、同じ理由で死亡者数がふえているのである。たとえば、老衰、肺病、吐瀉、膿瘍、疝《せん》痛《つう》、その他であるが、その大部分が疫病であったことは間違いはない。もしできるなら、なんとかして自分の家から出た死亡者が疫病《ペスト》だと知られないようにするというのが家族にとっては大問題だった。そこで、あらゆる策略を用いるというわけであった。もし自分の家に死者が出ると、検察員《エグザミナ》のところへは、あるいは調査員の手を通じたりして、疫病以外の病気で死んだと報告してもらったという次第だ。

こういうふうに考えると、死亡週報で疫病死と報告された最初の数人の死亡者の発生期と、いよいよ疫病が公然と広がってゆき、もはや隠しきれなくなった時期とのあいだの、私が前にいった、長い休止期間の説明がつくようである。

のみならず、当時の死亡週報そのものが明らかにこのことが真実であることを示している。最初に疫病のことが記されてから、その後ぴたりと疫病の記事もないし、その死亡者が増加したということも記されていないが、疫病ときわめて紛らわしいいろいろな病気が明らかにふえているのである。たとえば発疹チフスは、疫病の記事がほとんど姿を消したとたんに、週によって違うが、八名とか一二名とか一七名とかいう数字がでてきている。しかるに、そういうことのない以前では、発疹チフスによる死亡者は週に一名から三名、多くて四名であった。また同じようにして、問題の教区およびその隣接の教区では、他のどの教区に比べても、疫病による死亡とははっきりいっていないが、とにかく死体の埋葬は増加している。こういったことは、当時のわれわれの眼には疫病が屏息してしまったように見えたにもかかわらず、伝染が次々に広がってゆき、疫病の伝播力が確実に養われていたことを物語っている。そして、それが再び表面化した時に、われわれがあらためて驚愕したというわけなのである。

病毒は、最初はいってきて、荷物の梱《こり》の他の部分に残っていたのかもしれなかった。あるいはまだ開けなかった梱か、少なくとも全部開けきらなかった梱に残っていたのかもしれなかった。それとも、最初の病人の着衣だったかもしれない。なぜこういうふうに考えるかといえば、だれにしろ、いやしくも人間である以上、この伝染病の致命的な猛毒を九週間もの長いあいだ体にもっていながら、しかも、自分でもそれと気がつかないほどゆうゆうと健康そうにしていられたとは、私にはどうしても考えられないからである。もしそんなふうに、ゆうゆうとしていられたとしたら、私がさっき言っていたことの確証となる。つまり、病毒はいかに表面健康そうに見えていても病人の体の中に潜んでいて、そのどちらかの当事者も気がつかないうちに、近づく人にうつされてゆく、という議論がそれによって強められるわけである。

こういう心配もあるとわかると、それが当時ひきおこした混乱がまた大変だった。どんなに丈夫そうな人からでも以上のような端倪《たんげい》すべからざる方法で病毒が感染する、とわかりだすと、もう世間の人々は、自分の身辺に近づく人をだれかれの容赦なくうさん臭そうな眼で警戒するようになった。安息日だったかと思うが、とにかくある祝祭日に、オールドゲイト教会でこういう事件がもち上がった。会衆席はつめかけた人でいっぱいであったが、その中の一人の女がふと何か悪臭を嗅いだような気がした。会衆席に疫病《ペスト》患者がいると、とっさに思った。自分の考えというか疑惑というか、とにかく思っていることをこそこそと隣席の人に囁いて、つっと立ち上がって席から出ていってしまった。話は次々とその列の席にいる人全部に伝わった。そして、結局、その列ばかりでなく、それに接するいくつかの列の会衆席にいた全部の人が立ち上がって教会から出ていってしまった。しかも、何が原因なのか、だれがそもそも危険人物だったのか、知っている者は一人もいなかった。

このようなことがもとで、だれでもかれでもいろいろな種類の薬剤を口にするようになった。薬剤といっても、怪しげな老婆がすすめたりするものも、医者が指導したものもあった。要するに、他人の呼吸による感染を予防するためのものであった。だれもかれもこの口中剤を用いたので、かなり大勢つめかけている教会にはいろうとすると、入口に立っただけではなはだ複雑な匂いが鼻をつくありさまであった。健康な匂いという点では劣っていたかもしれなかったが、その強烈さだけなら、薬剤店や薬種屋の店先の比ではなかった。いってみれば、全教会が一個の匂い壺であった。ここの一隅に香水の匂いがあるかと思うと、向こうの一隅には芳香剤、香膏をはじめ雑多な薬剤、香料植物の類《たぐい》が用いられていた。またかなたには、塩剤や酒精が用いられているという具合だった。予防のためになんらかの種類の薬剤を持たない者は一人もいなかったのである。しかし、病毒が健康そうに見える人からもうつるということが、一般にほとんど確信といってもいいほどまでに信じられるようになると、教会や集会がそれ以前よりもさらに出席が減ったことは、私が目撃した事実である。当時のロンドン市民のことを語る場合に忘れてはならないことは、疫病流行の全期間を通じて、教会も集会も全面的に閉鎖されたことは絶対になく、市民もまた礼拝に出ることをあえて辞そうとはしなかった、ということである。ただ例外としては、病勢が猛威をもっともたくましくしたある時期においては、若干の教区では必ずしもそうはいかなかった。しかし、それも猛威がつづいているあいだだけのことであった。

実際、見ていて不思議な感じをうけたことは、戦々兢々としてほかのことなら絶対に家から出ようともしない時でも、礼拝のためとなると喜び勇んで出かけてゆく多くの市民の姿であった。もちろん、それは、私が前にいったように、事態が絶望的な様相を呈する前のことであった。このことは、当時のロンドン市がいかに人口が稠密であったかを示す一つの証拠でもあった。最初の警報で田舎に逃げていった者も多かったが、いよいよ、病勢がつのりその脅威にさらされてから、近くの森や林に逃げこんだ者も多かったが、それにもかかわらず人口は依然として多かったのである。安息日に教会にぞくぞくと現われるおびただしい群集——とくにロンドンのなかでも病勢が衰えた地域だとか、まだ猛威をふるうにいたっていない地域だとか、そういったところの教会に現われる群集を見ていると、けだしそれは一つの偉観であった。このことについてはやがて話をしたいと思う。さしあたり、病気伝染の問題にもどろう。人々が伝染ということの正しい意味、次々に人間から人間へ伝染してゆくことの正しい意味を理解する以前は、どこから見てもまぎれもなく罹病している者だけを人々は避けていた。ということは、頭には帽子をかぶり、首のまわりには布を巻きつけている人間を避けていたということである。首にぐりぐりができている連中はたいていそういった格好をしていたからである。こういった連中が恐ろしいことはもちろんであった。しかし、首のまわりに白いバンドをつけ、手には手袋をはめ、きれいに櫛《くし》をいれた頭には帽子をかぶっている、といった正装の紳士を見ても、少しも不安に思う者はなかった。人々はそういった相手だと長いこと平気で話をしていた。それが近所の者だとか、知人だといっそうそうであった。ところが医者が、危ないのは病人も、一見健康そうな健康人も同じだ、とはっきりいった。自分はまったく無病息災だと思いこんでいる者が最初に死ぬことが多い。また、そういったことは今日一般的に知られ、その理由も人々の知るところとなったはずだ、などとも医者はいった。そういわれてからは、市民たちはあらゆる人間に対して警戒しだした。自分で自分の家に鍵をかけて閉じこもってしまう市民の数は無数であった。自分のほうから人込みのなかに出ていかないためでもあったが、どんなやつがいたか、わからないようなところに行った人間を一人だって家には入れたくない、いや近づかせないためでもあった。少なくとも、あまり近づいてもらって、息を吹きかけられたり、臭いを嗅がされたりしては困る、というわけだった。離れてではあるが、見ず知らずの人間と話をしなければならない時には、予防薬を自分の口に入れたり、衣類の上からまいたりして、極力病毒の侵入を防ごうとした。

こういった予防策を実行しはじめてから、危険にさらされる度合はずっと少なくなったことは認められなければならない。以前、こんなことをしなかった家に比べると、さすがの病気もこういった家はあまり見舞わなくなったのである。もちろん、恵み深い神の摂理もあったであろうが、とにかく、このような対策を講ずることによって無数の家族が命拾いをしたのである。

しかし貧乏人の頭に、何事にもあれ、何かをたたきこもうとしても無駄なことであった。

彼らはいつものように彼ら特有の乱暴な性格を発揮していて、病気にかかると、泣いたりわめいたりした。それでいてまだ丈夫なあいだは、身の安全なんかくそくらえといった調子で、じつに無鉄砲でもあり頑迷でもあった。金にさえなれば、どんな仕事にでも手を出した。どんな危険な仕事でも、どんなに感染の危険の多い仕事でもやった。そんなことをしたら、危ないではないか、と尋ねられると、「なあに、神さままかせってわけですよ。病気になったらなったでその時の覚悟はできてまさあ。死ぬだけのこってすよ」といったような答えをするのが普通であった。こういう者もいた。「じゃどうしたらいいんです？　わたしは飢え死にするわけにはいかんですからな。食う物がなくて死ぬくらいなら、疫病《ペスト》にかかって死んだほうがましだと思ってるんです。仕事がなければ、何をやればよいというのです？　こういったことでもしなければ、乞食をするだけじゃないですか」死骸を埋めるにしろ、病人の看護にしろ、感染家屋の監視人をつとめるにしろ、いずれも身の毛もよだつような冒険だったが、彼らの答えはいつもきまって同じだった。いかにも、必要といってしまえば何でも言いわけはたったし、これほど立派な言いわけもないといえば確かになかった。しかし、彼らのいう必要の中身はそれぞれ違うにもかかわらず、彼らの言い方だけはほとんど同じであった。貧乏人たちのこの向こう見ずの振舞いこそ、彼らが悪疫をみずからの頭上に招いて悽惨な目にあったゆえんであったと思う。そしてまた、ひとたび病魔にとりつかれた際、その困窮した生活と相まって、累々たる屍《しかばね》の山を彼らに築かせたゆえんでもあった。彼らが、つまり労働に従事していた貧乏人たちが、まだ元気で金をもうけている間、少しでも以前に比べて、うまく金のやりくりをしたかというと、まったくさにあらずで、従来と少しも変わらず、乱暴でむちゃくちゃな金遣いだった。将来に備えるなどとは考えてもみないありさまだった。そんなわけで、ひとたび病気にかかるとたちまち目も当てられない窮地におちいったのである。病気に苦しむと共に生活に苦しんだのだ。食糧の欠乏に悩むと共に健康の喪失に悩んだのだ。

貧乏人のこの悲惨な状態を、私は目のあたりに見る機会がしばしばあった。と同時にまた、信仰深い人々が彼らに日ごとにさしのべる慈善行為を目撃することもできた。貧乏人に必要と思われる食糧、薬品、その他の救恤品が送られていたのである。ここに次のようなことを記すことも、当時のロンドン市民の気質に対して払うべき当然の義務だと思う。当時、罹病した貧しい人々を援助するために多大の現金が義捐金として市長や市参事会員のところへ送られてきていた。いや現金が送られたばかりではなく、多くの市民が個人の資格で多額の救援金を毎日毎日みずから配って歩いた。また困っている病家のある者には、そのようすをききに使いをやって救援の手をさしのべるという人もあった。いや、それどころでない。敬虔な貴婦人たちのある者は、かような善行を実践することに深い熱意をもち、また、慈善というこの大きな義務を行なうからには神の守護が必ず得られるものと信じ、そのため、平気でみずから貧乏人に義捐金を配って歩いた。病気に冒されている哀れな家族を、直接その家まで出向いて見舞い、人手のない家には付添婦をつけてやり、薬剤師や外科医の世話もしてやるというふうであった。薬剤師は、もちろん、薬品や膏薬やその他彼らの必要なものを供給してやるためであり、外科医はだれも手当をしてやる者のない彼らの腫脹や腫瘍を切開したり手当したりするためであった。貴婦人たちはそんなふうにして、貧しい者のために、心からなる祈りを神に捧げるとともに、実質的な救恤という形でその祝福を彼らにおくったのである。

この種の篤志家たちで病気にかかってこの災厄に殉じた者は一人もない、とある人々は説くが、私自身はそこまでいう自信はない。ただ、この人たちのうちで死んだという人のことを聞かなかったということはいえよう。同じような災厄が起きた場合、このような慈善行為をどしどしやってもらいたいと思うのでこのことをいうわけだが、まったく「貧《まずしき》者《もの》をあわれむ者はエホバに貸すなり、その施済《ほどこし》はエホバ償いたまわん」（旧約聖書「箴言」一九章一七節）というのは疑う余地のないことだと思う。また、今回のような悲惨な境遇にある貧しい者に、物資とともに慰めと助けとを与えるために命を投げ出してかかる者が、その任務を果たすに際して神の加護があることは期してしかるべしと思うのである。

このような篤行が何も少数の者だけにとくに見られた行為でなかったことも事実である。私はこれらの点について少し説明しておきたい。ロンドン市内および郊外に住む金持からの義捐金はもちろん多かったが、地方からの義捐金も多かったことを忘れてはならない。その両者の多額の金で、病気に虐げられるとともに貧苦に虐げられて、否応なく死の道をたどるよりほかになかった膨大な数の貧しい市民が救われ、露命をつなぐことができた。寄付された金額がどれほどのものかは、私自身知らないし、またどれも正確な情報をつかんだ者もいない。しかし、そちらの方面の専門家ともいうべき人がいっているのを聞いたところによれば、この苦しみに呻吟したロンドン市在住の貧しい人々の救恤のために寄せられた金は、何千ポンドどころではなく何万ポンドだとのことであった。それどころか、ある人は寄付金は週に十万ポンド以上はあったはずだ、と私に断言した。週に、総額それだけの金が、それぞれの教区事務所で教会役員の手により、それぞれの地区で市長や市参事会員の手により、また法廷と司法関係の人々の特別の計らいによって、彼らの管轄するそれぞれの場所において、貧しい人々に配られたのである。この額は、私が先にいったような方法で敬虔な人たちが配った個人的な義捐金以外の額なのである。しかも、こういった額の寄付が何週間もつづけて集まったというのである。

これはとにかく大変な金額だと思う。しかし、聞くところによると、クリプルゲイト教区だけでも貧民救済のために週に一万七千八百ポンドの金が配られたということが本当だとすれば、というより本当だと私は信じているので、今の話もありうべからざることだとは思えないのである。

これはロンドンという大都市の上に注がれた、多くの注目すべき摂理の働きの一つと数えらるべきものであったことは明らかである。もっとほかにも記録すべきものが多かったこともちろんである。神がイギリス王国全土にわたりすべての人の心を動かして、欣然《きんぜん》としてロンドンの貧しい連中の救援のために金を寄付せしめたことは、これはじつに驚くべきことだったと私は思うのだ。その効果は多方面に現われたが、とくに多数の人の生命を維持し、その健康を回復するのにどれほど役立ったことか、また、おびただしい家庭を死と飢餓とから免れしめるのにどれほど役立ったことか。

このたびの災害に際し、摂理の恵み深い配慮ということについて語ろうとする時、私はどうしても例のことにふれざるをえない。例のことというのは、他のことに関連して何度も前にいったが、病気の進展のことである。つまり、ロンドンの一角から始まり、しだいにゆっくりと一方から他方へと移動していったということである。ちょうどそれは一方では空を陰《かげ》らせ曇らせるにしたがい、他方では晴れわたらせてゆく、われわれの頭上の暗雲のようなものであった。まったく、こんどの疫病は、西部から東部へと荒れ狂って進行してゆくにつれ、西部のほうは順次衰えていったのである。そのために、まだ襲われていない地域、うまく罹病しなかった人々、また荒れるだけ荒れて納まった地域の者が、いわば他の者に援助の手をさしのべる余裕を与えられたわけであった。これがもしロンドン全市およぴ全郊外にわたり、その後外国で起こった例にみられるように、一時にあらゆるところで火の手があがったとすれば、市民のほとんど全部は完全に手も足も出ず、人づてに聞くナポリの場合のように、日に二〇、〇〇〇人はゆうに死者を出していたはずである。そうなれば、市民が互いに助け合うなどということは夢物語にすぎなかったであろう。

ここでいっておかなければならないことは、疫病がその猛威を極度に発揮した時には、市民のなめた苦難はじつに惨憺たるものであり、またその狼狽も筆舌につくしがたいものであったことである。ところが、どういうのか、こういった時の彼らと、疫病が自分たちのところに蔓延してくるほんの少し前までの彼らとはまったく別種の人間に見えたのである。そのことは、それが過ぎ去ってしまった直後の彼らについても、いえることであった。例の、人間にありがちな気質が、当時の市民のあいだに遺憾なく露呈されたといわなければならなかった。とくに後の場合についていえば、まさに、喉もと過ぎれば熱さを忘れる、とはこのことであった。これについてはもう一度ふれるつもりである。

全市をおおった災厄に際して、商業がどんなふうな状態であったかについてもふれる必要があろう。国内商業ももちろんだが、外国貿易についてもふれる必要があろう。

外国貿易についていえば、といったところで、じつはあまりいうことはないのである。なぜなら、ヨーロッパじゅうの貿易国がどの国も例外なしにわが国を警戒したからである。フランスもオランダもスペインもイタリアも、いずれもその港を閉ざしてイギリス船の入港を認めないばかりか、取引き関係さえも拒絶したのである。いや、オランダは特別であった。というのは、当時オランダとは仲が悪く、激烈な戦争を交じえていたからである。

国内において拮抗しなければならない恐るべき強敵を控えておりながら、外敵とも事を構えるというのは、まことに惨憺たる状況といわなければならなかった。

そんなわけで、わが国の貿易商は完全に仕事が停頓した。船がどこにも行けなかったのである。外国のどこの港へも行けなかったという意だ。貿易商が扱っていた、わが国で生産される製品や商品を外国ではだれひとり指一本触れようとはしなかった。イギリス人を恐ろしがったのと同じくらい、イギリス商品を恐ろしがったのである。しかしそれも無理もないことで、わが国の羊毛品は人体と同じく、病毒が付着しやすい性質をもっていたからである。もし病気をもった人間が荷造りでもすると、羊毛品は病毒にいつのまにか感染しており、したがってそれに手を触れることはすこぶる危険で時には死を意味した。病毒をもった人間に手を触れるのとその点では少しも変わりはなかったのである。そういったわけであるから、イギリス船がどこか外国に着いて、荷物が海岸で荷揚げされるような場合には、その梱はそのためにとくに指定された場所で開けてから、空気にさらすように命ぜられた。しかしそれはまだいいほうで、とにかくロンドンから来た船と聞いただけで入港禁止をくらうというのが実状であった。したがって、どんな条件にしろ、荷物の陸揚げなぞは思いもよらぬことであった。こういう厳重な態度でイギリス船に臨んだのは、とくにスペインとイタリアであった。トルコといわゆる多島海群島は、トルコ領やヴェニス領の地域とともに、必ずしもそう厳格ではなかった。とくにトルコではなんら制限はなかった。イタリア向けの荷を積んだ四隻の船が当時テムズ河に停泊していたが、その肝心の行く先のレグホン（現地名リヴォルノ）とナポリからいわゆる入港許可が得られず、やむなくトルコに向かったことがあった。そこでは何の支障もなく積荷の陸揚げも許された。だが、そうやって陸揚げしたものの、積荷のうち若干のものがその国では売り出すのに不適当とわかった。またあるものがレグホンの貿易商人宛に託送されていたため、船長たちにその荷物を処分する権限もなかったし、また指令も受けていなかった、ということがわかった。そういったことのため前記の商人のこうむった不都合は大きかった。しかし、こんなことは要するに事態のしからしめる、まことにやむをえざることであった。レグホンとナポリの貿易商はその通知を受け、もともと彼らの港向けに送られていた積荷の処置を船長たちに依頼し、スミルナやスキャンダルーン（シリヤの港）の市場に不向きなものは別な便船で送るようにといってよこした。

スペインとポルトガルにおける事態はもっと困ったものであった。そこの連中は、とくにロンドンから来た船といえばなおさらであったが、そうでなくただイギリス船といっただけでも、国内のどの港にしろ入港を絶対に許可しなかった。いわんや積荷の荷揚げなぞ、全然問題にならなかった。なんでも、こういうことが報告されてきた。すなわち、一隻のイギリス船がひそかに荷物を運び上げたが、その中にはイギリス製の羅紗《ラシャ》、木綿、カージ織その他があった。するとこれを知ったスペイン人はこの荷物全部の焼却を命じたばかりでなく、その荷揚げに関係した者を死刑にしてしまったというのである。この報告は、私が自分で確かめたわけではないが、必ずしも嘘とはいえなかったようである。とにかくその当時、悪疫がロンドンで凄まじい勢いで荒れまわっていたのだから、その危険がいかに大きなものであるかをみれば、こういったことも全然ありえないことではなかったのである。

このような国々にイギリス船によって疫病《ペスト》がもたらされたという話もまた私は聞いた。ポルトガル王に隷属しているアルガルヴェ王国のファロ港なんかもそうだそうで、何人かが疫病で死んだといわれているが、確認はされていない。

こうやってスペイン人やポルトガル人がわれわれを避けていたわけだが、一方、前にもいったように、疫病が初めはロンドンの中でもウェストミンスターに近接した地域においてだけ激しく、市《シティ》とかテムズ河岸だとかいったロンドンの商業区域は七月初旬までは完全に健全であった。同様に、テムズ河に停泊していた船も八月上旬までは無傷であった。七月一日までに、全市内で死亡者はわずか七人、いわゆる自由区域《リバティーズ》でわずか六〇人にすぎなかった。ステプニー、オールドゲイト、ホワイト・チャペルの各教区全部合わせてもわずか一人、サザクにある八教区全部でわずか二人であった。しかし、そんなことは外国の目から見れば、要するに同じことであった。ロンドン市疫病に見舞わる、という凶報が全世界に伝えられてしまったからである。その伝染の経路がどんな道筋をとっているか、ロンドンのどの部分から始まり、どの部分に到達しているか、などとこまかく尋ねる者はまずなかった。

のみならず、ひとたび蔓延しだすとその速さは驚くべきもので、また死亡週報の報ずる数字は突如として膨大なものにはね上がった。したがって、流布された数字を訂正しようとすることも、事実はもっと良好だと外国の人々に知らせようと努力することも、まったく意味をなさなかった。週報の示す数字で充分だった。一週に二、〇〇〇人から三、〇〇〇人ないし、四、〇〇〇人の死亡者がある、ということだけで世界じゅうの貿易界を驚倒させるに充分だった。しかも、つづいて追いかけるようにして市《シティ》そのものが惨状を呈するに及んで、全世界が極度の警戒の色を示したのは当然であった。

当然なことかもしれないが、こういった事態の報道が、伝えられてゆくうちに弱小化してゆくということはなかった。私がすでにいったことからおわかりのように、疫病自体はまさしく恐るべきものであったし、市民の苦悩は非常なものであったことに変わりはなかった。ところが流説のほうは雪だるま式にふくれ上がっていった。その結果、外国にいたわれわれの友人は、たとえば私の兄がもっぱら貿易をしていたポルトガルとイタリア在住の取引商人たちは、ロンドンでは一週間のうちに二〇、〇〇〇人の死者があると聞かされたという話であった。死骸が埋められないまま累々として横たわっているとか、生存者が少なくて死骸を埋めつくせないとか、健康人が少なくて病人の看護の手がとどかないとか、ロンドン同様、全イギリス王国が悪疫に見舞われていて、世界の果てのことならいざしらず、こういうところでは前代未聞の一大凶災に呻吟しているとか、いわれていたという話だ。そういうことを聞かされた人は、いくらわれわれから真相を聞かされても、なかなか信じることはできなかった。市民の十分の一以上死んでいるというのは間違っている、ロンドンには終始五〇、〇〇〇人もの市民が生きていた、今では街頭にも人通りは多くなった、逃げていた連中も帰ってきた、相変わらずの人込みだが、ただ違うのは自分の一族の者や友人の者で姿の見られなくなったものがあることだ、などといわれてみたところでなかなか信じようとはしなかったのである。試みに、ナポリやその他の海に臨んだイタリア各都市でたずねてみるがよい。土地の人は、ずいぶん昔の話だがロンドンにどえらい疫病が流行したそうですね、一週間のうちに二〇、〇〇〇人も人が死んだというではありませんか、などというだろう。その点は、われわれがロンドンで聞いた一六五六年のナポリ市の疫病の話と少しも変わらないだろう。それによると一日になんと二〇、〇〇〇人もの人が死んだそうであった。それが、まったくでたらめであることはもちろんだった。

しかしこういう途方もない評判が、それ自体不当で、はなはだけしからんことはもちろんだが、わが国の貿易にとっては大きな打撃であった。多くの取引国との貿易が再開されるのに、疫病終息後、どれくらい長い時間がかかったかわからなかった。おかげで思わぬ拾いものをしたのがフランダーズ人とオランダ人であった。とりわけ後者ときたらこの時とばかり、ほとんどすべての市場をひとり占めにしてしまったのである。しかも、疫病が発生していないイギリス各地でイギリス製品を買い込んでオランダやフランダーズ地方へもってゆき、そこからあたかも自国製みたいなふうを装ってスペインやイタリアに輸出していたのである。

ところが時にはそれが見つかって関係者が処罰されることもあった。荷物が没収され、船が没収されるというわけであった。わが市民はもちろんのこと、わが国の製品にも病気が付着している、したがって、それに手を触れたり、その荷を開けたり、その臭いを嗅いだりすることが危険だというのが本当だとすれば、こういう秘密取引きをやった連中は、自国民のあいだに伝染病をもちこんだばかりか、このような荷物を売り込んだ相手の国民をも文字どおり毒したことになる。こういう行為の結果、もしものことがあって多数の人命を失うようなことがあれば、まことに由々しきことであり、かかる取引きこそは、いやしくも良心のある人士のよくするところではないというべきであろう。

多少でも危害が——つまり今いったような種類の危害が、こういう連中によって惹起《じゃっき》されたかどうかは明言のかぎりではない。しかし、わが国に関するかぎりでは、もしかしたら、などといった曖昧なことをいう必要はなさそうであった。ロンドンの市民によってか、あるいは、仕事の性質上、あらゆる州と、あらゆる重要都市の各種の人々と交渉をもつことを余儀なくさせる商取引きによってか、そのいずれにしろ、疫病は遅かれ早かれわが王国全土に広がったことは事実であったからである。単にロンドンばかりではなく、あらゆる都市に、とくに商工業都市や貿易港に広がったのである。そんなわけで、結局は、ほとんどめぼしいイギリスじゅうの都市が多少とも冒されたわけであり、アイルランド王国でも冒された所が数箇所あった。ただし、あまり甚大な被害はなかったようである。スコットランドの人々の場合はどうだったかは、それを調べる機会はついになかった。

ロンドンがさかんに疫病《ペスト》に荒らされていたころ、いわゆる外港（ロンドン以外の港をいう）なるものが外国貿易ですこぶるにぎわったことも注目されよう。とくに、近くの諸外国やわが国の植民地との貿易でにぎわったのである。たとえば、コルチェスター、ヤーマス、ハルなど、あの方面一帯の港は、ロンドンが取引きを完全に停止されてから数ヵ月間も、隣接州の製品をオランダやハンブルクに輸出していた。同様に、ブリストル、エクセター、といった都市は、プリマスの港といっしょになって、この好機を逃がしては損だとばかり、スペイン、カナリヤ群島、ギニア、西インド諸島などへ輸出をつづけた。しかしやがて疫病がロンドンを荒らしまわったあげく、四方八方にちらばって、八月、九月に見られたような猛威をふるうに及んで、今名前をあげた都市のほとんど大半が結局疫病に見舞われるにいたった。当然、貿易も全面的禁止をくらうことにならざるをえなかった。このことについては、国内産業のことを話す時に、もう一度ふれることにする。

しかし、なお一つのことをここで述べておかなければならない。当然想像できるように、外国航海から多くの船が帰ってきた。ずっと以前から、かなり長いあいだ世界各地に出ていたものであるが、なかには出港前、疫病流行のことなぞかいもく知らず、知っていても大したことはないと高をくくって出かけていたものもあった。こういった船は、帰ってくると、堂々とテムズ河をのぼって、定められたとおり積荷をおろしたものであった。ただし、八、九両月はそれが不可能だった。その時分は、いわば悪疫の重圧がロンドン橋より下流のほうにかかっていたため、荷揚げ業務に従事する人間をいくら待っていてもだれも現われようとはしなかったからである。わずか数週間ではあったが、こんな状態がつづくと、帰航船の中でも、べつにいたまない積荷を積んでいる船はプール*の手前かあるいはテムズ河の流れの中でも淡水が流れているぎりぎりのところに一時停泊するようになった。なかにはメドウェイ河がテムズ河に注ぎこんでいる付近まで下って停泊する船もあり、メドウェイ河まではいってゆくものもあった。なかにはグレイヴゼンドの下のノーやホウプあたりで泊まるものもあった。そんな次第で、十月の下旬ころまでにはテムズ河上に帰航船の一大船隊が浮かぶ始末で、こういう光景は近来にない壮観であった。

＊ テムズ河の水域で、帰航した船が繋船するあたりがプールである。それは、ロンドン塔からカコルド岬、ライム・ハウスあたりにいたる両岸を含む全流域にわたっている。

悪疫流行中、二つの特別な産業が水上輸送によってつづけられた。ほとんどなんら中断されることなく行なわれたもので、それがどれくらいロンドンの苦しんでいた市民たちに便宜をあたえ、勇気をあたえたかわからないほどだった。二つの産業とは、一つは穀物の沿岸取引きであり、他はニューカッスルの石炭業であった。

この二つのうち、前者のほうは主として小型船によるもので、ハンバー河沿岸のハル港その他からヨークシア、リンカンシアの多量の穀物を輸送したのである。穀物業の集散地は以上のほか、ノーフォク州のリン、これもやはり同じ州のウェルズ、バーナム、ヤーマスなどであった。これに対して第三の経路はメドウェイ河およびミルトン、フェヴァシャム、マーゲイト、サンウィッチその他のケント州、エセックス州あたりの小さな集散地や港から運ばれてくる道であった。

サフォク州の沿岸から穀物のほかバターやチーズもさかんに海上を輸送されてきた。それを運ぶ小型船は定期的に取引きにやって来るのだったが、それこそどんなことがあっても今でもなおベア・キー市場と呼ばれている市場にやって来た。そこでその連中はロンドンに穀物をふんだんに供給してくれたわけだが、折から陸上輸送がだめになりかけ、方々の田舎の人々も行商にやって来るのを嫌がるようになった際でもあり、じつにありがたいことであった。

これもまたロンドン市長の深謀と英断によること多大なものがあった。運送船が来た時に、その船長や水夫が病気の危険にさらされないように、市長は万全の策をとった。そのためには、といってもそんなにしばしばあったわけではないが、彼らが売りたい時にはいつでもその穀物を買い上げる手筈を整えてやったし、穀物仲買人に命じ、即刻荷を揚げさせて、穀物を満載している船足を軽くしてやった。そんなわけで、船の乗組員は上陸する必要もほとんどなかった。代金にしても、いつも船上で支払われた。その金も支払われる前に、一度、酢《す》をいれた桶に浸されていた。

二番目の商売はニューカッスル・アポン・タインから石炭を回漕《かいそう》する商売であった。石炭がなければロンドンはひどく難儀したはずであった。当時、街頭ばかりでなく個人個人の家でも一夏じゅう多量の石炭が焚かれていた。どんなに暑い時でも、医者の勧めで焚かれていたのである。医者のなかには反対するものもあった。この病気は元来が血管の中に起こる霍乱《かくらん》であり発熱である以上、家や部屋を暖めることは病気を繁殖させるだけの話だというのであった。また、この病気は気候が暑い時にはいちじるしく蔓延するが、寒い時には衰えることが知られているのだから、この悪疫に限らずあらゆる伝染病は暖かくなればそれだけ悪化する、なぜなら、その伝染の力は暑い気候の中で養われ強力になり、いわば熱のなかで繁殖するからだ、ともいわれた。

これに対してある者はこういった。いかにもそれはそうかもしれない。息のつまるような暑い時には大気中に害虫がふえ、うじょうじょとありとあらゆる有害な生物がわいてくるのは周知のとおりである。食物のなかにも植物のなかにも、いや時には人間の体の中にもそんなのがわく。その悪臭で病気は発生し広がってゆく。大気中の熱、あるいはいわゆる暑い陽気というものが体をだるくさせ、精神を消耗させ、毛穴を開かせて、空気中の瘴癘《しょうれい》の気その他から、病毒を受けやすく影響されやすい素地をつくる。そういったことはいずれも認めざるをえない。しかしながら、と、彼らはいう。家の中やその近くで焚く焚火の熱、とくに石炭の火の熱はまったく別な作用をもっている。その熱は前の熱とは別種なものであって、むしろそのような熱が遊離させ焼き払うどころか、かえって醞醸《うんじょう》し淀ませている悪気を、雲散霧消させる激烈な効力をもっている。のみならず、石炭の中にあるといわれる硫黄と硝石の成分は、燃焼する瀝青《れきせい》物質といっしょになって、一応そのような有毒な成分が焼けつくしたあとでは、空気を浄化し、呼吸しても一向にさしつかえない健全なものにする。これが、彼らの言い分であった。

結局、この後者の意見が勝を制した。けだし当然なことと思うが、同時にまた市民も実際にそれを実行してみてそのことの妥当なことを確かめもしているのである。室内でたえず石炭を焚いていた家で、全然発病者を出さなかった家というのは相当に多かった。私もそれと同じ経験をもっている。部屋の中でたえず火をおこしておくと部屋全体が快的でまた健康的で、家族全部の者が病気にならずにすんだのである。もしこういうふうにしなかったら、どうなっていたかわからないと思っている。

しかし再び石炭業のことに話題をもどしたい。この仕事をずっと中断せずに行なうということは、けっしてなまやさしいことではなかった。当時、オランダとは公然と戦争中であってみれば、その困難はなおさらのことであった。初め、オランダの私掠船がさかんに出没してわが国の石炭船を捕獲したため、残りの者は一大恐慌をきたし、それ以後はいっしょにかたまって船隊を組むことにしたほどである。しかし、ほどなく、私掠船はイギリス側の石炭船を捕えることを恐れるようになった。それは彼ら自身が悪疫《ペスト》を恐れたためかもしれないが、また一面では、その上司、つまりオランダ政府が、もしそんなことをして疫病にかかる者があったら困るというので、禁じたのかもしれなかった。彼らにとってみればそれでさぞ安堵したことであったろう。

北方からくる石炭船の安全をおもんぱかって、一時には一定数以上の船がプールまで遡《そ》航《こう》することを市長は禁じた。その代わりに、艀《はしけ》その他の小型の舟に薪炭商や波止場管理人や石炭商などを乗せて、デットフォドやグリニッジあたりまでも河を下って石炭をとりにやった。

石炭船の中には、船着きさえできれば河岸のどこででも多量の石炭をおろすものもあった。グリニッジやブラックウォールその他などがそういう場所であったが、そこでは石炭の山のような貯炭場がしばしば出来上がった。しかし石炭船が出ていってしまうと、さっそくその山のような石炭は市内へ運搬されていった。こんな具合にして、水夫たちは荷揚げの人夫と交渉がなく、互いに近づくことさえもないようにできていた。

　これほど細心の注意が払われていたにもかかわらず、病気が石炭船に発生するのを防ぐことはできなかった。そのため水夫たちのあいだにも多くの犠牲者が出た。しかもさらに悪いことは、水夫たちがイプスウィッチ、ヤーマス、ニューカッスル・アポン・タインその他の沿岸各地に病気を運んでいったことであった。とくに前記のニューカッスルやサンダーランドでは多くの人がそのために亡くなった。

　今までに述べたような事情で、火をむやみと焚くので石炭の使用量の増加は並大抵のものではなかった。悪天候のためだか敵国の妨害のためだかはっきり私も覚えていないが、一、二度石炭船の到着がとだえた時に、石炭の価格がひどく高くなったことがあった。何でも、一チョールドロン（三十六ブッシェル）あたり四ポンドもした。しかし石炭船がはいってくると同時に値段も下がり、その後順調になんの妨害もなしに船がはいってくるようになってからは、値段もほとんど年中を通じて適正なものであった。

　この際にロンドン市当局によって焚かれた焚火が消費した石炭も馬鹿にならず、私の計算によれば、ずっとつづけておれば、週に約二百チョールドロンの石炭が要ったはずであった。しかし必要やむをえない以上、費用などかまってはいられなかった。しかし医者のある者が激しく反対したので、たてつづけに四、五日以上燃やしつづけるということはしなくなった。焚火はだいたい次のような場所で焚かれていた。

税関、ビリングズゲイト街、クイーンハイズ街、スリー・クレインズ街、ブラックフライアーズ街、ブライドウェル街の入口、レドンホール街とグレイス・チャーチ街との交差する角、王立取引所の北門、同じくその南門、ロンドン市庁舎、市公会堂入口、セント・ヘレン街にある市長官舎玄関、セント・ポール大会堂の西入口、ボウ教会の入口、こういった場所におのおの一個の焚火が燃やされていた。市《シティ》の城門のところにあったかどうかは覚えてはいないが、ただ一つ、ロンドン橋の橋際の、セント・マグナス教会のそばに焚火がそういえばたしかにあった。

こういう試みに対してその後反対する者があったことは、私も知っている。その説によると、この焚火のために死亡者はいっそう多くなったというのである。しかし、そういって反対する人は、それを証明する何の証拠も示していないのである。私自身、彼らの説を信ずるいわれは毛頭ないと思っている。

この悽惨な時期におけるイギリス国内の商業の状態について少し説明をしなければならない。とくに、市内《シティ》における製造業と商業とについて語らなければならない。疫病《ペスト》が勃発した当初、当然予想できたことだが、市民たちのあいだに大きな動揺が生じ、それが原因で商業はいっさい停頓してしまった。例外は食料品やその他の生活必需品であった。しかし、これとても、膨大な数の市民が避難したし、またおびただしい市民が病床にたおれたほかに、相当数の者が死んだために、そういった物資のロンドンにおける消費は、従来の三分の二とまではいかないにしても、少なくとも二分の一以上は減じた。

　ありがたいことに、その年は干し草の類《たぐい》はだめだったが、穀物と果物は珍しく豊作だった。したがって、豊かな穀物のおかげでパンは安価であった。干し草が少なかったため肉類も安価であった。しかし、その同じ理由からバターとチーズは高価であった。ホワイト・チャペル関門《バーズ》のすぐ向こうの市場では干し草は一車分で四ポンドもした。しかし、干し草の値段がいくら高くとも貧乏人には何の関係もなかった。果物ときたら、ありとあらゆる種類が豊富に出まわった。たとえば、りんご、梨、すもも、さくらんぼ、ぶどうなどが豊富に出まわった。買手が少ないのでいつもより安く手に入った。そのために貧乏人は食べすぎて赤痢とか腹痛や食傷を起こす者もでる騒ぎであった。こういったことが原因で疫病にかかって命を落とす者もいた。

　ところで問題は商業のことだが、第一に、外国への輸出が止まった。少なくとも、非常な妨害をうけ、はなはだ困難になった。もちろん、輸出品の製造業はすべて中断されてしまった。外国の商社がイギリスの物貨をほしがっても、ほとんど輸出することはできなかった。航行が全面的に禁止されていたので、イギリス船はそれら諸外国の港に入港することが許されなかったからである。このことは前に述べた。

　このためイギリス全土にわたって輸出品の製造業は中止するのやむなきにいたったが、例外は若干のいわゆる外港であった。しかしそれも束の間で、結局疫病に見舞われる運命は免れず、やがてそれらの都市の製造業も中止された。その痛手はほとんど全国にわたって感じられたが、いっそう悪いことは、物貨の国内消費のためのあらゆる商取引きが止まったことだった。とくに従来ロンドンの商人の手を経て出まわっていた物貨の取引きがばったり止まったことだった。もちろん市《シティ》の取引きが中止されたからである。

市内その他のあらゆる種類の手職人、小売商人、職工などが、前にもいったように、することがなくなった。したがってそのため、それに関係したいろいろな日雇い職人だの職工だのが多量にお払い箱になってしまった。なにしろ、ぎりぎりに必要と思われるもの以外、どんな仕事もすることはないというわけだったのだ。

このために一人暮らしの者も大勢食いはぐれてしまったし、一家眷族《けんぞく》を一身に背負って働いていた所帯持ちも悲惨な境遇に突き落とされた。しかし、ロンドン市当局が何千、何万という、これらの、やがて病気にかかって不幸に呻吟した人々の困苦と欠乏を救済することをえたということは、まさしく当局の名誉として賞すべきことであり、またこの話が語り継がれるかぎり、永久に世人の胸に残ることであろう。食う物がなくなって餓死したという人は一人もなかった、少なくとも当局がそのことを知っていてそれを見過ごしたということはなかった、と私は明言してはばからないのである。

地方の製造業の沈滞が土地の人々を困窮におとしいれたことは否めなかったが、雇主や織物業者やその他が、その貯えと力のつづくかぎり、貧しい職人たちを養ってやるためにその製品の生産を続行しなかったら、その結果はさらに悲惨なものとなっていたろう。雇主たちは、病気が終息すると同時に、今までの商取引きが不景気であればあっただけ、それだけ急激な需要があるだろうとみこんでいた。しかしこんなことができるのは富裕な雇主に限られており、大部分は貧しくその力もなかった。したがって、イギリスの製造業が多大の打撃をうけたことはおおうべくもなかった。じつにロンドン市一個の災厄のため、イギリス全土の貧乏人が危地に立たされたのである。

これが翌年になると、ロンドンにふりかかったもう一つの恐るべき災厄によって償われたことは事実であった。いってみれば、ロンドンは一難によって地方を塗炭《とたん》の苦しみにおとしいれ、さらに、趣を異にはするが依然恐るべき他の一難によって地方をうるおし、前回の償いをしたということになる。疫病流行の翌年、ロンドンの大火災のため、ほとんど無限といってよいほどの家財、衣類その他が焼失するとともに、全国から集まっていた商品や製造品の充満していた倉庫もすべて灰燼に帰してしまったのである。そのため、欠乏を補い損失を元どおりにするために、わがイギリス王国全土にわたり、いかに取引きが活発になったか、けだし想像以上のものがあった。国民の中で製造業に関係のある者は、ことごとくあげてその業務についた。しかし、それでもなお、市場をみたし需要に応えるには数年かかっても及ばなかったのである。いたるところの外国市場においてもイギリス製品は払底《ふってい》しており、その原因は疫病《ペスト》によることももちろんであったが、自由な貿易が再開されるのに手間がかかったからでもあった。それに加えて驚異的な国内需要があり、万難を排してそのあらゆる種類の物資を一刻も早くそろえる必要があった。疫病流行以後につづく、そしてまたロンドン大火以後につづく、七年間ほど、全国にわたって活発な取引きの動きを見たことはいまだかつてなかった。

さて、いよいよこの恐るべき裁きのもつ、恩恵にみちた面について話す必要が生じたようである。九月の最後の週になると、疫病はその危機に達し、したがってその猛威は漸次衰えはじめた。友人のヒース博士がその前の週に私のところへやって来て、今でこそ流行は猖獗をきわめているが、あと数日たてば衰えるだろう、と私に語ったことを記憶している。しかし、その週の死亡週報を見ると、種々の病名のもとで死亡した者の数が八、二九七名もあり、この年の中でも最高の記録であった。私はそこでその数字を示して彼を詰問し、彼がそう判断する根拠を尋ねた。彼の答えは意外にもすこぶる簡単であった。「いいかね」と彼はいうのだった、「もしも、今の疫病の中に、二週間前と同じ致命的な力がなおもあるとすれば、現在病気にかかっている患者の数から考えて、先週はとても八、〇〇〇人どころでなく二〇、〇〇〇人は死んでいなければならないはずなのだ。二週間前までは、かかってから二、三日で死んでいたが、今では八日から十日以下では死なない。以前は五人のうち一人以上助かる見込みはなかったが、今では五人のうち二人以上死ぬということはまずないのを、わたしは見て知っている。わたしのいうのをよく聞いていて注意してごらんになればわかるだろうが、この次の週報では死亡者数は減るはずだ。従来よりも回復する人の数も多くなる見込みだ。もちろん、今でも驚くほどたくさんの人がいたるところで感染し、毎日これまたたくさんの人が発病している。けれども、昔ほどそんなに大勢の人は死んではいない。その理由は、病気の悪性が弱まったからだ」ヒース博士はなおそれに付け加えて、もうこんどの伝染病は峠を越して、しだいに弱まっている、と自分では希望している、いや希望以上の強い気持をいだいている、ともいった。ところが、実際に彼のいうとおりになっていったのである。その次の週、つまり前にもいったように、九月の最後の週の週報の報ずる死亡者は約二、〇〇〇人に下がったからである。

といっても、疫病の勢いはまだまだ強かった。次週の死亡者は六、四六〇名もあり、その次の週もまだ五、七二〇名であった。それにもかかわらず、私の友人のいったことは正しかった。病気にかかった市民の回復の速度は早くなり、回復する者の数も多くなった。これはじつにありがたいことであった。というのは、もしそういうふうにでもなってくれなかったら、ロンドン市の運命はどうなっていたか、わからなかったからである。友人の談によれば、当時感染した者の数は六〇、〇〇〇人を下るまいと思われたが、そのうち死者は二〇、四七七名で、回復した者がほぼ四〇、〇〇〇名であった。これがもし、従来どおりの悪性が続いたとすれば、六〇、〇〇〇という患者の中から多いところで約五〇、〇〇〇人はおそらく死んでいたであろうし、さらにもう五〇、〇〇〇人は発病したであろう。

要するに当時のようすでは全市民が病気の一歩前まできており、まずそれを免れる者は一人もなかろうという情勢であった。

しかし友人の言葉は、さらにもう数週間たっていよいよはっきりその妥当なことを示してきた。死亡者の減少はつづき、十月のある週には一、八四九名も少なく、したがってその週の疫病による死者の数はわずか二、六六五名にすぎなかった。翌週はさらに一、四一三名少なくなった。それでも、依然として多数の人々が、いや、多数などと尋常一様に呼べないくらいおびただしい人々が病床に苦しんでいたし、また多数の人が毎日発病していた。が、それにしても、疫病の悪性は前にもいったように衰えていた。

それにしてもわがロンドン市民の性格はすこぶるせっかちだったと思う。世界じゅうどこの人間もそうであるかどうかはあえて私の関知するところではないが、とにかくロンドンでは、それがはっきりしていた。流行が始まるとともに驚愕のあまり、彼らは互いに見向きもしなくなり、互いにその家を敬遠してしまった。のみならず、まだその必要もないのに（と当時私は考えたのだが）あわてふためいてロンドンから逃げ出していった。それとちょうど同じく、こんどもまた、こういう話が広まるとともにまたもやその性急ぶりを発揮したというわけであった。こういう話、というのは、つまり、もう今の疫病は当初に比べてずっと感染しにくくなった、たとえかかっても死ぬ率は少なくなった、現にはっきり病気にかかっていた人で日に日に回復している人はじつに多い、云々というのであった。市民はさっそく妙なふうに勇気を発揮して、自分の身の安全のことも、病毒そのものも、もはや眼中になくなってしまった。そうなると恐ろしい疫病も普通の熱病も大した違いはないというわけで、いや、熱病ほどもこわくはないというわけだった。そこで、大胆不敵にもどんなところへも顔を出し、相手が腫瘍や癰《よう》をもっていて、しかもそれがつぶれて膿《うみ》を出していて危険きわまりないのもかまわずに付き合うようになった。そればかりか、飲食もともにしたし、病人の家に見舞いに行くのも平気なら、その病室にはいるのさえ平気になる始末だった。

これでは義理にも分別があるといえなかった。友人のヒース博士も認めたことであり、また一般の経験に徴しても明白なことだったが、病気は従来に劣らず強い感染性をもちつづけていたし、依然として多くの人が発病していた。ただ、ヒース博士もいうように、発病者のうちでも死なない者も多かったのだ。といっても、やはり相当数は死んでいたし、いくら何でも疫病は恐るべきものであったし、爛れや腫脹の苦痛は激しいものであった。死の危険にしても、前ほどではないにしろ、この病気と無縁のものではなかった。一方また、回復するといっても遅々としてはかどらず、病状のいまわしさも変わりはなかった。こういったことをよく考えてみたら、当然に人々は病人とやたらに付き合うのは避けるようになり、前と同じく極力病毒の感染から逃げないわけはなかったろうと、私としては思うのである。

病気にかかるのが恐ろしいという、もう一つの原因があった。それは、腫脹をつぶして膿を出しきるために外科医が患部に加える腐蝕剤の痛烈無残な焼けるような痛さであった。この手当をしないと死ぬ危険が多く、それは流行の終息するまで変わらなかった。なおそのほか、腫脹のたえがたい劇痛も一つの原因としてあげられよう。私は前に具体的な例をあげたが、以前はこのために狂いまわったものであった。今はそれほどではなかったが、それでも患者を何ともかともいえないほどの苦しみに、拷問のような苦しみに、あわせることに変わりはなかった。病気にかかってかろうじて命拾いをした連中が、危ないことなんかあるものか、などと以前に自分にいった人間に向かってひどい抗議を申しこむ者もあった。前後の見境もなく変な真似をして病気をもらうなんて、おれもじつに馬鹿な真似をしたもんだ、と今さらのように後悔しているありさまだった。

市民の無謀な振舞いはこれにとどまるものではなかった。用心をかなぐり捨てた多くの者はもっと深刻な苦しみをうけた。命拾いをした者も多かったが、死んだ者も多かった。こんなわけで、事態は単に個人のことでなく一般的な弊害となって歴然と現われ、死亡者数の減少の速度はみるみる低下していったのである。さきに、急激な減少が最初週報に報じられるとともに、もう大丈夫だ、という考えがいわば稲妻のように瞬時にロンドンじゅうに広まり、人々の頭はそれにとりつかれてしまった。その結果、その後二回分の週報に現われた死亡者数は割合からいって一向に減じてはいなかったのである。つまりその理由は、彼らが今までの用心も注意も慎重さもことごとくあげて捨てさって、もう病気にはかからぬ、かかっても死ぬことはない、と高をくくってみずから危ないところに飛びこんでいったことにあったようである。

医者たちはもちろんこういうあさはかな考え方に対して全力をあげて警告した。そして心得書を印刷して、市民はもちろん、郊外にいたるまでくまなく配布し、死亡者は減りつつはあるが、まだなお自粛生活をつづけてもらいたい、平生の日常生活においても極力用心をつづけてもらいたいと勧告した。もしものことがあれば、全市にわたって疫病の再燃の恐れがあり、再燃したあかつきには、今まで蔓延してきた流行とは比較にならぬほどの惨禍と危険を及ぼすことになる、と警告も発した。そのほか、そういったことを市民に説明するために、たくさんの議論が述べられたが、あまり長いのでここには割愛する。

しかし、そのような努力も全然効果はなかった。最初の朗報に有頂天になり、死亡者数の急激な減少をみて欣喜《きんき》雀躍《じゃくやく》した連中は、もうすっかり大胆になっており、今さら何をいっても受けつけようとはしなかった。何と説得しようとしても、死の危険は去った、ということ以外には何も理解しようとはしなかった。まったくの話が、彼らに話をするのは無意味というほかはなく、これこそまさに馬耳東風であった。店は開く、街頭には出る、商売はする、やって来る人とはだれとでも話をする、という具合であった。話といっても用談だろうが用談でなかろうががかまったことではなかった。相手の健康状態のこともたずねないし、相手から感染する危険があることも全然意に介しなかった。たとえ相手が健康でないことがこちらにわかっていても、の話である。

この無鉄砲な行為のために、せっかくの命をむざむざ捨ててしまった者の数もはなはだ多かった。せっかく今まで用心の上にも用心を重ね、人間という人間にはだれも会わずにじっと閉じこもってきた連中が、神のご加護のもとに、そうやってあの燎原の火のごとく狂う疫病を免れてきた連中が、この期《ご》に及んで命を捨ててしまったのである。

市民のこの愚にもつかぬ性急な振舞いが、いよいよ度すべからざるものにまで昂じるに及んで、ついに牧師たちも黙しているわけにはいかなくなった。そして、市民の振舞いがいかに愚かしく、危険なものであるかを彼らの前に訴えた。これで少しはおさまり、いくらか連中も用心深くなった。が、その時は、いかに牧師たちでも止めることのできない、ある別な事態が生じていた。ロンドンの危機去る、の流説は、市中ばかりでなく地方までも広くゆきわたったため、その与えた影響はロンドン市民の場合と同様であった。疎開中の人間は、ロンドンからあまりにも長く離れていたことにあきあきしており、帰京したい一心で矢も楯もたまらなかった。彼らは不安を感ずることもなく、少しの躊躇もなくロンドンへ集まってきた。そして街頭にその姿を現わした。危険は去った、といわんばかりのようすであった。それはまったく、驚きいった光景であった。帰京した市民はそうやって、天下泰平、とばかりに町を闊歩していたが、当時なお週に一、〇〇〇から一、八〇〇人の死者をまだ出していたのである。

こういう無茶な振舞いの結果は、十一月の第一週の死亡者数が四〇〇名もふえたということになった。医者の報告によれば、その週の発病者は三、〇〇〇名を突破していたそうである。その大半が帰京した連中だったという。

ジョン・コックという男がいた。セント・マーティンズ・ル・グランド街の理髪師であったが、これなどは、そのいちばんいちじるしい例であった。例というのは、つまり、悪疫が衰えるやいなや、あわてふためいて帰京した連中の一例の意である。このジョン・コックなる男は全家族を引きつれて市を離れて田舎《いなか》へ行ったのだったが、出発に先立ち自分の家は釘づけにしておいた。これはだれでも当時したことであった。さて田舎にいるうちに、疫病による死亡が十一月にはいるとずっと減り、すべての病気によるものを合わせて週に九〇五名というのを見て、勇躍帰京したというわけである。家族は全部で一〇人、すなわち、彼自身と妻、五人の子供、二人の奉公人、一人の女中、という内訳であった。彼が家に帰り、店を開いてから商売をはじめて一週間とたつかたたないうちに、家族のうちに発病者が出た。そして、およそ五日間以内に一人を除いて残りの者全部が死んだ。彼自身はもちろん、妻も五人の子供も、二人の奉公人も死んだ。生き残ったのは女中一人であった。

この一家は特別だったが、他の者に対しては、神の恵みは人間の頭ではとうてい考えられないほどの大きなものがあった。前にいった、例の病気の悪性というものもいわばその力を使い果たしたらしく、伝染力もその力を出しきってしまっていた。それに冬が追っかけるように近づいてきた。空気は清く冷たく、時として凛々たる厳寒の日もあった。病気はなおふえていたが、発病した者の大半は回復した。ロンドン市の健康はよみがえりつつあった。いかにも、十二月という月なのに、まだぶり返しがないわけではなかった。週報は一〇〇名近くの死亡者数を報じた。しかし、それもすぐに元どおりになった。まもなく事態はその本来の軌道にもどりかけた。ロンドンが突如として再びそのにぎやかさを取りもどしたのは、見るからに驚異というほかはなかった。ひょっこり来た人なんか、これで多数の犠牲者を出したのだと聞かされたら、さぞ驚くだろうと思われた。住宅はあるが住む者がいないということももちろんなかった。空家はほとんどどこにも見かけられず、たまさかあったとしても、借家人にこと欠くことはなかった。

ロンドンが新しい相貌を呈するようになったのだから、市民の態度も一変した、と本来ならばいいたいところである。自分が難を免れたという深い感慨をその表情に歴然と示している多くの人々がいたことは、疑うことのできない事実であった。その顔には、最悪ともいうべき時期に自分を守りつづけてくれた、神のみ手に対する心からなる感謝の念がみちあふれていた。こんなに人口稠密な都市でそう感じない人間があるとすれば、それこそ忘恩の徒というよりほかはなかった。事実また、この災禍に見舞われた時期のロンドンの市民は、まさしく敬虔と呼ぶにふさわしいものであった。しかし、個々の家庭や、個々の人間の顔にそういった感謝の念が見られはしたが、それを除けば、市民の一般的な生活態度は昔どおりであって、ほとんど何の変化も見られなかったのである。

なかにはこういう者もいた。世間のようすがどうも悪くなった。疫病の時以来市民の道徳が低下してしまった。嵐のあとの船乗りの真似でもあるまいが、ロンドンの連中はこんどの災禍にあってから妙に図太くなってしまった。不埒というか愚かというか大胆不敵というか、とにかくその腐敗堕落ぶりは昔日の比ではない……。しかし、私はそこまでいう必要はないと思っている。この市におけるいろいろな事態がもとの平常な状態にもどり、前と同じような軌道に乗るようになる、そのさまざまな段階をくわしく説こうとすれば、相当な長さの歴史になろう。

ところで、ロンドンがそんなふうになったころ、こんどはイギリス各地が疫病の激しい攻撃にさらされていた。たとえば、ノリッジ、ピーターバラ、リンカン、コルチェスターその他が流行の中心地となった。ロンドン当局は、市民の行動を律する規則を設けて、これらの都市との交通を取り締まろうとはかった。ところが、そこの市民がロンドンへやって来るのを禁じようにも禁じる方法がなかった。だれがどこの市から来たか確かめることはまず不可能だったからである。幾度も協議したあげく、市長と市参事会はその案をとりやめざるをえなかった。そしてその代わりに、ロンドンの人々に向かって、以上の流行地域からやって来たとわかった人を自分の家に泊めたり、歓待したりしないようにと、警告を発してその注意をうながすにとどめた。

しかし今さらそんなことをロンドン市民にいっても、これまた馬耳東風であった。彼らはもう今では疫病《ペスト》から免疫になっていると思いこんでいた。忠告などはもはや受けつけようとはしなかった。空気はもとどおりに健全になった、空気は天然痘にかかったことのある人間のようなもので、一度かかったら二度とはかからないものだ、と彼らは思いこんでいたらしかった。こういったことから、病毒はすべて空気中にある、患者から健康者への伝染などというものはないといった、例の考え方が再び勢力をもりかえした。こんなでたらめな考えが再び世人のあいだに幅をきかせると、それに禍いされて、病気であろうがなかろうが、相手かまわずいろいろな人との往来が行なわれた。予定説を信じており、どんなふうにしてであるかはともかく、いかなる病気の伝染をも毛頭意に介しない回教徒でさえも、当時のロンドン市民には兜をぬいだであろう。自分自身完全に健康で、いわゆる健康によい空気のところから市内へやって来た連中は、病気をもっていてまだ回復していない連中と平気で家や部屋を同じくしたばかりでなく、いっしょに同じ寝床に寝ることさえも平気だった。

こういう無謀なことをやった罪の報いでついに死んだ者もいた。おびただしい人々が発病し、そのため医者は前よりもいっそう多忙をきわめたが、前と違うところは、回復する患者がふえていたことだった。ということは、ほとんどたいていたい、回復するということだった。今は一週間に一、〇〇〇人、多くとも一、二〇〇人以上の死亡者はなかったが、病気に冒され発病した者の数だけなら、以前、週に五、〇〇〇ないし六、〇〇〇人の死亡者を出したころよりもはるかに多かったのである。自分の健康にふりかかる悪疫感染という、この重大な問題に関して、当時の人々はかほどまでに無頓着であったのだ。したがって、彼らの安全を願って警告を発した当局者の忠告などを受け入れる余地はなかった。

市民が、いわば大挙して帰京してきたわけだが、彼らが知人の安否をたずねてまわった末に、その家の家族全部がきれいに死に絶えていて、そのあとに形見一つ残っていないのにぶつかることもしばしばであった。また何かわずかながら遺産が残されていても、それを請求する資格のある人が一人も発見されないこともあった。こういった場合はたいてい、本来なら形見として残っているべきものが、あちらこちらへと着服されたり盗まれたりしていたことが残念ながら多かったのである。

こういった事情から放棄された財産は、包括相続人としての国王の所有に帰したという話であった。国王はその際、このような財産をすべて没収財産としてロンドンの市長と市参事会あてに、当時非常に多かった難民の救済にあてるために下賜したそうであるが、これはかなり確実な話だと私は思っている。疫病《ペスト》の脅威が過ぎ去った現在よりも、直接その脅威にさらされていた時期のほうが、救済を必要とする者、窮乏にあえぐ人がはるかに多かったことは事実であったが、貧しい人々の窮乏の度合はかつてのころよりも現在のほうがはるかに深刻であった。かつてあれほど広く行なわれていた慈善の道がすべて閉ざされていたからである。裕福な人々は、もうその必要はなくなったと思い、救いの手を引っ込めてしまったのだ。貧しい人々の窮乏が深刻そのものであったゆえんである。

市の健康はかくして大いに回復されたが、外国貿易のほうはなかなかはかばかしい動きをみせようとはしなかった。第一、諸外国がまだまだイギリス船の入港を許そうとはしなかったのだ。たとえばオランダだが、これはわが王家とのあいだにいろいろないざこざがあり、その結果前年にはついに戦端が開かれるにいたっていた。したがってこの方面との貿易は全面的に絶たれていた。スペイン、ポルトガル、イタリア、バーバリ地方（アフリカ北部）はもちろん、ハンブルクやバルチック海沿岸の諸港はすべて、依然としてイギリス船を警戒し、今後なお何ヵ月という長いあいだ、わが国との貿易を再開しようとはしなかった。

病気のために幾多の人々がたおれたために、市周辺の教区のすべてとはいえないにしても、その大半がやむをえず新しい墓地を設けた。私が前にいったバンヒル・フィールズの墓地だけでは間に合わなかったからである。ここの墓地のある部分はそのまま残されて今日にいたるまで墓地として使用されているが、なかには廃止されたものもあった。私はこのことを考える時にある種の感慨を禁じえないのであるが、それはこういうわけである。廃止された墓地が他の用途に用いられ、あるいはその上に新しい建物が建てられるというのもっともなことであった。しかし、その際、死骸が無残にも掘り出されたわけであるが、なかにはまだ腐肉が骨にからまっていたものもあった。掘り出された死骸は、まるで塵芥《じんかい》か糞尿のように扱われて、どこかへ運ばれていった。私が直接に見聞したものについて語ると、次のとおりである。

㈠　マウント・ミルに近い、ゴズウェル街の少し向こうの土地の一角は、市の古い城壁の名残りのあるところだが、そこにはオールダーズゲイト、クラークンウェルの各教区だけでなく市外の教区の死亡者の死体までがいっしょに埋葬されていた。この土地はその後薬用植物園となり、さらに後になるとある建物の敷地になったはずである。

㈡　ショアディッチ教区の、ホロウェイ小路《レイン》の末端に近い、当時黒どぶ《ブラック・ディッチ》と呼ばれていた溝のすぐ向こうの一角。ここはその後、豚を飼う牧場、といったような普通の用途に供されることになった。墓地としては今は全然使用されてはいない。

㈢　ビショップスゲイト街にあるハンド小路《アレー》の上手の一角。ここは当時まだ緑の野原で、ビショップスゲイト教区専用の墓地として占められていたのだが、市内からも、たとえばセント・オールハロウズ・オン・ザ・ウォール教区などからも運搬車がさかんに死体を運んできたところであった。私はここの話をする際には、いつも残念でたまらない感じを覚える。あれは疫病が終わってから二年か三年後のことだったと思うが、サー・ロバート・

クレイトンがこの地所の所有者となった。当時一般に伝えられたところによると、多少でもこの地所の権利をもっていた人は一人残らず疫病のために死亡してしまい、相続人がないというわけで国王チャールズ二世陛下の所有に帰し、陛下はさらにサー・ロバート・クレイトンに下賜されたということである。この話は私も知っているがそれはそのとおり、ほんとうの話であった。サー・ロバートがどんな経緯《いきさつ》でこの地所を手に入れたかはともかく、彼はここに人に命じて家を建てさせ、また建築用地として貸すことにもした。最初に建てられた家は大きく瀟洒《しょうしゃ》な邸宅で、今でも通りに面して建っている。通りというのは今のハンド小路《アレー》のことだ。名前こそ小路だが、事実は堂々たる大通りである。その邸宅を北端にして、ずっとその並びに家屋が建ちならんでいるが、その地面ももちろんかつての日、多くの哀れな人々の死体が山と埋められたところである。いよいよ家を建てようとして、基礎工事のために地面を整理した際、それらの死体は掘り起こされたわけだが、なかには人目につくのも平気でそこにほうり出されているものもあった。女のどくろは長い毛髪がまつわりついているので、すぐそれとわかった。肉がまだ腐りかけたままのものもあった。この光景を見た市民たちは、じつにけしからん話ではないか、と怒りだした。疫病がまたぶりかえす危険がある、と言いだす者もでてきた。そういうことがあってからは、骸骨や死体が現われると、すぐにその地所の別なところに運んでいって、そのためにわざわざ掘った非常に深い穴の中にいっしょくたに投げ込むようになった。その深い穴の跡は今でもわかっている。その跡には家が建てられないで、ロウズ小路《アレー》のいちばん上手のところにある邸宅にはいってゆく通路になっているからである。その邸宅は、その後たてられて今日にいたっているある非国教会派の集会堂のちょうど真向かいに当たっている。その穴の跡のところはそこだけぐるっと小さく四角な柵で囲ってあるので、通路のほかのところから、はっきりわかるようになっている。すぐるあの一年間に死体運搬車で墓地へ運ばれていった、じつに二、〇〇〇になんなんとする死体の白骨がここの地下深く横たわっているのである。

㈣　このほかに、現在オウルド・ベツレヘムと呼ばれている通りにはいってゆく近くの、ムアフィールズにもそういった墓地があった。[*] ここは当時、相当に広げられたが、必ずしも全域が墓地として囲われたわけではなかった。

＊　この記録の著者もじつはこの墓地に眠っている。ただし、それは彼自身の希望によったものので、それというのも、彼に先立つこと数年前に亡くなった姉（妹）がここに葬られていたからである。

㈤　ステプニー教区はロンドンの東部から北部にまたがっていた教区であって、北部ではほとんどショアディッチ教会墓地に境を接していたが、この墓地のすぐ近くに死体を埋める地所を一個所もっていた。この地所は前記の教会墓地のすぐ近くだという理由からしばらくそのままになっていたが、その後その墓地に併合されてしまったようである。そのほかスピトル・フィールズにも二箇所埋葬地があった。一つはその後、非国教会派の会堂だか礼拝堂だかが建てられたあたりであった。なにしろこの教区は大きいのでこの埋葬地があったためずいぶん重宝したようである。もう一つはペティコート小路《レイン》にあった。

なお当時は、このほかにステプニー教区の使用に供された埋葬地が少なくとも五箇所はあった。一つは現在シャドウェル区のセント・ポール教区教会の建っているところ、もう一つはウォピング区のセント・ジョン教区教会のあるところであったが、この二つの区は当時はまだ現在のように教区として独立しておらず、まだステプニー教区の一部にすぎなかったのである。

私はまだもっとほかに埋葬地をあげようと思えばあげられるが、ここには、たまたま私がとくによく知っていたもので、話の行きがかり上、記しておいたほうがよかろうと思うものだけ記したわけだ。なにしろこの悲惨な時期には、短日月のあいだに莫大な人数が死んだのであるから、少しぐらいの墓地ではおいつけず、自然、ロンドン周辺の教区内で新しい埋葬地を求めざるをえなかったのも、全体からいって致し方のないことであった。しかし、こういう特殊な場所を一般の用に転用しないようにという、しかるべき注意がどうして払われなかったのであろうか。これではせっかく静かに横たわっていた死体がかわいそうではなかったか。もちろん、私がそれに答える筋合いではない。ただ、私にもはっきりいえることは、それが間違っていたということだ。だれに責任があったのか、私はつまびらかにしないのである。

これはもっと以前にいうべきことであったかもしれないが、クェーカー教徒も当時、その埋葬地をもっていた。つまり、彼らだけの埋葬地をもっていたわけであるが、今でもなおそこを用いているはずである。家からそこへ死体を運ぶのにも彼らだけの専用の運搬車をもっていた。あの有名なソロモン・イーグルのことは前にもふれたが、この人間は、疫病《ペスト》が神の裁きとしてやってくる、と予言した男であった。彼は裸のまま町じゅうを駆けずりまわり、市民の罪を罰せんがためついに疫病きたる、と人々に説いてまわった。しかも、疫病が発生した日の翌日、何と彼自身の妻が死んだのである。クェーカー教徒の新しい埋葬地に、教徒専用の死体運搬車に乗せられて運ばれていった最初の数個の死体の一つは、じつに彼の妻のそれであった。

ロンドンがこの惨禍に見舞われたころに起こった、いろいろな事件のことを語ろうと思えば、おそらく果てしがなかろう。たとえば、当時オックスフォードに移っていた宮廷とロンドン市長とのあいだに取り交わされた交渉のことや、この危急存亡のときに際して市民のとるべき行動を指示した、政府の再三にわたる命令のことも、語ろうと思えば語ることはできる。しかし、実際問題としては、宮廷はこんどの災禍にはほとんど関係はなかった。多少関係するところがあったとしても、大して重大なことではなかった。したがって、そのことについて部分的にしろここに記すことはほとんど無意味だと思うのでやめる。ただ、ロンドン市においては月に一回、精進日を守るべきこと、という指示があったことと、貧民救済のために義捐金の下賜があったことだけは言及しておかなければならない。しかしこの二つのことについては、私は前に述べたはずである。

まだ回復もしていない患者を置きざりにして逃げ出した医者に対する非難たるや、まさにごうごうたるものがあった。そういった医者も疎開先から帰京したが、彼らをだれ一人として相手にする者はいなかった。逃亡者、というのが彼らの綽名《あだな》であった。その玄関にはしばしばビラがはられ、それには次の文句が書かれていた。曰く、「ココニ貸シ医者アリ」。こうなると、そういう医者は手も足もでなくなり、鳴りをひそめてしばらく形勢をみているか、それともどこか顔を知られていないところに引っ越して新しく開業するか、しかほかに道はなかった。同じようなことが、やはり逃げ出した牧師の場合にも生じた。市民のそのような牧師に対する風当たりはまことにすさまじく、落首や諷刺がさかんにつくられ、その教会の入口には次のような文句が書かれたりした。曰く、「貸シ説教壇アリ」。時としてもっとひどいのには「説教壇売リマス」というのがあった。

疫病がやんだのであるから、いがみ合いの根性も、互いに罵り合う意地汚ない精神も、それといっしょにきれいにやんでおればどんなによかったかと思うのだが、そういかなかったところに、わが国の不幸があったともいえよう。疫病流行前、わが国の平和を乱していた元凶こそは、まさしくこのはてしなきいがみ合いの根性であった。その根性も、要するに、イギリス全体を流血と混乱の悲劇にまきこんだ、あの古い敵愾心《てきがいしん》の名残りといわれていた。しかし、恩赦令が公布されて国内の相克が鳴りをひそめたこともあったのである。政府当局があらゆる機会をとらえては家庭の平和、対人関係の平和を全国民に向かって呼びかけていたことは当然であった。

しかしそれも要するに無駄であった。ロンドンの疫病が終息したあとでも、事態は一向に変わってはいなかった。流行が激烈であった時に、市民たちが苦しみをともどもになめあっているのを目のあたりに見、互いに慰め合っている姿をじかに見た者は、今後はわれわれはもっと愛情をもたねばならぬ、他人を責めることはやめねばならぬと固く心に誓ったはずだった。そういう光景に当時接した人は、だれだって、こんどこそまったく生まれ変わった精神でみんなでいっしょに仲良くとけ合ってゆこうと思ったはずだった。ところが、どうしてもそれができなかったのだ。争いは依然として残っていたのだ。英国国教会派と長老派とは依然として氷炭相容れなかったのである。疫病がおさまるやいなや、英国国教会の聖職者たちが見捨てていった教会の説教壇をそれまで守っていた、もともと追放中の、非国教会派の牧師はそこから退いていった。それは当然そうせざるをえないことであった。しかし、英国国教会の者たちが非国教会派の牧師たちをただちに攻撃しだし、法令を楯にとって圧迫しだすとは何としたことであったろうか。自分たちが病気に悩まされているあいだは彼らの説教に喜んで耳を傾け、病気が回復するやいなや彼らを迫害するとは、何としたことであったろうか。これぱかりはわれわれのように、英国国教会に属している者でもとうてい承服し難い言語道断なことといわざるをえないことであった。

しかし、そういう態度をとったのはまさにわが政府当局であった。われわれが何といおうとそれをやめさせることはできなかった。われわれにいえたことは、それはわれわれがやっていることではない、われわれに責任はない、ということだけであった。

他方また、非国教会派の連中もよくなかった。彼らは、英国国教会の聖職者たちが逃げ出したことを、すなわち、任務を放擲《ほうてき》し、危険の真っ直中にいる教会員を捨てていったことを、弾劾《だんがい》した。そして、そういう時にこそ教会員は慰めその他を必要としたのではなかったか、と詰問した。しかしこのような非難をわれわれは認めることはできなかった。なぜなら、あらゆる人間がすべて同じような信仰をもち、同じような勇気をもっているとは限らないからである。人を判断する時には、好意的に、しかも愛をもってせよ、とは聖書の命じているところである。

疫病《ペスト》というものはあなどり難い強敵なのだ。恐るべき武器をもっているのだ。われわれがどれほど強固な武装をしたところで、なかなか歯がたつものではない。われわれがどれほど防衛の態勢を整えたところで、その攻撃にかかっては耐えうるものでもないのである。いかにも、本来ならその職分を果たすべき立場にありながら、自分の身の安全を求めて逃避した聖職者が多かったことは事実である。しかし、多くの者が残留し、その中の多数が災禍にたおれ、しかも義務を果たそうとしてたおれたことも、これまた事実なのだ。

非国教会派の追放中の牧師がかなり残留したことも本当である。その勇気が高く評価されなければならないことは当然であるが、その数はそんなに多いわけではなかった。また、この派の牧師が全部残り、一人として田舎へ疎開した者はなかった、とは義理にでもいえたわけではなかった。その点、英国国教会の聖職者が、全部疎開してしまった、などといえないのと同じである。疎開した聖職者にしても、必要な仕事を代行し、実行できる範囲で病人を見舞うなどのことをさせるために、副牧師その他の代理者を置いていかなかったわけではない。そんなわけで、全体的にみれば、両方とも同情をもって大目に見られないわけではなかった。それに、われわれとしては、一六六五年という年が歴史上古今未曾有の年であったことも充分考えるべきことであったと思う。こんな場合には、どんな強固な勇気の持主でも、どうかするとひるむことだってありうるのである。じつは私としては、こんなことよりもただ、惨禍に脅えていた市民のためにみずからを犠牲にして働いた、両方の陣営の人々の勇気と敬虔な熱意を喜んで記したかったのである。両方の陣営の中で義務を果たさなかった者が幾人かあったところで、それは大したことではなかったのだ。ところが、こういった人々のはしたない振舞いをみて、つい心にもないことをいわざるをえなくなった次第なのだ。残留組の中には、得々として自分のことを吹聴するばかりか、疎開した者を痛烈にこきおろし、教会員を見捨て、命と金を惜しがるとは、何という臆病なやつか、と罵る者もいた。私はすべての善良な人々の敬虔な心に、あのころの恐ろしかった事柄をいろいろ思い返してくれ、反省してくれ、と訴えたい。あのころのことを切実な思いをもって思い返すことのできる人ならば、あの恐怖に人々をして耐えしめたものが、単に普通の勇気でなかったことを知るであろう。それは、戦場において、一軍の先頭にたってはなばなしく戦うようなものでもなかった。騎兵の一隊に向かって果敢な突撃を試みるようなものでもなかった。いや、じつに、「青ざめたる馬」に乗った「死」（新約聖書「黙示録」六章八節）に対する突撃であった。ロンドンに残ることは死ぬことであった。文字どおり、それはそうとしか考えられないことであった。とくに、八月下旬から九月上旬にかけての事態の緊迫をいろいろな点から考えた時、それは否定できないことであった。当時、あのように突如として病勢が一転し、一気に死亡者数が二、〇〇〇名もさがるとは、だれが期待し、信ずることができたろう。しかも、他方では、一般に知られていたとおり、驚くべき数の人々が発病していたのではなかったか。さらにまた、それまでずっと丈夫で残留していた多数の人が忽然として姿を消したのもじつにそれからであった。さらにもう一つ付け加えておきたいことがある。もし神が、他の者よりいっそう大きな力をある者に与えたとしたら、それははたしてその人が、苦難に耐えるその能力を誇るためであり、同じ賜物《たまもの》と援助とを与えられなかった他人を非難するためであったろうか、ということだ。それとも、自分が他の同胞よりも世間の人々のためになるように定められたことに対し、心からへりくだって神に感謝の誠を捧げるためではなかったのか、ということだ。

私は聖職者はもちろん、内科医、外科医、薬剤師、市当局者、あらゆる種類の役人、さらにその他献身的に働いた人々、の名誉のために、いかに彼らがその義務を果たすために生命の危険をもかえりみなかったかということを記録に残すべきだと考えている。事実、ロンドンに踏みとどまったこれらの人々のほとんどすべてが死力をつくしてその任務に当たったことは疑いをいれないことだった。そしてまた、これらあらゆる方面の仕事にわたり、単に命を的に働くというどころか、現にそのために命を捨てた犠牲者も相当に出ているのである。

かつて私は、こういった人たちの、というのはつまり、あらゆるこういった職業の人々で任務遂行中に殉職した者のリストを作りかけたことがあった。しかし、具体的な詳細な点になると、確実な調査をすることは、とうてい一個人のよくなしうるところではないことがわかった。私がただ記憶していることは、九月上旬までに、聖職者一六名、市参事会員二名、医者五名、外科医一三名、これだけが市《シティ》といわゆる自由区域《リバティーズ》で死んでいたということである。しかしこれは前にもいったように、ちょうど疫病がいちばん激甚をきわめていた時のことであるから、必ずしも完全なリストではない。もっと下級の人々では警吏と下級役人が四六名、ステプニーとホワイト・チャペルの両教区だけで死んでいた。しかし、これ以上私はリストをつづけることはできなかった。九月の病勢の猛烈な進展とともに、統計をとることなどは思いもよらぬことになってしまったからである。死亡者がこう続出すると、もう一つ一つ数えている暇はなかった。死亡週報は見向きもされず、人々は、今週は七、〇〇〇だとか八、〇〇〇だとか大摑みのことをいうにすぎなかった。事実また死亡者は山のようにあった。埋葬する時も、文字どおり山のように累々たる死骸であった。ということは、つまり数えている暇がなかったということである。私も私なりに仕事があり、そのため相当一般の情勢に通じていたつもりだが、私などよりもさらに頻繁に外を出歩き、いろいろな事情に通じていた人たちの言葉を信ずることができるとすれば、九月前半の三週間では、死亡者数は週当たり二〇、〇〇〇人をあまりくだるまいといわれていた。もちろん、人によってはこの数字はほんとうだと主張する者もあるが、私自身はむしろ当局の発表のほうを支持したいような気がする。それによると、週当たり七、〇〇〇から八、〇〇〇というわけであるが、この数字だけでも、いかに当時の情勢が悽惨苛烈なものであったかを証するにたりよう。私自身はもちろんだが、読者諸氏にも納得していただけると思うことは、ここに書かれているすべてのことが控え目に書かれたものであって、けっして野放図なことが記されているのではない、ということである。

こういったいろいろなことから考えて、私としては、あの過ぎさった日の惨禍を忘れることなく、互いに寛容と親切をこととして、疫病終息後のわれわれの行動を律すべきであった、と何としても思わざるをえないのである。神のこらしめのみ手から逃げた者を卑怯者呼ばわりして、ロンドンに残留した自分の勇敢さを自慢にするなどは、まったくもって言語道断といわなければならない。残留したからといって、その勇気が単なる無知に根ざし、神のみ手に対する軽蔑に根ざしていなかったと、はたしていえるかどうか。もしもそういうことであれば、それこそ自暴自棄という恐るべき罪でこそあれ、けっして真の勇気ではなかったと思うのである。

また、記録からどうしても逸してはならないと思うのは役人たちのことだ。警吏、教区下級役人、市長や助役の部下、もっぱら貧民の世話に当たった教区役員、こういった人々の功績のことだ。彼らがその義務を果たしたその勇気たるやほかのだれにも劣らないばかりか、むしろいちだんと大いなるものがあった。彼らの仕事が何よりも危険を伴うものであり、貧民たちのあいだで文字どおり身を挺して処理する仕事であったからだ。周知のように、貧民たちは病気に感染しやすく、そしてまたひとたび感染した時の惨状は目もあてられないものがあった。なお、これらの役人たちで死亡した者がはなはだ多かったということも同時に付け加えておかなければならない。まことにやむをえない仕儀であった。

この流行期に当たってわれわれがふだん用いていた薬品や調剤のことについては、ひと言も今までふれてこなかった。われわれといっても、つまりは、私のように、しばしば外出して街頭を歩きまわった連中のことである。この薬のことは、わがいかさま医者の書いた本や薬方書などでさまざまに論じられている。いかさま医者のことは、すでに充分私は話しておいた。しかしここで付け加えておきたいことは、医師会がいくつかの調剤法を毎日発表していたことである。医者たちが実際に診療に当たってみて、その結果から割り出されたものであった。その印刷したものは今でも入手できる。そんなわけで、ここではそれについての説明は省くことにする。

しかし一つ、どうしてもいっておきたいことがある。それはある一人のいかさま医者の身の上に起こった事件のことだ。彼は素晴らしく卓効のある疫病予防薬を発見したと吹聴していた。その予防薬を身につけておけば絶対に罹病しない、少なくともはなはだ罹病しにくい、という宣伝であった。当然至極な話であろうが、この男は外出の際には、この特効予防薬を常時、そのポケットに忍ばせていた。しかし、まもなく病気に冒され、二、三日のうちにご他界ということになった。

私はいわゆる医者嫌いなる者の一人でもなければ、頭から医者を馬鹿にするような者でもない。むしろ、私が親友ヒース博士の指示に深い注意を払ってきたことは、すでに読者も知っていることと思う。それにもかかわらず、薬らしい薬はほとんど用いなかったことも白状しなければならない。もちろん、前にもいったが、いつでも強烈な臭気剤を用いる用意だけはしておいた。ひどい悪臭を少しでも嗅いだ時とか、埋葬地や死体のそばにあまり接近しすぎたといったような時にはすぐに用いたわけである。

私はまた、ある種の人たちのように、強壮酒《コーディアル》や酒などでしょっちゅう心気を爽快ならしめておく、というようなこともしなかった。ある博学な医者がこの方法を愛用したまではよかったが、あまりに愛用しすぎたため、疫病が終わったあとでもやめられず、ついに呑兵衛になり、その後半生を棒にふったそうである。

友人のヒース博士がよく次のようにいっていたのを、私は今でも覚えている。疫病の場合にたしかによくきく、一群の薬品や調剤がある。医者が数限りなくいろいろな医薬をつくるのは、たいていそういったたくさんの薬品の中からいろいろなものを巧みに選びだしたり、混ぜ合わせたりしてつくるのである。それは、鐘を鳴らす人が音の配列を変えたり、順序を変えたりして、無慮数百の違った音色《ねいろ》をだすが、もとはといえば要するに六個の鐘にすぎないのと同じだ。ある一群の薬品が実際に効き目があるのは何としても事実である。だから、昨今の災難に際して数えきれないほどの医薬が使用に供されているのも、あえて自分は不思議とは思っていない。ほとんど一人一人の医者が自分の判断に応じ、経験に応じて、それぞれ別々な医薬を調合したり、処方するのも当然な話だからである。だが、しかし――と私の友人はつづけて言うのだった。ロンドンじゅうの全部の医者の全部の処方薬を調べてみるがいい。要するにその成分はみんな同じ原薬品からできていることがわかろう。違うところがあるとすれば、各医者のそれぞれの思いつきによって、そこにいろいろな配合の相違があるくらいのものである。だから、人はみなめいめい、自分自身の体質や、生活様式や、病気にかかった時の状況などをよく考えて、もとになっている薬品の中から自分にあった医薬を考えだせばいいわけである。いかにも、ある人はこれこれの薬が特効薬だといい、また他の人は、いやこっちのほうがそうだというかもしれない。ある者は赤丸薬、例の抗疫丸薬といわれるものだが、これが現在調合できる薬の中では最良のもの、と考えるかもしれない。ところが一方ではヴェニス毒消丸さえあれば病気に抵抗するのには充分だ、と考えている人もあるかもしれない。自分は、今いった抗疫丸薬とヴェニス毒消丸とどちらがきくかといわれたら、両者ともきく、といいたい。つまり、病気を予防するのには後者がいいし、いったん病気にかかったら、それを退治するのには前者がいい、というわけである。――これが友人の話だった。私はこの意見に従って、しばしばヴェニス毒消丸を用いて、おおいに汗をかいたものであった。これだけ薬を飲んでおけば、人並のことはとにもかくにもしているわけだから、これで病気にかかればそれもやむをえないと考えていた。

ロンドンのいたるところで見かけられたいかさま師や香具師《やし》の類のことだが、私は彼らのいっていることに耳を傾けたことはなかった。しかし、その後気がついてみて、不思議に思えて仕方がなかったことは、疫病が終わってからの二年間というもの、市内で彼らの姿をほとんど一人も見かけなかったことである。あいつらは病気のために一人残らず根こそぎやられてしまったんだ、いい気味だ、という人もいた。わずかな目腐れ金に目がくらんで、みんなを破滅の奈落にたたきこんだんだ、神罰覿面《てきめん》とはまさにこのことだ、というわけであった。しかし、まさかなんでも、そこまでいうのはいいすぎだと私は思う。香具師の連中がおびただしく死んだのはほんとうで、私の知っている者だけでも相当な数にのぼっていた。しかし、連中が全部根こそぎ死に絶えたとは、私には考えられない。私としては、むしろ田舎へ逃げていって、疫病がやがてやってくるというので、ひどくびくびくしていたそこの人たちを例のごとく手玉に取っていた、と信じている。

それはともかく、ロンドンの市内、市外を通じてずいぶん長いあいだ香具師連中が一人も現われなかったことは事実である。それについて、こういうことがあった。当時、幾人かの医者が処方箋を公にして、疫病回復後の体の、彼らのいわゆる浄化に必要な薬剤を推奨していた。一度病気に冒されて治癒した人々にどうしても必要な薬剤だというのであった。ところが一方、当時の幾人かの高名な医者の意見はそうではなかった。彼らのいうところでは、疫病そのものが一つの下剤みたいなものだというのであった。病気から回復した者は体の中からいろいろなものを浄化しようとして、薬品などを服用する必要はない。医者の診療をうけて、切開し膿を出してもらった腫物や腫脹は、じつは充分な浄化作用を体に対してすでに及ぼしている。ほかの病気の原因も、それと同時にきれいに一掃されている。こういうふうにその高名な医者が自説を主張したというわけだ。こういった情勢では、さすがの香具師も、どこにいっても商売にならなかったはずである。

病勢が衰えてから後にも、ちょっとした騒動がいろいろあった。ある人々が想像するように、それが市民を脅かして混乱状態におとしいれようという陰謀であったかどうかは、私には何ともいえない。しばしば、これこれの時までにきっと疫病が再燃する、と聞かされたものであった。裸のクェーカー教徒、例の有名なソロモン・イーグルは毎日のように福音ならぬ悪しきおとずれを予言していた。そのほかにも、まだまだこれではロンドンに対するこらしめは充分ではない、もっと無残な痛撃がまもなくやってくる、とわれわれに説く者もいた。もし彼らがそれだけでやめていてくれたら、それとももっと具体的に、たとえば、ロンドンは明年大火に焼き滅ぼされる、とでもいっていてくれたら、われわれが彼らのその予言にただならぬ敬意をはらったことをあとで悔やまなくてすんだろうと思う。少なくとも、彼らに対する驚異の念を覚えたであろうし、予言されたことの意味をもっと真剣に考えたであろうし、どこから彼らがその先見の明を得たかを考えたであろう。ところが、彼らがわれわれ市民にいうことは、きまって、再び疫病が再燃する、ということだった。そんなわけで、その後は彼らのことにあまり関心をもたなくなった。だが、当時は、あまりたびたび疫病のことばかりをしぶとく言われるものだから、市民もなんだか絶えず不安に襲われどおしであった。もしだれかが急死でもしたり、発疹チフスの発生が何かの拍子で多くなったりすると、われわれは青くなった。疫病《ペスト》による死亡者がふえでもすると、われわれはまったく今さらのように真っ青になったものであった。その年の末にいたるまで、疫病患者で死亡する者はつねに二〇〇名から三〇〇名のあいだを往復していた。

大火前のロンドン市を覚えている人には、今日ニューゲイト・マーケットと呼ばれている場所のことをきかれても、そんな場所があったという記憶はないであろう。ところで、現在腹吹《ブロウ・ブラダー》き通りという通りがあるのはご承知のことと思うが、この名前の起こりは、そこで羊を殺してその臓腑を処理していた肉屋が大勢いたことからきている（この連中は羊の肉が実際以上に厚味も脂肪もあるように見せかけるために、パイプをその中に突っ込んでふくらませていた。そのためついに市長に大目玉をくらったそうである）。つまりその通りの端からニューゲイトへ行く通りの真ん中に、肉を売る露店が二列ずっとつづいて立っていたが、じつはこれがのちのニューゲイト・マーケットの起こりなのである。

肉を買っている最中に、急に倒れて死んだ者が二人も出たのは、じつにこの露店街でのことであった。さっそく、ここの肉には全部病毒がついているという噂が飛んだ。下手をすると大変な恐慌を市民のあいだに巻き起こして、二、三日は市場《マーケット》も開かれそうもない情勢だったが、そういう噂が根も葉もないものにすぎないことが間もなくはっきりした。しかし、人間の心は、恐怖というものに一度とりつかれると、理屈だけではどうにもならないものである。

それはともかく、冬の厳寒がつづいてロンドンの健康も回復したことは、何はともあれ神の思し召しといえよう。翌年の二月までには、疫病が完全に終息したことをわれわれは知った。どんな噂がたてられようと、二度と動揺することはなかった。

専門家のあいだで問題になっていることが一つあった。はじめこれには市民もどうしてよいか困った。つまり、それは、疫病患者がいた家屋やその家財道具をどうしたら消毒できるか、ということだった。流行の期間中、ずっと空家になっていた家を元どおり住めるようにするにはどうしたらよいか、ということもまた問題となっていた。医者たちはいろいろな香料や薬剤をすすめた。もちろん、各医者によって、その指示するものは、それぞれ違っていた。市民はその指示を忠実に守って、そのために大変な費用を使った。これもほんとうは、私をしていわしむればむだな費用だったと思うのである。ところで比較的貧しい人々は、昼夜を分かたず窓を開けひろげたまま、室内で硫黄、ピッチ、黒色火薬などをもうもうと燃やすにすぎなかったが、それでもけっこう用はたした。大急ぎで危険も覚悟の上でロンドンに帰った性急な市民の中には、家にしろ家財道具にしろ、そのままでも大した不都合はないというわけか、べつに何の処置を講じない者もいた。

一般的にいえば、やはり市民は非常に用心深く、各自その家を清めようとしてなんらかの手段を講じた。彼らは思い思い、その閉めきった部屋の中で香料《パーフューム》だの、香《インセンス》だの、安息香《ベンジャミン》だの、樹脂だの、硫黄だのをもうもうと燃やし、一応燃えきったところで火薬を爆発させて部屋の空気を一気に外へ追い出してしまうという方法をとった。なかには、昼となく夜となく、しかも数日、数夜にわたってこういった火を燃やしつづけた人もあった。ついに家まで燃やしてしまい、全部灰燼にしてしまってはじめて完璧な消毒を全うしたという人が二、三あった。たとえば、ラトクリフに一箇所、ホウボンに一箇所、ウェストミンスターに一箇所あった。これは火事になった二、三の例だが、大事にいたらずして消しとめたという例もかなりあった。たしかテムズ街のことだったが、ある家の召使が消毒のためにせっせと多量の火薬を家の中に運んできたまではよかったが、へまなまねをしたために、ついに屋根の一部をぶちぬいてしまったという話もある。しかし、市全体が大火によって清められるという時機は、まだ充分熟してはいなかった。といっても、またそう遠いことでもなかったのだ。なぜなら、やがて九ヵ月の後には、ロンドン全市が灰燼に帰したのを私は目撃したからである。でたらめな学者もあったもので、その連中がおこがましくも言ったところによると、この大火によって、初めて疫病《ペスト》の種子が完全に一掃されたのだそうである。しかし、そんなばかげた考えがあってたまるものか、という気が私にはするのである。もし家の中に残っていた疫病の種子が、火事によらなければ一掃できなかったということであれば、なぜ火事が起こるまでの長いあいだに疫病の種子が再び爆発しなかったのであろうか。もしでたらめな諸君の説くがごとくであれば、疫病が猖獗をきわめた郊外や自由地域《リバティーズ》やその他ステプニー、ホワイト・チャペル、オールドゲイト、ビショップスゲイト、ショアディッチ、クリプルゲイト、セント・ジャイルズなどの教区のすべての建物は火事による類焼を免れたのであるから、大火事の前と同じくいまだに疫病の種子をもっているということになる。それではおかしいではないか。

しかし、こういったことはただ私が聞いたことをそのまま伝えておくにとどめることにしたい。ところで一方では、自分の健康にひと一倍気を配った人々が、いわゆる家屋消毒のために然るべき指導の下に大変な努力を払ったことは事実である。そのためには、高価な薬品がじつにふんだんに用いられた。その結果、その家自体が希望どおりに消毒されたことはいうまでもないが、その家のあたり一帯の空気がまことに爽やかな芳香にみたされたことも事実であった。そういう高価な薬品代を払った人々はともかく、付近の人々までもその余香を拝したというわけである。

要するに、貧乏人は前にもいったようにあわてふためいてロンドンに帰ってきたが、金持は帰京を急がなかったのである。いかにも商売人は早々に帰ってきたが、その大部分は家族を翌春まで連れもどそうとはしなかった。もう疫病《ペスト》は再発しない、という確実な見通しがつくまでは、あえてそうすることをしなかったのである。

宮廷はいかにもクリスマスが過ぎるとまもなく帰還してきた。しかし、政府関係の仕事に関係していた者を除けば、大部分の貴族や、紳士階級の者はそう急いで、ロンドンには帰ってこなかった。

ロンドンその他に悪疫が激しく流行していたにもかかわらず、わが艦隊に悪疫が流行しなかったことも、やはりこの際一言しておく必要があろう。これより先、テムズ河の水域やロンドンの街頭で、艦隊要員補充のために奇怪な強制募集が行なわれたことがある。しかし、それは、まだその年の初めのころであったし、そのころは、そういった水兵の強制募集がいつも行なわれるしきたりになっていた市内《シティ》のあたりまでは、まだ疫病もほとんどきてはいなかった。当時の人々にとっては、対オランダ戦争はけっしてありがたいものではなく、徴集された水兵もいやいやながら軍務についたわけであった。力ずくで軍務に引きずりこまれたことを憤慨した者も多数であった。ところが、吉凶はあざなえる縄のごとし、とでもいうか、結果においては暴力で軍務に引きずりこまれたことが幸いした者も相当いたわけであった。徴集されなかったならば、おそらく疫病《ペスト》の犠牲となった者もあったことと思われるからである。夏期勤務を了《お》えて帰ってきた者の中には、肉親の大半がすでに墓場の人となっているのを知って嘆き悲しんだ者もいたかもしれなかった。しかし彼ら自身は、たとえ自分の意志に反してでも悪疫の魔手のとどかないところに連れ去られていたことを当然ありがたいと思ったにちがいなかった。思えばその年の対オランダ戦は、はなはだ激烈な戦いであった。一大海戦も行なわれた。オランダ海軍が敗北を喫したのもその時であった。しかし、わがほうも多数の戦死者を出し、艦船の喪失もあった。しかし、今もいったように、ついにわが艦隊には悪疫《ペスト》は発生しなかったのである。艦隊が帰ってきて、テムズ河上で繋船したころには、もう悪疫の猛威も下火になりかけていた。

私はこの暗澹たる年の記録を終わるに際して、歴史的な事実をなおいくつか付け加えて終わりたいと考える。たとえば、この戦慄すべき惨禍からついに救われたことに対して、われわれがどれほど深い感謝をわれらの守護者なる神に捧げたことであったか。惨禍から救われわれ解放された時、われわれは今さらのごとくわれわれを苦しめてきた病魔の凄絶さを思い、全国民をあげてひとしく感謝の涙にむせんだのであった。市民が救われるにいたった経緯《いきさつ》は折にふれて私がいってきたように、じっさい感慨無量のものであった。とくに、思いがけなく、疫病《ペスト》ついに止む、という希望にわれわれが躍り上がって喜んだ時、……その時今さらのごとくふりかえってみた自分たちの境遇がどんなに惨憺たるものであったことか。

ただ神の直接のみ手のみが、ただ全能のみ力のみが、このことを可能ならしめたと、私は思う。伝染はあらゆる医薬を無視して跳梁に跳梁をかさねた。ロンドンの隅から隅まで死が狂奔した。このような状態のまま、あと数週間つづいたとしたら、ロンドンは完全な廃墟になっていたにちがいなかった。生きとし生ける者の姿はついに消えさってしまったにちがいなかった。市内いたるところで、人々は絶望しかけていた。あらゆる人の心が恐怖のあまり、深い、沈痛な憂色にとざされていた。人々は魂の苦痛に耐えきれずに捨て鉢にさえなっていた。死の恐怖がどの人の顔にも宿っていた……。

まさしくその瞬間であった、まさしく、われわれが、「人のたすけは空し」（旧約聖書「詩篇」六〇篇一一節）といおうとした瞬間であった、神の意志が働いたのは。なんと驚くべきことであったろう、疫病の猛威はみずから衰えていったではないか。私が前にもいったように、その悪性が減じていった。無数の人々はまだ病に冒されていたが、死者は少なくなった。最初の週の死亡週報の報ずるところでは、一、八四三名減となっていた。何という大きな数字であったことか！

その死亡週報が出たあの木曜日の朝、人々の顔に現われた表情の変化を口でいい表わすことは私にはできない。どの人の顔にもあるひそかな驚きと喜びの微笑がただよっていた。街頭に躍り出て互いに手を握りあって喜びあった。そのさまは、これがつい先ほどまでは、道を歩いていても互いに同じ側を歩かないように、つとめて避けていた人たちとも思えないほどであった。道がそう広くないところでは、窓をあけて家同士声をかけ合っていた。悪疫《ペスト》もとうとう下火になったという吉報、お聞きになりましたか、と隣家の人に向かってたずねている者もいた。吉報、と聞いて聞きかえす者もあった。「吉報って、何の吉報ですかね」「悪疫がもう衰えたんですよ。死亡者が二、〇〇〇人も減ったんだそうですよ」それを聞いて「ああ、ありがたい！」と叫んだかと思うと「こりゃいい知らせだ、いい知らせだ」といいながら嬉しさのあまり泣きだす始末だった。人々の心は蘇生の思いでいっぱいであった。私は人々が喜びのあまり度を越した振舞いを演ずるのを見た。それは以前、彼らが悲しみのあまり、演じた狂態にも劣らないものであった。それについていくらでも例をあげて示すことができるが、せっかくの彼らの喜びにけちをつけたくはないのでよすことにする。

　このように事態が急に好転する直前、じつは、私は完全に意気阻喪していたことを白状しなければならない。その前の一、二週間の死亡者の数が多かったことはもちろんだが、発病者の数もまたすこぶる膨大であったため、人々の悲嘆の声はいたるところで聞かれた。そのような時に、命が助かると思うような人間があったとしたら、その人間はよほど、どうかした人間だというよりほかはなかった。試みに私の近所の場合を考えてみても、病気に冒されていない家というのは、私の家を除いては一軒もなかった。このままの調子だと、まもなくどの家も、一切合財、悪疫の魔手にかかるのは必定であった。それまでの三週間におけるその暴虐無残な狼藉ぶりは、とても信ずべからざるていのものであった。いつも信用のおける統計を示してくれる人の説によると、その三週間において、少なくとも三〇、〇〇〇人以上の死亡者があり、発病者数も一〇〇、〇〇〇人に近いということであった。事実、発病した人の数は驚くべきものであった、いや、まさに戦慄すべきものでさえあった。せっかく今の今まで勇を鼓してがんばってきた人々も、ここにきてまったく生きる気力さえ失うにいたったのである。

　ロンドン市がかように災禍の中にあえぎ苦しみ悶えているちょうどそのさなかに、神はそのみ手を直接くだしてこの病魔の鋭鋒をくじき給うたのである。そして、その毒牙からは毒がぬきとられたのである。それは、医者たちが驚くほど、意外な出来事であった。彼らが患者を診に行ってみると、どの患者も驚くほど容態が良くなっていた。快い発汗作用があったという者もあり、腫脹がつぶれた者もあり、癰《よう》がひいて、そのまわりの炎症の色が変わった者もあり、熱がひいた者もあり、激しい頭痛がけろりとなおった者もあった。あるいは、逆にいい徴候が歴然と現われてきている者もあった。やがて、二、三日もすると、どの患者も回復に向かっていた。家族全員が病患に冒されて日々悪化の途をたどる一方という家も多かった。そういった家では、牧師を呼んでともに祈りを捧げてもらい、刻々に死を待つばかりであったにもかかわらず、急に生色をとりもどして回復に向かい、だれ一人として死ぬ者はなかった。こういった事態の好転は、内科や外科の医師たちによって新しい薬が発見されたからでもなければ、新しい治療法が発明されたからでもなかった。また、新しい手術法が考案されたからでもなかった。この好転は、最初われわれの頭上に裁きとしてこの病気を下し給うた神の、あの見えざるみ手のなせる業《わざ》であった。私がこういうことをいうと、無神論者たちは好き勝手なことをいって私にくってかかるかもしれない。しかし、私にしてみれば、けっして単なる狂信からいっているのではないのだ。いや、私ばかりではない、じつに、万人が当時このことは認めたことであったのだ。まさしく、病勢が衰え、その悪性が消えていったのである。いったい、それは何にもとづくものか、学者がその説明の理由を自然界に求めるのもよかろう。そして、造物主に対して彼らが負うている負い目を少しでも払おうとすることも結構であろう。が、とにかく、ほとんど信仰らしい信仰のかけらももたない医者たちでさえ、このことが異常なことであり、超自然的なことであることを認めたのである。われわれの説明を超えたものであることも、彼らの認めざるをえなかったことなのだ。

　ここにこそ、われわれかつて悪疫の猖獗の前に恐れおののいた者たちが、心から神に感謝を捧げなければならぬことを命ずる明らかな指示が示されているのだ、と、もし私がいったとしたら、昔のことをけろりと忘れたある種の人々は、信心ぶったお節介はよしてもらいたいというかもしれない。君は物語を書くかわりに説教をしようというのか、客観的な観察を述べるかわりに教師ぶろうとするのか、といって私をあざけるかもしれない。そう考えると、自然、気おくれがしてこれ以上のことを述べる勇気は私にはなくなる。しかし、もし十人のハンセン病患者がいやされてしかもその中の一人だけが帰ってきて主《しゅ》に感謝を捧げたということであれば（新約聖書「ルカ伝」一七章一一〜一九節）私はその一人になりたいと思う。私は自分の身が全うされたことを神に感謝したいと思う。

　いや、私ばかりではない。見たところ、感謝の念にみちた人々が当時多かったことも事実であった。そう大して感謝の念にうたれたわけでもない人間でさえも、感銘のあまり唖然としていたからである。なにしろ印象があまりに強烈であったため、それに抗することはできなかったのだ。人間の屑のような者にしたところで、それはかりはできなかったのである。

町の通りでわれわれがまったく見も知らぬ人々が、呆然として驚きあきれている姿に出会うことも、その当時珍しくはなかった。私がオールドゲイト教区を通っていたある日のことであった。かなり大勢の人がそこの通りを行き来していた。ちょうどそこへミノリズ教区の端のほうから一人の男がやって来たが、彼はしばらく通りをじろじろ見わたしていた。と、突然、両手を広げて、「変われば変わるもんだなあ！　わたしがここに先週来た時には、ほとんど人の影なぞ一つもなかったのに、今のこの変わりようは何ということだ！」と叫んだ。その言葉を聞きつけたほかの男がつづけていった、「まったく驚くべきことです。夢みたいな話です」するとまた別の男がいった、「ありがたいことですね、まったく。これも神さまのおかげですよ。神さまにお礼を申し上げなくちゃ罰が当たりますね」人間の力、人間の業はついに及ばなかったのである。こういった人々はみな知合いでも何でもない、ただの行きずりの人にすぎなかった。しかし、こういった挨拶のやりとりは毎日街頭でしばしば見受けられる光景であった。あまり行儀のよくない一般の庶民たちでさえも、町を通る時に、自分たちが救われたことを神に感謝しながら通っていた。

前に私がいったことだが、ロンドンの人々が一時に警戒心を捨ててしまったのは、しかもいささか性急に捨ててしまったのは、まさにこういった時であった。相手が頭に白い帽子をかぶった男だろうと、首のまわりに布切れを巻きつけた男だろうと、鼠蹊部の腫物のためにびっこをひいている男だろうと、市民たちはもはや少しも恐れることなく、そのすぐそばを歩いて平然としていた。こういった症状の相手は、これが一週間前であれば、危険きわまりないものとしてみな避けて通ったものである。いまでは町の通りはこういった連中でいっぱいであった。殊勝なことに、回復の望みが得られたこの連中は、自分たちが思いがけなく救われたことをひどくありがたく思っているようすであった。いや、その多くの者が、いわば感恩の念にあふれていたと私は信じている。私としてはそれははっきり認めておかなければ、彼らに対して申し訳ないような気がするのである。それにしても、一般の市民について次の言葉を私が述べるとしたら、あまりに真実をうがちすぎるという非難をこうむるであろうか。その言葉というのは、……その昔、イスラエルの子孫《ひとびと》は紅海を渡り、エジプト人がことごとく水の中におおわれるのを見て、ようやくパロの軍勢から救われたことを知った（旧約聖書「出エジプト記」一四章）が、その時の彼らについていわれた言葉なのであるが……。曰く、「彼ら神の頌美《ほまれ》をうたえり、されどしばしがほどにその事跡《みわざ》を忘れたり」（旧約聖書「詩篇」一〇六篇一二～一三節）

　私はもうこれ以上何もいうことはない。もし、その原因が何であれ、現に私自身目撃したごとき、あらゆる背徳と忘恩の行為が再びわが市民のあいだに生じたことをあくまで詮議立てするという不愉快な仕事をこれ以上やるとすれば、私はあまりにも穿鑿《せんさく》好きな、そしておそらくは公正を欠く不届きな人間とみなされるであろう。したがって、粗雑ながら誠意をもって書いた私の詩の一句をもって、この惨禍にあけくれた一六六五年の記録の結びとしたいと思う。この句は、その年に私が書いた備忘録の最後のところに書きつけておいたものである。

ロンドン疫癘《えきれい》に病みたり、
時に一六六五年、
鬼籍に入る者その数《かず》十万、
されど、われ生きながらえてあり。
H. F.

解説

『ロビンソン・クルーソー』の作者としてわが国でもよく知られているダニエル・デフォーは、一六六〇年(一説には一六六一年)、ロンドンに生まれ、一七三一年、同じくロンドンで死んだ。生粋のロンドンっ子であり、商業的な中産階級の人間であった。

一六六〇年といえば、清教徒革命による共和制が終わり、王政が再び回復した歴史上きわめて重要な年であり、デフォーがその年に非国教会派の商人の家に生まれたということは、さまざまなことを示唆するといえよう。彼自身、商人であり、さらにジャーナリストであり、そして小説家であったが、彼の人となりと著作とを貫く一つの人生観あるいは人間観が明白に存在していたことと、彼の生きていた時代の歴史的性格とは、深く結びついていることをわれわれは知らなければならない。清教徒革命の時代は、たしかに「神学の時代」であり、その革命の余震ともいえる名誉革命を経て、イギリスは啓蒙時代に入ってゆく。デフォーの生涯は、だいたい、そのような時代にまたがっている。そして、清教徒革命において重要な役割を演じたロンドンの商業的市民階級に彼は属していた。彼の内面に、終始、信仰と理性の問題、というよりそれをどう調和してゆくかという問題があり、そして、その問題を自分の仲間である市民に、彼らがたやすく理解できる散文で、あるいは週刊紙（彼は『レヴュー誌』を九年間も独力で出版し、全記事を自分一人で書いた）の形で、あるいはパンフレットの形で、あるいはフィクションの形で訴えつづけたのである。彼がどれだけの分量の文章を書いたのか、十分にはまだわかってはいない。全集が今なお出版されないのもそのためである。

彼は天成のジャーナリストであった、と私は思う。当時のイギリスの直面した、宗教、経済、政治、風俗等々のすべての、広義における社会問題を対象として論陣を張ったのだ。だが、今日われわれのあいだだけでなく、イギリスにおいても、デフォーの名は、主として小説の展開史上の重要な人物として喧伝されている。彼がセルカークという人間の孤島生活に、おそらくジャーナリスト的な興味からであろうが、関心をいだき、それを一種の素材にして『ロビンソン・クルーソー』を書き、出版したのは一七一九年、つまり晩年（時に五十九歳）のことであった。この作品の成功に刺戟され、彼はフィクションないしは小説を書くのが面白くなったようである。次々に傑作が出版された。

一七二〇年、デフォーの耳に、マルセイユでペストが流行しているというニュースが入った。彼に対してばかりでなく、イギリスの朝野に対しても、このニュースの与えた衝撃がいかに大きかったかは、われわれの想像を絶するものがあったようである。ペスト菌が、それぞれ独立してイェルサンと北里柴三郎によって発見されたのは、一八九四年のことであり、したがって、デフォーや当時の政局担当者がその対策について完全に昏迷に陥ったことは当然であった。外国貿易を中止すべきや否やが、重大な政治問題となった。いったいペストは、接触伝染なのか空気伝染なのか、等々、まだ医師にもわかっていなかった。犬や猫や鼠は、その毛のなかに、患者の体から出る悪気《エフルーヴィア》をつけているから殺したほうがよい、という程度の判断しかなかった。なぜ、大きな衝撃を受けたかといえば、彼らの記憶のなかに、約半世紀前の、すなわち一六六五年のロンドンのペスト流行の惨事が、まだ生ま生ましく生きていたからである。デフォーは、この惨事の生じた年には、わずか五歳であり、どれほどの印象をもっていたかは明らかではないが、少年ないしは青年のころ、体験者からその状況を委細にわたって聞いていたことは間違いない。叔父の馬具商人ヘンリ・フォー Henry Foe がロンドンに終始滞在していたし、この人からもいろいろ聞いていたはずである。デフォーは文献を渉猟し、そのころの『死亡週報』等の記録を綿密に検討している。

中世からエリザベス朝を経て十七世紀の中期に至るまでの、イギリスの文学のなかに流れている死の意識（「死を覚えよ《メメント・モライ》」という言葉が表わしているもの）が、ペストと深いつながりがあることは否定できない。ひとたびそれが蔓延しだしたら、もう死を覚悟するか、感染地区から疎開して逃げるよりほかはなかった。シェイクスピアの劇団がしばしばロンドンの公演を中止して田舎へ逃げたことも、ミルトンが『失楽園』の原稿をかかえてロンドンを脱出したことも、周知のとおりである。一六八三年に出たあるパンフレットによると、過去百年の間に、およそ二十年に一回のわりでロンドンにペストが流行しているが、そのたびに市民の五分の一が死んだ、という記載がある。統計学が発達していない当時として、はたしてこれが正確であるか否かはわからない。一六六五年（この年をイギリス史では「ペストの年」と称する）のロンドンの人口は約四六万だと推定され、ペストによる死亡者数は約七万五〇〇〇と推定されている。約六分の一である。しかも、ロンドンを脱出して、途中で野垂れ死にした者の数は不明なのだ。

愛するロンドンが再びこのような悲劇に見舞われることは、デフォーにとっては堪え難いことであった。彼は、『魂と肉体を保つためのペスト対策論』というパンフレットを一七二二年に出版する。そして、その一ヵ月のちに『ペスト』（正確にいえば『ペスト年代記』*A Journal of the Plague Year*）を出版するのである。パンフレットがもっぱら実利的な意図をもって書かれていることは明白であるが、「魂と肉体のために」という表現に注目したい。なぜ魂のためなのか？　このことは、『ペスト』を読むわれわれに、ある種の解明を与えるであろう。

『ペスト』は、匿名で出版されており、その体裁は、馬具商を営むロンドンの一市民、H. F.なる人物による「観察録、つまり思い出の記録」ということになっている。このH. F.なる名前がデフォーの叔父ヘンリ・フォーの名を利用したものであることは想像できるが、この叔父にメモアールがあったという事実はもちろんない。要するに、デフォーは、このH. F.なる人物を彼自身のペルソナとして設定し、一六六五年のロンドンを可能なかぎりの資料にもとづき、フィクションとして描いたということができる。しばしば、『ペスト』がノン・フィクションであるかのように見なされてきたが、そしてまた驚くべき即物性を発揮しているが、これは、デフォーのあらゆる小説作品にみられる、同一の主題がもりこまれた一種の小説の先駆とみなすのが妥当である。

しかし、この作品を読む人が、臆面もなく羅列されている死亡者数のリストには、辟易するのは事実である。時間の経過をおい、教区から教区へと、ペストが蔓延してゆく事実を、デフォーは数字を並べて、われわれに訴えようとしている。この数字へのオブセッションには、経済的合理主義者としてのデフォーの面目が躍如として動いていることを、われわれは知らねばならない。ウルフ女史がかつて、デフォーを「事実を描く天才」だと称したことを想起する。数字は、『ロビンソン・クルーソー』においても重要な役割を演じていた。彼が読者として想定したのは、高度の古典的教養のある知識人ではなく、聖書を読み、商業に従事し、「労働することは祈ることだ」というモットーのもとに生きていたロンドンの市民階級であった。彼の目的は彼らを事実の認識へと説得することであった。数字は、説得性をもっていたのである。単に経済人としてのみでなく、あらゆる面における合理主義者としてのデフォーという観点から、この作品を理解し、解釈することも、ある程度までは、可能である。デフォーの代弁者であるH. F.なる人物が、いかに冷静に、客観的に行動し、判断し、観察し、記録しているかは、歴然として読みとれる。ペストを病気として、すなわち肉体の問題としてとらえ、あくまでその事実、感染の経路や病状やそれがもたらすパニック状態等々を、修辞的でなく、平明な、説得性をもった散文で描写してゆく。狂信的な信仰者の無謀な行動や無神論者の絶望的な行動に対しても、彼は辛辣な批判を加えることを忘れてはいない。

しかし、事が倫理的な、そして信仰的な判断に関連してくると、事態は複雑になってくる。「魂のため」の問題となってくると、結論は簡単明瞭には出てこない。ペストが蔓延してきた場合、ロンドンから脱出し、疎開すべきや否やという問題は、合理的立場からは、脱出する以外にないという結論をH. F.は出している。しかし彼は、自分自身が疎開すべきかという問題になると、異常な逡巡を示し、結局は、ロンドンに滞留する決心をするのである。ペストはたしかに自然の世界における恐るべき現象である。だが、もうひとつその背後に何かがある、端的にいって、神の怒りの手が動き、摂理が動いている、と考えた場合、この作品の叙述者は、脱出することを非信仰的な行為だと考えざるをえなくなるのである。これは、聖職者や医者や為政者が疎開を許さるべきでないのとは意味が違う。無償の行為であり、摂理の証人たろうとする行為である。ここには、合理主義者としてのデフォー（あるいはH.F.）の姿がないではないか、とわれわれは言うであろう。しかし、それは消失したのでなく、より強く信仰が前面に出てきたというべきものなのだ。

ペストが神の怒りの表われだとすることは、今日のわれわれにはいかにも滑稽にみえる。しかし、一六六五年ではなく今日において、ロンドンではなくてわれわれの都市において、ペストでなくペストによって象徴されうるような何か異常な、悲劇的な事態が生じたら、どうなるか。たとえば、カミュ氏が描いた、一九四＊年のオランにおこったペストのような、何かがわれわれの身辺におこったら、どうわれわれは行動し、どう自己の信念を検証するか？　ある者は、単なる自然の因果関係にすぎぬ、と冷静に言い放つだろう。ある者は、単なる運命のいたずらだと虚無的に言うだろう。ある者は、神の怒りだ、神は怒りたまうほど人間を愛していたまうのだ、と敬虔な態度で言うだろう。そして、ある者は、なぜ人間はこう苦しまなければならないのか、いったい何が、何者が、そこに動いているのか、と苦しみつつ、絶句するであろう。

デフォーの『ペスト』が、直接われわれに訴えてくるものは、まさに悽惨な、文字どおり鬼哭啾々《きこくしゅうしゅう》といったリアルな状況であろう。が、その背後に、死臭たちこめるロンドン市の背後に、理性と信仰の相剋に悩み、より高次の信仰によってそれを克服しようとして佇立しているH.F.という男（ダニエル・デフォーという作者といってもよい）のことを忘れてはならない。われわれが、いつかそういう状況におかれないという保証はない。そのとき、どういう答えをわれわれは出すだろうか？

平井正穂

本文中には今日の人権意識に照らして、不適切な語句や表現がみられます。しかし、作品の時代的背景と文化的価値、また訳者（故人）の訳文を最大限尊重し、大半は原文のままとしました。（編集部）

中公文庫

ペスト

1973年12月10日　初版発行
2009年7月25日　改版発行
2020年4月30日　改版4刷発行

著　者　ダニエル・デフォー

訳　者　平《ひら》井《い》正《まさ》穂《お》

発行者　松田陽三

発行所　中央公論新社
〒100-8152　東京都千代田区大手町1-7-1
電話　販売　03-5299-1730　編集　03-5299-1890
URL http://www.chuko.co.jp/

DTP　ハンズ・ミケ
印　刷　三晃印刷
製　本　小泉製本

Published by CHUOKORON-SHINSHA, INC.
Printed in Japan　ISBN978-4-12-205184-3 C1197

中公文庫既刊より

ハ-11-1
細菌と人類　終わりなき攻防の歴史
ウィリー・ハンセン
ジャン・フレネ
渡辺格 訳
古代人の鋭い洞察から、細菌兵器の問題まで、〈見えない敵〉との闘いに身を投じた学者たちのエピソードとともに、発見と偏見の連綿たる歴史を克明にたどる。
205074-7

マ-10-1
疫病と世界史（上）
W・H・マクニール
佐々木昭夫 訳
疫病は世界の文明の興亡にどのような影響を与えてきたのか。紀元前五〇〇年から紀元一二〇〇年まで、人類の歴史を大きく動かした感染症の流行を見る。
204954-3

マ-10-2
疫病と世界史（下）
W・H・マクニール
佐々木昭夫 訳
これまで歴史家が着目してこなかった「疫病」に焦点をあて、独自の史観で古代から現代までの歴史を見直す好著。紀元一二〇〇年以降の疫病と世界史。
204955-0

マ-14-1
セレンディピティと近代医学　独創、偶然、発見の一〇〇年
M・マイヤーズ
小林力 訳
ピロリ菌、心臓カテーテル、抗うつ剤、バイアグラ…みんな予期せぬ発見だった！　飛躍を招き寄せたのは〈失敗〉そして〈偶然〉。ドラマチックな医学の発見史。
206106-4

ウ-8-1
国のない男
カート・ヴォネガット
金原瑞人 訳
戦後アメリカを代表する作家・ヴォネガットの、シニカルな現代社会批判が炸裂する遺作エッセイ。この世界で生きる我々に託された最後の希望の書。〈解説〉巽　孝之
206374-7

マ-10-5
戦争の世界史（上）技術と軍隊と社会
W・H・マクニール
高橋均 訳
軍事技術は人間社会にどのような影響を及ぼしてきたのか。大家が長年あたためてきた野心作。上巻は古代文明から仏革命と英産業革命が及ぼした影響まで。
205897-2

マ-10-6
戦争の世界史（下）技術と軍隊と社会
W・H・マクニール
高橋均 訳
軍事技術の発展はやがて制御しきれない破壊力を生み、人類は怯えながら軍備を競う。下巻は戦争の産業化から冷戦時代、現代の難局と未来を予測する結論まで。
205898-9

各書目の下段の数字はISBNコードです。978-4-12が省略してあります。